insel taschenbuch 4984
Joost Jensen
Leichenblass im Fass

Gesine Felber, genannt Tüdelbüdel, staunt nicht schlecht, als sie erfährt, dass ihre Sünnumer sie beim Norddeutschen Brauwettbewerb angemeldet haben. Und tatsächlich gewinnt ihr Tüdelbräu mit hauchdünner Mehrheit gegen den *Dünenhopfen* des Vorjahrssiegers Ulrich Neunaber. Das Tüdelbräu wird ein Hit, von überall her strömen durstige Menschen nach Sünnum und in den Kroog. Die Zeiten des Dorfwohnzimmers sind passé, jetzt tummeln sich Influencer und Biertouristen in der kleinen Kneipe. Neunaber passt das gar nicht, er gerät in Streit mit Gesine. Kurz darauf wird ein Toter in einem Bierfass gefunden, und ein Video taucht auf, das Gesine bei der Leiche zeigt. Und sie ist plötzlich spurlos verschwunden. Hat die Friesenbrauerin wirklich etwas mit dem Mord zu tun? Um die Wahrheit herauszufinden, muss Gesines Tochter Wiebke auf eigene Faust ermitteln …

Joost Jensen (Pseudonym) wuchs in Norddeutschland auf. Schauplatz seiner Geschichten ist die Nordseeküste, die inzwischen zu seiner Heimat geworden ist. Mehr Infos unter www.joost-jensen.de.

Im insel taschenbuch liegt außerdem vor: *Die Leiche am Deich* (it 4913).

Joost Jensen

LEICHENBLASS IM FASS

Die Friesenbrauerin ermittelt

Insel Verlag

Erste Auflage 2023
insel taschenbuch 4984
Originalausgabe
© Insel Verlag Anton Kippenberg GmbH & Co. KG, Berlin, 2023
Alle Rechte vorbehalten. Wir behalten uns auch
eine Nutzung des Werks für Text und Data Mining
im Sinne von § 44b UrhG vor.
Umschlaggestaltung: zero-media.net, München
Umschlagabbildungen: FinePic®/Getty Images/mauritius images
Satz: Dörlemann Satz, Lemförde
Druck: CPI books GmbH, Leck
Printed in Germany
ISBN 978-3-458-68284-4

www.insel-verlag.de

LEICHENBLASS IM FASS

NACHTSCHATTEN

Eine dunkle Gestalt huschte durch Sünnum.

Die Wolken hingen in dieser Nacht so tief über dem ostfriesischen Dorf, dass es den Anschein hatte, als könnte man nach ihnen greifen und sie wie schwarze Zuckerwatte vom Himmel holen. Ein kräftiger Nordwind zerzauste Hecken und Sträucher. Vom Deich her war das Rauschen der Brandung zu vernehmen, deren Wellen sich mit Getöse am Strand brachen.

Das Unwetter, das sich über der Nordsee zusammenbraute und bald über der Küstenregion toben würde, schreckte die Gestalt nicht ab. Vor dem Kroog blieb sie stehen.

Bei dem Schietwetter war niemand im Innenhof des hufeisenförmig angelegten Gebäudes, in dem sich die Schankwirtschaft von Gesine Felber befand.

Die Sonnenblumen vor den weiß gekalkten Wänden standen im fahlen Mondlicht, das für einen Moment durch die Wolken brach, wie stumme Soldaten. Aber sie würden weder das Haus noch die Friesenbrauerin beschützen.

Eine Windbö fegte über den Hof und ließ Blütenblätter der Hortensien, die neben Rosensträuchern und Wildblumen in ausrangierten Bierfässern wucherten, zu Boden regnen.

Die vor dem Kroog stehende Bank war verwaist. Die meisten Dorfbewohner hatten sich vor dem Gewitter in die gute Stube des Ortes, wie die Sünnumer die Gastwirtschaft nannten, zurückgezogen.

Ein Blitz zuckte über den Himmel und tauchte die Dorf-kneipe in ein gespenstisches Licht. Die schwarz gekleidete Gestalt beobachtete die Gäste durch das Fenster neben der Tür.

Im Licht des hell erleuchteten Innenraums waren die Sünnumer wie Schauspieler auf einer Bühne zu sehen. Wie an jedem anderen Abend schnackten und lachten sie, als wäre ihr Dorf eine paradiesische Insel inmitten einer Welt, die sich immer schneller zu drehen schien.

Urplötzlich öffnete der Himmel seine Schleusen und verschleierte den Blick der Gestalt auf den Kroog derart, als würde sie hinter einem Wasserfall stehen.

Dicke Regentropfen klatschten wie Geschosse zu Boden und durchnässten sie innerhalb weniger Sekunden – aber der unheimlichen Erscheinung machte der kräftige Schauer nichts aus. Mit starrem Blick musterte sie die Sünnumer eine Weile, bevor sie im strömenden Regen verschwand, der jeden Beweis ihrer Anwesenheit hinwegspülte.

Wenn sie zurückkehrte, würde sie der Sturm sein, der das Dorf verwüstete und die Bewohner aus dem Ort ver-trieb.

ANMELDUNG

»Mein Tüdelbräu hat euch wohl den Verstand vernebelt.«

Die Friesenbrauerin Gesine Felber nahm das leere Glas von ihrem alten Freund Joris Harms entgegen und reichte Hinnerk Gravenhorst ein frisch gezapftes Bier. Der Tischler saß an diesem Abend neben dem ehemaligen Kapitän an der Theke im Sünnumer Kroog auf einem Barhocker, der unter seinem hünenhaften Körper wie das Möbelstück aus einem Kindergarten wirkte.

Die hintere Wand der Gaststube wurde von einem deckenhohen Regal dominiert, das bis zum Rand mit verschiedenen Flaschen, Gläsern und Strandgut gefüllt war.

Die anderen Wände des kleinen Schankraums verzierten handgemalte Ölbilder mit maritimen Motiven in alten und teilweise verkratzten Holzrahmen. Auf einem der Gemälde prangte seit Jahren ein geheimnisvoller Fingerabdruck. Über der Theke hing eine ausrangierte Schiffsglocke aus Messing, die nur zu besonderen Anlässen geläutet wurde. In der Mitte des Raums standen drei Stehtische, an denen die Dorfbewohner miteinander schnackten.

Aus den Lautsprechern erklang das Lied *An der Nordseeküste*, das die meisten Gäste textsicher – und lauthals – mitsangen. Trotz der Geräuschkulisse war der Donner, der den zuckenden Blitzen des Gewitters folgte, deutlich zu hören.

Hinnerk trank ordentlich ab und wischte sich mit dem Handrücken über den Mund. »Dein Bier ist viel besser als die Plörre vom *Dünenhopfen*.«

Joris Harms gönnte sich ebenfalls einen großen Schluck und leckte sich danach über die Lippen, als wäre er ein Biersommelier, der gerade einen besonders guten Tropfen verkostet hatte, und drehte sich zu den Sünnumern an den Stehtischen hinter ihm um. »Das neue Schützenfestbier hat ein malzaromatisches Mundgefühl, was meint ihr?«

Die meisten Dorfbewohner ließen ein zustimmendes Murmeln hören. Der beleibte Wattführer Sören Gebhard, der mit seiner Frau Leefke, Tammo Friese und Hauke Peters an einem Tisch stand, hob den rechten Daumen.

»Im Nachtrunk ist zudem ein zarter Karamellgeschmack erkennbar.« Hinnerk fuhr sich mit der linken Hand über seinen mächtigen Bart, den er an diesem Abend zu einem Zopf geflochten hatte.

»Tiefgold in der Farbe mit einer leichten Trübung.« Joris drehte sein halbvolles Glas im Licht einer Deckenlampe.

»Das Tüdelbräu ist auch für eine Frau nicht zu herb. Die Fruchtaromen sorgen für eine wahre Geschmacksexplosion auf der Zunge.« Gesines Tochter Wiebke, die neben ihrer Mutter hinter der Theke stand, trank ebenfalls einen Schluck und verdrehte genießerisch die Augen.

»Aromen von Haselnuss und Honig kitzeln meinen Gaumen.«

»Nee, das sind dunkle Schokolade und Kaffee.«

»Hinnerk, was bist du nur für ein Vollpfosten. Der Geschmack kommt von den Beerenfrüchten, ist doch klar«, wandte Joris ein.

»Ein alter Seemann wie du schmeckt doch nicht einmal den Unterschied zwischen Tee und Salzwasser. Das Bier hat ein leichtes Grapefruitaroma. Tüdelbüdel hat bestimmt Cascade-Hopfen verwendet.«

»Super, bei dem ganzen Obst brauche ich keinen Vitaminsaft mehr und trinke ab sofort nur noch Tüdelbräu.« Wiebke grinste wie ein Honigkuchenpferd.

»Ihr habt doch nicht mehr alle Latten am Zaun.«

Die Friesenbrauerin stemmte die Hände in die Seiten und musterte die Dorfbewohner wie eine Lehrerin ihre Klasse mit unartigen Schülern. »Bisher habt ihr jedes neue Tüdelbräu lediglich mit einem Kopfnicken zur Kenntnis genommen und jetzt lobt ihr mein Bier über den grünen Klee. Warum macht ihr das? Raus mit der Sprache.«

»Dein Bier ist einfach super. Schon der erste Schluck begeistert mit einem Bouquet von Kaffee und einigen vom Malz stammenden …«

»Wiebke, halt den Sabbel und erzähl mir endlich, was hier los ist«, unterbrach Gesine ihre Tochter.

»Mama, du musst unbedingt an dem *Watthumpen-Festival* teilnehmen und diesem Schnösel Neunaber zeigen, wer in der Küstenregion das beste Bier braut. Der Kerl hält sich für einen großartigen Brauer, dabei ist er nur ein armseliger Stümper.«

»Neunabers Gesöff schmeckt im Vergleich zu deinem Tüdelbräu wie Spülwasser«, ließ sich Joris vernehmen.

»Ich braue mein Bier nur für die Sünnumer, das solltet ihr eigentlich wissen.«

»Willst du dir etwa die zehntausend Euro Siegesprämie entgehen lassen?«

»Zehntausend Euro?« Gesine sah Hinnerk mit weit aufgerissenen Augen an.

»Jo.« Joris trank einen Schluck.

»Mama, das Geld können wir für die Reparatur des Reetdachs gut brauchen.«

Wiebke zog einen Flyer aus der hinteren Hosentasche und reichte ihn ihrer Mutter. Diese blätterte die Werbung für das diesjährige *Watthumpen-Festival* durch, dessen Höhepunkt die jährliche Preisverleihung des *Watthumpens* war, bei dem es sich um ein Trinkgefäß in Form eines Seehundes handelte.

»Um überhaupt an dem Festival teilnehmen zu können, brauchen wir einen Bierwagen oder einen Stand, an dem wir mein Tüdelbräu vor dem Wettbewerb verkaufen können. So etwas habe ich nicht. Zudem kann ich die tausend Euro Anmeldegebühr nicht aufbringen. Da der Anmeldeschluss vor drei Tagen abgelaufen ist, hat sich das Thema ohnehin erledigt.« Tüdelbüdel deutete auf das Datum.

»Ähm …« Joris nahm seine Seemannsmütze ab und knetete sie zwischen den Händen. Im Licht der Wandbeleuchtung wirkten seine stoppelkurzen Haare wie ein Heiligenschein.

»Was habt ihr Bagaluten denn diesmal ausgeheckt?«

Gesine Felber ließ den Blick langsam durch den Raum schweifen, wobei sie jeden einzelnen Gast ins Visier nahm. Die Dorfbewohner waren plötzlich mucksmäuschenstill und sahen betreten zu Boden. Sogar Hinnerk Gravenhorst, der nichts und niemanden fürchtete, betrachtete verstohlen seine Schuhe.

Da das alte Lied zu Ende war und das neue noch nicht begonnen hatte, herrschte für einen Moment eine solche Stille im Kroog, dass man eine Stecknadel hätte fallen hören können.

»Wir haben dich bereits angemeldet.« Wiebke zog einen Papierbogen aus der hinteren Hosentasche und reichte ihn ihrer Mutter.

»Wer ist *wir*?« Die Friesenbrauerin nahm das Schriftstück entgegen.

»Ich.«

»Ich.«

»Ich.«

»Ich.«

Einer nach dem anderen hob langsam die Hand.

»Joris, du etwa auch?« Gesine blickte ihrem alten Freund in die Augen.

»Jo. Ich habe sogar bei deiner Unterschrift geholfen. Siehst du diesen Bogen hier? Der kommt von mir.« Er beugte sich über die Theke und deutete auf eine schwungvoll durchgezogene Linie.

»Dat kunn je wull nich angahn.« Die Friesenbrauerin betrachtete das Gekrakel, das mit viel Fantasie *Gesine Felber* heißen konnte.

»Tüdelbüdel, obwohl wir bei dem malzaromatischen Mundgefühl und den Fruchtaromen vielleicht etwas übertrieben haben, wirst du den Watthumpen mit Sicherheit gewinnen. Wir begleiten dich auch alle in die Krummhörn. Hinnerk hat bereits einen mobilen Verkaufsstand gezimmert, den wir auf dem Festival aufbauen werden.« Joris setzte seine Seemannsmütze wieder auf.

»Warum habt ihr mich nicht einfach gefragt, ob ich mitmachen möchte?« Die Friesenbrauerin blickte in die Runde.

»Weil du abgelehnt hättest, da du dein Bier nicht außerhalb des Dorfes verkaufen willst. Aber keiner von uns kann Neunabers Beleidigung, dass du eine lausige Panscherin bist, die vom Bierbrauen so viel versteht wie eine Kuh vom Fliegen, auf sich sitzen lassen.«

»Joris, wann hat er das denn gesagt?« Gesine hob die Brauen.

»In einem Interview mit Robert Sternberg in der aktuellen Ausgabe der Zeitschrift *Deichkieker*.«

»Das wusste ich nicht.«

»Wir finden, dass du den Gröölbüdel in aller Öffentlichkeit in seine Schranken weisen solltest. Dein Tüdelbräu ist das beste Bier im Norden«, grummelte Joris.

»Neunaber kennt die Mitglieder der Jury. Die werden ihn sicherlich wieder gewinnen lassen, wie in den letzten sieben Jahren auch«, wandte Gesine ein.

»Keine Sorge. Wir werden uns schon um eine faire Abstimmung kümmern«, versicherte Hinnerk Gravenhorst grinsend und spannte seinen mächtigen Bizeps an.

»Was passiert, wenn ich nicht antrete?«

»Mama, dann verlieren wir die Anmeldegebühr. Zudem wird Neunaber deinen Rückzug als Feigheit werten.«

»Woher weiß er denn von meiner Beteiligung?« Die Friesenbrauerin zapfte ein neues Bier.

»Keine Ahnung. Ich gehe davon aus, dass ihm jemand vom Organisationsteam einen Tipp gegeben hat.«

»Wo kommen die tausend Euro eigentlich her? Habt ihr das Geld etwa für mich zusammengelegt?«

»Jo.«

»Und alles ist verloren, wenn ich nicht gewinne?«

»Jo.«

»Ihr kommt am nächsten Wochenende alle mit zum Festival?«

»Jo.«

»Dann werden wir der Brauerei *Dünenhopfen* mal zeigen, wie ein gutes Bier schmecken muss.«

»Jo.«

»Joris, kennst du eigentlich auch andere Wörter?«

»Jo.«

Der alte Kapitän lachte und stieß mit den Sünnumern auf das Festival an. Das Unwetter, das sich in diesem Moment über dem Dorf austobte, beachtete keiner von ihnen.

WATTHUMPEN

Die Sünnumer erreichten das Landcafé, einen ehemaligen Bauernhof in der Krummhörn, auf dessen weitläufigem Gelände das Watthumpen-Festival in diesem Jahr stattfand, am späten Vormittag.

Ostfriesland zeigte sich an diesem sonnigen Sommertag von seiner schönsten Seite. Über einen blassblauen Himmel zogen dünne Schleierwolken. Auf einer Wiese, die sich bis zum Horizont erstreckte, weideten Kühe. Gelegentlich war ein Muhen zu hören. Die Halme eines angrenzenden Weizenfeldes bewegten sich sanft in einer lauen Sommerbrise, als würden sie zu einer nur für sie hörbaren Musik tanzen.

Auf einem weiträumigen Platz zwischen dem Haupthaus und der zu einer Veranstaltungshalle umgebauten Scheune, in der an diesem Abend der Wettbewerb und die anschließende Preisverleihung stattfinden würden, standen die Bierbuden der zwölf teilnehmenden Brauereien.

Die Brauer gingen sich beim Aufbau ihrer Stände gegenseitig zur Hand, fachsimpelten über Hopfen und Stammwürze und verkosteten schon einmal die Biere ihrer Kollegen.

Tüdelbüdel und die anderen Dorfbewohner wurden mit einem herzlichen *Moin* begrüßt und machten sich mit vereinten Kräften an den Aufbau des von Hinnerk gezimmerten Standes.

Neben den kleinen Bierbuden wirkte das lastwagengroße

Gefährt der Brauerei *Dünenhopfen* mit seiner chromglitzernden Karosserie wie ein futuristisches Raumschiff, das auf diesem Platz notgelandet war. Mitarbeiter der Brauerei, die T-Shirts mit dem Dünenhopfen-Logo – einem Hopfen, über dem eine Krone schwebt – trugen, drängten sich durch die immer dichter werdende Menschenmenge und verteilten Werbegeschenke in Form von Schlüsselanhängern und Flaschenöffnern.

Bis die Friesenbrauerin den Zapfhahn in eines der vier Fässer, die die Sünnumer in einem Hänger mitgenommen hatten, schlagen konnte, verging etwas mehr als eine Stunde.

Mittlerweile war das Festival eröffnet, schnell drängten sich die ersten Gäste an den Stand und ließen sich ein Tüdelbräu schmecken.

Die Dorfbewohner, die sich mit dem Verkauf des Bieres abwechselten, hatten alle Hände voll zu tun. Als der Höhepunkt des Festivals, der Wettbewerb um den Watthumpen, näher rückte, versammelten sich alle Besucher und Brauer in der Scheune.

Auf einer großen Bühne, die die komplette Stirnseite des Innenraums einnahm, befanden sich fünf schmale, hohe Kabinen, die nach vorne hin offen waren. Rechts und links führte jeweils eine Treppe nach oben. In jeder Kabine standen ein runder Tisch und ein Stuhl. Im vorderen Bereich der Bühne befand sich ein etwa brusthohes Podest, auf dem ein rotes Samtkissen lag. Über der Bühne hing eine elektronische Anzeigetafel, die alle zwölf teilnehmenden Brauereien aufführte.

»Da steht Tüdelbräu.« Joris deutete auf die Leuchtschrift im mittleren Teil der Tafel.

»Warum schleppen die Leute denn Kameras auf die Bühne?«

»Mama, der Wettkampf wird im Regionalfernsehen übertragen und als Live-Stream ins Internet gestellt. Dein Bier wird nach dieser Nacht im ganzen Land bekannt sein.« Wiebke setzte sich neben ihre Mutter auf eine der Holzbänke, die in der Scheune aufgestellt waren, und kurz darauf hatten auch alle anderen Sünnumer Platz genommen.

»Das gefällt mir nicht.« Gesine beobachtete die Techniker, die auf der Bühne herumwuselten und letzte Kabel verlegten.

Das Stimmengewirr der anwesenden Besucher wurde immer lauter und erfüllte den Raum wie das Summen eines Hornissenschwarms. Als das Licht erlosch und nur noch die roten Leuchtdioden der Anzeigetafel sichtbar waren, ging ein Raunen durch die Menge.

Plötzlich flammten in die Kabinendecken eingelassene Spots auf, die Stuhl und Tisch beleuchteten. Die Juroren, die nun die Bühne betraten und ihre Plätze einnahmen, wurden mit tosendem Beifall empfangen, in den sich Rufe und Pfiffe mischten.

»Guten Abend oder Moin, wie man an der Küste sagt«, ertönte eine Stimme aus dem Publikum. Ein Scheinwerfer glitt suchend über die Menge und erfasste einen Mann in weißem Anzug, der nun aufstand und mit tänzelnden Schritten zur Bühne stolzierte. Das rosafarbene Hemd hatte er bis zur Brust aufgeknöpft. Um den Hals trug er eine fingerbreite Goldkette. In der rechten Hand hielt er ein kabelloses Mikrofon, in der linken den Watthumpen.

»Was ist das denn für ein Lackaffe?«, flüsterte Sören Gebhard.

»Das ist Neunaber«, antwortete der neben ihm sitzende Josef Bergmüller, den alle Sünnumer nur Sepp nannten.

»Wieso trägt der hier drin denn eine Sonnenbrille? Hat er was mit den Augen?«, wunderte sich Tüdelbüdel.

»Mama, das ist ein modisches Accessoire. Neunaber will damit sicherlich cool aussehen.«

»Damit sieht er vor allem bescheuert aus.« Die Friesenbrauerin schüttelte den Kopf, ohne den Inhaber des Dünenhopfens dabei aus den Augen zu lassen, der die Bühne inzwischen erreicht hatte. Von dort aus winkte Neunaber dem Publikum zu, als wäre er ein Rockstar, dem die Menge zu Füßen liegt. Mit einer theatralischen Geste platzierte er den Watthumpen auf dem roten Kissen.

»Meine Damen und Herren, herzlich willkommen zum heutigen Wettbewerb, der erstmals in seiner Geschichte live übertragen wird. Wie Sie sicherlich alle wissen, wird die Verkostung vom letztjährigen Sieger eröffnet, der seine Trophäe ...« Bei diesen Worten deutete er auf den Watthumpen vor sich. »... neu verteidigen muss. Da ich in den letzten sieben Jahren gewonnen habe, bin ich inzwischen nicht nur Ostfrieslands bester Braumeister, sondern auch ein gefragter Moderator, der die Männer mit Fachwissen und die Frauen mit seinem guten Aussehen überzeugt.« Er warf den weiblichen Besucherinnen in den ersten Reihen Kusshände zu.

»Das Gesülze erträgt kein Mensch.« Joris verzog das Gesicht, als müsse er eine bittere Medizin einnehmen.

Neunaber tänzelte am Bühnenrand entlang, blieb plötzlich stehen und deutete dann auf Gesine. »Ist das etwa die Friesenbrauerin mit ihrer Gefolgschaft aus ... wie heißt das Kaff noch gleich?« Er hielt sich die rechte Hand hinter das Ohr und grinste süffisant.

»Sünnum, du Töffel«, brüllte Hinnerk aus voller Kehle.

»Ist das nicht das Dorf, das so unbedeutend ist, dass es nicht einmal bei Google Maps auftaucht?«, witzelte Neunaber und redete weiter, ohne eine Antwort abzuwarten: »Heute werden wir endlich feststellen, ob das Tüdelbräu im Vergleich mit den erstklassigen Bieren aus der Region bestehen kann. Bevor wir mit dem Wettbewerb starten, möchte ich kurz die Spielregeln erläutern.

Die Juroren bekommen nacheinander jeweils ein neutrales Sommelierglas vorgesetzt. Keiner weiß, welches der zwölf Biere sich darin befindet. Das Einschenken wird von unabhängigen Prüfern überwacht und dokumentiert. Nach der Verkostung vergibt jeder Juror eine Note auf einer Skala von eins bis zehn. Die Summe dieser Noten wird auf der Anzeige hinter mir erscheinen. Da die Jurymitglieder das Ergebnis nicht sehen können, kennen sie weder den Punktestand noch die bisher verkosteten Biere. Das Getränk mit der höchsten Wertung gewinnt. Sollten zwei Biere dieselbe Punktzahl aufweisen, entscheidet das Publikum über den Sieger. Zu diesem Zweck wird jetzt das Tor geschlossen, da nur die Stimmen der hier anwesenden Besucher gezählt werden. Aber zu einer Publikumsentscheidung wird es auch heute sicherlich nicht kommen, denn der Dünenhopfen ist nun einmal das beste Bier im Norden.«

»Mach dich vom Acker!«, rief Joris. »Das ist ein Wettbewerb und keine Werbeveranstaltung.«

»Abflug, aber zackig«, unterstützte ihn Sören lautstark.

»Bevor die Sünnumer mich vor lauter Ungeduld im nächsten Bierfass ertränken, erkläre ich den heutigen Wettkampf für eröffnet.«

Neunaber verließ die Bühne und alle Augen richteten sich nun auf die fünf Männer, die, jeder mit schwarzer Hose und weißem Hemd bekleidet, zu den Juroren eilten. In den Händen hielten sie ein silbernes Tablett, auf dem jeweils ein Glas stand. Als sie es auf die Tische in den Kabinen stellten, brandete Applaus auf, der nach und nach verebbte, bis es vollkommen ruhig war. Gespannt betrachtete das Publikum die Jurymitglieder, die das Bier verkosteten, danach zu den vor ihnen liegenden Zahlentafeln griffen und diese in die Höhe hielten.

»Sechs, acht, sieben, fünf ... das ist hoffentlich nicht das Tüdelbräu«, wisperte Wiebke und starrte, wie auch die anderen Dorfbewohner, auf die Anzeige, auf der nun eine 38 bei dem Namen *Ballerkopp* erschien.

In der Scheune machten einige Leute ihrem Unmut über das Ergebnis lauthals Luft, schwiegen aber, als die Kellner neue Gläser zu den Tischen brachten und die alten mitnahmen.

Im zweiten Durchgang bekam die *Suffnase* nur 27 Punkte. Dafür holten die *Möwentränen* mit 42 Punkten das bisher beste Ergebnis.

Mit jeder weiteren Runde wuchs die Spannung bei den Sünnumern. Joris hatte seine Seemannsmütze abgenommen und knetete sie wie Brotteig zwischen den Händen. Wiebke wickelte eine Haarsträhne um ihre Finger und Sören rieb sich die schweißnassen Hände immer wieder an seiner Hose ab.

Beim achten Durchgang verschränkte sogar die Friesenbrauerin, die bis dahin erstaunlich ruhig gewesen war, die Hände ineinander, als wollte sie um göttlichen Beistand bitten.

Als die Zahl 48 beim *Tüdelbräu* aufblinkte, rissen die Dorfbewohner die Arme nach oben und sprangen unter lautem Jubel von ihren Sitzen auf. Die Kameras fingen ihre Freude ein, bevor sich alle wieder setzten und die elfte Runde begann. In der Scheune war es nun so ruhig, dass jedes Räuspern einem Donnerhall gleichkam.

Als der *Wattwurm* 44 Punkte bekam, atmeten die Sünnumer erleichtert auf. Nun konnte ihre Punktzahl nur noch vom *Dünenhopfen* überboten werden.

Die Juroren ließen sich bei der letzten Runde besonders viel Zeit und hoben erst nach einer gefühlten Ewigkeit die Karten. Wenige Sekunden später erschien die Zahl 48 auf der Anzeigentafel.

»Schiet ok«, schimpfe Joris und setzte seine Mütze wieder auf.

»Dünenhopfen hat noch nicht gewonnen. Zudem ...«

Gesine verstummte, als Neunaber wie ein Springteufel auf die Bühne zurückkehrte.

»In der langjährigen Geschichte des Watthumpen-Festivals hat es ein solches Ergebnis noch nicht gegeben. Nun wird das Publikum den Sieger bestimmen. Wer das Tüdelbräu besser findet als den Dünenhopfen, geht über die linke Treppe nach oben. Alle Leute mit gutem Geschmack nehmen die Treppe auf der rechten Seite. Wenn sich alle auf der Bühne versammelt haben, wird der Sieger geehrt. Aber nicht drängeln, damit die Juroren auch vernünftig zählen können. Jeder, der sich für mein Bier entscheidet, bekommt eine Kiste Dünenhopfen gratis und ...«

»Halt endlich den Sabbel.« Neunaber sah verwundert zu Renate Nansen, die neben der Friesenbrauerin in ihrem Rollstuhl saß und den Brauer hinter ihren dicken Brillengläsern wütend anfunkelte. Neben der alten Dame, die sich nur langsam von einem Schlaganfall erholte, hockte ihre Tochter, die Krankenschwester Monika, auf einer der Holzbänke.

»Besser ist das«, ertönte eine tiefe Bassstimme aus dem hinteren Bereich der Scheune.

»Ich wollte nur …«, begann Neunaber, wurde aber sofort wieder unterbrochen, dieses Mal von einer Frau aus der zweiten Reihe, »… einen Abgang machen, aber zackig.«

»Tüdelbräu!« Hinnerk stand auf und reckte seine muskelbepackten Arme in die Höhe.

»So muss das. Tüdelbräu!« Sörens Schrei hallte wie ein Schlachtruf durch die Scheune.

»Tüdelbräu«, hörte man jetzt Wiebke, die aufstand und zur linken Treppe ging. Nun erhoben sich auch die anderen Zuschauer und drängten nach vorn.

»Dünenhopfen. Dünenhopfen«, plärrte Neunaber ins Mikrofon und winkte die Gäste zur rechten Treppe.

»Tüdelbräu!«, skandierte eine Gruppe junger Männer und drängte auf die linke Seite.

In den nächsten Minuten glich die Scheune einem Tollhaus. Die Anhänger des Dünenhopfens versuchten mit Sprüchen und Parolen so viele Unentschlossene wie möglich auf ihre Seite zu ziehen. Die Sünnumer und ihre Unterstützer hielten mit aller Kraft dagegen. An den Treppen kam es zu Rangeleien, weil jeder als Erster auf die Bühne wollte.

Die Juroren hatte alle Hände voll zu tun, um die Leute, die nach oben stürmten, zu zählen. In der Menschenmenge befanden sich auch die Mitarbeiter des Fernsehsenders, die das Geschehen mit Kameras und Mikrofonen einfingen.

Nach zwanzig Minuten waren alle Besucher gezählt worden und blickten gespannt auf die Anzeigentafel, auf der man sowohl beim Tüdelbräu als auch beim Dünenhopfen die Anzahl der stimmberechtigten Gäste sehen konnte.

137.

Bei jedem Bier.

»Das darf doch nicht wahr sein.« Gesine seufzte vernehmlich und wandte sich dann an ihre Tochter. »Was passiert jetzt?«

»In diesem Fall tritt die dritte Regel der Spielordnung in Kraft.« Neunaber, der die ganze Zeit auf der Bühne gewesen war und die Frage gehört hatte, griente hämisch.

»Und was besagt diese Regel?«, hakte die Friesenbrauerin sofort nach.

»Wenn auch nach zwei Durchgängen kein Sieger ermittelt werden kann, bleibt der Watthumpen bis zum nächsten Wettkampf in Besitz des letztjährigen Gewinners. Die zehntausend Euro Siegprämie werden in diesem Fall nicht ausbezahlt.«

»Dat kunn jo woll nich angahn«, schimpfe Joris und schaute in die Scheune. »Ist denn niemand mehr da?«

»Nee, alle Besucher haben die Bänke verlassen und stehen bereits auf der Bühne.« Neunaber deutete mit einer ausholenden Geste in den menschenleeren Raum, der nun von mehreren Scheinwerfern erhellt wurde.

»Haben die Juroren auch richtig gezählt?«, fragte der alte Kapitän argwöhnisch.

»Lass gut sein, mein Seebär.« Tüdelbüdel legte Joris die Hand auf den Unterarm. »Es ist vorbei.«

»Die Leute sind doch nur wegen der Gratiskiste zum Dünenhopfen gegangen. Wir werden Einspruch gegen die

Wertung einlegen.« Hinnerk baute sich drohend vor Neun-aber auf.

»Nein!«, widersprach die Friesenbrauerin energisch. »Ich möchte keinesfalls, dass Anwälte über Sieg oder Nie-derlage entscheiden.«

»Uns fehlt nur eine Stimme, das ist bitter.« Monika Nansen strich sich eine Haarsträhne aus dem Gesicht und sah sich dann suchend um. »Wo ist eigentlich meine Mutter?«

»Ich dachte, Renate wäre bei dir.« Gesine drehte sich um die eigene Achse, konnte ihre alte Freundin aber nir-gendwo entdecken. »Du wolltest sie doch mit ihrem Roll-stuhl zur Bühne schieben.«

»Das habe ich nicht gesagt. Mama?« Die Krankenschwes-ter eilte über die Treppe nach unten und rannte durch die Scheune. »Hier ist sie nicht.«

»Deine Mutter kann sich nicht in Luft aufgelöst haben.« Joris beteiligte sich nun ebenfalls an der Suche, der sich wenig später weitere Sünnumer anschlossen.

»Hoffentlich ist ihr nichts passiert«, wisperte Monika sorgenvoll.

»Renate ist hier.« Der alte Kapitän deutete auf die Ecke neben der linken Treppe.

»Was machst du denn da?« Die Krankenschwester eilte zu ihrer Mutter, auf deren Schoß eine Katze lag, die sich dort sichtlich wohlfühlte.

»Ich verstehe dich nicht.« Die betagte Dame fummelte an ihren Hörgeräten herum. »So, jetzt kann ich dich wie-der hören. Bei der Abstimmung war es so laut, dass ich die Dinger abgestellt habe. Das arme Tier ist bei dem Tumult vollkommen durchgedreht. Glücklicherweise konnte ich es beruhigen.«

»Hast du schon abgestimmt?«

»Nein, ich musste mich doch um das Kätzchen kümmern. Was ist denn mit Tüdelbüdel los?« Renate sah der Friesenbrauerin nach, die zur Bühne lief und dabei aufgeregt mit den Armen wedelte.

SIEGEREHRUNG

Auf der Bühne bahnte sich die Friesenbrauerin einen Weg durch dichtgedrängt stehende Gäste, die sich angeregt miteinander unterhielten. Anhänger beider Biere waren von der Pattsituation enttäuscht. Sogar die Unterstützer des Dünenhopfens machten angesichts des Unentschiedens lange Gesichter. Als Sieger der letzten sieben Wettbewerbe hatten sie sich so sehr an den Erfolg gewöhnt, dass sich ein Punktegleichstand wie eine Niederlage anfühlte.

Vor Neunaber blieb Gesine stehen. Das Herz schlug ihr vor Aufregung bis zum Hals. Sie holte tief Luft und verkündete dann: »Wir haben noch jemanden gefunden.«

»Wie das denn? Die Bänke waren doch alle leer.«

»Renate sitzt im Rollstuhl.«

»Wer um alles in der Welt ist Renate?«

»Eine ältere Dame aus Sünnum. Wir haben sie ...«

»... nach der Auszählung heimlich reingeschoben. Das Tor steht seit einigen Minuten wieder offen. Ihre Stimme kann daher unmöglich gezählt werden«, winkte Neunaber ab.

»Das stimmt nicht!« Die Friesenbrauerin stemmte die Hände in die Seiten.

»Ist doch seltsam, dass die betagte Dame ausgerechnet aus Sünnum kommt, oder nicht?«, bemerkte der Brauer süffisant.

»Was soll das denn heißen?«

»Dass ihr Dorfdeppen bei der Auszählung betrügen wollt.«

»Wie hast du uns genannt?«

Gesine ging auf Neunaber zu. Obwohl sie fast einen Kopf kleiner und wesentlich zierlicher war als er, strahlte sie eine unbändige Kraft aus, die den Brauer allerdings keineswegs zu verunsichern schien.

»Dorfdeppen. Soll ich es buchstabieren?« Er grinste überheblich.

»Dat gifft wat an de Ohrn!« Hinnerk, der die letzte Bemerkung mitbekommen hatte, ballte die Hände zu Fäusten.

»Bleib ruhig.« Die Friesenbrauerin legte ihm die rechte Hand auf den Unterarm.

»Der Schnösel will uns um den Sieg bringen.«

Beim Anblick des zornigen Tischlers zog sich Neunaber vorsichtshalber einen Schritt hinter seine Anhänger zurück, die auf die Auseinandersetzung aufmerksam geworden waren. Als diese eine lebende Mauer vor ihm gebildet hatten, erklärte er lauthals:

»Gemäß den Statuten des Wettbewerbs dürfen nur jene Besucher gezählt werden, die während der Stichwahl bei der Veranstaltung anwesend waren.«

»Renate ist zum Zeitpunkt der Auszählung in der Scheune gewesen.« Die Adern an Gesines Hals traten so deutlich hervor, als würden sich Schlangen unter ihrer Haut winden.

»Sie hat doch mit einem Zwischenruf auf sich aufmerksam gemacht«, bestätigte Hinnerk.

»Im Zuschauerbereich war es während der Veranstaltung so dunkel, dass man niemanden erkennen konnte. Somit gibt es keinen Beweis für ihre Anwesenheit.« Neunaber ließ die beiden Sünnmer einfach stehen und drängte zum Watthumpen, der noch immer auf dem roten Kissen lag.

Er wollte die Bühne mit der Trophäe gerade verlassen, als sich ihm ein Kameramann in den Weg stellte.

»Ich habe während der Verkostung immer wieder ins Publikum gefilmt, um die Reaktionen der Gäste zu zeigen. Dabei habe ich auch die Rollstuhlfahrerin aufgenommen, daran kann ich mich genau erinnern. Wenn Sie möchten, können wir uns das Bildmaterial zusammen ansehen.«

»Wenn die Dame zum Zeitpunkt der Abstimmung in der Scheune war, müssen wir ihre Stimme zählen«, ließ sich nun einer der Juroren vernehmen.

»Der Wettbewerb ist noch nicht zu Ende.« Die Stimme der Friesenbrauerin, die Neunaber gefolgt war, duldete keinen Widerspruch.

»Die Abstimmung ist gelaufen«, widersprach der Brauer und wollte sich an dem Kameramann vorbeidrängen, aber dieser wich keinen Millimeter zur Seite.

»Wie Ihnen bekannt sein sollte, ist der Wettkampf erst dann entschieden, wenn die Jury die Veranstaltung offiziell beendet hat. Da das noch nicht geschehen ist, wird die Stimme dieser Dame nun ausschlaggebend sein.«

Inzwischen waren immer mehr Gäste auf den Disput aufmerksam geworden.

»Lasst die Frau abstimmen«, forderte ein beleibter Rothaariger.

»So muss das«, bestätigte ein anderer.

»Macht hinne!«, rief eine Ungeduldige.

»Legen Sie den Watthumpen wieder auf das Kissen«, verlangte ein weiterer Juror von Neunaber und ging dann zum Bühnenrand. »Für welche Seite entscheiden Sie sich?«, wollte er von Renate wissen, die inzwischen von ihrer Tochter vor die Bühne gefahren worden war.

»Was ist das denn für eine Frage? Für die linke Seite, für Tüdelbräu natürlich.«

Wenige Augenblicke später hatte Monika ihre Mutter direkt vor die erste Stufe geschoben.

»Hier ist keine Rollstuhlrampe«, stellte die Krankenschwester fest.

»Die ist auf der rechten Seite.« Neunaber beugte sich am Bühnenrand vor und grinste Renate wölfisch an. »Sollten Sie diese nutzen, wird Ihre Stimme für den Dünenhopfen gezählt.«

»Kein Problem. Ich trage Renate einfach die Treppe hoch«, bot sich Hinnerk an.

»Das wäre eine unerlaubte Hilfestellung. Gemäß den Statuten muss jeder Teilnehmer ohne Unterstützung einer fremden Person auf die Bühne.« Neunaber hob belehrend seinen Zeigefinger.

»Stimmt das?«, erkundigte sich Gesine bei einem Juror.

»Leider ja«, bestätigte dieser.

»Warum ist hier dann keine Rollstuhlrampe?«

»Die wird beim Aufbau vergessen worden sein. Es tut mir wirklich leid, dass das Tüdelbräu deshalb auf die entscheidende Stimme verzichten muss.«

»Das ist eine unerhörte Benachteiligung behinderter Menschen«, ereiferte sich Gesine.

»Da kann ich nicht widersprechen. Im nächsten Jahr können sicherlich Anpassungen vorgenommen werden, aber heute müssen wir uns an die geltenden Vorschriften halten.« Der Juror schüttelte bedauernd den Kopf.

»Ich nehme die Treppe, wie alle anderen auch. Kann mir jemand die Katze abnehmen?«, fragte Renate mit fester Stimme.

Joris griff nach dem Stubentiger und setzte ihn auf den Boden. Die Katze lief zum Ausgang und war kurz darauf verschwunden.

»Mama, so weit bist du noch lange nicht. Ich bin froh, dass du wieder die ersten Schritte mit dem Rollator machen kannst. Die fünf Stufen wirst du unmöglich schaffen.«

»Kindchen, *Unmöglich* ist mein zweiter Vorname. Das solltest du langsam wissen.«

»Als Krankenschwester muss ich dir davon abraten. Die Anstrengung ist zu viel für dich.«

Renate ignorierte den Ratschlag, legte die Hände auf die Lehnen und drückte sich mit ihren dünnen Armen hoch.

»Du bist so ein Sturkopf«, schimpfte ihre Tochter.

»Das betrachte ich als Kompliment.«

Renate packte das Geländer mit der rechten Hand und zog sich die erste Stufe hoch. Monika, die direkt hinter ihr stand, um sie notfalls aufzufangen, wisperte: »Das ist Wahnsinn.«

»Nein, das ist nur eine Frage des Willens.« Renate nahm die zweite Stufe in Angriff. Inzwischen hatte sich eine Menschentraube um die Treppe gebildet und alle Kameras waren auf die alte Frau gerichtet, die sich Stufe für Stufe emporkämpfte. Als sie mit zitternden Beinen endlich oben angekommen war, brandete Applaus auf. Monika half ihr in den Rollstuhl, den Hinnerk in der Zwischenzeit auf die Bühne gehoben hatte. Die Anzeige an der Scheunenwand flackerte kurz auf und zeigte dann die Zahl 138 beim Tüdelbräu an.

»Wir haben gewonnen!«, rief die Friesenbrauerin und führte ein Freudentänzchen auf, von dem sich zunächst die Sünnmer und danach auch alle anderen Anwesenden anstecken ließen, bis die Bühne einer riesigen Tanzfläche glich.

»Hiermit erklären wir das diesjährige Watthumpen-Festival für beendet und gratulieren der Gewinnerin Gesine Felber«, war der Juror nun über die Lautsprecher des Mikrofons zu vernehmen. »Jetzt können wir endlich den Watthumpen und das Preisgeld offiziell übergeben. Dürfen wir Frau Felber zu uns bitten?«

Gesine trat vor die fünf Juroren, die mit feierlicher Miene neben der Trophäe standen und ihr zunächst einen Scheck über 10 000 Euro reichten, den sie unter dem Jubel der Sünnumer an Joris weitergab, bevor sie den Watthumpen in Empfang nahm.

»Die Trophäe wird einen Ehrenplatz im Kroog bekommen«, versprach die Friesenbrauerin und drückte ihrer Tochter den Watthumpen in die Hand. Diese reckte ihn freudestrahlend in die Höhe und gab ihn dann Joris, der ihm einen fetten Schmatz aufdrückte.

»Können sich bitte alle Sünnumer um den Pokal gruppieren?«, bat ein Kameramann, und die Dorfbewohner kamen der Aufforderung gerne nach. In den nächsten Minuten wurden neben einer Filmaufnahme auch unzählige Fotos mit privaten Smartphones gemacht, denn jeder der Anwesenden wollte diesen magischen Moment festhalten.

»Jetzt wollen wir den Leuten mal zeigen, wie man in Sünnum eine anständige Party feiert! Wer von euch hat noch Bier in seinem Verkaufswagen?« Die Frage richtete Gesine an die anderen Brauer, die ihr zum Sieg gratuliert hatten und nun im Pulk um sie herumstanden.

»Ich habe noch ein Fass *Ballerkopp* übrig«, ließ sich ein schmächtiger Mann mit kupferroten Haaren vernehmen.

»Für eine ordentliche Feier opfere ich gerne meine eiserne Reserve.« Die Äußerung des Brauers der *Möwentränen* wurde mit Applaus aufgenommen.

»Ein paar Kisten *Wattwurm* sind noch auf dem Hänger. Jungs, fasst mal mit an.« Ein bierbäuchiger Hüne stampfte von der Bühne. Einige Männer folgten ihm unter lautem Gelächter.

Nach ihnen verließen weitere Gäste das Gebäude und kurz darauf wurden Kisten und Fässer in die Scheune gebracht und neben der Bühne zu einem gemeinsamen Bierstand aufgebaut.

»Freibier für alle!«, rief Hinnerk und rollte mit Sören das letzte Fass Tüdelbräu in die Scheune. Unter dem johlenden Applaus der Gäste schlug Gesine den Zapfhahn ein und reichte die Becher in alle Hände, die sich ihr entgegenstreckten.

Bald war die Scheune erfüllt von Stimmengewirr und Gelächter. Aus den Lautsprechern erklangen Seemannslieder, die Wiebke auf einer Playlist ihres Smartphones gespeichert und an die Boxen angeschlossen hatte.

Die Songs wurden von vielen Feiernden mehr oder weniger textsicher mitgesungen. Einige schwoften auf der Bühne, die kurzerhand zu einer Tanzfläche umfunktioniert worden war. Bis zum Morgengrauen gab es keinen Unterschied zwischen Gästen, Juroren, Reportern, Elektrikern und Brauern. Es existierte nur eine ausgelassen feiernde Menschenmenge, die den diesjährigen Wettbewerb in ein rauschendes Fest verwandelte.

Alle hatten einen Riesenspaß.

Bis auf einen.

Neunaber hatte die Veranstaltung direkt nach der Bekanntgabe der Gewinnerin verlassen und war mit seinem hypermodernen Bierwagen nach Hause gefahren.

Niemand vermisste ihn.

BIERTOURISTEN

Eine Woche später machte sich Wiebke Felber nach ihrer Schicht im Polizeikommissariat auf den Heimweg. In Sünnum standen die am Seitenstreifen parkenden Autos so dicht, dass sie auf den ersten Blick wie ein blecherner Lindwurm wirkten, der sich in das Dorf verirrt hatte. An diesem Abend war vor dem Kroog kein Durchkommen mehr, also stellte sie ihren himmelblauen Mini in einer Seitenstraße ab und legte den Rest des Weges zu Fuß zurück.

»He, was soll das?«, blaffte sie einen jungen Mann an, der an eine Hecke pinkelte. Der drehte sich um und musterte ihre Uniform mit glasigen Augen.

»Entschuldigung, ich musste mal.« Er zog den Reißverschluss seiner Hose hoch und torkelte zum Kroog.

»Das darf doch nicht wahr sein.« Wiebke drängte sich durch die vor der Gaststätte stehenden Menschen und öffnete die Tür. Stimmengewirr, in das sich Musikfetzen aus den Lautsprechern mischten, quoll wie eine akustische Wolke heraus.

Der Tierarzt Hauke Peters kam ihr entgegen. »Die Kneipe gleicht einem Tollhaus, so schlimm wie heute war es noch nie. Kannst du nichts gegen die Bagaluten unternehmen, die in den letzten Tagen in Sünnum eingefallen sind?«

»Mal sehen, was ich machen kann.« Wiebke betrat den Schankraum.

Die Gäste standen so dicht beieinander, dass sie sich bis zur Theke vorkämpfen musste, hinter der ihre Mutter stand und Tüdelbräu zapfte. Renate Nansen saß im Rollstuhl neben ihr und spülte die benutzten Gläser.

Joris hockte auf seinem Stammplatz auf der rechten Seite der Theke. Sören stand neben ihm und starrte in sein halbvolles Glas. Der hünenhafte Tischler, der direkt hinter den beiden sein Bier trank, ragte wie ein Leuchtturm aus der Menge hervor.

»Das ist noch voller als gestern«, schimpfte Joris, als sich Wiebke an ihm vorbeidrängte und hinter die Theke trat.

»Zieh dich um und hilf mir. Monika kümmert sich um die Gäste im Innenhof, aber wir können jede Hand brauchen.«

Die Friesenbrauerin stellte ein volles Glas auf den Tresen, der wie ein schützendes Bollwerk gegen die Menschenmenge wirkte.

»Können wir ein Selfie machen?«

Bevor Gesine die Frage beantworten konnte, hatte sich ein dünner Kerl mit seinem mageren Hintern auf die Theke geschwungen und knipste mit dem Smartphone ein Foto. Dabei stieß er ein Glas um. Bier floss über die Theke und tropfte zu Boden.

»Du zahlst mir ein neues Tüdelbräu«, beschwerte sich ein beleibter Mann.

»Runter da, aber sofort«, befahl Wiebke.

»Ich bin schon weg.« Der Hagere machte ein weiteres Bild und sprang zu Boden. Wenige Augenblicke später war er in der Menge verschwunden.

»He, was ist jetzt mit meinem Bier?«

»Nehmen Sie das hier. Geht aufs Haus.« Die Friesenbrauerin wischte mit einem Lappen über die Theke und stellte dann ein frisch gezapftes Tüdelbräu darauf.

»Danke. Das ist nett.«

»Das ist echt guter Bölkstoff«, lobte ein sichtlich ange-trunkener Mittvierziger, der neben dem Beleibten wie ein nasser Sack auf seinem Barhocker kauerte.

Gesine stellte ein weiteres Glas auf die Theke. Als zwei Zecher gleichzeitig danach griffen, fiel es zu Boden und zerbrach.

Wiebke atmete tief ein und ließ die Luft langsam entwei-chen. Nach ihrer nervenaufreibenden Arbeit hatte sie sich auf etwas Ruhe und einen Klönschnack mit ihrer Mutter und anderen Dorfbewohnern im Kroog gefreut. Aber da-raus würde anscheinend wieder nichts werden.

Die Polizistin holte den hinter der Theke liegenden Handbesen und kehrte die Scherben auf. Dabei wurde sie von einem Betrunkenen angerempelt, der sein Bier über ihre Hose kippte und ohne Entschuldigung in der Menge verschwand. Die Touristen verlangten immer ungeduldi-ger nach ihrem Tüdelbräu.

»Mach hinne!«

»Wieso dauert das denn so lange?«

»Kann mal jemand die alte Schachtel am Zapfhahn ablö-sen?«, rief eine besonders impertinente Person.

Wiebke drehte sich zu einer etwa dreißigjährigen Frau um, die mit ihrer eleganten Kleidung und der Hochsteck-frisur eher in eine angesagte Großstadtbar als in eine Dorf-kneipe passte. Neben ihr stand ein Mann in einem anthra-zitfarbenen Anzug, der mit seinen Fingern ungeduldig auf die Theke trommelte.

»Ich verstehe nicht, warum der Kroog im Internet über den grünen Klee gelobt wird. Das Tüdelbräu mag ein gutes Bier sein, aber das Ambiente ist so primitiv wie die Proleten aus dem Dorf. Kein Wunder, dass Sünnum auf keiner digitalen Landkarte auftaucht.«

»Raus, aber sofort.« Die Friesenbrauerin, die die abfällige Bemerkung des Anzugträgers gehört hatte, deutete zur Tür.

»Wollen Sie mir ernsthaft Hausverbot erteilen? Wissen Sie eigentlich, wer ich bin?«, echauffierte sich der Angesprochene.

»Nein, und das ist mir auch vollkommen egal.«

»Ich bin Herausgeber der Zeitschrift *Land und Luxus*«, erklärte er trotz Gesines Antwort in herablassendem Tonfall. »Bei einer negativen Berichterstattung wird keiner meiner Leser jemals wieder einen Fuß in diese Absteige setzen. An Ihrer Stelle würde ich mir und meiner Frau ein Bier spendieren und sich in aller Form bei uns entschuldigen.«

»Welchen Teil von *Raus, aber sofort* haben Sie nicht verstanden?« Gesine beugte sich vor.

»Sie haben meine Mutter gehört.« Wiebke baute sich vor dem Schnösel auf.

»Was erlauben Sie sich?« Der Kopf des Wichtigtuers hatte inzwischen die Farbe einer reifen Tomate angenommen.

»Meine Mutter hat Ihnen Hausverbot erteilt. Abflug«, ordnete die Polizistin an.

»Niemand nennt Tüdelbüdel ungestraft eine alte Schachtel.« Joris hob belehrend den Zeigefinger.

»Das wird ein Nachspiel haben«, drohte der Zeitungsmacher und drängte mit seiner aufgetakelten Begleiterin zum Ausgang. Sofort rangelten andere Gäste um die freien Plätze an der Theke.

Wiebke kippte die Scherben in den Mülleimer hinter

dem Tresen. Nachdem sie die Bierpfütze aufgewischt hatte, verließ sie die Kneipe, um sich umzuziehen und eine Kleinigkeit zu essen.

Während der schnellen Mahlzeit, die aus einem Käsebrot und einem Glas Milch bestand, vibrierte das Smartphone, das neben ihr auf dem Küchentisch lag.

»Moin Ruben«, begrüßte sie ihren Freund. Der betrieb auf Norderney eine Cocktailbar und das abendliche Telefonat war inzwischen zu einem Ritual in ihrer Beziehung geworden. »Können wir später telefonieren? Hier brennt gerade die Hütte.«

»Das wundert mich nach dem Sieg des Watthumpens keinesfalls. Die Fotos der Veranstaltung werden im Internet tausendfach geteilt und kommentiert. Deine Mutter und diese ältere Lady, die sich die Treppe hochgequält hat … wie heißt sie noch gleich?«

»Renate Nansen.«

»Nansen, richtig. Die beiden Frauen rocken gerade die sozialen Netzwerke. Der Kroog ist inzwischen bekannter als meine Bar und für ein Selfie mit der Friesenbrauerin bekommen die User Likes ohne Ende. Waren denn noch keine Journalisten bei euch?«

»Die Pressevertreter sind schon am Tag nach dem Sieg in unser Dorf eingefallen. Meine Mutter hat bereits neun Interviews gegeben. Vor wenigen Minuten hat sie den Herausgeber der Zeitschrift *Land und Luxus* rausgeworfen.«

»Echt jetzt? Bei dem Mann habe ich monatelang um einen Beitrag gebettelt. Als er dann endlich erschien, war meine Bude jeden Abend so voll, dass ich drei neue Aushilfen einstellen musste, um alle Gäste bedienen zu können.«

»Die Aushilfen könnte meine Mutter jetzt auch brauchen.

Seit dem Besucheransturm braut sie in jeder freien Minute, aber wir haben nun einmal eine kleine Kellerbrauerei mit begrenztem Bierausstoß.«

»Warum geht sie denn keine Kooperation mit einer großen Brauerei wie dem Dünenhopfen ein?«

»Vergiss es«, unterbrach Wiebke den Insulaner. »Meine Mutter wird mit Neunaber sicherlich keine Geschäfte machen. Zudem würde sie ihr Tüdelbräu immer selbst brauen wollen. Können wir später reden? Ich muss wieder in den Kroog.«

»Das hast du an den letzten beiden Abenden auch schon gesagt. Wann willst du denn wieder nach Norderney kommen?«

»Nichts würde ich lieber tun, aber ich kann Mama jetzt unmöglich allein lassen.«

»Wir haben uns schon lange nicht mehr gesehen.« Seine Stimme hatte etwas Flehendes.

»Das weiß ich, aber jetzt geht es echt nicht.«

»Ist zwischen uns alles okay?«

»Natürlich. Warum fragst du?«

»Weil ich das Gefühl habe, dass du mir aus dem Weg gehst.«

»Das stimmt nicht«, rechtfertigte sich Wiebke, die sich über Rubens Drängen wunderte, da sie sich auch in der Vergangenheit nur unregelmäßig gesehen hatten. »Ich habe momentan nur keine Zeit für einen Inselurlaub, das ist alles.« Sie stellte den Teller in die Spüle.

»Ich will dich nicht verlieren.«

»Was ist das denn für ein Spruch? Bist du betrunken oder hast du dir in der Glotze eine Überdosis Schmonzetten reingezogen?«

»Nee, heute habe ich noch keinen Tropfen angerührt und zum Fernsehgucken komme ich nur im Winter.«

»Oh, ich dachte nur … weil … so etwas hast du noch nie zu mir gesagt.«

»Das hätte ich längst tun sollen. Du bist meine …«

»… wenn du jetzt *Traumfrau* sagst, spreche ich nie wieder ein Wort mit dir«, drohte sie scherzhaft.

»Seit wann kannst du meine Gedanken lesen? Du bist … ach, vergiss es.«

»Ruben, lass uns in den nächsten Tagen in Ruhe miteinander reden, okay? Bis später.«

»Warte …«

»Was ist denn noch?«

»Du bist mein Lieblingsmensch, vergiss das nicht.«

»Niemals.«

Wiebke beendete das Gespräch und legte das Mobiltelefon gedankenverloren vor sich auf den Tisch. So gefühlsbetont hatte sie ihren Freund noch nie erlebt. Bisher war ihre Beziehung recht locker, mehr Freundschaft plus als echte Liebe. Dabei konnte sie sich in ihren ruhigen Momenten ein Leben mit dem Sonnyboy durchaus vorstellen.

Wiebke seufzte vernehmlich. Ein Gefühlschaos, bei dem die Emotionen mit ihr Achterbahn fuhren, brauchte sie momentan so wenig wie der Seehund ein Fahrrad.

Sie trank die Milch aus, schlüpfte in die weißen Sneakers und warf einen kurzen Blick in den Wandspiegel, der neben der Garderobe in der Diele hing. Statt ihrer Uniform trug sie nun eine Jeans und ein blaues T-Shirt mit dem Aufdruck einer Möwe. Ihre Haare hatte sie zu einem Pferdeschwanz zusammengebunden.

Die Ringe unter den Augen konnte sie nicht mehr lange

unter ihrem Make-up verstecken. In der letzten Woche hatte Wiebke kaum geschlafen, weil sie entweder im Polizeikommissariat oder im Kroog gearbeitet hatte.

Ein paar Inseltage mit Ruben würden ihr daher sicherlich guttun – aber die mussten warten, bis sich die Lage in Sünnum wieder normalisiert hatte. Wenn der virtuelle Rummel, der nach dem Sieg im Internet um das Tüdelbräu gemacht wurde, nachließ, würden die Biertouristen sicherlich verschwinden und andere Trendlokale aufsuchen, mit denen sie in der digitalen Welt punkten konnten. Wiebke strich sich eine widerspenstige Haarsträhne aus dem Gesicht und kehrte in den Kroog zurück.

Während ihre Mutter weiterhin Bier zapfte, sammelte sie zusammen mit Monika die leeren Gläser ein und brachte den Gästen im Innenhof neue Getränke.

Im Laufe des Abends leerte sich der Schankraum zusehends. Nach Mitternacht begleitete sie die letzten beiden Touristen nach draußen und setzte sie auf die blaue Bank, die direkt vor dem Eingang stand.

»Puh, was für ein Abend.« Die Friesenbrauerin lehnte sich an das Regal hinter der Theke, in dessen Mitte sie den Watthumpen platziert hatte.

»Du siehst total fertig aus. Geh ins Bett, ich kümmere mich hier um alles.«

»Wiebke, das ist lieb von dir, aber ich muss noch in die Brauerei. Wenn du den Kroog wieder auf Vordermann bringst, wäre mir sehr geholfen.«

»Geht klar.«

»Ich helfe dir«, bot sich Renate Nansen an.

»Mama, wir müssen jetzt nach Hause. Ich habe Frühschicht und muss schlafen«, winkte Monika ab.

»Schon gut, wir kommen auch alleine klar. Danke für eure Hilfe.« Tüdelbüdel umarmte zunächst Renate und dann ihre Tochter. »Ohne euch hätte ich die letzten Tage nicht durchgestanden.«

»Kein Grund, gleich sentimental zu werden. In Sünnum halten wir zusammen, das war schon immer so.« Joris rutschte vom Hocker und trat zur Friesenbrauerin hinter den Tresen.

»Was willst du denn hier?«

»Spülen, was sonst?« Er krempelte die Ärmel auf.

»Na denn man tau.« Sie drückte ihm einen Lappen in die Hand. Während der alte Kapitän die Gläser spülte, säuberte Wiebke den Schankraum und fegte den Innenhof. Nach der Arbeit hängte Joris das Spültuch an einen Haken.

»Ich freue mich über den Gewinn des Watthumpens, aber in den letzten Tagen war mir hier zu viel los. Mit so einem Rummel hatte ich keinesfalls gerechnet. Sören will sein Bier zukünftig daheim trinken, weil er hier nicht mehr mit den anderen Dorfbewohnern schnacken kann. Bei dem Lärm versteht man sein eigenes Wort nicht mehr.«

»Ich gehe davon aus, dass sich die Leute bald eine angesagtere Location suchen«, beruhigte ihn Wiebke.

»Locawat?« Er hielt sich die Hand hinter das rechte Ohr.

»Sie werden sich eine neue Kneipe suchen.«

»Dann sag das doch.«

Joris verabschiedete sich und schlurfte aus dem Kroog. Wiebke sah ihm nach, bis sich die Tür hinter ihm geschlossen hatte. Der alte Seebär hatte vollkommen recht.

Sünnum war in den letzten Tagen von einer Invasion Biertouristen überrannt worden wie von einer feindlichen Macht. Obwohl die Gäste viel Geld nach Sünnum brachten,

fehlten auch ihr die Gespräche mit den anderen Dorfbewohnern.

Wiebke ging in den Keller, in dem ihre Mutter gerade
selbst abgefüllte Flaschen verschloss und in eine Kiste
stellte.

»Lass uns Feierabend machen.«

»Ich brauche noch Bier für das Lädchen. Viele Gäste
nehmen sich einige Flaschen als Souvenir mit.«

»Mama, es ist gut jetzt. Du kannst nicht jeden Tag bis zur
Erschöpfung arbeiten.«

»Da ist was dran.« Die Friesenbrauerin stellte eine weitere Flasche in die Kiste und drückte dann den Rücken
durch, wobei einige Wirbel protestierend knackten.

»Ich werde langsam zu alt für diesen Scheiß.«

»So einen Spruch hätte ich mir als Kind nie erlauben
dürfen.« Wiebke grinste.

»Ich bin auch die Einzige, die sich diese Unverschämtheit herausnehmen darf. Ich bringe die Kisten noch schnell
ins Lädchen.«

»Lass mich das machen.« Wiebke schob den Riegel der
Kellerluke zurück, durch die man direkt auf den Innenhof
gelangte, und schleppte die Bierkisten über die schmale
Holztreppe nach oben. Nachdem sie diese im Lädchen deponiert hatte, folgte sie ihrer Mutter in die Wohnung.

TÜDELTOWN

Ulrich Neunaber saß am Schreibtisch im Büro seiner Brauerei Dünenhopfen und starrte auf das leere Fach in der gläsernen Vitrine, in der er den Watthumpen in den letzten Jahren ausgestellt hatte. Der Spot, der die Trophäe bisher angestrahlt hatte, war an diesem Abend neben seinem Monitor die einzige Lichtquelle im Raum.

Am Tag nach dem Watthumpen-Wettbewerb hatte er dort zunächst die Skulptur eines regionalen Künstlers platzieren wollen, sich aber dann dagegen entschieden. Der leere Platz sollte ihn an seine schmerzhafteste Niederlage erinnern, die er schon bald in einen triumphalen Sieg verwandeln würde, denn ohne die Teilnahme der Friesenbrauerin wäre er niemals auf Sünnum aufmerksam geworden.

Er wandte sich wieder dem Computermonitor zu, der auf dem alten Eichenholzschreibtisch stand, an dem schon sein Großvater gesessen hatte. Das Familienerbstück war für Neunaber ein kraftvolles Symbol seiner Macht. Der Baum, aus dessen Holz der Schreibtisch gefertigt worden war, hatte sich in vielen Stürmen gebogen, ohne jemals zu brechen.

Der mediale Shitstorm, der nach dem Sieg der Friesenbrauerin über ihn hereingebrochen war, würde sich bald wieder legen und ihn keinesfalls in die Knie zwingen.

In den sozialen Netzwerken zogen die User mit hämischen Kommentaren wie *Neunaber verpisst sich*, *Dünen-*

hopfen ist ein Katertropfen und *Sturz des Bierkönigs* über ihn her.

Der Brauer rief die Onlineausgabe einer regionalen Zeitschrift auf. Auf der Titelseite war ein Foto von Gesine Felber zu sehen, das sie hinter dem Zapfhahn im Kroog zeigte. An der rechten Seite der Theke saß der ausgemusterte Kapitän, der anscheinend niemals von ihrer Seite wich, auf einem Barhocker.

Neunaber überflog den Bericht, in dem das Tüdelbräu derart gelobt wurde, als hätte Felber die Braukunst neu erfunden. Dabei schenkte sie nur gepanschte Plörre in einer Spelunke von Hinterwäldlern aus.

Mit etwas Geschick konnte er sich den Ruhm der Friesenbrauerin nicht nur zunutze machen, sondern ihn sogar gegen sie richten. Wenn alles seinen Vorstellungen entsprechend verlief, war ihr Sieg der Anfang vom Ende – für Felber und Sünnum.

Auf den Fotos und Videoclips, die Neunaber im Internet gefunden hatte, war nicht nur eine überfüllte Kneipe zu sehen, sondern auch eine idyllische Ortschaft, in der die Zeit stehengeblieben zu sein schien.

Die Häuser, die bis auf wenige Ausnahmen mit rotem Klinker erbaut worden und teilweise mit Reet gedeckt waren, wirkten aus der Vogelperspektive in ihren gepflegten Gärten wie Spielzeuge eines Riesen.

Die Fotos der direkten Umgebung konnten mit dem Deich und dem Meer im Norden sowie den Wiesen und Feldern, die von den anderen Seiten an Sünnum angrenzten, aus einem Werbeprospekt für einen Nordseeurlaub stammen. Das Kaff war ein ostfriesisches Disney World, in dem das Geld buchstäblich auf der Straße lag.

Er musste sich nur danach bücken.

Mit Sünnum hatte er endlich den perfekten Platz für sein Projekt gefunden, mit dessen Planung er bereits vor einiger Zeit begonnen hatte: Ein Bierdorf.

Bisher war sein Vorhaben an den astronomischen Kosten für den Kauf des Landes und die Errichtung der Gebäude gescheitert. Hinzu kamen unzählige Gutachten und Genehmigungen, die sich über Jahre hinziehen konnten.

Der Brauer lehnte sich in seinem Schreibtischstuhl zurück, legte die Fingerspitzen aneinander und dachte darüber nach, wie er das Dorf der Friesenbrauerin übernehmen konnte. Dabei plante er seine Schritte wie ein Feldherr, der eine feindliche Armee besiegen wollte.

Da Gesine ihm ihr Anwesen mitsamt der Brauerei sicherlich nicht freiwillig verkaufen würde, musste er ihrem Entschluss etwas nachhelfen. Wenn er das Gebäude erst einmal besaß, würde er den Kroog mit einer Marketingkampagne zu einem internationalen Zentrum des Biertourismus aufbauen. Zukünftig musste niemand mehr auf das Münchner Oktoberfest warten oder nach Mallorca fliegen, um sich mit seinen Kumpeln die Lichter auszuknipsen.

In Neunabers Vorstellung pilgerte bereits ein niemals enden wollender Besucherstrom über eine neu gebaute Straße nach Sünnum.

In der Nähe des Dorfes würde er ein Parkareal und ein Hotel errichten, in denen die Betrunkenen ihren Rausch ausschlafen konnten. Seinen Informationen nach gehörte ein großer Teil der Ländereien in der Nähe von Sünnum dem Landwirt Uwe Burmeister, der wegen etlicher Verbrechen noch viele Jahre im Gefängnis verbringen würde. Da der Gefangene mit den brachliegenden Flächen nichts anfangen konnte, würde er einem Verkauf sicherlich zustimmen – wie die Friesenbrauerin, die bald jeden Preis akzeptieren würde, bevor sie mit Schimpf und Schande aus Sünnum vertrieben wurde. Mit ihrem Verschwinden würde auch das beschauliche Leben der Dorfbewohner der Vergangenheit angehören. Neunaber hatte sich für Sünnum sogar schon einen neuen Namen ausgedacht.

Tüdeltown.

Im Gegensatz zum jetzigen Kaff würde dieser Ort auf jeder digitalen Landkarte zu finden sein. Wenn er den Kroog erst einmal in einen Bierpalast verwandelt hatte, würden die Bewohner keine ruhige Minute mehr haben und nach und nach ihre Häuser veräußern und wegziehen. Der Brauer würde diese Gebäude aufkaufen und sie zu Restaurants und weiteren Kneipen umbauen.

Bald schon würde Tüdeltown das erste Bierdorf Deutschlands sein, in dem der Gerstensaft vierundzwanzig Stunden am Tag floss – sieben Tage die Woche.

Vor Neunabers geistigem Auge nahm seine Vision immer weitere Gestalt an. Im Lädchen würde er Flaschenbiere und Souvenirs verkaufen. Der Strand hinter dem Deich würde im Sommer eine einzige Partymeile sein. Animateure würden die Gäste mit Trinkspielen bei Laune halten und jeden Abend den Teilnehmer, der das meiste Bier trinken konnte, ohne umzufallen, zum Hopfenkönig krönen.

»Friesenbrauerin, du hättest mich niemals herausfordern dürfen.« Obwohl er die Worte nur flüsterte, war die darin enthaltene Drohung unüberhörbar.

In den nächsten Wochen würde er den Dorfbewohnern einen Vorgeschmack auf das Leben geben, das sie nach der Übernahme des Kroogs durch den Dünenhopfen erwartete.

Bei dem Gedanken an die Unruhe, die er in Sünnum stiften würde, verzogen sich seine Lippen zu einem diabolischen Lächeln. Da Neunaber die Sache allerdings nicht allein durchziehen konnte, brauchte er einen loyalen Verbündeten, dem er bedingungslos vertraute, denn von dem Projekt durfte nicht einmal seine Frau etwas wissen. Der Brauer griff zum Telefonhörer und tippte auf eine im Kurzwahlverzeichnis gespeicherte Nummer.

»Patrick Meiners«, meldete sich kurz darauf eine verschlafene Stimme.

BARKEEPER

»Tüdelbüdel, wir müssen reden.«

Joris riss die Tür des Lädchens so abrupt auf, dass das Glöckchen darüber wie verrückt bimmelte, und stürmte herein. Hinnerk, Sören und Sepp folgten ihm.

»Was ist denn los?« Gesine, die an diesem späten Vormittag das Obst, das ihr der Bio-Bauer Hendrik Dekker vorbeigebracht hatte, in ihren Kisten sortierte, sah auf.

»So geht das nicht weiter. Irgendein Vollpfosten hat ein Graffiti an meinen Leuchtturm geschmiert. Wenn ich den Kerl erwische, grabe ich ihn eigenhändig bei Ebbe im Watt ein und warte in aller Ruhe auf die nächste Flut.«

»Ich habe wegen des Lärms die ganze Nacht kein Auge zugemacht. Die Leute nehmen keine Rücksicht und drehen die Musik in ihren Autos so laut auf, dass ich nicht schlafen kann. Zudem lassen einige Deppen ihre Motoren aufheulen, als wären sie auf einer Rennstrecke«, beschwerte sich Hinnerk.

»Zwei Kerle haben an unsere Hauswand gepinkelt«, ergänzte Sören sichtlich angefressen.

»Mir hat jemand seinen Müll in den Vorgarten geworfen«, machte Sepp seinem Ärger Luft.

»Mein Blumenbeet wurde zertrampelt.« Monika Nansen, die an einem der Regale stand, drehte sich zu den Männern um. »In Sünnum habe ich mich immer sicher gefühlt, auch nachts. Jetzt habe ich Angst vor den Gröölbüdels und bin froh, wenn ich mit meiner Mutter daheim bin und die Haustür abgeschlossen habe.«

»Das muss aufhören.« Hinnerk ballte die Hände zu Fäusten, als wollte er auf einen unsichtbaren Gegner einschlagen.

»Was soll ich eurer Meinung nach denn unternehmen?« Die Friesenbrauerin legte die letzten beiden Äpfel in die Kiste und drückte den Rücken durch.

»Du kannst im Kroog eine Ansage machen und den Bagaluten Hausverbot erteilen«, schlug Monika eine Lösung vor.

»Das wäre möglich, aber es löst eure Probleme nicht, weil das Hausverbot nur für mein Grundstück gilt. Zudem kann ich meinen Gästen nicht ansehen, ob sie später Ärger machen werden.«

»Dann brauchen wir eine stärkere Polizeipräsenz im Dorf. Kann Wiebke nicht für Ruhe und Ordnung sorgen?«, fragte Sören.

»Ich werde mit ihr sprechen, aber ich denke nicht, dass meine Tochter rund um die Uhr im Dorf sein kann.«

»Was ist denn mit ihrem Kollegen?«, hakte Monika nach.

»Gesner? Ihr Chef wird hier sicherlich nicht wegen ein paar Betrunkenen auftauchen.«

»Gesine, ich meine den jungen Kraftprotz. Vor einem Polizisten mit seiner Statur haben die Leute sicherlich Respekt.«

»Das ist Patrick Meiners. Den habe ich gestern in Sünnum gesehen, allerdings ohne Uniform.«

»Sepp, was hat er denn hier gemacht?« Die Friesenbrauerin runzelte die Stirn.

»Woher soll ich das wissen? Wahrscheinlich wollte er ein Bier trinken, wie alle anderen auch.«

»Seltsam, denn im Kroog ist er nicht aufgetaucht.«

»Ist doch egal, wo sich der Jungspund in seiner Freizeit rumtreibt. Wenn uns die Polizei nicht hilft, müssen wir selbst aktiv werden«, ließ Hinnerk entschlossen verlauten.

»Willst du etwa eine Bürgerwehr gründen?«

»Warum nicht? Irgendwie müssen wir uns doch schützen.« Der Tischler musterte die Friesenbrauerin mit finsterem Blick.

»Was wirst du denn machen, wenn du jemanden beim Wildpinkeln oder mit heulendem Motor erwischst?« Sie stemmte die Hände in die Seiten. »Willst du ihm dann eine reinhauen?«

»Ich werde ihm deutlich zu verstehen geben, dass er in Sünnum unerwünscht ist«, wich der Tischler einer direkten Antwort aus.

»Gewalt ist keine Lösung. Zudem sind es Touristen und keine Soldaten einer feindlichen Armee.«

»Schon klar, aber inzwischen fühle ich mich wie ein Fremder in meinem eigenen Dorf.«

»Sören, das geht mir auch so«, stimmte Monika zu. »Zudem vermisse ich die Ruhe. Statt Möwengeschrei und Meeresrauschen höre ich abends nur noch Gegröle und Motorengeheule.«

»Ich hätte nie gedacht, dass dein Tüdelbräu nach dem Sieg in aller Munde ist. In den regionalen Chatgruppen gibt es kaum noch ein anderes Thema. Sogar in Bayern wird über das Bier geredet.«

»Sepp, darf ich euch daran erinnern, dass ich die Einzige war, die an diesem Wettbewerb nicht teilnehmen wollte? Wenn ihr mich nicht heimlich angemeldet …«

»Mit diesen Auswirkungen hat keiner von uns rechnen

können«, unterbrach ein sichtlich genervter Sören die Friesenbrauerin.

»Zudem kannst du dich nicht beschweren, schließlich verdienst du nun mehr Geld als jemals zuvor. Seit mittlerweile zwölf Tagen ist der Kroog so voll, dass niemand von uns mehr dorthin geht, weil man nicht in Ruhe klönen kann.«

»Hinnerk, was willst du mir denn damit sagen?«

»Dass du an einer Änderung der Situation nicht interessiert bist.« Der Tischler, der Tüdelbüdel um mehr als einen Kopf überragte, beugte sich zu ihr. »Du stehst im Rampenlicht und genießt den Trubel offensichtlich. Was mit dem Dorf passiert, ist dir doch vollkommen egal.«

»Du solltest besser gehen, bevor du weiteren Tüünkram redest.« Gesine deutete zur Tür.

»Echt jetzt? Du wirfst mich raus?«

»Wenn du wieder zur Vernunft gekommen bist, kannst du jederzeit wiederkommen.«

Hinnerk funkelte die Friesenbrauerin wütend an und einen Moment lang hatte es den Anschein, als ob er noch etwas sagen wollte. Dann stampfte er wortlos aus dem Laden und knallte die Tür hinter sich zu.

»Was ist mit euch? Denkt noch jemand, dass ich mich nicht genug für Sünnum einsetze?«

»Nee, aber ich kann Hinnerk verstehen. Während du dir eine goldene Nase verdienst, haben wir nur Ärger.« Sören senkte den Kopf und sah zu Boden.

»Dafür arbeite ich auch rund um die Uhr. Was soll ich deiner Meinung nach denn tun?«

»Könntest du nicht ein privates Sicherheitsunternehmen beauftragen, das in Sünnum nach dem Rechten sieht?«, schlug Monika als Lösung vor.

»Möchtest du ernsthaft, dass ich eine Schlägertruppe anheuere, die die Touristen ängstigt?«

»Es gibt auch diskrete Unternehmen, ….«

»Bevor ich mich vor meinen eigenen Gästen schützen muss, werde ich kein weiteres Bier brauen und den Kroog schließen.«

»Tüdelbüdel, das kannst du uns nicht antun.« Joris blickte sie mit weit aufgerissenen Augen an.

»Mir gefällt die jetzige Situation auch nicht. Ich gehe allerdings davon aus, dass der Spuk ohnehin bald vorbei ist. In der schnelllebigen Zeit des Internets wird doch ständig eine neue Sau durch das virtuelle Dorf getrieben.«

»Wer einmal von deinem Tüdelbräu gekostet hat, ist dir für immer verfallen.«

Trotz der angespannten Situation grinste Gesine. »Mein Seebär, das war ein wundervolles Kompliment.«

»Ich wollte damit nur sagen, dass du das beste Bier an der Küste braust.«

»Das hast du aber nicht.« Sie strich ihm zärtlich über den Bart.

»Ich … meine … dachte … warum lacht ihr Döösbaddel jetzt?« Mit dieser Frage wandte sich Joris an Sören und Monika, die lauthals losprusteten.

»Ihr habt doch nicht mehr alle Latten am Zaun«, grummelte Joris und stampfte mit hochrotem Kopf aus dem Lädchen.

Sören, Sepp und Monika folgten ihm wenig später.

Die Friesenbrauerin schaute ihnen nach, bis sie durch die Glastür nicht mehr zu sehen waren. Mit dem unguten Gefühl, dass die Dinge aus dem Ruder liefen, machte sie sich wieder an die Arbeit.

Wenige Minuten später – sie füllte gerade neue Zuckerfische in das Glas auf dem Verkaufstresen – betrat ein hochgewachsener Mann das Lädchen. In der rechten Hand trug er eine Reisetasche.

»Moin«, grüßte er.

Gesine sah auf. Der Kunde kam ihr bekannt vor, auch wenn sie nicht sagen konnte, wo sie ihn schon einmal gesehen hatte.

»Moin.« Sie verschloss das Glas.

»Ist Wiebke hier?«

»Nein. Worum geht es denn?«

Die Friesenbrauerin musterte den Hünen, der selbst Hinnerk noch überragte. Die langen Haare hatte er zu einem modischen Man Bun frisiert. Dazu trug er einen Vollbart. Bekleidet war ihr Gegenüber mit einer Jeans und einem karierten Baumwollhemd.

»Ich wollte sie mit einem Besuch überraschen. Mein Name ist …«

»… Ruben.« Gesine erinnerte sich plötzlich wieder an die Fotos, die sie sich im Internet von Wiebkes Freund angesehen hatte.

»Richtig. Sie müssen Ihre Mutter sein. Ich habe schon viel von Ihnen gehört.«

»Nur Gutes hoffe ich.«

»Selbstverständlich.« Sein Lächeln zauberte wundervolle Grübchen in sein braungebranntes Gesicht.

»Wiebke wird erst heute Abend von der Arbeit kommen. Soll ich sie anrufen? Vielleicht kann sie früher Feierabend machen.«

»Nee, ich werde einfach auf sie warten. Kann ich meine Tasche hier abstellen?«

»Natürlich. Wo wollen Sie denn jetzt hin?«

»Keine Ahnung. Ich dachte …« Er verstummte, als die Tür aufgerissen wurde und Joris erneut in das Lädchen stampfte.

»Nu is daddeldu.«

»Was ist denn passiert?« Die Friesenbrauerin sah ihn mit großen Augen an.

»Vor dem Kroog stehen etwa zwanzig Leute und verlangen lauthals nach deinem Bier. Hinnerk ist ausgerastet und hätte einem besonders vorlauten Schreihals eine gescheuert, wenn ich nicht dazwischengegangen wäre. Ich wollte die Wartenden beruhigen, aber das war unmöglich. Hörst du sie denn nicht?«

Gesine lauschte und nun konnte auch sie die immer lauter werdenden Stimmen vernehmen.

»Das darf doch nicht wahr sein.« Sie seufzte und kam hinter dem Verkaufstresen hervor.

»Wollen Sie da wirklich rausgehen?« Ruben stellte sich ihr in den Weg. »In einer so aufgeheizten Stimmung kann es schnell zu Handgreiflichkeiten kommen.«

»Was soll ich denn machen? Wenn ich die Leute nicht beruhige, werden sie noch eine Schlägerei mit den Dorfbewohnern anzetteln.«

»Ich kümmere mich darum.«

»Das ist lieb gemeint, aber das ist meine Sache«, bestimmte die Friesenbrauerin.

»Wer bist du überhaupt?« Joris ließ seinen Blick von oben nach unten gleiten, als wäre Ruben ein Matrose, der auf einem seiner Schiffe anheuern wollte.

»Ein Freund von Wiebke.«

»Na, denn man tau.« Er nickte ihm zu.

Tüdelbüdel eilte aus dem Lädchen. Ruben und Joris folgten ihr auf den Fersen. Als die Besucher die Friesenbrauerin erkannten, brandet Jubel auf.

Furchtlos trat sie der Menge entgegen. »Der Kroog wird erst heute Abend geöffnet. Bis dahin könnt ihr euch gerne die Gegend ansehen oder in der Nordsee baden. Der Strand ist gleich dort drüben.« Sie deutete zum Deich.

»Bis heute Abend sind wir längst verdurstet.« Ein bulliger Mann, den sie auf etwa dreißig Jahre schätzte, trat ihr entgegen. »Ich bin extra hergefahren, um den ganzen Tag Tüdelbräu saufen zu können.«

»In Sünnum saufen nur die Tiere. Wir genießen unser Bier.«

»Joris, lass gut sein«, wisperte Gesine, aber es war bereits zu spät.

»Opa, halt den Sabbel.«

»Ik schiet di wat mit Opa. Für so eine Unverschämtheit hätte ich dich früher über die Planke gehen lassen.« Der ausgemusterte Kapitän machte einen Schritt nach vorne.

»Willst du mir etwa drohen?« Der Bullige trat ebenfalls vor, sodass sich die Kontrahenten nun auf Armlänge gegenüberstanden.

»Aufhören, aber sofort!« Die Friesenbrauerin ergriff Joris' Hand und zog ihn zurück.

»So ist brav. Geh zu deinem Frauchen und …«

Der restliche Teil des Satzes ging in einem Schmerzensschrei unter. Ruben hatte blitzschnell reagiert und dem vorlauten Besucher den rechten Arm auf den Rücken gedreht.

»Du wirst dich sofort entschuldigen, hörst du?«

»Lass mich los.«

»Erst nach einer Entschuldigung. Gröölbüdels werden in Sünnum nicht geduldet, ist das klar?«

»Ja. Tut mir leid.«

»Der alte Mann hat dich nicht verstanden.«

»Alter Mann?« Joris zermalmte die Buchstaben zwischen seinen Zähnen zu einem Sprachbrei.

»Sorry, war nicht so gemeint«, zog sich Ruben sofort aus der Affäre.

»Besser ist das.«

»Es tut mir leid«, wimmerte der Bullige.

Wiebkes Freund ließ ihn los und wandte sich an die Friesenbrauerin: »Ich könnte mich bis zu Wiebkes Rückkehr im Kroog nützlich machen.«

»Wir kommen hier allein klar«, grummelte Joris.

»Nee, das tun wir momentan nicht«, widersprach Gesine. »Ruben könnte mit dir im Kroog Bier zapfen, bis ich alle anderen Arbeiten erledigt habe und euch ablösen kann.«

»Kennst du dich denn damit aus?« Der alte Kapitän fuhr sich mit der rechten Hand nachdenklich über den weißen Bart.

»Ich habe eine Cocktailbar auf Norderney. Lass uns die Kneipe zusammen rocken. Das wird bestimmt lustig.« Ruben schlug ihm kumpelhaft eine Hand auf die Schulter.

»Das ist eine gute Idee. Joris, du kannst ihm alles zeigen. Am Zapfhahn könnt ihr euch abwechseln, bis ich komme.«

»Tüdelbüdel, ich schaffe das auch allein.«

»Nicht mit deinem Bein.«

»Aber …«

»Kein aber. Sei nicht so ein Sturkopf.«

»Der Kerl hat doch keine Ahnung.«

»Er ist Barkeeper.«

»Dann kann er Cocktails panschen, aber kein Bier zapfen. Ich will …«

»… Gesine helfen, das wolltest du doch sagen, oder?« Sie
grinste verschmitzt und schloss die Kneipentür auf. Joris
murmelte etwas Unverständliches und schlurfte unter dem
Applaus der Anwesenden in den Kroog. Wenige Augenblicke später waren alle im Schankraum verschwunden und
die Friesenbrauerin kehrte zum Lädchen zurück.

STIMMUNGSKANONE

Am frühen Abend hatte die Friesenbrauerin alle Lieferungen im Lädchen verräumt und die Kladde, in der jeder Dorfbewohner seine Einkäufe eintrug, um diese bei nächster Gelegenheit zu bezahlen, auf den Verkaufstresen gelegt. Einen Moment lang hatte sie darüber nachgedacht, das Geschäft zu schließen, um Diebstählen oder Vandalismus durch die Touristen vorzubeugen – aber dann hatte sie sich dagegen entschieden, weil sie nicht mit einer langjährigen Tradition brechen und den Auswärtigen nicht mit Misstrauen begegnen wollte. Damit auch die neuen Kunden ihre Ware bezahlen konnten, hatte Gesine sogar eine Holzkiste neben die Kladde gestellt, in der sich etwas Wechselgeld befand.

Auf dem Weg zum Kroog sah sie zahlreiche Besucher, die mit einem Bier in der Hand vor der Kneipe standen und rauchten. Die Bänke im Innenhof waren bereits gut gefüllt, die Gäste schnackten und lachten miteinander. Demnach schien momentan niemand auf Krawall gebürstet zu sein. Zu ihrem Leidwesen erkannte sie allerdings kein bekanntes Gesicht. Die Vorstellung, dass die Sünnumer den Kroog wegen der Menschenmassen mieden und lieber daheimblieben, stimmte sie traurig. Durch die geschlossene Tür des Schankraums erklang das Wummern der Bässe. Als die Friesenbrauerin die Tür öffnete, schallte ihr die Musik in einer derartigen Lautstärke entgegen, dass die Seehunde auf der Sandbank noch dazu tanzen konnten.

Trotz der Enge in der Gaststube herrschte eine ausgelassene Stimmung. Der Grund dafür war Ruben, der wie ein Leuchtturm hinter der Theke hervorragte.

In der linken Hand hielt er ein leeres Bierglas, das er mit einer schwungvollen Bewegung unter den Zapfhahn stellte, während sich sein Körper zum Rhythmus der Musik bewegte.

Als er Gesine erkannte, drehte er die Musik leiser und rief den Anwesenden zu: »Meine Damen und Herren, hier kommt die Gewinnerin des Watthumpens. Begrüßt mit mir the one and only Tüdelbüdel.«

»Tüdelbüdel, Tüdelbüdel«, skandierten die Gäste, drehten sich zu ihr um und reckten die Arme in die Luft. Als Gesine auf die Theke zuging, traten alle einen Schritt zurück und machten ihr Platz.

Joris hockte wie immer auf dem Barhocker an der rechten Seite der Theke und betrachtete das Spektakel so ungläubig, als würden sich sprechende Schafe in rosafarbenen Gummistiefeln in der Schankstube drängen.

»Die sind alle meschugge!«, raunte er ihr im Vorbeigehen zu und trank einen Schluck Bier.

»Die Friesenbrauerin wird nun den Zapfhahn übernehmen. Warum höre ich keinen Applaus?« Ruben legte beide Hände hinter die Ohren und die Gäste klatschten begeistert.

»Ist das alles, was ihr draufhabt?«, peitschte er die Menge auf. In den tobenden Beifall mischten sich nun auch Pfiffe. Einige Gäste stampften mit den Füßen und wenig später glich der Kroog einem Tollhaus.

»Was ist denn hier los?« Gesine griff nach einem leeren Glas.

»Ich sorge für etwas Stimmung. Auf diese Weise kommen die Leute nicht auf dumme Gedanken.« Ruben grinste bis über beide Ohren und drehte die Lautstärke wieder auf.

»Was ist das denn für Musik?«

»Ballermannmucke von meiner Playlist.«

»Das ist grauenvoll.« Sie stellte das leere Glas unter den Zapfhahn.

»Den Leuten gefällt es.« Er deutete auf die Menschen, die im Rhythmus der Musik zuckten.

»Joris nicht. Muss das denn so laut sein?«

»Was hast du gesagt?« Er beugte sich zu ihr.

»Mach den Krach leiser.«

»Dann gehen die Leute nicht mehr richtig ab.«

»Das ist mir egal. Wir sind hier in Sünnum und nicht in einem Berliner Nachtclub.«

»Wie du willst.« Ruben drehte die Lautstärke zurück. Sofort gellten Pfiffe durch den Raum.

»Leute, macht keinen Stress. Tüdelbüdel ist eine alte Lady und mag es etwas ruhiger. Wer von euch will denn noch ein Bier?«

»Ich!«, riefen alle Zecher gleichzeitig, sodass es wie ein einziger Schrei klang.

In den nächsten Stunden zapfte die Friesenbrauerin ein Glas nach dem anderen, während Ruben das Geld kassierte und die Leute mit Trinksprüchen bei Laune hielt.

Er verstand sein Handwerk, das musste Gesine ihm lassen – auch wenn sie es lieber gemütlicher mochte. Ihr fehlte der Klönschnack mit den anderen Dorfbewohnern, die für sie keine Gäste, sondern Freunde waren. Immer wieder ließ sie ihren Blick durch die Menge schweifen, konnte außer Joris aber keinen Sünnumer entdecken.

Als sich die Tür öffnete, sah sie auf – und traute ihren

Augen nicht: Ulrich Neunaber kam herein und bahnte sich einen Weg durch die Menge bis zur Theke.

»Was wollen Sie denn hier?« Die Friesenbrauerin musterte ihn argwöhnisch.

»Ein Tüdelbräu. Das soll angeblich das beste Bier im Norden sein.«

»Es *ist* das beste Bier im Norden«, versicherte Ruben und reichte ihm ein volles Glas.

Der Brauer stützte den linken Ellenbogen auf den Tresen, trank einen Schluck und nickte wohlwollend.

»So schlecht ist das Gesöff gar nicht. Frau Felber, wir hatten einen schlechten Start. Es wäre schön, wenn wir noch einmal von vorn beginnen könnten.«

»Mach dich vom Acker.« Joris deutete zunächst auf Neunaber und dann zur Tür. »Aber zackig.«

»Sie sind sicherlich nicht hier, um mir Komplimente zu machen. Was wollen Sie?«, fragte die Friesenbrauerin, ohne ihr Gegenüber aus den Augen zu lassen.

»Einfach nur reden. Ich bin übrigens der Uli.«

»Abgang!« Joris stand auf.

»Noch nicht. Erst will ich wissen, warum er wirklich hier ist.« Gesine hob die Hand.

»Wie gesagt, ich wollte …«

»Fisimatentenkroom!«, fuhr sie Neunaber an.

»Ich kann Ihren Ärger verstehen«, gab sich dieser reumütig. »Statt nach Ihrem Sieg einfach zu verschwinden, hätte ich Ihnen gratulieren und den Watthumpen überreichen müssen. Das Ding macht sich in Ihrem Regal übrigens gut.« Er deutete auf die Trophäe.

Die Friesenbrauerin war hin- und hergerissen. Einerseits wollte sie die Entschuldigung annehmen und den

Streit aus der Welt schaffen. Andererseits traute sie dem Friedensangebot nicht, denn ein erfolgverwöhnter Mann wie Neunaber entschuldigte sich nicht einfach und ging danach zur Tagesordnung über.

»Sie können …«

»Uli. Sagen Sie doch einfach Uli zu mir.«

»Meinetwegen. Also, was willst du?«

»In Ruhe mit dir reden. Wie alte Freunde.«

»Blödsinn. Worum geht es wirklich?« Gesine und Joris blickten erstaunt zu Ruben, der sich nun über die Theke beugte. »Ich habe mir den Wettkampf beim Watthumpen-Festival im Fernsehen angesehen. Ihre Respektlosigkeit der Friesenbrauerin gegenüber war eine Unverschämtheit.«

»Deshalb habe ich mich doch entschuldigt.« Neunaber schien auf seinem Barhocker zu schrumpfen.

»Ist angekommen. Sonst noch was?« Jede Freundlichkeit war aus dem Gesicht des Barkeepers gewichen.

»Ich wollte Gesine …«

»Für Sie immer noch Frau Felber, ist das klar?«, unterbrach ihn Ruben.

»… Frau Felber ein Geschäft anbieten.«

Die Friesenbrauerin nickte kaum merklich. Daher wehte also der Wind. Gesine zweifelte keine Sekunde daran, dass der Brauer sie über den Tisch ziehen wollte.

»Worum geht es?«, forderte der Barkeeper Neunaber zu einer Erklärung auf.

»Danke für deine Unterstützung, aber ich kann für mich allein sprechen«, wandte sich Gesine an Ruben. »Kannst du zapfen, während ich mich kurz mit dem Kerl unterhalte?«

»Geht in Ordnung.« Der Barkeeper machte sich sofort an die Arbeit.

»Können wir irgendwo ungestört reden?«

»Nein, dazu habe ich keine Zeit. Wie du siehst, habe ich hier alle Hände voll zu tun.«

»Wie Sie wollen. Ich möchte Ihnen eine Zusammenarbeit anbieten.«

»Kein Interesse«, winkte Tüdelbüdel sofort ab.

»Sie sollten mich zumindest anhören. Der Kroog ist gerammelt voll. Ich denke nicht, dass Sie die vielen Gäste mit Ihrer kleinen Brauerei über einen längeren Zeitraum versorgen können.«

»Ich wüsste nicht, was dich das angeht.« Gesine war sichtlich verärgert.

»Es würde mich freuen, wenn ich Ihnen etwas unter die Arme greifen könnte. Betrachten wir es einfach als Wiedergutmachung für mein Benehmen beim Wettbewerb.«

»Das ist Tüünkram. Raus hier.« Joris deutete zur Tür.

»Lass mich das regeln, okay?« Gesine warf dem alten Kapitän einen kurzen Blick zu und wandte sich dann wieder an Neunaber. »Ihre Entschuldigung wurde hiermit zur Kenntnis genommen.«

»Ich habe von einer Wiedergutmachung gesprochen. Wollen Sie denn nicht wissen, was ich Ihnen vorzuschlagen haben?«

»Nee, das ist mir vollkommen egal. Wenn du mich jetzt entschuldigen würdest? Ich habe zu tun.« Gesine griff nach einem leeren Glas und spülte es ab.

»Sie könnten Ihr Tüdelbräu beim Dünenhopfen brauen lassen. Ich würde Ihnen meine komplette Anlage zur Verfügung stellen. Unter Ihrer Anleitung …«

»Hast du einen an der Waffel? Gesine wird ihr Bier niemals bei dir brauen.«

»Joris, lass mich meine Angelegenheiten alleine regeln.«
Sie spülte ein weiteres Glas und stellte es in den Korb zum
Abtropfen.

»Sie würden mein Angebot also annehmen?« Dem sanf-
ten Tonfall nach schien sich Neunaber Hoffnungen auf
eine Zusammenarbeit zu machen.

»Natürlich nicht. Das Tüdelbräu wird weiterhin im Keller des Kroogs gebraut und ausschließlich in dieser Schankwirtschaft ausgeschenkt.«

»Aber beim Dünenhopfen könnten Sie …«

»Nein!«, unterbrach die Friesenbrauerin ihr Gegenüber.

»Wenn das Tüdelbräu auch in anderen Kneipen und den
Supermärkten erhältlich ist, würde Sie das Bier zu einer reichen Frau machen. Mit dem Geld könnten Sie sich ein Lu-
xusleben in einer Villa am Mittelmeer leisten.« Neunaber
verschränkte die Finger ineinander, als wollte er beten.

»Sünnum ist meine Heimat, der Kroog mein Zuhause.
Die Dorfbewohner sind meine Freunde. So ein Leben ist
unbezahlbar. Ich bin nicht interessiert.« Tüdelbüdel griff
nach einem leeren Glas und übernahm den Zapfhahn.

»An Ihrer Stelle würde ich mein Angebot annehmen.«

»Mir gefällt der drohende Unterton in deiner Stimme
nicht.« Sie blickte ihm furchtlos in die Augen. Neunaber
beugte sich über die Theke.

»Meinem Dünenhopfen werden Sie niemals das Wasser
reichen können. Außer mir würde Ihnen keiner für die
amateurhafte Provinzplörre, die Sie in dieser Spelunke ausschenken, ein derart großzügiges Angebot machen.«

»Wie hast du den Kroog genannt?«

Der alte Kapitän funkelte den Brauer wütend an.

»Eine Spelunke. Soll ich es buchstabieren?«

»Joris, nicht!«

Aber der ignorierte die Warnung der Friesenbrauerin und goss Neunaber den Inhalt seines Bierglases über den Kopf. Nun wurden auch die Gäste auf die Kontrahenten aufmerksam und bildeten einen Kreis um die beiden, die sich wie Boxer vor einem Kampf gegenüberstanden. Einige Touristen hatten bereits ihre Smartphones gezückt und machten Fotos und Videos.

»Uli, raus hier«, befahl die Friesenbrauerin, aber dieser schüttelte nur den Kopf. Dabei flogen Biertropfen aus seinen nassen Haaren.

»Holl dien kodderigen Sabbel, du alte Fregatte«, fuhr er sie wütend an. Dabei fletschte er die Zähne wie ein Bluthund.

»Wie hast du Tüdelbüdel genannt?« Joris ballte die Hände zu Fäusten.

Ruben, der die Situation beobachtet hatte, eilte hinter der Theke hervor und stellte sich zwischen die Streithähne.

»Du gehst jetzt besser.« Er packte Neunaber am Arm.

»Lassen Sie mich los.«

»Du hast Hausverbot.« Der Barkeeper zog ihn zur Tür.

»Wenn Sie mich nicht sofort loslassen, werde ich Sie wegen Körperverletzung anzeigen.«

»Meinetwegen. Es gibt Zeugen, Fotos und Videoaufnahmen, die mich entlasten werden.« Ruben deutete auf die Gäste.

»Habe ich diesem Mann etwas angetan?«, rief er.

»Nein!«, antwortete ein vielstimmiger Chor.

Neunaber knurrte etwas Unverständliches und wollte sich aus der Umklammerung befreien, aber Rubens Kraft hatte er nichts entgegenzusetzen.

»Das wird ein Nachspiel haben!«, drohte er, als der Barkeeper die Tür öffnete und ihn so unsanft hinausbeförderte, dass er auf die Knie fiel. Ruben ignorierte die Drohung und kehrte unter dem Applaus der Gäste hinter die Theke zurück.

»Wer von euch mag ein Dünenhopfen?«, rief er in die Menge. Niemand antwortete.

»Wer von euch mag ein Tüdelbräu?«

»Ich!«, schallte es aus allen Kehlen.

Wenige Minuten später kam Monika Nansen mit ihrer Mutter in den Kroog. Als die Gäste Renate erkannten, brandete Applaus auf und sie machten Platz, damit die Krankenschwester den Rollstuhl zur Theke schieben konnte.

Renate, die den Beifall sichtlich genoss, winkte so lässig wie eine Königin, die sich bei ihren Untertanen sehen lässt.

»In der nächsten Woche habe ich Nachtschicht und kann dir nicht helfen.« Monika bugsierte ihre Mutter neben die Friesenbrauerin. »Zudem muss ich morgen für eine kranke Kollegin einspringen. Kannst du dich in der Zeit um sie kümmern?«

»Kein Problem. Ich werde die hübsche Lady auf Händen tragen.« Ruben zwinkerte Renate bei dieser Bemerkung zu.

»Ich hatte Gesine gemeint. Wer sind Sie denn?«, fragte Monika und musterte den Barkeeper.

»Ein Freund von Wiebke. Ruben Brouwer«, stellte er sich vor und reichte ihr die Hand, die sie ergriff.

»Wiebke hat nie von Ihnen erzählt.«

»Ich bin ihr süßes Geheimnis.« Er grinste über beide Ohren.

»Jetzt nicht mehr«, versicherte Monika. »Ich verwette

einen Jahreslohn darauf, dass Ihr Besuch bald *das* Gesprächsthema in Sünnum ist.«

»Nennen Sie mich bitte Ruben. Sonst fühle ich mich so alt.«

»Ich bin Monika. Wo ist Wiebke denn?«

»Im Polizeikommissariat. Ich wollte sie mit meinem Besuch überraschen. Bis zum Ende ihrer Schicht greife ich ihrer Mutter etwas unter die Arme.«

»Ruben ist eine echte Stimmungskanone. Könnt ihr euch um die Bewirtung der Gäste im Innenhof kümmern und die leeren Gläser einsammeln?«

»Kein Problem.« Die beiden verließen den Kroog.

»Der Kerl ist ein richtiger Hingucker.« Renate grinste verschmitzt. »Wenn ich jünger wäre …« Sie ließ den Rest des Satzes unausgesprochen.

»Der Bengel ist nur ein Schlauschnacker.« Joris, der wieder an seinen Platz zurückgekehrt war, drehte sein leeres Glas zwischen den Fingern. »Ich habe keine Ahnung, was ihr an dem Kerl findet.«

»Mein Seebär, bist du etwa eifersüchtig?«

»Auf Ruben? Niemals. Tüdelbüdel, hör sofort mit dem Grinsen auf und mach mir lieber ein neues Bier.«

»Kommt sofort«, lachte die Friesenbrauerin.

ÜBERRASCHUNGSBESUCH

»Ich mache für heute Feierabend«, verkündete Wiebke nach einem langen Arbeitstag im Polizeikommissariat Norden und rieb sich über die Augen.

»Hast du die Zeugen der Kneipenschlägerei in Hage schon vernommen?«, fragte Steffen Gesner, ihr Vorgesetzter.

»Yep. Alle Unterlagen zu dem Fall findest du hier.« Sie deutete mit dem Finger auf eine Akte.

»Wie weit bist du mit dem Ladendiebstahl in Norddeich?«

»Darum wollte sich Patrick doch kümmern.« Sie runzelte die Stirn.

»Ich weiß, aber der hat momentan Urlaub.«

»Urlaub? Ich dachte, er hätte heute nur einen freien Tag.«

»Nee, er hatte mich vorgestern um seinen restlichen Jahresurlaub gebeten.«

»So spontan? Was ist denn los?«

»Das hat er mir nicht gesagt. Solange ihr in der Freizeit keinen Mist baut, gehen mich eure Privatangelegenheiten nichts an.«

»Wir haben Arbeit bis zum Abwinken«, warf Wiebke ein.

»Das ist leider immer so. Patrick schienen die freien Tage wichtig zu sein, daher habe ich sie kurzfristig genehmigt.«

»Wahrscheinlich ist er den ganzen Tag in der Muckibude und pumpt seinen Bizeps auf.«

»Das ist mir egal.« Gesner sah seine Kollegin ernst an und fuhr dann fort: »Nicht egal ist mir hingegen, dass du immer unkonzentrierter wirst. Du siehst vollkommen fertig aus.«

Wiebke seufzte vernehmlich. »Ich weiß. Seit dem Gewinn des Watthumpens ist in Sünnum der Teufel los und ich muss meiner Mutter im Kroog helfen. Ich kümmere mich so schnell wie möglich um den Ladendiebstahl.«

»Du musst mehr schlafen. In deinem Job darfst du dir keine Nachlässigkeit erlauben.«

»Das ist mir klar. Bis dann.« Wiebke stand auf und winkte ihrem Vorgesetzten zum Abschied zu.

»Warte«, rief Gesner ihr nach und sie drehte sich zu ihm um. »Ich bin heute Abend auf einem Junggesellenabschied und werde morgen etwas später kommen. Kannst du die Rufbereitschaft übernehmen?«

»Muss das sein?«

»Jens ist einer meiner besten Freunde.«

»Okay. Soll ich dir morgen ein Katerfrühstück mitbringen?«

»Nee, lass mal. Ich wollte mich nicht volllaufen lassen.«

»Wie du meinst. Bis dann.«

Wiebke verließ das Polizeikommissariat und stieg in ihren himmelblauen Mini. Während der Fahrt nach Sünnum dachte sie über das letzte Telefonat mit Ruben nach, das ihr einfach nicht aus dem Kopf ging, denn bei dem Gespräch hatte er anders geklungen als sonst.

Ernster.

Reifer.

Verletzlicher.

Waren die lockeren Stunden ohne Verpflichtungen vorbei? Hatte er sich ernsthaft in sie verliebt? Wollte sie überhaupt eine feste Beziehung? Konnte Ruben sie glücklich machen? Brauchte sie zu ihrem Glück überhaupt einen Mann? Wollte sie ihre Freiheit, tun und lassen zu können, was immer sie wollte, für faule Kompromisse in einer Beziehung aufgeben?

Fragen des Herzens darf der Verstand nicht beantworten, hatte Wiebke einmal in einem Buch gelesen.

Damals hatte sie den Satz furchtbar kitschig gefunden und gelacht, aber jetzt …

Ein Hupen riss sie aus ihren Gedanken.

Sie schrak zusammen, als wäre sie aus dem Schlaf gerissen worden, und sah, dass die Ampel, vor der sie angehalten hatte, auf Grün umgesprungen war.

Sie gab Gas und fuhr an. Der Wagen hinter ihr ließ den Motor aufheulen und bog an der nächsten Kreuzung nach links ab.

Wiebke legte die restliche Strecke zurück, als hätte sie jemand auf Autopilot geschaltet. Die Wiesen und Felder, die sich bis zum Horizont erstreckten und vom Licht der tief im Westen stehenden Sonne mit einem goldenen Schimmer überzogen wurden, beachtete sie nicht.

Bei dem Gedanken, wieder bis Mitternacht im Kroog schuften zu müssen, hätte sie sich am liebsten im Bett verkrochen und die Decke über den Kopf gezogen.

Aber das konnte sie ihrer Mutter keinesfalls antun.

Im Nachhinein betrachtet war die Anmeldung beim Watthumpen-Festival trotz des Sieges keine gute Idee gewesen. Bis auf Joris ließen sich kaum noch Sünnmer im Kroog sehen und auf die Touristen, die das Dorf in eine Partymeile verwandelten und sturzbetrunken an Hauswände pinkelten, konnte sie gut verzichten.

Hoffentlich zog der trinkfreudige Mob bald weiter, denn

das Schützenfest rückte immer näher. Die Gemeinschaft musste die Feierlichkeiten unter allen Umständen geheim halten, denn das Schießduell, das traditionell zwischen den beiden Schützen Joris Harms und Josef Bergmüller ausgetragen wurde, war eine dorfinterne Angelegenheit.

Die Erinnerung an den letztjährigen Wettkampf, bei dem Joris die goldene Möwe – die in Wirklichkeit nur eine mit Goldlack besprühte Blechfigur aus einem Souvenirladen war – vom Poller geschossen hatte, zauberte ein Lächeln auf ihre Lippen. Bei seinem letzten Schuss hatte der alte Kapitän mehr Glück als Verstand gehabt, denn ohne eine hilfreiche Windbö hätte er den Blechvogel bestimmt nicht getroffen.

Nach dem Schießduell hatten alle Dorfbewohner bis zum Morgengrauen im Kroog gefeiert. Am nächsten Morgen hatte es im Innenhof ein gemeinsames Frühstück gegeben, zu dem jeder Sünnumer etwas mitgebracht hatte, damit die Arbeit nicht allein an ihrer Mutter hängenblieb. Seit Wiebkes Kindheit war das jährliche Schützenfest ein dreitägiger Ausnahmezustand gewesen, für das alle Dorfbewohner Urlaub genommen hatten, um es miteinander feiern zu können.

Vor Sünnum standen die Fahrzeuge rechts und links der Landstraße teilweise so eng, dass Wiebke mit ihrem Mini kaum durchkam. Im Dorf hatten parkende Autos die wenigen Straßen derart verstopft, dass sie ihren Wagen hinter dem Ortseingang abstellen musste und den Weg bis zum Kroog zu Fuß zurücklegte.

Da sie noch immer ihre Uniform trug, wurde sie von vielen Gästen misstrauisch beäugt. Einige machten sogar einen Bogen um die Polizistin, als hätten sie etwas zu verbergen.

In der Nähe des Kroogs kamen ihr drei jungen Frauen entgegen. Eine Blondine, die mit ihren langen blonden Haaren und dem Make-up wie eine lebende Puppe aussah, warf die Dose eines Energydrinks achtlos an den Straßenrand.

»He, was soll das?« Wiebke stellte sich der Gruppe in den Weg.

»Habe ich etwas verbrochen?«, fragte der Blondschopf mit unschuldiger Miene.

»Du hast eine Dose fallen lassen.«

»Na und?«

»Heb das Ding auf und steck es in den nächsten Mülleimer.«

Statt der Aufforderung nachzukommen, machte die Blondine mit ihrem Kaugummi eine Blase, die sie zerplatzen ließ, während sie sich langsam einmal um die eigene Achse drehte. »Ich sehe hier keinen Mülleimer.«

»Dann wirst du die Dose daheim entsorgen oder im nächsten Supermarkt abgeben, denn da ist Pfand drauf.«

»Sicherlich nicht. Weißt du eigentlich, wer ich bin?«

»Nein, und es ist mir auch egal. Aufheben, aber zackig.«

Die jungen Frauen wechselten einen stummen Blick und richteten ihre Smartphones dann wie Waffen auf die Polizistin.

»Was macht ihr da?«

»Wir dokumentieren den Bullenterror von Sünnum. Ich werde das Video im Internet hochladen und meine achthunderttausend Follower auffordern, die Aufnahme zu teilen, damit die Welt die hässliche Fratze der Dorfdiktatur sieht. Niemand sagt der Influencerin Barbie Bella, was sie zu tun hat. Ich spiele in meiner eigenen Liga, ist das klar?«

Die Blondine deutete mit einem perfekt manikürten Finger auf Wiebke.

»Barbie Bella, echt jetzt? Mehr Klischee geht gar nicht.«

»Mit deinem beschränkten Verstand wirst du meine wahre Größe niemals erkennen. Im Vergleich zu mir bist du ein Nichts.«

»Ich welchem Ton redest du überhaupt mit mir?« Die Polizistin stemmte die Hände in die Seiten.

»Im Tonfall einer Rebellin, die sich gegen jede Form der Unterdrückung wehrt. Ich habe …«

»… einen gewaltigen Sprung in der Schüssel. Aufheben.«

Wiebke atmete tief durch. Influencerinnen, die sich für den Mittelpunkt des Universums hielten, hatten ihr gerade noch gefehlt.

»Meine Damen, haben Sie das hier vielleicht verloren?«

Sie traute ihren Augen nicht. »Ruben?«

Er zwinkerte ihr zu und überreichte dem Blondschopf die leere Dose, die er aufgehoben hatte, wie ein wertvolles Präsent. »Ich bin sicher, deine Follower wissen es zu schätzen, wenn du dich aktiv gegen die Vermüllung der Meere und das Abschmelzen der Polkappen einsetzt.«

Beim Anblick des Barkeepers klimperte Barbie mit ihren künstlichen Wimpern und musterte ihn mit einem Vielleicht-geht-was-Blick, der Wiebke auf die Palme trieb.

»Kennst du die blöde Tussi?« Mit einem Kopfnicken deutete die Blondine auf die Polizistin.

»Flüchtig. Sie macht nur ihren Job. Wir wollen doch alle keinen Stress, oder? Warum kommst du mit deinen Freundinnen nicht in den Kroog? Dort ist auch ein Mülleimer.«

»Arbeitest du etwa in dem angesagten Schuppen?«, flötete Barbie, wobei sie ihre rosa geschminkten Lippen schürzte.

»Yep. Die Party dort wollt ihr bestimmt nicht versäumen. Deine Follower werden begeistert sein. Ich lade euch auch alle auf ein Tüdelbräu ein.«

»Mal sehen. Vielleicht.« Sie nahm die Dose an sich.

»Ich würde mich freuen, dich später dort zu sehen. Kann ich ein Foto von dir machen? Das wäre total cool.«

»Klar doch.«

Barbie formte einen Kussmund und legte die rechte Hand darunter.

»Voll krass!« Ruben fotografierte die Influencerin mit seinem Smartphone und zwinkerte der Blondine zu, die danach mit ihren Freundinnen Richtung Kroog stöckelte.

»Du kennst mich also nur flüchtig. Hast du mich etwa verleugnet, damit du mit der Klöterbüx flirten und ein Foto für deine Trophäensammlung machen konntest?« Wiebke funkelte Ruben wütend an.

»In deiner Gegenwart würde ich niemals mit anderen Frauen flirten. Sonst natürlich auch nicht«, fügte er rasch hinzu und erklärte dann: »Mit dem Foto wollte ich der Schnepfe nur das Gefühl geben, wichtig zu sein. In meiner Cocktailbar hatte ich immer wieder mit solchen Frauen zu tun. Hinter der aufgelackten Fassade verbergen sich oft verunsicherte Menschen.«

»Sonderlich verunsichert schien die Kleine aber nicht zu sein. Was um alles in der Welt machst du denn in Sünnum?« Wiebke ärgerte sich über ihre erste Reaktion. Statt sich lässig zu geben, hatte sie sich wie eine eifersüchtige Zicke benommen.

»Ich musste dich einfach sehen und wollte dich mit meinem Besuch überraschen.«

»Das ist lieb von dir, aber ich habe keine Zeit. Wie du

siehst, wird Sünnum gerade von einem Haufen Vollpfosten überrannt.«

»Das habe ich gemerkt.«

»Seit wann bist du denn schon hier?« Wiebke sah ihn mit großen Augen an.

»Ich habe heute die erste Fähre von Norderney genommen und war am späten Vormittag in Sünnum. Der Kroog hatte noch geschlossen, also habe ich in dem kleinen Laden nach dir gefragt. Deine Mutter meinte, dass du erst gegen Abend von der Arbeit kommst. Eigentlich wollte ich mir noch die Gegend ansehen, aber Tüdelbüdel hatte so viel zu tun, dass ich im Kroog ausgeholfen habe.«

»Du nennst meine Mutter Tüdelbüdel?«

»Warum denn nicht? Das machen doch alle …«

»… Dorfbewohner, aber keine Fremden«, fiel ihm Wiebke ins Wort.

»Bin ich das denn? Ein Fremder?« Ruben blickte zu Boden.

»Für meine Mutter und die anderen schon. Ich verstehe trotz allem nicht, warum du plötzlich hier aufkreuzt. Sünnum war für dich bisher doch nur ein langweiliges Kaff.«

»Das habe ich nie gesagt«, verteidigte Ruben sich.

»Nicht direkt, aber … ist auch egal. Weshalb bist du wirklich hier?«

Er hob den Kopf und sah Wiebke in die Augen. »Ich wollte dich sehen, das sagte ich doch bereits.«

»Hattest du was mit einer anderen Frau? Willst du mir etwas beichten?«, argwöhnte die Polizistin.

»Ich wollte einfach bei dir sein, das ist alles.« Ruben ergriff ihre Hand.

Auch wenn Wiebke sich über seinen Besuch freute,

fühlte sie sich von seiner Anwesenheit überrumpelt. Nicht zuletzt deshalb, weil sie noch auf der Heimfahrt über ein Leben ohne ihn nachgedacht hatte.

»Ich gehe wohl besser.« Er zog seine Hand zurück.

»Warum das denn?«

»Weil ich offensichtlich ungelegen komme. Ich hole schnell meine Tasche und verschwinde wieder.« Ruben drehte sich um und schritt zum Kroog.

»Warte!« Wiebke eilte hinter ihm her und packte ihn am Arm. »Wenn du schon mal hier bist, sollten wir zumindest kurz miteinander reden. Ein paar Minuten werden sich schon finden lassen. In den letzten Tagen war so viel los, dass ich vollkommen durch den Wind bin. Wo willst du denn pennen?«

»Ich werde mir in der Nähe ein Hotel suchen. Notfalls schlafe ich am Strand.«

»Du kannst heute Nacht in unserem Gästezimmer übernachten und nein … nicht in meinem Bett, du kannst dir den Dackelblick also sparen. Wenn du deshalb gekommen bist, kannst du gleich einen Abgang machen.«

Ruben grinste. »Ist es wegen deiner Mutter?«

»Auch. Da ich heute sicherlich wieder bis in die Puppen arbeiten muss, läuft ohnehin nichts. Hast du im Kroog etwas über uns erzählt?«

»Ja, denn ich wusste nicht, dass unsere Beziehung in Sünnum ein Geheimnis ist.«

»Mir war bisher nicht einmal klar, dass wir überhaupt eine Beziehung haben. Zudem habe ich außer mit meiner Mutter mit niemandem darüber gesprochen, weil ich mir über meine Gefühle für dich erst klar sein wollte.«

»Sorry, ich dachte …« Er verstummte.

»Wenn du schon einmal hier bist, kannst du dich auch nützlich machen. Komm mit.« Sie ergriff seine Hand und gemeinsam gingen sie zum Kroog.

An diesem Abend arbeiteten Wiebke, Ruben und Gesine so gut zusammen, als wären sie seit Jahren ein eingespieltes Team. Da Monika und ihre Mutter nicht lange aushelfen konnten, mussten sie sich zu dritt um alles kümmern.

Joris unterstützte sie beim Zapfen – allerdings nur für kurze Zeit, denn nach wenigen Minuten kündigte er eine Pause an und ignorierte die durstige Menge, die wie ein unruhiges Meer gegen den Tresen brandete.

Als sich die Schankwirtschaft nach Mitternacht zusehends leerte, spülten sie die Gläser und wischten den Boden. Ruben war sich für keine Arbeit zu schade und Wiebke musste sich eingestehen, dass er auch mit Gummihandschuhen und einem Feudel in der Hand eine gute Figur machte.

»Puh, ich bin vollkommen erledigt.« Die Friesenbrauerin lehnte sich gegen das Regal hinter der Theke.

»War echt was los heute.« Joris, der nach seinem kurzen Abstecher an den Zapfhahn wie festgetackert auf seinem Barhocker gesessen und schweigend in sein Glas gestarrt hatte, trank einen letzten Schluck.

Inmitten der feiernden Menge, die Ruben wie ein Dompteur im Griff hatte, war Wiebke der alte Kapitän wie ein Fremdkörper erschienen. Zu ihrem Bedauern hatte sich kein anderer Dorfbewohner sehen lassen.

»Ich mach mich jetzt vom Acker.« Joris winkte ihnen zum Abschied zu und schlurfte aus der Kneipe.

»Was ist mit ihm los? Er hat kaum etwas gesagt«, fragte Wiebke ihre Mutter.

»Mit wem hätte er denn reden sollen?«

»Die Bude war doch gerammelt voll«, wandte Ruben ein und zog die Putzhandschuhe aus.

»Für eine Unterhaltung war es viel zu laut. Und keiner der Gäste wollte mit Joris reden. Ihm fehlen die Gespräche mit den anderen Dorfbewohnern, und mir auch.«

»Tüdelbüdel, die Leute können sich doch in privater Runde treffen«, schlug Ruben eine Lösung vor.

»Das ist möglich, aber nirgendwo wird es so ungezwungen zugehen wie im Kroog. Hoffentlich ist es bis zum Schützenfest wieder ruhiger. Wer kümmert sich in diesem Jahr eigentlich um die Organisation?« Wiebke stellte den Besen in eine Ecke.

»Ich habe keine Ahnung. Normalerweise hätten wir die Aufgabenverteilung längst besprochen, aber dafür fehlte mir bisher die Zeit«, antwortete die Friesenbrauerin.

»Kannst du den Kroog nicht wegen einer geschlossenen Gesellschaft dichtmachen?«

»Das wäre natürlich denkbar. Ich wüsste nur nicht, wie die auswärtigen Gäste davon erfahren sollten.«

»Über das Internet. Ich bin mit meiner Norderneyer Bar recht gut vernetzt. Mit einem Posting könnten wir viele Leute erreichen«, schlug Ruben eine Lösung vor.

»Wenn du die Nachricht über Barbie Bellas Blog laufen lässt, weiß innerhalb einer Stunde das ganze Land davon«, zog Wiebke ihren Freund auf.

»Ich könnte die hübsche Blondine persönlich darum bitten. Bella scheint auf mich zu stehen, denn sonst wäre sie bestimmt nicht im Kroog aufgetaucht, um ihre leere Dose im Mülleimer zu entsorgen.« Er grinste.

»Untersteh dich. Wenn du die Frau noch einmal ansiehst, werde ich dir die Augen auskratzen.«

»Bist du etwa eifersüchtig?« Ruben strich Wiebke sanft über die Wange.

»Wie kommst du denn darauf?«

»Wer um alles in der Welt ist Barbie Bella?« Die Friesenbrauerin sah vom Barkeeper zu ihrer Tochter.

»Eine Influencerin.«

»Influwas?«

»Nicht so wichtig«, winkte Wiebke ab.

»Ich mache mich gleich an die Arbeit«, versprach Ruben und fragte dann: »Kann ich mich hier irgendwo in ein WLAN einloggen?«

»Nee, so einen neumodischen Kram gibt es in Sünnum nicht. Wir sind froh, dass wir fließendes Wasser und Elektrizität haben.«

»Dann wird es schwierig.« Er strich sich über den Bart.

»Das war ein Witz, du Duseldassel.« Wiebke rollte mit den Augen. »Sünnum ist doch nicht aus der Zeit gefallen.«

»Es taucht aber auf keiner digitalen Landkarte auf«, wandte er ein.

»Wegen eines Erhebungsfehlers. Wenn du jetzt einen dummen Spruch machst, kannst du am Strand schlafen.«

»An deiner Stelle würde ich auf meine Mutter hören. Wenn jemand etwas gegen Sünnum sagt, kann sie ziemlich ungemütlich werden.«

»Das hatte ich keinesfalls vor.« Ruben hob die Arme, als wollte er sich ergeben.

»Besser ist das«, merkte die Friesenbrauerin an und schritt zum Ausgang. Nachdem alle den Kroog verlassen hatten, verschloss sie die Eingangstür – was bis vor wenigen Tagen undenkbar gewesen wäre. Ruben holte seine Reisetasche aus dem Lädchen und folgte den beiden Frauen in die Wohnung. Eine halbe Stunde später lagen alle in ihren Betten. Die dunkle Gestalt, die mitten in der Nacht durch Sünnum huschte, bemerkte niemand.

FLAMMENHÖLLE

»Es brennt!« Ruben schüttelte die schlafende Wiebke ordentlich durch. »Weck deine Mutter und dann nichts wie raus hier. Ich habe schon die Feuerwehr alarmiert.«

Er stürmte aus dem Zimmer und rannte, immer zwei Stufen auf einmal nehmend, die Treppe runter. Wenige Augenblicke später rüttelte er an der Tür des Kroogs, aber die war fest verschlossen. Durch ein eingeschlagenes Fenster waberte dichter Qualm aus der Kneipe. Ruben wedelte mit der Hand und konnte so einen kurzen Blick in die Gaststube werfen, in deren Mitte ein Feuer brannte.

Er zögerte keine Sekunde und stieg durch das zerstörte Fenster in die Schankwirtschaft ein.

Im Innern schlug ihm die Hitze wie der feurige Atem eines Drachen entgegen. Er hielt die Luft an und hob den linken Arm schützend vor sein Gesicht. Glücklicherweise hatten die Flammen noch nicht auf die Wände übergegriffen.

Ruben hastete am Brandherd vorbei zur Theke. Wenn ihn seine Erinnerung nicht täuschte, stand der Feuerlöscher in einem der unteren Regalfächer.

Falls nicht, saß er in der Falle, denn das Feuer konnte sich jeden Moment ausbreiten und ihm den Fluchtweg abschneiden.

»Ruhig bleiben«, sprach er sich selbst Mut zu und ließ den Blick durch die unteren Regalfächer schweifen, allerdings, ohne den Feuerlöscher zu finden. Hinter ihm fiel etwas krachend zu Boden und er fuhr herum.

Ein brennender Barhocker war umgefallen und blockierte seinen Rückweg.

Er musste etwas unternehmen. Sofort.

Mit vom Rauch tränenden Augen, die ihm die Sicht verschleierten, fuhr Ruben mit den Händen durch die unterste Regalreihe – und fand den Feuerlöscher hinter einem Putzeimer. Erleichtert griff er danach, richtete sich auf und entfernte die Sicherung.

Den Schlauch in der linken Hand haltend trat er hinter der Theke hervor, drückte auf den Schlagknopf und richtete den Löschstrahl auf die Flammen.

Weißer Schaum spritzte heraus und wenige Augenblicke später hatte er den umgefallenen Barhocker gelöscht. Ruben wagte sich nun etwas näher an das Feuer heran.

Plötzlich fegte ein Windstoß durch den Raum und Wiebke stand in der geöffneten Tür.

»Komm sofort da raus«, brüllte sie gegen die Flammen an, die durch den Sauerstoff neue Nahrung erhalten hatten und hoch aufloderten. Ruben schüttelte den Kopf und gab weitere Sprühstöße ab – mit Erfolg, denn die Flammen wurden immer kleiner, bis sie schließlich ganz verloschen. Er hustete und ließ den Feuerlöscher fallen.

»Bist du wahnsinnig?« Wiebke rannte zu ihm und hämmerte mit ihren Fäusten gegen seine Brust, während ihr die Tränen über die Wangen liefen. »Du hättest verbrennen können.«

»Notfalls hätte ich genug Bier zum Löschen gehabt.«

Ruben versuchte sich an einem Lächeln, brachte aber nur ein schiefes Grinsen zustande und hustete erneut.

»Das ist nicht witzig«, fuhr sie ihn an. »Ich hatte solche Angst um dich.«

»Mir ist nichts passiert.« Er nahm sie in den Arm.

»Das war Neunaber!«

Die Friesenbrauerin trat in den Kroog. Sie trug ein weißes Nachthemd, über das sie eine blaue Strickjacke geworfen hatte. Die Füße steckten in Holzclogs.

»Das war eindeutig Brandstiftung.« Ihre Tochter löste sich aus der Umarmung und betrachtete die verkohlten Reste der Barhocker, die der Feuerteufel in der Mitte des Raums aufeinandergestapelt und angezündet hatte. »Niemand betritt den Raum, bis die Spurenanalyse ihre Arbeit gemacht hat.«

Aus der Ferne war das Sirenengeheul der Rettungsfahrzeuge zu hören und kurz darauf zerschnitt blau blinkendes Licht die Dunkelheit.

»Moin«, begrüßte Wiebke die Feuerwehrmänner, die wenig später aus ihrem Fahrzeug stiegen. »Sie sind leider umsonst gekommen. Wir haben hier alles unter Kontrolle.«

»Was ist denn passiert?«, fragte eine Rettungskraft.

»Neunaber wollte den Kroog abfackeln«, erklärte Gesine lauthals.

»Das werden die Ermittlungen zeigen. Lass mich einfach meine Arbeit machen, okay?«, fuhr Wiebke ihre Mutter an.

»Du sollst den Mistkerl in eine Zelle stecken und den Schlüssel wegwerfen. Los jetzt, worauf wartest du noch?«

»Mama, es reicht.«

»Wir werden uns den Brandherd genauer ansehen und nach Glutnestern suchen.« Die Feuerwehrmänner verschwanden im Kroog.

»Ich laufe schnell ins Haus und fordere einen Rettungswagen an, Ruben könnte eine Rauchvergiftung haben.«

»Lass mal, ich bin okay.« Ruben, der inzwischen vor dem

Kroog stand, sog die frische Nachtluft gierig in seine Lungen. Wiebke sah ihn einen Moment lang an, als wollte sie etwas sagen, und eilte dann wortlos zur Wohnung.

»Was ist denn hier los?« Hinnerk erschien auf der Bildfläche. »Ich habe Sirenen gehört.«

»Neunaber wollte den Kroog niederbrennen. Glücklicherweise hat Ruben das Feuer rechtzeitig gelöscht«, informierte ihn Gesine.

»Wer um alles in der Welt ist Ruben?« Der Tischler fuhr sich über seinen mächtigen Bart.

»Das bin ich.« Ruben deutete auf sich.

»Dann haben wir dir also die Rettung des Kroogs zu verdanken. Was machst du denn mitten in der Nacht in Sünnum?«

»Er ist mein Freund und besucht mich hier«, antwortete Wiebke, die mit ihrem Mobiltelefon in der Hand zurückkehrte.

»Von einem Kerl hast du nie erzählt.« Hinnerk schien in aller Eile aufgebrochen zu sein, denn zu einer grauen Jogginghose trug er ein falsch geknöpftes Baumwollhemd.

»Wie lange läuft das denn schon?«

»Eine Weile, aber das ist jetzt unwichtig. Wir müssen den Brandstifter finden, bevor er ein weiteres Mal zuschlägt. Da vorne kommt Joris. Hoffentlich haben die Sirenen nicht das ganze Dorf aufgeweckt.«

»Einige Sünnumer wird der Lärm sicherlich aus dem Bett geholt haben. Die Leute werden wissen wollen, was passiert ist.« Gesine deutete auf vereinzelte Dorfbewohner, die aus verschiedenen Richtungen zum Kroog eilten. »Bei der Gelegenheit können sie gleich unseren Helden kennenlernen.« Die Friesenbrauerin lächelte verschmitzt.

»Was ist denn hier los?«, fragte Joris, der in Pantoffeln zu der kleinen Gruppe schlurfte.

»Ruben hat den Kroog gerettet. Ohne ihn wäre das Haus wahrscheinlich abgebrannt«, antwortete Wiebke.

»Bisher habe ich dich für einen Schlauschnacker gehalten, aber anscheinend habe ich mich geirrt. Wer den Kroog vor den Flammen rettet, kann kein schlechter Mensch sein.« Joris klopfte Ruben auf die Schulter.

»Da ist was dran. Herzlich willkommen in Sünnum.« Auch der inzwischen eingetroffene Sepp reichte Ruben die Hand und verbeugte sich leicht, als dieser sie ergriff.

»Alter, mach dich mal locker! Bei uns reicht ein einfaches *Moin* als Willkommensgruß vollkommen aus.« Hinnerk schlug Sepp so fest auf den Rücken, dass dieser einen Schritt nach vorn machte. »Dieses vornehme Getue ist nichts für uns Nordlichter.«

»Ich bin nun einmal ein höflicher Mensch mit guten Umgangsformen. Das kann man von euch nicht unbedingt behaupten.«

»An deiner Stelle würde ich besser den Sabbel halten.« Hinnerk drohte ihm spielerisch mit der Faust.

Inzwischen war auch Monika Nansen eingetroffen, die ihre Mutter im Rollstuhl vor sich herschob. Die ältere Dame trug einen geblümten Morgenmantel. Ihre Füße steckten in rosafarbenen Plüschpantoffeln.

»Mama hat einen leichten Schlaf und hat die Sirenen gehört. Sie hat mich geweckt, weil sie unbedingt wissen wollte, was im Dorf passiert ist. Ich habe mit Engelszungen auf sie eingeredet, wieder ins Bett zu gehen, und ihr versprochen, draußen nachzusehen, aber sie wollte unbedingt mitkommen.«

»Ruben hat den Kroog gerettet«, erklärte Joris.

»Der junge Mann hat nicht nur einen knackigen Hintern, sondern auch den Mut eines wahren Ostfriesen.« Renate kicherte.

»Wie kannst du so etwas sagen?« Monika schüttelte entrüstet den Kopf.

»Wieso darf ich ihn nicht mutig nennen?«

»Das meine ich nicht.«

»Jetzt sei doch nicht so prüde. Als ich noch jung war, gab es in Greetsiel einen kräftigen Matrosen …«

»Mama, deine Geschichten will jetzt niemand hören.«

»Sie können mir ein anderes Mal von Ihrer Vergangenheit berichten.« Ruben zwinkerte der älteren Dame zu. »Wir haben uns bestimmt viel zu erzählen.«

»Du kannst ruhig Renate zu mir sagen und … huch, wo kommt der hübsche Bursche denn her?«

Die Frage galt einem muskulösen jungen Mann, der auf die Gruppe zuschritt. »Was ist denn hier passiert?«

»Patrick? Was machst du denn um diese Zeit in Sünnum?« Wiebke sah ihren Kollegen ungläubig an. »Gesner meinte, dass du Urlaub hast.«

»Das ist auch richtig. Ich war aber zufällig in der Gegend und als ich das Sirenengeheul der Feuerwehr gehört habe, bin ich sofort hinterher.«

»Du warst zufällig in der Gegend?« Wiebke zog die letzten Worte wie Kaugummi auseinander. »Ich dachte, Sünnum wäre für dich ein langweiliges Kaff, in das du freiwillig keinen Fuß setzt.«

»Ich konnte nicht schlafen und bin mit meiner Karre ein wenig rumgefahren.«

»Da du schon einmal hier bist, kannst du mir auch helfen. Gesner wird sich beim Junggesellenabschied ordentlich die Kante gegeben haben, daher könntest du die Rufbereitschaft übernehmen. Wie du siehst, habe ich hier alle Hände voll zu tun.«

»Im Urlaub?«

»Ist doch nur für ein paar Stunden.«

»Na gut, dir zuliebe. Gibt es schon Hinweise auf die Brandursache?«

»Ein Unbekannter hat ein Fenster eingeschlagen, einige Barhocker in der Mitte des Raumes aufgestapelt und sie angesteckt. Ich bin sicher, dass dabei Brandbeschleuniger verwendet wurde.«

»Hat jemand etwas gesehen? Du weißt schon, jeder Hinweis kann wichtig sein.«

»Patrick, das ist mir klar. Ich werde mit den Sünnumern reden«, versprach Wiebke.

»Hast du schon einen Verdacht?«

»Ulrich Neunaber. Er wird die Niederlage beim Watthumpen-Festival nicht verkraftet haben. Heute hat er meiner Mutter eine Zusammenarbeit angeboten, die sie aber abgelehnt hat. Als er beleidigend wurde, hat Ruben ihn rausgeworfen. Er wird das Feuer aus Rache gelegt haben.«

»Könnte es nicht einer der Biertouristen gewesen sein, die Sünnum seit Tagen unsicher machen?«

»Woher weißt du denn davon?« Wiebke zog die Augenbrauen hoch.

»Du hattest es im Büro erwähnt. Zudem ist euer Dorf im Internet so omnipräsent, als wäre Sünnum der Nabel der Welt.«

»Kann mich gar nicht erinnern, dir davon erzählt zu haben … Aber wie auch immer. Alle mal herhören!«

Wiebke, die als Polizistin wieder voll in ihrem Element war, klatschte in die Hände. »Bis die Spurensicherung ihre Arbeit erledigt hat, wird niemand den Schankraum betreten. Das ist jetzt ein Tatort.«

»Das geht gar nicht«, widersprach Joris. »Der Kroog hatte noch nie geschlossen und muss auch weiterhin geöffnet bleiben.«

»Damit sich die Saufbrüder dort betrinken können, bevor sie in meine Blumenbeete schiffen?«, ereiferte sich Renate.

»Nee, aber für uns.« Der alte Kapitän ließ den Blick über die Sünnumer schweifen, die in einem Halbkreis um die Schankwirtschaft herumstanden. »Wo sollen wir denn sonst klönen?«

»In der Kneipe ist es inzwischen so laut, dass du ohnehin kaum ein Wort verstehst. Ich trinke mein Bier jetzt daheim«, ließ sich Sepp vernehmen.

»An den letzten Abenden habe ich nur vor der Glotze gehangen. Was soll ich denn sonst machen?« Hinnerk zuckte mit den Schultern.

»Du könnest etwas lesen«, schlug Sepp vor. »Ich kann dir gerne ein Buch ausleihen.«

»Nee, lass mal. Ich habe schon zwei Bücher daheim.«

»So geht das nicht weiter.« Die Friesenbrauerin schüttelte nachdenklich den Kopf.

»Wie jetzt? Soll ich etwa mit dem Lesen anfangen?« Der Tischler fuhr sich über den kahlen Schädel.

»Das meine ich doch nicht, du Döspaddel. Wir müssen wieder miteinander reden, sonst haben wir uns bald nichts mehr zu sagen.«

»Da ist was dran«, bekräftigte Monika.

»Dann sollten wir damit nicht länger warten. Im Lädchen habe ich noch drei Kisten Tüdelbräu. Die können
wir im Innenhof miteinander trinken, während die Feuerwehrmänner drinnen zugange sind.«

»Ich sage sofort den anderen Sünnumern Bescheid.«

»Hinnerk, du kannst die Dorfbewohner doch nicht mitten in der Nacht um ihren wohlverdienten Schlaf bringen.«

»Für ein Freibier kriechen viele aus den Federn, wirst
schon sehen. Ein Tüdelbräu …«

»… geht immer, ich weiß«, beendete Sepp den letzten
Satz und Hinnerk flitzte los.

Eine Viertelstunde später hatten sich ein Dutzend Sünnumer auf den alten, aus Schiffsplanken gezimmerten Bän-
ken im Innenhof des Kroogs versammelt. Die Kerzen in den
ausrangierten Schiffslaternen warfen tanzende Schatten an
die Wände und ließen die in leeren Bierfässern wuchern-
den Blumen geisterhaft erscheinen. Bis auf die schwangere
Leefke und Patrick, die Limonade tranken, hatte jeder eine
Flasche Tüdelbräu vor sich stehen.

Die Friesenbrauerin erhob sich. »Ich möchte auf Ruben
anstoßen. Ohne sein beherztes Eingreifen hätte das Gebäude bis auf die Grundmauern niederbrennen können.«
Sie ploppte den Verschluss auf und alle anderen taten es
ihr gleich.

»Auf Ruben!«

Die Sünnumer stießen miteinander an. In das Klirren
der Flaschen mischte sich die Stimme eines Feuerwehr-
mannes.

»Wir verschwinden jetzt. Glutnester oder andere Gefah-
renherde haben wir keine mehr entdeckt. Der junge Mann
hat den Brand lehrbuchmäßig gelöscht.«

Ruben deutete auf freie Plätze. »Setzt euch doch zu uns.«

»Das geht leider nicht, wir sind im Dienst.«

»Dann danke ich euch für die Hilfe.«

»Da nich für.« Der Feuerwehrmann winkte ihnen zu und verschwand mit seinem Kollegen. Patrick und Wiebke sicherten den Tatort und kehrten dann zu den Sünnumern zurück, die sich angeregt unterhielten.

»Sollen wir nicht besser eine Wache vor dem Eingang zum Kroog aufstellen?«, fragte Tüdelbüdel, jetzt doch sichtlich mitgenommen von dem Anschlag auf ihr Lebenswerk.

»Mama, ich denke nicht, dass der Feuerteufel in dieser Nacht noch einmal zuschlägt.«

»Wenn deine Mutter sich besser fühlt, sichere ich das Gebäude. Vielleicht finde ich sogar eine Spur«, bot sich Patrick an.

»In der Dunkelheit?«

»Wiebke, hast du schon mal was von einer Taschenlampenfunktion am Smartphone gehört, oder kennt ihr so einen modernen Kram in Sünnum nicht?«

»Abflug.« Die Polizistin deutete auf den Eingang der Kneipe. Patrick fuhr sich durch die gegelten Haare und schritt zum vorderen Teil des Gebäudes. Wiebke setzte sich neben Ruben auf eine Bank.

»Bleibst du länger in Sünnum?«, fragte Sepp, der dem Barkeeper gegenübersaß.

»Keine Ahnung. Das hängt von ihr ab.« Er deutete mit einem Kopfnicken zu Wiebke.

»Was hat das denn mit mir zu tun? Ich dachte, du hättest nur ein paar Tage Urlaub.«

»Willst du mich schon wieder loswerden?« Ruben legte den Arm um sie.

»Natürlich nicht, aber wer kümmert sich während deiner Abwesenheit denn um die Cocktailbar?«

»Ich habe einen kompetenten Mitarbeiter, der mich für einige Tage vertreten kann. Notfalls bin ich über mein Smartphone erreichbar.«

»Was ist denn mit der Zweigstelle, die du auf Borkum eröffnen wolltest?« Wiebke trank einen Schluck Bier.

»Das Projekt habe ich auf Eis gelegt, weil es Wichtigeres gibt als das Mixen von Cocktails.«

»Bisher war die Bar dein Lebensmittelpunkt.«

»Jetzt nicht mehr.«

»Was hat sich denn geändert?«

»Alles.«

»Kannst du mir auch eine vernünftige Antwort geben und nicht ständig in Rätseln sprechen?«

»Verdammt, Wiebke, ich liebe dich. Ist das denn so schwierig zu verstehen?«

Ruben hatte sich so in Rage geredet, dass ihn jeder hören konnte. Alle Augen richteten sich nun auf ihn.

»Kiek an, kiek an«, ließ sich Joris vernehmen.

»Wie romantisch.« Renate klatschte in die Hände.

»Ich weiß nicht … ich …«, stotterte eine sichtlich verwirrte Wiebke. Dann gab sie sich einen Ruck und stand auf. »Komm, wir müssen ein ernstes Wörtchen miteinander reden.« Sie ergriff Rubens Hand und zog ihn zum Lädchen, hinter dessen Hausecke sie unbeobachtet waren.

Ruben lehnte sich an die Wand. »Tut mir leid, das ist mir rausgerutscht.«

»Was tut dir leid? Deine Liebeserklärung?«

»Ja. Nein. Weiß auch nicht. Ich wollte dich keinesfalls unter Druck setzen und … was sagst du?«

»Nichts. In Sünnum drücken wir unsere Gefühle auf eine ganz einfache Art aus.« Sie schlang die Arme um seinen Hals und küsste ihn.

»Wow, war das jetzt so etwas wie … ich liebe dich auch?«

»Keine Ahnung. Warum findest du es nicht heraus?« Wiebke grinste und strich ihm zärtlich über die Nasenspitze. »Vor dem nächsten Kuss wäschst du dir aber das Gesicht.« Sie hielt ihm einen rußverschmierten Zeigefinger entgegen.

»So lange will ich nicht warten.« Ruben drückte eine lachende Wiebke an sich und küsste sie erneut.

Wenige Minuten später waren sie wieder im Innenhof.

Die spontane Versammlung hatte sich bereits aufgelöst. Nur Gesine saß noch am Tisch und drehte gedankenverloren eine Bierflasche zwischen den Händen.

Als sich Wiebke und Ruben setzten, blickte sie auf und fragte ihre Tochter: »Wann willst du Neunaber festnehmen?«

»Bis jetzt wissen wir nicht einmal, ob er überhaupt etwas mit dem Brand zu tun hat. Vor einer Vernehmung muss ich erst das Ergebnis der Spurenanalyse abwarten. Bis dahin kannst auch du nicht in den Kroog, weil der jetzt ein Tatort ist.«

»Was ist mit der Brauerei? Kann ich denn in den Keller?«

»Nur durch den Ausgang zum Innenhof.« Wiebke deutete auf die hölzerne Abdeckung an der Seitenwand des Gebäudes.

»Die ist aber von innen verriegelt«, gab Tüdelbüdel zu bedenken.

»Dann wirst du dich gedulden müssen. Keine Sorge, wir werden den Feuerteufel schon erwischen.«

»Da bin ich mir keinesfalls sicher.«

»Wieso nicht?«

»Weil die Polizei nicht jede Spur mit der notwendigen Konsequenz verfolgt.« Bei diesen Worten sah die Friesenbrauerin ihrer Tochter in die Augen.

»Willst du mir damit vielleicht etwas sagen?«, giftete Wiebke.

»Mitunter verirrst du dich in einem Dschungel aus Regeln und Vorschriften und siehst den Wald vor lauter Bäumen nicht.«

»Bei meinem Job muss ich mich an Gesetze halten. Ich kann nicht einfach in ein Haus stürmen und die Verbrecher mit vorgehaltener Waffe zu einem Geständnis zwingen.«

»Das habe ich auch nicht von dir verlangt.«

»Was denn dann?«

»Ich will nur, dass du Neunaber für den Brand zur Rechenschaft ziehst.«

»Mama, so einfach ist das nicht.«

»Mach die Dinge nicht komplizierter, als sie sind. Wenn du nichts gegen ihn unternimmst, werde ich …«

»… Mama, du wirst keinesfalls wieder Miss Marple spielen. Zunächst einmal müssen wir dafür sorgen, dass keine weiteren Touristen nach Sünnum kommen und im Dorf randalieren, weil sie kein Tüdelbräu bekommen.«

»Kindchen, wie willst du das denn anstellen?«

»Wir könnten Bilder von verbrannten Barhockern posten und im Internet erklären, dass die Kneipe wegen des Feuers geschlossen ist und du vorläufig kein Bier mehr brauen wirst.«

»Das ist eine gute Idee«, griff Ruben den Vorschlag auf. »Ich werde gleich einige Fotos machen und über die Website meiner Norderneyer Bar hochladen. Damit erreiche ich viele tausend Follower.«

»Super«, begeisterte sich Wiebke. »Ich werde die Bilder ebenfalls hochladen und die Menschen zum Teilen auffordern. Wenn sich die Aufnahmen online verbreiten, ebbt der Besucherstrom hoffentlich ab.«

»Damit wirst du Neunaber nicht aus der Reserve locken können.«

»Mama, lass mich einfach meinen Job machen.«

»Selbstverständlich. In der Zwischenzeit tue ich allerdings, was ich für richtig halte. Gute Nacht.«

Die Friesenbrauerin erhob sich und marschierte ins Haus.

Ruben blies die Backen auf und ließ die Luft langsam entweichen. »Ist deine Mutter öfter auf Krawall gebürstet?«

»Sie ist ein echtes Küstenkind, das manchmal mit dem Kopf durch die Wand will.«

Ruben legte den Arm um Wiebke. »Du kannst auch ein ganz schöner Sturkopf sein.«

»Dann solltest du dich besser nicht mit mir anlegen.« Sie küsste ihn und stand auf. »Ich löse Patrick vor dem Kroog ab. Nach den Ereignissen der letzten Stunden kann ich ohnehin nicht schlafen. Lass uns jetzt die Fotos machen.«

»Soll ich dir danach noch Gesellschaft bei deinem Wachdienst leisten?«

»Das wäre schön.«

Nachdem sich der junge Polizist verabschiedet hatte, machten sich Ruben und Wiebke an die Arbeit. Nach den Aufnahmen setzte sie sich auf die blaue Bank, die vor dem Kroog stand, und lud die Fotos im Internet hoch. Dann legte Ruben den Arm um eine erschöpfte Wiebke und diese schmiegte sich an ihn. Es würde eine lange Nacht werden.

FEUERTEUFEL

»Das hatte ich befürchtet.«

Drei Tage nach dem Brand legte Wiebke den Bericht der Spurenanalyse am späten Vormittag vor sich auf ihren Schreibtisch im Polizeikommissariat Norden. Die Experten hatten trotz des Feuers unzählige Fingerabdrücke gefunden, was bei dem Gedränge, das in den letzten Wochen im Kroog geherrscht hatte, kein Wunder gewesen war – eine heiße Spur befand sich jedoch nicht darunter.

Da an dem Fensterrahmen nur Rubens Fingerabdrücke entdeckt worden waren, ging die Polizistin davon aus, dass der Täter Handschuhe getragen haben musste.

Als Brandbeschleuniger war haushaltsüblicher Spiritus verwendet worden, der in jedem Baumarkt zu bekommen war. Herauszufinden, ob jemand in der näheren Umgebung einen Kanister oder mehrere Flaschen gekauft hatte, würde nahezu unmöglich sein, zumal der Brandbeschleuniger auch im Internet und in Geschäften außerhalb Ostfrieslands erhältlich war.

»Hattest du etwas anderes erwartet?« Ihr Vorgesetzter unterbrach seine Arbeit und sah auf. »Wenn der Täter keine genetische Visitenkarte hinterlassen hat, werden wir den Fall möglicherweise niemals aufklären.«

»Warum bist du so pessimistisch?« Wiebke klickte auf den Druckknopf ihres Kugelschreibers.

»Ich bin nicht pessimistisch, sondern realistisch. Das solltest du auch sein.«

Die Polizistin seufzte vernehmlich. »Was ist mit Neun-aber?«

»Ich gehe nicht davon aus, dass er den Kroog nieder-brennen würde, nur weil Ruben ihn rausgeworfen hat.«

»Es könnte mit seiner Niederlage zusammenhängen. Der Kerl ist ein schlechter Verlierer.«

»Das mag sein, aber welches Motiv sollte er für den Brand haben?«, fragte Gesner.

»Rache.« Wiebke klickte schneller.

»Das denke ich keinesfalls«, widersprach ihr Vorgesetz-ter. »Neunaber ist ein angesehener Geschäftsmann und kein Krimineller, der seine Konkurrenten abfackelt. Wenn er ernsthaft mit der Friesenbrauerin zusammenarbeiten wollte, hätte er ihr ein neues Angebot gemacht.«

»Er wird wissen, dass meine Mutter ihr Bier niemals beim Dünenhopfen brauen würde.« Das Klicken war nun in ein Stakkato übergegangen.

»Vielleicht sollte das Feuer nur eine Warnung sein«, mischte sich Patrick in das Gespräch ein. Er hatte seinen Urlaub nach der Brandnacht abgebrochen, um bei den Er-mittlungen zu helfen.

»Die Kollegen von der Spurensicherung haben auch an den Wänden und hinter der Theke Brandbeschleuni-ger gefunden. Meines Erachtens wollte der Feuerteufel den Kroog bis auf die Grundmauern niederbrennen, das hätte als Warnung keinen Sinn gemacht.« Gesner fuhr sich durch die struppigen Haare.

»Dann war es also ein Mordversuch«, warf Patrick ein.

»Nicht unbedingt, denn wenn jemand Wiebke und ihre Mutter umbringen wollte, hätte er das Feuer im Haupt-haus gelegt und nicht in der Gaststätte. Hör sofort mit dem

Klicken auf, das macht mich wahnsinnig«, fuhr Gesner Wiebke an.

»Aber warum dann die ganze Aktion?« Sie legte den Kugelschreiber neben die Computertastatur.

»Ich gehe davon aus, dass einer der Gäste sauer gewesen ist und im Suff übers Ziel hinausgeschossen ist«, mutmaßte ihr Vorgesetzter.

»Sollen wir die Ermittlungen demnach einstellen?«, hakte Wiebke nach.

»Das habe ich nicht gesagt. Gab es am Tag vor dem Brand Streit mit einem der Besucher?«

Die Polizistin überlegte einen Moment. »Es gab einen Vorfall mit einer zickigen Blondine, die sich Barbie Bella nannte.«

»Barbie Bella?« Der Kommissar legte die Stirn in Falten. »Was ist das denn für ein bescheuerter Name?«

»Das wird ihr Pseudonym als Influencerin sein. Als ich sie wegen einer weggeworfenen Dose zur Rede gestellt habe, hat sie von Bullenterror und Diktatur gefaselt.«

»Was ist dann passiert?«

»Ruben hat sie mit seinem Charme um den kleinen Finger gewickelt und sie ist mit ihren Freundinnen abgezogen.«

»Dieser Ruben scheint ein echter Teufelskerl zu sein. Kein Wunder, dass du dich in ihn verliebt hast.«

»Woher weißt ... Patrick, hast du etwas erzählt?«

»Kann sein, dass ich mich Gesner gegenüber verplappert habe. Warum guckst du so böse? Es ist doch kein Geheimnis, dass du mit Ruben zusammen bist.«

»Frauen stehen nun mal auf Helden.« Der Kommissar griente.

»Können wir jetzt das Thema wechseln?« Wiebke verdrehte die Augen. Dann wandte sie sich ihrem Computer zu und googelte Barbie Bella.

Wenige Augenblicke später betrachtete sie die in verschiedenen Rosatönen gestaltete Website der Influencerin und navigierte mit dem Cursor, der sich in ein knallrotes Herz verwandelt hatte, durch die Seiten.

»Kitschiger geht es echt nicht mehr.« Wiebke verzog das Gesicht, als hätte sie in eine Zitrone gebissen.

»Ist das Bella?« Gesner, der aufgestanden und hinter die Polizistin getreten war, deutete auf ein Bild. Darauf war eine Blondine zu sehen, die, mit einem langen weißen Gewand bekleidet, auf einem Schimmel ritt.

»Yep. Neben ihrer Homepage ist sie übrigens noch auf sieben verschiedenen Social-Media-Kanälen aktiv.«

»Kannst du mal auf die Links klicken?«, fragte Patrick, der inzwischen ebenfalls hinter Wiebke stand.

In der nächsten Viertelstunde sahen sich die Beamten einige der Videoclips an, die Bella jeden Tag postete. Neben Diätprodukten warb die Influencerin darin auch für eine Modemarke namens *Skinny Life*.

»Die Braut sieht ganz schön heiß aus. Bei der würde ich auch in Flammen aufgehen.«

»Was für ein dämlicher Machospruch ist das denn?« Wiebke drehte sich zu ihrem jüngeren Kollegen um.

»Meinetwegen kannst du das Modepüppchen gerne vernehmen«, sagte Gesner. »Wenn sie sich dabei in dich verliebt, könnt ihr demnächst gemeinsam auf einem Pferd in den Sonnenuntergang reiten.«

»Nee, lass mal«, winkte der schöne Patrick ab.

»Das war kein Vorschlag, sondern eine Ansage. Morgen früh will ich ein Vernehmungsprotokoll auf meinem Schreibtisch liegen haben.« Die Stimme des Kommissars duldete keinen Widerspruch.

»Wie soll ich das denn machen? Ich kenne nicht einmal ihre Adresse.«

»Die steht im Impressum ihrer Website.«

Grummelnd trottete der junge Polizist zu seinem Schreibtisch, setzte sich und hämmerte auf die Tastatur ein. »Die wohnt in Oldenburg«, verkündete er wenig später. »Sollten wir die Befragung nicht besser den örtlichen Kollegen überlassen?«

»Keinesfalls, denn das ist unser Fall. Abmarsch.« Gesner deutete zur Tür.

»Denkst du ernsthaft, dass Barbie das Feuer gelegt haben könnte?«, fragte Wiebke, nachdem ihr jüngerer Kollege das Büro verlassen hatte.

»Nein, denn für eine Influencerin ist die Öffentlichkeit ihre bevorzugte Waffe. Eine Frau wie sie würde in den sozialen Medien über dich herziehen oder dich in kompromittierenden Situationen filmen und die Aufnahmen ins Internet stellen. Auch wenn ich nicht davon ausgehe, dass sie etwas mit dem Brand zu tun hat, müssen wir den Verdacht natürlich prüfen. Ich habe keine Ahnung, welche Gedanken im Kopf einer beleidigten Influencerin umherschwirren. Während Patrick sich um die aufgebrezelte Blondine kümmert, können wir uns Neunaber vornehmen. Mit dem Motiv der Rache hast du natürlich nicht unrecht.«

»Dann sollten wir ihm sofort einen Besuch abstatten.«

Wenige Minuten später waren die Polizisten auf dem Weg.

Nach ihrer Ankunft in Großheide, dem Firmensitz des

Dünenhopfens, stellten sie den Wagen auf dem Parkplatz vor der Brauerei ab. Sie stiegen aus und schritten auf das Verwaltungsgebäude zu, einen modernen Bau aus Stahl und Glas, und traten ein.

Die Mitte der Empfangshalle wurde von der Skulptur eines zwei Meter hohen Hopfens dominiert, der von versteckten Spots in Szene gesetzt wurde. An der linken Seite befanden sich zwei Aufzüge, die in die oberen drei Stockwerke führten. Über eine gläserne Treppe gelangte man an der Stirnseite nach oben. Eine Information, hinter der eine junge Dame saß, zog sich über den größten Teil der rechten Seite. Daneben standen drei unbequem aussehende Designerstühle.

Die Polizisten schritten zum Empfangstresen.

»Moin«, begrüßte Gesner die Mitarbeiterin, deren Namensschild sie als Marion Schnepke auswies. »Wir würden gern mit Herrn Neunaber sprechen.«

»Haben Sie einen Termin?«, flötete die Schwarzhaarige und nestelte an ihrer Kette.

»Nee, aber ich bin sicher, dass Herr Neunaber einige Minuten für uns erübrigen kann.« Gesner lehnte sich mit dem linken Ellenbogen lässig auf den brusthohen Tresen.

»Ich schaue kurz in seinen Kalender.« Schnepkes manikürte Finger flogen über die Tastatur. »In zwei Stunden könnte ich Sie dazwischenquetschen. Wenn Sie so lange warten wollen.«

Mit einem Kopfnicken deutete sie auf die Stühle.

»Wie Sie sich sicher vorstellen können, lasse ich mich nicht gerne *dazwischenquetschen*.« Das letzte Wort zog der Kommissar wie Kaugummi auseinander.

»Das kann ich gut verstehen. Am kommenden Dienstag

könnte Herr Neunaber um fünfzehn Uhr eine halbe Stunde erübrigen. Soll ich Sie zu diesem Termin eintragen?«

»So lange können wir leider nicht warten. Richten Sie Herrn Neunaber bitte aus, dass wir ihn in einer Stunde im Polizeikommissariat Norden erwarten. Sollte er zu diesem Zeitpunkt nicht erscheinen, werden meine Kollegen ihn abholen und in Handschellen vorführen.«

»In Handschellen?« Sie wiederholte das Wort, als wäre ihr der Begriff vollkommen unbekannt.

»Das sind diese Dinger hier.« Gesner löste die Handschellen von seinem Gürtel und ließ sie um den Zeigefinger kreisen.

Schnepke bearbeitete ihre Unterlippe mit strahlend weißen Zähnen, während sie angestrengt ins Leere starrte. Nach einer Weile stand sie auf: »Wenn Sie mich einen kleinen Augenblick entschuldigen wollen.«

Ohne eine Antwort abzuwarten, trippelte die Empfangsdame durch die Eingangshalle zu den Fahrstühlen.

»Die Show mit den Handschellen war große Klasse«, lobte Wiebke und trat vor die Hopfenskulptur.

Wenige Minuten später stöckelte Schnepke wieder aus dem Aufzug. Ihre hohen Absätze klapperten auf dem Marmorboden.

»Herr Neunaber erwartet Sie im dritten Stock.«

»Vielen Dank.« Gesner nickte ihr zu und fuhr mit Wiebke in die oberste Etage. Als die Fahrstuhltüren aufglitten, erblickten sie den im Flur stehenden Neunaber. Als dieser Wiebke erkannte, gefror das Lächeln in seinem Gesicht.

»Moin. Schön, dass Sie etwas Zeit für uns haben. Ich bin Kommissar Gesner, das ist meine Kollegin Felber. Können wir uns irgendwo ungestört unterhalten?«

»In meinem Büro. Folgen Sie mir bitte.«

Neunaber führte sie an Glastüren vorbei, hinter denen Mitarbeiter an Schreibtischen saßen und die Polizisten neugierig musterten.

»Hier rein.«

Er öffnete eine Glastür und die Polizisten betraten einen dreißig Quadratmeter großen Raum. Durch das der Tür gegenüberliegende Fenster war die Brauerei zu sehen. Auf dem Hof türmten sich Fässer und Bierkisten. Drei Lieferwagen standen vor einer Rampe und wurden mit Kisten beladen. Arbeiter huschten über den Vorplatz.

»Ein imposanter Anblick, finden Sie nicht auch?« Neunaber trat an die bodentiefe Scheibe. »Als ich die Brauerei übernahm, stand sie kurz vor der Pleite. Inzwischen beliefere ich das ganze Bundesgebiet. In der letzten Woche habe ich zudem eine amerikanische Brauerei aufgekauft. Die Verhandlungen waren einfacher als die Unterredung mit Ihrer Mutter.« Die letzten Worte richtete er an Wiebke, die neben einer Vitrine stehen geblieben war. »Sie sind aber sicherlich nicht gekommen, um mit mir über meine Expansionspläne zu sprechen. Worum geht es also?«

Der Kommissar schaute demonstrativ zur Sitzgruppe in der linken Ecke, aber Neunaber schien diesen Blick nicht zu bemerken.

»Um den Kroog«, antwortete Wiebke.

Neunaber lachte auf. »Will Ihre Mutter für eine Kooperation mit dem Dünenhopfen etwa noch mehr rausschlagen, als ich ihr angeboten habe?«

»Meine Kollegin und ich sind selbstverständlich nicht wegen eines Geschäfts zu Ihnen gekommen, sondern im Rahmen einer laufenden Ermittlung.«

»Ermittlung? Ich kann Ihnen nicht ganz folgen.« Er beäugte die Polizisten misstrauisch.

»Vor drei Tagen hat ein Unbekannter Feuer im Kroog gelegt«, informierte ihn Gesner.

»Halten Sie mich etwa für einen Brandstifter?« Neunaber deutete mit einer theatralischen Geste auf sich. »Das ist lächerlich. Haben Sie sich mal im Internet umgesehen? Die Fotos des ausgebrannten Kroogs werden dort wie verrückt geteilt. Einige Spinner schießen mit ihren Spekulationen über den Feuerteufel vollkommen ins Kraut.«

»Viele Menschen scheinen allerdings der Meinung zu sein, dass Sie etwas mit dem Brand zu tun haben.« Wiebke trat einen Schritt auf den Brauer zu.

»Das habe ich Ihnen und diesem Schlägertypen zu verdanken, der mich aus dem Kroog geworfen hat. Sie können froh sein, dass ich den Kerl nicht wegen Körperverletzung angezeigt habe.« Neunaber ballte die Hände zu Fäusten.

»Wo waren Sie in der Tatnacht zwischen Mitternacht und drei Uhr morgens?« Der Kommissar ließ sein Gegenüber bei dieser Frage nicht aus den Augen.

»Im Bett, wo denn sonst.«

»Kann das jemand bezeugen?«

»Meine Frau. Ich lasse mir von Ihnen doch keine Brandstiftung in die Schuhe schieben. Wenn ich nicht verhaftet bin, würde ich gerne weiterarbeiten.«

»Können wir kurz mit ihr sprechen?« Gesner deutete auf die Telefonanlage, die auf einem imposanten Eichenholzschreibtisch stand.

»Jetzt?«

»Das wäre sehr hilfreich. Wir können Ihre Frau allerdings auch gerne vorladen.«

Neunaber musterte den Kommissar einen Moment lang aus zusammengekniffenen Augen. Dann stampfte er mit schweren Schritten zum Schreibtisch, nahm den Hörer ab und drückte auf eine Kurzwahltaste.

»Hallo Mausi, ich …«

»Würden Sie mir den Hörer bitte geben?« Gesner streckte die Hand danach aus.

»Lassen Sie mich gefälligst ausreden«, blaffte Neunaber den Kommissar an. »Mausi, damit habe ich natürlich nicht dich gemeint. Die Polizei möchte kurz mit dir reden.«

Der Brauer reichte Gesner den Hörer, den dieser ihm nach einem kurzen Telefonat zurückgab.

»Vielen Dank für Ihre Kooperation. Nun wollen wir Sie auch nicht länger aufhalten.« Die Polizisten verließen das Büro, nahmen den Aufzug und marschierten zu ihrem Fahrzeug.

»Der hat doch Dreck am Stecken.« Wiebke knallte die Beifahrertür zu und schnallte sich an.

»Möglich, aber als Feuerteufel scheidet er aus, denn seine Frau hat das Alibi bestätigt.«

»Sie könnte lügen.«

»Er hatte keine Zeit, sie vorher zu instruieren.« Gesner ließ den Motor an und fuhr vom Parkplatz.

»Die beiden könnten das falsche Alibi im Vorfeld vereinbart haben.« Wiebke ließ nicht locker.

»Möglich, aber momentan können wir nicht weiter gegen ihn vorgehen.«

»Was ist mit einem Durchsuchungsbefehl?«

»Auf welcher Grundlage sollen wir das Dokument denn bekommen?« Der Kommissar bremste den Wagen vor einer roten Ampel ab.

»Wir haben immer noch einen dringenden Tatverdacht.«

»Du weißt genau, dass das nicht reicht. Neunaber ist trotz seines Ausrasters beim Wettkampf ein angesehener Geschäftsmann, der viel für die Region getan hat und hier Arbeitsplätze sichert.«

»Erspar mir das Gesabbel. Du willst also nichts weiter gegen ihn unternehmen, richtig?«

»Wiebke, jetzt reicht es mir aber. Ohne stichhaltige Beweise können wir keinesfalls weiter gegen Neunaber vorgehen. Wenn Patrick bei der Influencerin nichts erreicht, müssen wir uns auf einen anderen Gast konzentrieren.«

»Wie sollen wir das denn machen? Die Kneipe war in den letzten Wochen gerammelt voll.«

»Habt ihr im Schankraum Sicherheitskameras installiert?«

»Nein. Das würde meine Mutter niemals zulassen. Was im Kroog erzählt wird, bleibt im Kroog, daran haben sich alle Sünnumer bisher gehalten.«

»Dann sind uns also die Hände gebunden.« Die Ampel schaltete auf Grün und Gesner fuhr an.

»Nee, denn wir könnten die Bevölkerung zur Mithilfe aufrufen und zu diesem Zweck eine spezielle Telefonnummer einrichten, unter der sich jeder, der etwas Ungewöhnliches gesehen oder gehört hat, melden kann.«

»Dann hast du viele Wichtigtuer an der Strippe, die ihren Nachbarn, Exmann, Chef oder wen auch immer in die Pfanne hauen wollen.«

»Dann müssen wir eine SOKO gründen und speziell geschulte Mitarbeiter an die Telefone …«

»Stopp!«, rief Gesner so laut, dass Wiebke zusammenfuhr und ihre Hände um den Sicherheitsgurt krallte. »Wir werden nichts dergleichen tun, ist das klar? Uns fehlen die personellen Kapazitäten für eine Telefonhotline und über eine SOKO könnten wir bei einem Mordfall nachdenken, aber keinesfalls bei einer Brandstiftung.«

»Muss meine Mutter erst sterben, bevor du etwas unternehmen willst?«, giftete Wiebke.

»Du wirst unsachlich.«

»Natürlich bin ich sauer, denn hier geht es auch um mein Leben. Ohne Rubens beherztes Eingreifen hätte ich in der Brandnacht qualvoll verbrennen können.«

»Wie ist er überhaupt auf das Feuer aufmerksam geworden?«

»Er konnte nicht schlafen und … nee, echt nicht«, winkte die Polizistin ab, als sie ahnte, worauf ihr Vorgesetzter hinauswollte.

»Du weißt, dass viele Täter aus dem Familien- oder Freundeskreis kommen. Am Fensterrahmen wurden nur seine Fingerabdrücke gefunden.«

»Weil er eingestiegen ist, um das Feuer zu löschen. Zudem kenne ich die Statistiken.« Wiebke blickte auf die Straße und fragte: »Warum sollte Ruben so etwas tun? Er hat kein Motiv.«

»Ich habe nie behauptet, dass er der Feuerteufel ist, sondern nur gesagt, dass wir jeder Spur nachgehen müssen. Soll ich Ruben unter die Lupe nehmen?«

»Nee, lass mal. Das ist meine Sache.«

»Wiebke, du bist emotional viel zu nah dran. Wenn ich mehr Personal hätte, würde ich dich ohnehin wegen Befangenheit sofort von dem Fall abziehen.«

»Sollte Ruben der Feuerteufel sein, werde ich ihn eigenhändig in einer Düne vergraben. Zunächst sollten wir uns

die im Internet kursierenden Fotos und Videoclips ansehen. Vielleicht ist etwas Interessantes dabei.«

Nach ihrer Rückkehr ins Polizeikommissariat sichteten
die Ordnungshüter einen Teil des hochgeladenen Mate-
rials, allerdings ohne einen Hinweis auf den Täter zu finden.

»Als würde man sich alle Wassertropfen der Nordsee
einzeln ansehen müssen.« Gesner lehnte sich in seinem
Stuhl zurück und verschränkte die Hände im Nacken.

»Wo bleibt Patrick eigentlich?« Wiebke rieb sich über
die rotgeränderten Augen.

»Keine Ahnung. Er müsste längst hier sein.«

Wie auf ein Stichwort hin wurde die Bürotür krachend
aufgerissen. Der junge Polizist stürmte herein und ließ sich
auf seinen Schreibtischstuhl fallen.

»Schön, dass du dich auch mal wieder sehen lässt.« Gesner drehte sich zu ihm um. »Warum hat das denn so lange
gedauert?«

»Die aufgetakelte Tranfunzel ist dämlicher als ein Stück
Treibholz. Wahrscheinlich hat sich Bella ihre Synapsen irgendwann mit Haarspray zugekleistert.«

»Konntest du sie zum Reden bringen?«, fragte Wiebke
erwartungsvoll.

»Das war kein Problem, denn die hat gesabbelt wie ein
Wasserfall. Wenn Bella ein Radio gewesen wäre, hätte ich
zumindest den Stecker ziehen können, aber so hatte ich
eine permanente Geräuschkulisse.«

»Was hat sie denn alles erzählt?«

»Von ihren Postings, den Followern und natürlich den
Likes und Kommentaren ihrer Fans. Bella lebt nicht für,
sondern im Internet. Die reale Welt hat sie vollkommen
ausgeblendet.«

»Wo war sie denn zur Tatzeit? Hat sie ein Alibi?«

»Nein. Sie lebt allein. Ein echter Mann hätte in ihrem Leben auch keinen Platz.«

»Dann könnte sie den Brand also gelegt haben«, schlussfolgerte Wiebke.

»Theoretisch schon, aber Bella ist keine Frau, die Fenster einschlägt und in Häuser einbricht. Die Angst, sich an einer Scherbe zu verletzen, wäre viel zu groß. Wahrscheinlich würde sie durchdrehen, wenn ihre makellose Haut von einem Kratzer oder sogar einer Narbe entstellt würde. Zudem sind ihre Fingernägel so lang wie Krallen, damit kann sie nicht richtig zupacken. Außerdem hätte sie bestimmt etwas gegen ein Parfum mit der Duftnote Spiritus.«

»Da wir momentan noch mit leeren Händen dastehen, bleibt uns nichts anderes übrig, als weiterhin Fotos und Videoclips auszuwerten und auf die Hilfe von Kommissar Zufall zu hoffen«, fasste Gesner das Gesagte zusammen.

»Neunaber könnte …«

»Wiebke, ich will dazu nichts mehr hören, ist das klar?« Der Kommissar schlug mit der Faust auf den Tisch.

Die Polizistin funkelte ihn wütend an. Dann stand sie auf, griff nach ihrer Jacke und verschwand wortlos aus dem Polizeikommissariat.

AKTENLAGE

Wiebke musste ihren himmelblauen Mini diesmal nicht am Ortseingang abstellen, denn die geposteten Bilder vom Brand hatten viele Besucher abgeschreckt, sodass sich an diesem Abend nur wenige Touristen nach Sünnum verirrt hatten.

Ruben war in den letzten Tagen wie ein Sturm durch Wiebkes Leben gefegt und hatte ihre Gefühlswelt vollkommen durcheinandergewirbelt. In seiner Gegenwart fühlte sie sich mitunter wie eine Jugendliche, die ihren Schwarm anhimmelte, nur um wenige Augenblicke später über sich selbst den Kopf zu schütteln. Schließlich war sie eine erwachsene Frau, die für diese Sentimentalitäten nichts übrig hatte. Zumindest hatte sie das bisher gedacht, aber … verdammt, warum mussten die Dinge immer so kompliziert sein?

Die Polizistin blieb in dem vor dem Kroog geparkten Fahrzeug sitzen. Die Überlegung, dass Ruben das Feuer gelegt haben könnte, ging ihr nicht aus dem Kopf.

Wenn er dafür verantwortlich war – warum hatte er den Brand dann gelöscht? Wurde er unter Druck gesetzt oder erpresst? Wenn ja, von wem? War er nach Sünnum gekommen, um die Kneipe zu vernichten und die Familie Felber auszulöschen?

Warum sollte er ihr etwas antun wollen – schließlich liebte er sie. Das hatte er zumindest behauptet, aber stimmte das auch? Vielleicht wollte Ruben … *was*?

Ein Klopfen an der Scheibe riss sie aus ihren Gedanken,

die sich wie ein Karussell immer schneller drehten. Ruben stand neben dem Auto und winkte ihr durch die Scheibe zu. Sie öffnete die Tür und stieg aus.

»Was ist mit dir los? Du zitterst am ganzen Körper.«

Er nahm sie in den Arm und drückte sie an sich. Im ersten Moment wollte sich Wiebke dagegen wehren, aber dann ließ sie es zu und schlang die Arme um seinen Hals.

»Halt mich einfach nur fest«, flüsterte sie.

»Ist etwas Schlimmes passiert?«

»Nee, ich hatte nur einen ganz normalen Arbeitstag. Wenn du mit mir zusammen sein willst, solltest du dich besser daran gewöhnen.« Nach einem Moment löste sie sich aus seiner Umarmung und sah sich um. »Wo ist Mama?«

»Im Keller und braut Bier. Nachdem deine Kollegen von der Spurenanalyse den Kroog freigegeben hatten, haben wir uns sofort an die Arbeit gemacht. Hinnerk hat neue Barhocker gezimmert, die sind bequemer als Fernsehsessel.«

Er ergriff ihre Hand und öffnete die Tür der Schankwirtschaft, an die Gesine ein großes Schild mit der Aufschrift *Geschlossen* gehängt hatte. Sie traten ein und drückten die Tür hinter sich zu.

Joris saß auf seinem Stammplatz und ließ sich ein Tüdelbräu schmecken. Renate war hinter der Theke und wischte den mittleren Teil des Regals aus. Neben dem Rollstuhl stand ein Rollator, auf den sie sich dabei aufstützte. Leefke spülte verrußte Biergläser. Sören und Hinnerk tauschten Bretter des Fußbodens aus, die bei dem Brand in Mitleidenschaft gezogen worden waren. Aus den Lautsprechern erklang ein Shanty-Chor, der das Lied *Wir lagen vor Madagaskar* schmetterte.

»Moin Wiebke.« Joris hob das Glas und postete ihr zu.

»Ruben, kannst du kurz mit anfassen?«, bat Hinnerk.

»Klar.« Er eilte zu den beiden Männern und gemeinsam rissen sie ein verkohltes Brett aus dem Boden.

»Wiebke?« Die Stimme ihrer Mutter erklang durch die geöffnete Kellertür und sie stieg die Steintreppe hinab in jenen Raum, den Joris einmal als das Herz von Sünnum bezeichnet hatte. Sepp war bei der Friesenbrauerin und stapelte Bierkisten in einer Ecke übereinander.

»Habt ihr Neunaber verhaftet?« Tüdelbüdel, die Jungbier aus dem Gärbottich in den Lagertank füllte, sah auf.

»Wir haben ihn vernommen und er hat ein Alibi. Damit scheidet er als Täter aus.«

»Lass mich raten: Er hat die Nacht in seinem Bett verbracht, was von seiner Frau bestätigt wurde.«

Wiebke nickte.

»Das habe ich mir gedacht. Er wird sie mit Schlaftabletten betäubt haben, das ist doch klar. Auf diese Weise konnte er verschwinden, ohne dass sie etwas davon bemerken konnte. Vielleicht stecken sie auch gemeinsam unter einer Decke. Du musst sein Haus durchsuchen.«

»Miss Marple, so einfach ist das keinesfalls. Dazu brauche ich einen Durchsuchungsbefehl.«

»Dann besorg dir dieses Durchsuchungsdingsda.«

»Das geht nicht.« Wiebke strich eine Haarsträhne, die sich aus dem Pferdeschwanz gelöst hatte, hinter das Ohr.

»Kannst oder willst du nicht gegen ihn vorgehen?« Die Friesenbrauerin stemmte die Hände in die Seiten.

»Mama, lass gut sein. Ich bin echt erledigt.«

»Neunaber wollte den Kroog abfackeln.«

»Das ist nur eine Vermutung. Dennoch werde ich ihn

auch weiterhin im Auge behalten. Die Fahndung nach dem Feuerteufel ist aber eine Sache der Polizei. Wie weit seid ihr eigentlich mit den Vorbereitungen für das Schützenfest am Wochenende?«, wechselte Wiebke das Thema, um nicht weiterhin mit ihrer Mutter streiten zu müssen.

»In letzter Zeit war so viel los, dass wir uns darüber noch keine Gedanken gemacht haben.«

»Dann sollten wir das jetzt nachholen. Kommt mit nach oben, dann können wir in Ruhe reden.« Wiebke kehrte in den Schankraum zurück und wenige Minuten später hatten alle ihre Arbeiten unterbrochen und saßen auf den neuen Barhockern.

»Wenn wir beim Schützenfest von Biertouristen überrannt werden, sollten wir in diesem Jahr darauf verzichten.« Sepp sah in die Runde.

»Du suchst doch nur nach einem Grund, um nicht gegen mich antreten zu müssen, weil du ohnehin wieder verlierst«, wetterte der neben ihm sitzende Joris.

»Im letzten Jahr hattest du mehr Glück als Verstand. Ohne die Windbö hättest du nicht gewonnen.«

»Ik schiet di wat mit Windbö. Ich habe die goldene Möwe mit einem sauberen Schuss vom Poller geholt.«

»Bei deinen Schießkünsten kannst du froh sein, dass du noch keinen Zuschauer erwischt hast«, ereiferte sich der Bayer.

»Du triffst doch nicht mal einen Seehund, wenn er direkt vor dir im Sand liegt.«

»So ein Schmarrn. Ich hole mit verbundenen Augen einen Wattwurm vom Poller.«

»Das wollen wir doch mal sehen.«

»Bist du dabei?«

»Natürlich. Schön, dass wir das geklärt hätten.« Joris schlug Sepp auf die Schulter. »Dann treten wir auch in diesem Jahr wieder gegeneinander an.«

Der Bayer sah ihn einen Moment lang irritiert an. Dann grinste er. »Du Dampfplauderer. Jetzt bin ich dir tatsächlich auf den Leim gegangen.«

»Jo.« Joris genehmigte sich einen Schluck aus seinem Bierglas.

»Ich will keinesfalls auf das Schützenfest verzichten«, verkündete Sören.

»Für mich ist das neben Weihnachten und Ostern der wichtigste Feiertag im Jahr«, bekräftigte Hinnerk.

»Ist jemand der Ansicht, dass wir die Veranstaltung in diesem Jahr ausfallen lassen sollten?«, fragte die Friesenbrauerin. Niemand sagte etwas, keiner nickte.

»Ich freue mich auch auf das Fest, aber was machen wir mit den nervigen Touristen?«, erkundigte sich Sepp.

»Nach dem Brand sind kaum noch Fremde in Sünnum. Wenn wir posten, dass der Kroog wegen des Brandschadens weiterhin geschlossen hat und es hier kein Bier mehr gibt, wird kaum jemand beim Schützenfest auftauchen«, prophezeite Wiebke.

»Das ist eine gute Idee.« Leefke nickte anerkennend. »Ich werde diese Botschaft über meine Accounts in den sozialen Netzwerken streuen.«.

»Seit wann hockst du denn vor meinem Daddelkasten?« Sören blickte seine Frau verwundert an.

»Zum einen ist es nicht dein Laptop, sondern ein Familiengerät«, stellte sie klar und fuhr dann fort: »Zum anderen solltest du gelegentlich den Browserverlauf löschen. Die Videos, die du dir ansiehst, sind nichts für Kinder.«

»Browserverlauf? Wie jetzt?«

»Sören, deine Birne leuchtet wie eine Signalboje.« Hinnerk japste nach Luft und alle stimmten in das Lachen mit ein.

»Ihr habt doch einen an der Waffel«, grummelte der Wattführer und blickte zu Boden.

»Hoffentlich nehmen uns die Leute den Schwindel ab.« Die Friesenbrauerin war skeptisch.

»Das werden sie bestimmt. Im Internet wird jede Lüge zur Wahrheit, wenn sie nur oft genug geteilt wird. Für viele Menschen scheint das digitale Wunderland eine eigene Realität zu besitzen, die mit dem Leben außerhalb des Datennetzes nichts zu tun hat.«

»Ruben, es gibt immer nur eine Wahrheit«, verkündete die Friesenbrauerin und fuhr fort: »Wir sollten uns jetzt über die Durchführung Gedanken machen.«

In der nächsten Stunde diskutierten die Sünnumer über die Vorbereitungen und teilten die Aufgaben untereinander auf.

»Bis zum Schützenfest müssen wir unter allen Umständen dafür sorgen, dass nichts an die Öffentlichkeit durchsickert. Wenn wir von Touristen überrannt werden, können wir die Feierlichkeiten vergessen«, mahnte Joris.

»Keine Sorge«, versicherte Gesine. »Kein Dorfbewohner wird mit Außenstehenden über die Veranstaltung sprechen und im Internet nur über den geschlossenen Kroog berichten. Nach dem Schützenfest müssen wir uns allerdings überlegen, wie es im Dorf weitergehen soll. Zudem sollten wir schleunigst den Brandstifter finden, schließlich kann er jederzeit wieder zuschlagen.« Bei diesen Worten musterte sie ihre Tochter missmutig.

»Die Polizei muss den Brandstifter finden«, korrigierte Wiebke und trank einen Schluck.

»Wir sollten alle die Augen offen halten«, versuchte Ruben zu vermitteln und erntete dafür böse Blicke von beiden Frauen.

»Ich bin erledigt.« Wiebke leerte ihr Glas und stand auf. »Willst du schon gehen?«, fragte Ruben sichtlich enttäuscht.

»Ich habe einen harten Tag hinter mir und muss unbedingt pennen.«

Sie stand auf und schritt zur Tür. Gerade hatte Wiebke diese hinter sich geschlossen, als sie eine Gestalt bemerkte, die hinter eine Hausecke gehuscht war.

Wiebke zögerte keine Sekunde und sprintete los, konnte aber niemanden sehen. Hatte ihr die Fantasie einen Streich gespielt?

Sie lief in die nächste Seitenstraße, die zum Haus des Tierarztes Hauke Peters führte, aber dort war niemand, außer …

»Patrick? Was machst du denn hier?« Sie blickte ihren Kollegen überrascht an.

»Ich wollte nur wissen, ob in Sünnum alles okay ist. Du hast im Büro vollkommen fertig ausgesehen.«

»Hat Gesner dich beauftragt, mir nachzuspionieren?«

»Natürlich nicht. Warum sollte er das tun?«

»Keine Ahnung, sag du es mir.«

»Ich habe mir Sorgen um dich gemacht, schließlich könnte der Feuerteufel jederzeit wieder zuschlagen. Moin Insa«, grüßte er eine junge Frau, die mit einem Hund an der Leine aus dem Haus kam.

»Hi Patrick.« Sie erwiderte sein strahlendes Lächeln.

»Hallo, Insa, ich bin auch noch da.« Wiebke winkte ihr zu.

»Sorry, ich war mit den Gedanken woanders.«

»Das habe ich gemerkt.«

»Sucht ihr im Dorf nach dem Brandstifter?«, fragte die Medizinstudentin in verschwörerischem Tonfall.

»Wir ermitteln undercover«, warf sich Patrick in die Brust.

»Cooler Spruch. Aus welchem Actionfilm hast du den denn?« Trotz aller Anspannung musste Wiebke grinsen.

»Ich wollte damit nur sagen, ach egal.« Der junge Polizist machte eine wegwerfende Handbewegung.

»Kommst du mit? Ich wollte mit dem Hund zum Strand.«

»Gerne.« Patrick fuhr sich mit den Fingern durch seine vom Wind zerzauste Frisur.

»Wolltest du dich nicht um die Sicherheit des Dorfes kümmern?« Wiebke runzelte die Stirn.

»Du musst dir keine Sorgen machen. Ich bin ganz in der Nähe.«

Die Polizistin sah Patrick und Insa nach, bis sie hinter einer Kurve verschwunden waren. Dann kehrte sie zum Anwesen ihrer Mutter zurück. Auf dem Weg dorthin dachte sie über ihren Kollegen nach, der sich in letzter Zeit auffällig oft in Sünnum herumgetrieben hatte und auch in der Brandnacht sofort zur Stelle gewesen war – als hätte er auf der Lauer gelegen.

Konnte Patrick das Feuer entfacht haben? Hatte Ruben ihm mit seinem beherzten Eingreifen einen Strich durch die Rechnung gemacht? War ihr Freund doch ein Held und kein Teufel, der ihr Leben zerstören wollte?

»Was läuft hier eigentlich?«, murmelte Wiebke vor sich

hin, während sie fieberhaft über den Grund nachdachte, warum ihr Kollege einen Brandanschlag verüben sollte.

In dem Glauben, dass es nicht schlimmer werden konnte, kuschelte sie sich an diesem Abend unter die Bettdecke. Sie ahnte nicht, wie sehr sie sich irrte.

PLANSPIELE

Ulrich Neunaber saß im Büro hinter seinem Schreibtisch und starrte auf das leere Fach in der beleuchteten Vitrine. Der Watthumpen würde schon bald wieder an seinem angestammten Platz sein, dessen war er sicher.

Bei dem Gedanken an die beiden uniformierten Vollpfosten, die ihn heute befragt hatten, verzogen sich seine schmalen Lippen zu einem Lächeln, das den meisten Menschen das Blut in den Adern hätte gefrieren lassen.

Er holte einen Spiralblock, in dem er Skizzen des Bierdorfs angefertigt hatte, aus der untersten Schublade, und legte ihn vor sich auf den Schreibtisch. In den nächsten beiden Stunden verlegte er die bisherigen Standorte der Bars und Kneipen und änderte bestehende Straßenverläufe.

Bald schon würde das Dorf in seiner jetzigen Form vom Erdboden verschwinden und als Tüdeltown aus den Ruinen auferstehen. Die meisten Menschen scheiterten mit ihren Plänen, weil ihnen die nötige Weitsicht – und oft auch die Geduld – fehlte. Diese Fehler würde Neunaber, der sich bei seinen geschäftlichen Zielen an den Strategien großer Feldherren orientierte, die bis heute nichts von ihrer Aktualität verloren hatten, keinesfalls machen.

Er lehnte sich in seinem Stuhl zurück und blätterte in dem Block, dessen Seiten er mit unzähligen Strichen, Kreisen und Anmerkungen versehen hatte. Außer ihm würde sicherlich niemand aus dem Gekritzel, das sein Lebenswerk sein würde, schlau werden.

Da die Friesenbrauerin nicht freiwillig mit ihm zusammenarbeiten wollte, würde er den Druck nun erhöhen müssen.

Der Brauer ließ den Block wieder in der untersten Schreibtischschublade verschwinden und weckte seinen Computer aus dem Standby-Modus.

Wenige Augenblicke später klickte er auf eine Datei und gab das Passwort ein, mit dem diese geöffnet werden konnte.

Nachdem er sich die verschiedenen Bilder und Texte noch einmal angesehen hatte, klickte er auf *Enter*.

Eine rote Hand erschien.

Darunter stand: *Wenn Sie die Inhalte freigeben wollen, geben Sie jetzt das Passwort ein.*

Neunaber tippte die nur ihm bekannte Aneinanderreihung von Buchstaben, Zahlen und Sonderzeichen ein. Einen Augenblick lang schwebte sein rechter Zeigefinger über der *Enter*-Taste. Wenn er den Befehl bestätigte, gab es kein Zurück mehr.

Sekunden später hatte er die Datei im Internet hochgeladen. Nun musste er nur noch warten.

VERDÄCHTIGUNGEN

Wiebke sprang aus dem Bett und riss die Tür auf. Dichter Rauch quoll in ihr Zimmer und sie hustete. Die Stufen der Holztreppe, die ins Erdgeschoss führte, brannten lichterloh. Flammen züngelten um das Geländer wie Girlanden. Das Feuer leckte bereits an den Türrahmen zu den anderen Räumen.

»Mama.«

Der Schrei schmerzte in ihrer Kehle, als würden die Buchstaben aus heißen Kohlen bestehen. Hektisch sah Wiebke sich um, konnte aber nichts finden, womit sie das Feuer bekämpfen konnte. Sie blickte zum Fenster. Wenn sie sich darüber in Sicherheit brachte, würde sie ihre Mutter den Flammen überlassen und auch Ruben …

Der Gedanke an ihren Freund, der im Gästezimmer schlief, ließ sie jede Vorsicht vergessen und Wiebke rannte aus ihrem Zimmer. Die Dielen waren so heiß, dass sie die Haut ihrer Fußsohlen bereits nach wenigen Schritten verbrannten.

Sie ignorierte den Schmerz und lief mitten hinein in das brennende Inferno. Aus Angst, die Hitze der Flammen könnte ihre Lungen versengen, wagte sie nicht zu atmen. Rubens Tür war verschlossen und sie hämmerte dagegen, bevor sie zum Zimmer ihrer Mutter eilte, deren Tür sich bereits in einen flammenden Vorhang verwandelt hatte.

Wiebke überlegte auch jetzt nicht, sondern legte die Hände schützend über den Kopf und sprang hindurch.

Seltsamerweise war das Schlafzimmer bisher vom Feuer verschont worden. Ihre Mutter lag im Bett und schlief mit einem seligen Lächeln auf den Lippen. Ihre Haare hatten sich in unzählige dünne Flammen verwandelt, die sich wie feurige Schlangen um ihr Gesicht wanden.

»Mama!«, schrie Wiebke, aber es kam kein Laut über ihre Lippen. In der Ferne hörte sie eine Sirene, aber die Feuerwehr würde nicht rechtzeitig hier sein. Das heulende Geräusch wurde immer lauter und lauter … bis Wiebke erwachte.

Sie drehte sich zur Seite und schlug mit der Hand auf die Schlummertaste ihres Weckers. Der Alarm brach abrupt ab. Sie rieb mit den Handrücken über ihre Augen und setzte sich auf. Das Laken war zerzaust. Das Bettzeug lag am Fußende, das Kopfkissen auf dem Boden.

Der Traum war noch so lebendig, als hätten sich die flammenden Erinnerungen tief in die Realität gebrannt.

Wiebke stellte den Wecker aus, stand auf und schlurfte ins Bad. Im Spiegel erblickte sie eine zerzauste Gestalt, die nur vage Ähnlichkeit mit der Frau hatte, die sie kannte. Die Haare hingen strähnig herab, die Haut hatte die Farbe kalter Asche. Die Augen lagen tief in den Höhlen. Die ersten Krähenfüße hatten sich in ihr Gesicht gekrallt und … *Krähenfüße?*

»Moin, du alte Schachtel«, begrüßte sie ihr Spiegelbild und ging unter die Dusche. Zehn Minuten später trat sie, nur mit einem Bademantel bekleidet, in die Küche. Ein Handtuch, in dem ihre nassen Haare eingedreht waren, hatte sie wie einen Turban um den Kopf geschlungen.

Ihre Mutter füllte gemahlenen Kaffee in einen Filter, der auf einer alten Porzellankanne stand. Tüdelbüdels Meinung nach schmeckte der Koffeinkick am besten, wenn man ihn von Hand aufbrühte.

Einen Moment lang sah Wiebke wieder die brennenden Haare vor ihrem inneren Auge und schüttelte sich.

»Gut geschlafen?« Gesine drehte sich zu ihr um.

»Geht so«, antwortete sie ausweichend und setzte sich an den Tisch. Die Friesenbrauerin nahm den pfeifenden Wasserkessel vom Herd und goss Wasser in den Filter.

Kurze Zeit später stellte sie zwei Tassen mit dampfendem Kaffee auf den Tisch. Wiebke nahm sich eines der frisch gebackenen Rosinenbrötchen, die die Bio-Bäuerin Hilde Decker jeden Morgen vor die Tür stellte, aus dem Korb.

»Habt ihr gestern noch lange geschnackt?« Sie schnitt das Brötchen auf und schmierte Butter auf beide Hälften.

»Jo. Tammo, Hauke und Monika sind später noch gekommen. Joris und Sepp haben sich wegen ihrer Schießkünste gekabbelt. Renate hat den Kroog in eine Karaokebar verwandelt und Seemannslieder geschmettert. Schade, dass du nicht dabei gewesen bist.«

»Ich war total erledigt.« Wiebke klappte die beiden Hälften zusammen und biss herzhaft hinein.

»Ruben war gestern ordentlich angeschickert und hat einige Dönkes aus seiner Bar erzählt. Wir haben gelacht, bis uns die Tränen über die Wangen gelaufen sind. Diese Fröhlichkeit hat mir gefehlt. Wie lange will er eigentlich bleiben?«

»Keine Ahnung. In den letzten Tagen war so viel los, dass wir kaum zum Reden gekommen sind.«

»Er kann erst einmal bei uns wohnen. Was willst du heute gegen Neunaber unternehmen?«

»Wir werden den Feuerteufel schon finden«, wich

Wiebke einer direkten Antwort aus und wechselte das Thema, um einen weiteren Streit mit ihrer Mutter zu vermeiden. »Hoffentlich können wir das Schützenfest unbeschwert feiern.«

»Außer uns …«

»… weiß nur halb Ostfriesland davon, schließlich feiern wir seit vielen Jahren am ersten Augustwochenende«, fiel Wiebke ihrer Mutter ins Wort.

»Bisher hat sich aber niemand für Sünnum interessiert. Warum sollte es jetzt anders sein?«

»Weil du den Watthumpen gewonnen und damit viel Aufmerksamkeit erregt hast. Wenn wir dich nicht zu dem Festival angemeldet hätten, wäre uns viel Ärger erspart geblieben«, gab sich Wiebke reumütig.

»Da ist was dran.« Die Friesenbrauerin nahm sich ebenfalls ein Rosinenbrötchen. »Außer uns weiß aber niemand, dass wir das Schießen um eine Stunde vorverlegt haben.«

»Ich muss los.« Wiebke steckte sich den letzten Bissen in den Mund und stand auf. Eine Viertelstunde später verließ sie das Haus und fuhr zum Norder Polizeikommissariat.

Gesner war bereits im Büro und brütete über einer Akte.

»Moin. Gibt es etwas Neues im Brandfall?«

Er schüttelte den Kopf.

»Können wir gegen Neunaber …«

»Was auch immer du fragen willst: Nein! Ohne Beweise werden wir nicht weiter gegen ihn vorgehen. Geht das endlich in deinen ostfriesischen Dickschädel?«

Wiebke funkelte den Kommissar wütend an, sagte aber nichts und machte sich an die Arbeit. Sie blickte erst wieder auf, als Patrick das Büro betrat.

»Das war aber ein langer Strandspaziergang.« Mit diesem Satz erinnerte sie ihn an ihr letztes Aufeinandertreffen in Sünnum. »Läuft eigentlich was zwischen Insa und dir?«

»Ich wüsste nicht, was dich das angeht.«

»Du hast dich in sie verknallt, richtig?«, stichelte Wiebke.

»Na toll. Jetzt habe ich zwei Mitarbeiter, die auf rosaroten Wolken schweben, weil Amor sie mit einem Pfeil getroffen hat. Wenn ich den Mistkerl erwische, ertränke ich ihn eigenhändig in der Nordsee.« Gesner seufzte vernehmlich.

»Amor? Wer um alles in der Welt ist Amor?«

»Patrick, vergiss es und mach dich an die Arbeit. Du bist spät dran heute.« Der Schönling schlenderte zu seinem Schreibtisch und setzte sich. »Gibt es wegen Neunaber …«

»Ich will den Namen hier nicht mehr hören, ist das klar?«, schimpfte Gesner. »Ihr werdet den Fall mit guter alter Polizeiarbeit lösen und nicht mit fadenscheinigen Verdächtigungen.«

»Gute alte Polizeiarbeit?«

»Davon hast du sicherlich noch nie gehört, oder?« Die Adern des Kommissars traten am Hals deutlich hervor.

»Ich dachte …«

»Hör auf zu denken und mach endlich deine Arbeit.« Gesner raufte sich die Haare.

Wiebke und Patrick warfen sich einen kurzen Blick zu und hackten dann auf die Tastaturen ein, um ihren Vorgesetzten nicht weiter zu verärgern. Wenige Minuten später fand Wiebke bei der Suche nach Hinweisen auf die Brandstiftung im Internet ein Foto ihrer Mutter, das von einem Touristen im Kroog aufgenommen worden sein musste. Auf dem Bild stand die Friesenbrauerin am Zapfhahn und ließ Bier in ein Glas laufen. Über dem Schnappschuss stand in blinkenden Buchstaben: *Kommt alle zur ultimativen Tü-delparty!*

»Das darf doch nicht wahr sein.« Die Polizistin verdrehte die Augen und las den Text unter dem Bild.

Am Samstag findet in Sünnum das traditionelle Schützen-fest statt, bei dem das Tüdelbräu in Strömen fließen wird. Lasst uns dort gemeinsam abfeiern. Teilt diesen Beitrag, da-mit wir die Party ordentlich rocken können.

»Was ist denn los?« Gesner stand auf, eilte zu Wiebke und blickte ihr über die Schulter. »Du sollst arbeiten und nicht privat surfen.«

»Das tauchte in einer Ostfrieslandgruppe auf.« Die Poli-zistin überging seinen Rüffel und deutete auf die Nachricht.

»Tüdelparty? Was soll das denn sein?«

»Unser Schützenfest. Sieh nur, die vielen Kommentare.«

Tüdelbräu bis zum Abwinken, voll super.

Gibt es auch einen Schützenkönig?

Kann man am Strand zelten?

Meine Kumpel kommen auch.

Bin dabei.

Endlich wieder guter Bölkstoff.

Fassungslos deutete Wiebke auf weitere Beiträge, die im Sekundentakt erschienen.

»Die Nachricht wurde in der letzten Stunde bereits über tausend Mal geteilt.« Patrick, der nun auch auf Wiebkes Monitor starrte, deutete auf die Zahl 1025, die sich ständig erhöhte. »Sieh dir mal die anderen Gruppen an.«

Wiebkes Finger flogen über die Tastatur und innerhalb weniger Minuten hatte sie auf verschiedenen Webseiten Hinweise zur Tüdelparty gefunden, die alle fieberhaft ge-teilt und kommentiert wurden.

»Die Nachricht verbreitet sich schneller als ein Virus. Ich muss sofort meine Mutter anrufen.« Sie griff nach ihrem auf dem Schreibtisch liegenden Mobiltelefon und eilte damit auf den Flur. Da Gesine das Telefonat nicht entgegennahm, wählte sie Rubens Nummer.

»Moin Wiebke«, hörte sie kurz darauf eine verschlafene Stimme.

»Das Schützenfest ist im Internet«, fiel sie mit der Tür ins Haus.

»Wie meinst du das denn?« Plötzlich klang er hellwach.

»In den sozialen Netzwerken wird zu einer Tüdelparty aufgerufen. Damit ist unser Schützenfest gemeint.«

»Ich sehe mir das schnell auf meinem Laptop an.« Wenige Augenblicke später war er wieder am Telefon. »Ich habe einen der Einträge gesehen. Wenn die Leute wirklich alle kommen, werden wir von Suffköppen überrannt werden und müssen das Schützenfest absagen.«

»Sprich mit meiner Mutter und den anderen Dorfbewohnern darüber. Ich komme so schnell wie möglich nach Sünnum.«

Wiebke beendete das Telefonat, kehrte ins Büro zurück und setzte sich. »Schiet ok! Das hätte nicht passieren dürfen.«

»Was ist denn so schlimm daran?« Gesner baute sich vor ihrem Schreibtisch auf.

»Das Schützenfest war immer eine dorfinterne Angelegenheit, zu der natürlich auch Freunde und Bekannte aus den umliegenden Dörfern gekommen sind. Aber seit dem Gewinn des Watthumpens ist in Sünnum alles aus dem Ruder gelaufen. Du kannst mir jetzt übrigens eine Strafpredigt halten, weil ich während der Arbeit privat telefoniert habe.«

»Ich war vorhin ziemlich genervt, tut mir leid. Der Anwalt von Neunaber hat mich in aller Herrgottsfrühe aus dem Bett geklingelt und mit juristischen Konsequenzen gedroht, sollten wir seinen Mandanten noch einmal behelligen.«

»Wir haben doch nichts gemacht.« Wiebke zuckte mit den Schultern.

»Genau darum geht es. Wir haben nichts gemacht und sind mit leeren Händen bei ihm aufgekreuzt. Bevor wir ihm noch einmal auf die Füße treten, sollten wir unsere Hausaufgaben gemacht haben.«

»Besser ist das«, bestätigte Wiebke, die mit den Gedanken noch immer beim Schützenfest war. »Können unsere IT-Experten herausfinden, wer die Nachricht in die Welt gesetzt hat?«

»Keine Ahnung.« Der Kommissar zuckte mit den Schultern. »Du kannst sie aber nicht damit beauftragen, weil keine Straftat vorliegt, der wir nachgehen müssen.«

»Muss denn immer erst etwas passieren?« Wiebke hob in einer hilflosen Geste die Hände.

»Du musst nicht gleich so melodramatisch werden. Wir können die Menschen nicht davon abhalten, nach Sünnum zu fahren.«

»Demnach können wir nichts unternehmen?«

»Das habe ich nicht gesagt. Patrick und ich könnten Straßensperren errichten, um einem Verkehrschaos vorzubeugen. Auf diese Weise werden wir die Menschenmenge zumindest kanalisieren.«

»Das würdet ihr für mich tun?« Wiebkes Augen leuchteten.

»Nur wenn ich dafür Freibier bekomme.« Gesner grinste.

»Bei Freibier bin ich auch dabei. Wir lassen Sünnum keinesfalls hängen.«

»Das ist echt lieb von euch.«

»Bis dahin haben wir aber noch eine Menge Arbeit vor uns. Los jetzt, worauf wartet ihr noch?« Gesner klatschte in die Hände.

»Elender Sklaventreiber«, murmelte Patrick.

»Das habe ich gehört.« Der Kommissar warf ihm einen amüsierten Blick zu.

Wiebke verabschiedete sich am späten Nachmittag. In Sünnum war bereits deutlich mehr los als in den vergangenen Tagen. Neugierige Besucher schlenderten durch das Dorf und standen vor dem Kroog, auf dessen Tür noch immer das *Geschlossen*-Schild prangte.

»Moin Wiebke!« Hinnerk kam aus einer Seitenstraße. »Deine Mutter ist mit Ruben, Sören und Renate bei Joris im Leuchtturm. Ich wollte gerade dorthin. Kommst du mit?«

»Wie ist Renate denn die Treppe hochgekommen?«

»Ich habe sie getragen. Ihr gefällt die Aussicht so gut, dass sie gleich bei Joris einziehen will. Der arme Kerl hat bei dem Vorschlag Schnappatmung bekommen und brauchte erst einmal eine Flasche Tüdelbräu zur Beruhigung.«

Gemeinsam schritten sie über den Deich zum Leuchtturm, in dem der alte Kapitän wohnte.

Vor der Treppe stand Renates Rollstuhl. Wiebke und Hinnerk stiegen die gewundenen Stufen empor und standen dann in einem Wohnzimmer, von dem aus man eine wunderbare Sicht über die Nordsee bis zum endlosen Horizont hatte. Schleierwolken zogen über einen blassblauen Himmel.

Joris saß in einem Sessel. Ihm gegenüber hatten sich Ruben, Gesine, Sören und Renate auf ein dreisitziges Sofa gequetscht. Die Stimmung in dem halbrunden Zimmer war so aufgeladen wie die Luft vor einem Gewitter. Gesine und Ruben winkten Wiebke kurz zu und beteiligten sich dann wieder an der Diskussion.

Hinnerk holte zwei Stühle aus der Küche und sie setzten sich.

»Die Nachricht muss einer von uns gepostet haben.« Sören blickte in die Runde.

»Die umliegenden Dörfer wissen alle vom Schützenfest«, warf die Friesenbrauerin ein. »Von daher könnte es jeder gewesen sein.«

»In den letzten Jahren hat auch keiner im Internet darauf aufmerksam gemacht«, widersprach Hinnerk.

»Niemand von uns würde etwas dazu posten. Es muss jemand von außerhalb gewesen sein«, beharrte Gesine auf ihrem Standpunkt.

»Wäre aber ein enormer Zufall, findest du nicht auch?«
Sören beugte sich vor.

»Wem würdest du das denn zutrauen? Die Sünnumer sind eine verschworene Gemeinschaft, das weißt du genau.«

»Mit Ausnahme von mir«, ließ sich Ruben vernehmen. »Ich könnte der Verräter sein.«

Alle sahen ihn überrascht an.

»Hast du die Nachricht im Internet verbreitet?«, fragte Tüdelbüdel.

»Nein.«

»Ich glaube ihm. Hat jemand ein Problem mit Ruben?«
Die Friesenbrauerin blickte in die Runde.

Niemand sagte etwas und Wiebke schämte sich für ihre Zweifel an seiner Loyalität. Wenn aber Ruben und die Sünnumer als Verdächtige ausschieden und das Posting durch einen Bewohner eines anderen Dorfes eher unwahrscheinlich war, blieb nur … Patrick.

Der plötzliche Gedanke an ihren Kollegen fühlte sich an wie eine eiskalte Dusche.

Wiebke erinnerte sich an die Brandnacht, in der er schnell am Tatort gewesen war, weil er sich zufällig in der Gegend aufgehalten hatte. Gestern Abend hatte sie eine Gestalt vom Kroog weglaufen sehen und später Patrick getroffen.

Die Überlegung, dass er sich in Insa verliebt hatte und ihretwegen in Sünnum war, konnte ein Irrtum sein. Aber warum sollte Patrick den Kroog niederbrennen und das Schützenfest publik machen? Hatte er etwas mit Neunaber zu tun, oder drehte sie jetzt vollkommen durch?

»Alles okay?«

Wiebke erwachte wie aus einer Trance und sah Ruben an. »Ich war mit den Gedanken bei der Arbeit.«

Die Lüge kam ihr nicht leicht von den Lippen.

Da sie Patrick aber keinesfalls grundlos beschuldigen wollte, würde sie zunächst in aller Heimlichkeit Erkundigungen einziehen. Wahrscheinlich hatte er ohnehin nichts mit allem zu tun.

»Dann sind wir uns alle einig, dass das Schützenfest trotzdem wie vereinbart stattfinden wird?«, fasste die Friesenbrauerin das Ergebnis der Diskussion zusammen.

»Jo.« Joris nickte.

»Leefke fühlt sich in Menschenmengen unwohl, vor allem in ihrem jetzigen Zustand«, wandte Sören ein.

»Die Polizei wird eine Straßensperre errichten. Damit können wir die Besucher besser in den Griff bekommen.«

Alle sahen Wiebke überrascht an.

»Musst du am Schützenfest etwa auch arbeiten? Ich brauche dich beim Bierausschank.«

»Mama, keine Sorge. Ich schenke wieder Tüdelbräu aus. Meine Kollegen werden sich um die Straßensperre kümmern.«

Erst jetzt wurde ihr bewusst, dass Patrick dann auch beim Schützenfest sein würde. Hatte er sich freiwillig gemeldet, um zu helfen, oder wollte er die Feierlichkeiten stören?

»Das ist eine gute Idee«, meinte Ruben.

»Jo«, bestätigte Joris.

»Sören, was meinst du?«

»Ich möchte das Schützenfest unbedingt feiern, das gehört für mich zum Dorfleben einfach dazu. Andererseits mache ich mir natürlich Sorgen um meine Familie. Die Polizei wird sich doch um den Schutz der Sünnumer kümmern, oder nicht?« Bei der Frage sah der Wattführer Wiebke an.

»Du weißt doch, dass ich immer im Dienst bin.«

»Schön, dass wir das geklärt hätten.« Gesine stand auf. »Ich muss in die Brauerei zurück.«

»Ich rede mit Leefke.« Sören erhob sich ebenfalls und ging.

»Warte auf mich.« Wiebke stand auf und folgte ihrer Mutter, die sich von Renate verabschiedet hatte, zur Treppe.

»Ich komme auch mit.« Ruben sprang auf.

»Ich bleibe hier. Kann mir jemand mein Bettzeug bringen? Muss toll sein, bei dieser Aussicht morgens aufzuwachen.« Renate deutete auf die Fensterfront.

»Sowiet kümmt dat noch!«, eiferte sich Joris.

»Ich koche uns auch was Leckeres.«

»In meinem Kühlschrank ist nur Käse und Bier.«

»Daraus kann man eine tolle Suppe zaubern.«

»Tüdelbüdel, sag doch mal was.« Joris wandte sich hilfe-
suchend an die Friesenbrauerin.

Gesine, die schon an der Treppe stand, konnte sich das
Lachen nicht verkneifen. Renate auch nicht.

»Glaubst du ernsthaft, dass ich bei einem Gnadderkopp
wie dir bleiben will? Du hast nicht mal einen Fernseher.«

»Was soll ich denn damit? Ich habe mein Wolkenkino.
Das ist spannender als die meisten Filme.«

Joris, der sichtlich erleichtert war, dass er Renate nicht
beherbergen musste, verabschiedete sich von den Sünnumern.

Hinnerk trug die ältere Dame wieder die Treppe runter
und setzte sie in den Rollstuhl.

»Ich bringe Renate noch nach Hause«, erklärte er und
machte sich auf den Weg zum Haus von Monika Nansen, in dem die Krankenschwester nach dem Tod ihres
Lebenspartners, des Postboten Heiko Gebhard, mit ihrer
Mutter lebte.

Gesine, Wiebke und Ruben kehrten zum Kroog zurück
und halfen der Friesenbrauerin bei den Vorbereitungen für
das Schützenfest, schließlich sollte während der Feier niemand verdursten.

SCHÜTZENFEST

Am Tag des Schützenfestes erwachte die Friesenbrauerin frühmorgens. Sie stand auf und öffnete das Fenster. Eine frische Brise wehte herein und ließ die Vorhänge tanzen.

Im Licht der aufgehenden Sonne wirkte Sünnum wie ein ostfriesisches Dorf aus einem Urlaubsprospekt.

Der Wind trug Meeresrauschen und die Schreie der Möwen zu ihr, in die sich immer wieder Rufe der Austernfischer mischten. Weiße Wolken zogen wie majestätische Schiffe über den Himmel. Die Idylle war so perfekt, dass sie nur ein Trugbild sein konnte.

Der Gedanke, dass an diesem Tag etwas *wirklich Schlimmes* geschehen konnte, legte sich wie ein dunkles Tuch auf die unbändige Vorfreude, die Tüdelbüdel bisher bei jedem Schützenfest empfunden hatte.

Sie ging ins Bad und zog sich an. Wenige Minuten später trottete sie in ihren Holzclogs zum Strand. Die Friesenbrauerin liebte die frühen Stunden des Morgens, an denen der Tag noch unberührt und voller Versprechungen war. Manchmal fühlte sie sich sogar wie der erste Mensch auf Erden – aber das war heute nicht der Fall.

Als Gesine vom Deich aus den Strand sehen konnte, traute sie ihren Augen nicht. Neben ihrem Verkaufsstand, den Hinnerk gestern mit tatkräftiger Hilfe anderer Sünnumer dort aufgebaut hatte, stand Neunabers chromglitzernder Bierwagen. Gegen sein lastwagengroßes Gefährt wirkte ihr Stand winzig.

Tüdelbüdel marschierte mit schnellen Schritten zum Strand. Sie zog die Clogs aus, nahm diese in die Hand und eilte barfuß weiter. Plötzlich trat Neunaber hinter seinem Bierwagen hervor und stellte sich ihr in den Weg.

»Moin, Frau Felber. Ein wundervoller Tag, finden Sie nicht auch?« Mit einer ausladenden Geste deutete der Brauer zunächst auf die Nordsee und dann auf den Deich, auf dem die Schafe friedlich grasten.

»Ohne dich hätte es ein toller Tag werden können. Verschwinde, aber sofort.« Die Friesenbrauerin blieb vor ihm stehen.

»Warum sollte ich das tun?«

»Weil hier das Sünnumer Schützenfest stattfindet.«

»Genau deshalb will ich an diesem Strand mein Bier verkaufen.« Er lachte ihr ins Gesicht. »Im Internet wird Ihre Tüdelparty schon ordentlich abgefeiert. Tüdelparty. Der Begriff ist ein cleverer Marketingschachzug, das muss man Ihnen lassen. In wenigen Stunden werden hier mehr Menschen als Sandkörner sein. Da der Ausstoß Ihrer kleinen Brauerei den Ansturm sicherlich nicht bewältigen kann, möchte ich Ihnen nur etwas unter die Arme greifen. Schließlich wollen wir doch beide, dass die Leute ihren Spaß haben.«

»Hast du die Menschen im Internet auf das Schützenfest aufmerksam gemacht?« Gesine machte einen Schritt auf Neunaber zu, sodass sie sich jetzt auf Armeslänge gegenüberstanden.

»So etwas würde ich niemals tun.«

»Lügner!«

»Sie sollten mit Ihren Unterstellungen etwas vorsichtiger sein. Ihre Tochter wollte mir sogar den Brand im Kroog anhängen, aber daraus ist nichts geworden. Haben Sie mir die Polizisten auf den Hals gehetzt?«

»Meine Angelegenheiten regle ich allein. Dazu brauche ich keine uniformierten Helfer.« Die Friesenbrauerin lächelte schmallippig.

»Sparen Sie sich ihre albernen Drohungen. Ich werde mein Bier an diesem Strand verkaufen und es gibt nichts, was Sie dagegen tun können.«

»Das werden wir noch sehen.«

Gesine drehte sich um und stampfte ins Dorf zurück. Auch wenn sie ihre Wut am liebsten herausgeschrien hätte, wäre damit niemandem geholfen.

»Moin Tüdelbüdel.« Die Bio-Bäuerin Hilde Decker bremste ihr Lastenrad vor dem Lädchen ab. »Hier sind die ersten Brötchen. Die zweite Lieferung bringe ich direkt nach dem Backen zum Strand.«

»Danke. Wir sehen uns später.« Die Friesenbrauerin nahm den Korb mit den Backwaren entgegen und kehrte in die Wohnung zurück. Ihre Tochter war in der Küche und goss Kaffee auf.

»Du bist aber früh aufgestanden«, empfing Wiebke ihre Mutter, die den Korb auf den Küchentisch stellte.

»Neunaber hat seinen Bierwagen am Strand aufgebaut.«

»Das kann doch nur ein Scherz sein.« Die Polizistin stellte den Wasserkocher auf den Herd zurück.

»Leider nicht. Er wird die Information über das Schützenfest im Internet gepostet haben, damit er dort sein Bier verkaufen kann. Wenn uns die Touristen überrennen, reicht mein Vorrat nicht lange und …«

»… sie müssen seinen Dünenhopfen trinken. Geschickte Strategie.« Wiebke nickte anerkennend.

»Darf er sein Bier denn am Strand verkaufen?«

»Nur mit einer gültigen Schankerlaubnis. Auch wenn ich davon ausgehe, dass er eine solche Genehmigung besitzt, werde ich das Dokument gleich überprüfen.«

»Aber … das ist doch unser Schützenfest.« Gesine nahm Geschirr aus dem Schrank und deckte den Tisch.

»Das hat mit dem Bierausschank nichts zu tun.« Wiebke füllte Kaffee in die Tassen, während ihre Mutter Milch und Butter aus dem Kühlschrank holte.

»Der Mistkerl führt doch etwas im Schilde.« Die Friesenbrauerin setzte sich an den Tisch und nahm ein Rosinenbrötchen aus dem Korb.

»Er wird den Rummel als Werbung für seinen Dünenhopfen nutzen«, mutmaßte Wiebke.

Nach dem Frühstück schwang sich Tüdelbüdel auf ihr Hollandrad und klingelte die Sünnumer aus den Betten.

Mit ihrem Besuch wollte sie die Dorfbewohner vorwarnen und einen offen ausgetragenen Streit mit Neunaber verhindern.

»Wenn mir der Kerl blöd kommt, gifft dat wat an de Ohrn!«, drohte ein sichtlich verschlafen aussehender Hinnerk.

»Du wirst nichts dergleichen tun. Wir treffen uns um elf Uhr am Kroog und gehen gemeinsam zum Strand.«

Der Tischler nickte. »Bis dahin wollte ich ohnehin noch pennen.«

Der Letzte auf ihrer Runde war Joris. Die Friesenbrauerin fand ihn in seinem Sessel sitzend. Die Hände hatte er über dem Bauch gefaltet, der Kopf ruhte auf seiner Brust.

»Tüdelbüdel, was willst du hier?«, murmelte er, ohne aufzusehen.

»Hast du im Sessel geschlafen?«

»Jo.«

»Neunaber hat seinen Bierstand am Strand aufgebaut.«

Sie deutete auf den chromglitzernden Verkaufswagen, der vom Leuchtturm aus gut zu sehen war und um den sich inzwischen ein Dutzend Leute versammelt hatten.

»Ich weiß. Er hat das hässliche Ding noch vor Sonnenaufgang an den Strand gefahren. Ich habe übrigens damit gerechnet, dass du ihm einen deiner Clogs über den Schädel ziehst. Selbst von hier aus war deine Wut deutlich zu erkennen.«

»Wir dürfen uns nicht aus der Reserve locken lassen. Wiebke hat mich vorhin auf dem Handy angerufen. Sie hat seine Schankerlaubnis geprüft, die ist in Ordnung. Demnach haben wir keine rechtliche Handhabe gegen seinen Bierstand.«

»Ich könnte beim Schießen versehentlich das Ziel verfehlen.« Joris hob den Kopf und grinste.

»Obwohl diese Idee einen gewissen Reiz hat, werden wir nichts dergleichen unternehmen. Ich möchte keinesfalls, dass du seinetwegen ins Gefängnis gehst.«

»Ich wusste nicht, dass dir so viel an mir liegt.«

Die Friesenbrauerin hauchte ihm einen Kuss auf die Wange. »Du bist mein liebster Stammkunde.«

»Nur ein Stammkunde?« Joris griente.

Statt einer Antwort zwinkerte ihm Gesine zu und verabschiedete sich mit der Bemerkung, dass sich die Dorfbewohner um elf Uhr am Kroog trafen.

*

Eine Viertelstunde vor der angegebenen Zeit versammelten sich die ersten Sünnumer im Innenhof der Gaststätte.

Bis auf wenige Besucher war es im Dorf noch relativ ruhig, aber das würde sich bald ändern, denn die Aufrufe zur Tüdelparty waren an diesem Morgen wie eine Sturmwelle durch die sozialen Netzwerke geschwappt. In den regionalen Gruppen war das Schützenfest das beherrschende Thema. Neben Küstenbewohnern wurden auch zahlreiche Urlauber erwartet, die sich das Spektakel nicht entgehen lassen wollten.

Wiebkes Kollegen würden die einzige Straße, die nach Sünnum hineinführte, um zwölf Uhr absperren. Auf diese Weise mussten die Leute am Straßenrand parken und lange Fußwege auf sich nehmen. Die Polizisten hofften, dass sich viele Neugierige von dieser Maßnahme abschrecken ließen und wieder den Heimweg antraten.

Hinnerk, Sören und Ruben trugen Bierkästen aus dem Keller und verstauten diese auf Handkarren. Die Fässer hatten sie bereits auf einem Anhänger verladen, den der Tischler mit seinem Wagen zum Strand bringen würde.

Um elf Uhr hatten sich alle Dorfbewohner beim Kroog eingefunden. Fast jeder trug etwas in seinen Händen oder schob ein vollbeladenes Fahrrad.

»Ich werde die goldene Möwe mit dem ersten Schuss vom Poller holen«, prophezeite Joris und sah dabei Sepp an, der zur Feier des Tages einen Hut mit Gamsbart trug.

»So ein Schmarrn. Heute weht nur ein laues Lüftchen, daher wird dich in diesem Jahr keine Windbö vor einer Niederlage retten.«

»Ich kann auch mit verbundenen Augen gegen dich antreten.«

»Selbst mit dem besten Zielfernrohr hast du keine Chance.«

»Ihr benehmt euch wie halbstarke Idioten.« Renate, die mit dem Rollstuhl vor die beiden Kontrahenten gefahren war, sah von Joris zu Sepp. Die Männer blickten sie erstaunt an und prusteten dann wie auf ein unhörbares Stichwort hin gleichzeitig los.

Zehn Minuten später setzte sich der Tross in Bewegung. Die Friesenbrauerin schritt voreweg. In der Hand hielt sie ein Holzkästchen, in dem sich die goldene Möwe befand.

Der kleine Jan, der aufgeregt neben ihr herlief, trug zur Feier des Tages sein schönstes Piratenkostüm. Neben dem Plastikdegen steckte die handgroße Astgabel in seinem Gürtel, zwischen deren Enden er ein dickes Gummiband gespannt hatte.

Als die Truppe den monströsen Bierwagen und Neunabers Leute sahen, buhten einige Dorfbewohner und schüttelten die Fäuste. Beim Näherkommen bemerkten die Sünnumer die Smartphones in den Händen der Dünenhopfenmitarbeiter, mit denen diese ihre Ankunft festhielten. Neunaber stand vor ihnen wie ein Feldherr, der seine Soldaten in die Schlacht führt.

Die Friesenbrauerin würdigte ihn keines Blickes, sondern schritt mit den anderen an ihm vorbei zum Sünnumer Bierstand.

Neben dem Holzverschlag bauten die Dorfbewohner wie in jedem Jahr Tische auf, an denen sie selbstgebackene Brötchen und Kuchen verkauften. Leefke hatte das Glas mit den Zuckerfischen vor sich stehen und verteilte *Heringsschwärme*, wie eine Portion der süßen Kalorienbomben genannt wurde, an Kinder – und alle, die sich dafür hielten.

»Du warst heute schon drei Mal bei mir«, schimpfte sie

mit ihrem Mann. »Ich glaube nicht, dass die alle für Jan sind, denn der war vorhin selbst hier.«

Der Bio-Bauer Hendrik Dekker baute einen Grill auf, auf dessen Rost er Steaks, Würste – und neuerdings auch Tofuspieße – über glühenden Kohlen röstete.

Eine Stunde später hatten die Sünnumer die Bierfässer, die Hinnerk gebracht hatte, abgeladen und den Zapfhahn im ersten Fass angeschlossen.

Nach und nach trudelten die ersten Touristen ein und belagerten den Bierstand der Friesenbrauerin.

Wiebke war bei ihren Kollegen am Dorfeingang gewesen. Vor der Absperrung hatte sich bereits eine mehrere hundert Meter lange Autoschlange gebildet, die die Polizisten über einen Schotterplatz umleiteten, damit die Besucher auf der Gegenspur zurückfahren konnten.

Trotz dieser Maßnahme wurde es am Strand immer voller. Wie auf dem Watthumpen-Festival verteilten Neunabers Mitarbeiter auch hier Werbegeschenke und luden die Gäste zu einem Freibier ein. Während sich an seinem futuristischen Bierwagen nur vereinzelt trinkfreudige Besucher sehen ließen, hatte sich vor dem Verkaufsstand der Friesenbrauerin eine Menschentraube gebildet, die lauthals nach Tüdelbräu verlangte.

Gesine, Ruben und Wiebke kamen mit dem Bierausschank kaum hinterher. Die Leute schnackten miteinander und lachten – bis die fröhlichen Laute urplötzlich von lauter Musik zerfetzt wurden und niemand mehr ein Wort verstand.

Der Krach kam von Neunabers Bierwagen, neben dem seine Mitarbeiter mannsgroße Lautsprecher aufgebaut hatten.

»Dat kunn jo woll nich angahn!« Die Friesenbrauerin musste schreien, um sich verständlich zu machen.

»Ich werde dem ein Ende machen.« Ruben stampfte aus dem Verkaufsstand.

»Lass dich nicht provozieren«, rief ihm Gesine nach. Da Wiebkes Freund darauf aber nicht reagierte, eilte ihm die Friesenbrauerin hinterher – keinen Augenblick zu spät, denn vor dem Stand des Dünenhopfens standen sich Ruben und Neunaber bereits gegenüber wie Boxer vor einem Kampf. Es war nur eine Frage der Zeit, bis einer von ihnen die Beherrschung verlor und zuschlug. Neunabers Mitarbeiter bildeten nun einen Kreis um die Kontrahenten und richteten ihre Smartphones wie Waffen auf die beiden Männer.

»Mach die Musik leiser«, verlangte Ruben schreiend.

»Ich sorge hier für etwas Stimmung.« Der Brauer grinste selbstgefällig.

»Nur weil bei dir tote Hose ist, musst du noch lange nicht den ganzen Strand beschallen.«

»Den Leuten gefällt es.« Neunaber deutete auf einige Besucher, die sich im Rhythmus der Musik bewegten.

»Wenn du den Krach nicht sofort abstellst …«

»… wird was geschehen? Willst du mir eine reinhauen?«

»Ruben, verschwinde.« Die Friesenbrauerin trat in den Kreis, der immer größer geworden war, weil auch Gäste auf die Auseinandersetzung aufmerksam geworden waren.

»Sei ein braver Junge«, feixte Neunaber.

»Dir schlage ich dein selbstgefälliges Grinsen aus der Visage.« Ruben fletschte die Zähne.

»Abgang!«, forderte Gesine.

»Tüdelbüdel, lass gut sein. Er hat eine Abreibung verdient.«

»Nein!« Die Friesenbrauerin drückte einen wutschnaubenden Ruben zur Seite und stellte sich schützend vor Neunaber.

»Was machst du denn da?«

»Dich vor einer Dummheit bewahren und …«

Ein Schmerzensschrei ließ sie herumfahren. Neunaber fasste sich an die Stirn. Die Friesenbrauerin folgte seinem Blick und sah Jan, der seine Schleuder in der Hand hielt. Dann drehte sich der Junge um und rannte fort.

»Dafür fängst du dir eine.« Neunaber sprintete los.

Aber er kam nicht weit, denn Gesine ergriff seinen Arm und hielt ihn fest.

»Wenn du das Kind anrührst, werde ich dich eigenhändig in einem Bierfass ertränken.«

»Der Bengel verdient eine Tracht Prügel. Er hätte mich umbringen können.«

Neunaber tastete mit den Fingern über die schmerzende Stelle, die bereits anschwoll und sicherlich eine hübsche Beule werden würde.

»Mit einer Murmel?« Die Friesenbrauerin bückte sich und hob eine rote Glaskugel auf. Dann drehte sie sich um und kehrte zu den Sünnumern zurück. Mit Genugtuung nahm sie zur Kenntnis, dass die Musik nun leiser gedreht wurde.

»Du darfst mit deiner Schleuder nicht auf Menschen zielen, hast du das verstanden?« Sie drückte Jan, der bei seiner Mutter Schutz gesucht hatte, die Murmel in die Hand. Der Junge nickte und steckte das Spielzeug ein.

»Was hat er denn angestellt?«, fragte Leefke, die an ihrem Stand geblieben war.

»Er hat mich gegen Neunaber verteidigt. Du hast einen tapferen Freibeuter in deiner Familie.«

Die Augen des Kindes leuchteten. Tüdelbüdel strich ihm über den Kopf und kehrte zu ihrem Bierstand zurück.

»Was sollte der Scheiß?«, fuhr Ruben sie an. »Vor den Leuten stehe ich jetzt wie der letzte Idiot da.«

»Immer noch besser, als wenn Wiebke dich wegen Körperverletzung verhaften muss. Ich habe doch gesagt, dass du dich nicht provozieren lassen sollst.«

»Ich hätte ihn schon nicht verprügelt.«

»Da war ich mir keinesfalls sicher.«

Ruben machte sich wortlos wieder an die Arbeit. Die Zeit verging wie im Flug - und glücklicherweise ohne weitere Auseinandersetzungen.

Trotz der Straßensperre kamen immer mehr Menschen an den Strand. Irgendwann war es so voll, dass man sich zwischen den Leuten hindurchschlängeln musste. Viele Touristen hatten es sich zwischen den Schafen auf dem Deich gemütlich gemacht und betrachteten das Treiben von dort aus.

Eine Viertelstunde vor dem Wettkampf nahm die Friesenbrauerin das Kästchen mit der goldenen Möwe und ging damit zu dem Poller, den Hinnerk an diesem Vormittag im Watt eingeschlagen hatte. Sie platzierte den mit goldenem Sprühlack verzierten Blechvogel darauf.

Einige der Anwesenden hatten sie dabei beobachtet und ihre Freunde darauf aufmerksam gemacht. Innerhalb weniger Minuten erstarb das Stimmengewirr und Neunaber schaltete seine Musikanlage ganz aus. Alle Augen waren nun auf Tüdelbüdel gerichtet, die sich einer ungewohnten Kulisse voller Menschen gegenübersah.

»Hiermit eröffne ich das Sünnumer Schützenfest«, rief sie der Menge entgegen, die daraufhin frenetisch jubelte.

»Wie in den letzten Jahren werden auch heute die Schützen Joris Harms und Josef Bergmüller gegeneinander antreten. Der Wettkampf funktioniert nach einfachen Regeln, die ich hier kurz erklären möchte, da sicherlich nicht alle von Ihnen damit vertraut sind.« Für diese Bemerkung erntete sie Gelächter, das schnell verebbte. »Gewinner des Schützenfestes ist derjenige, der die goldene Möwe vom Poller holt. Geschossen wird abwechselnd, der erste Schuss wird ausgelost. Ich bitte die Schützen, sich nun hinter der Markierung aufzustellen.« Die Friesenbrauerin deutete auf eine rot gestrichene Holzlatte, die zehn Meter vor dem Poller im Watt lag. Unter dem Jubel der Zuschauer traten Joris und Sepp vor und stellten sich hinter die Markierung. Da sie das Publikum im Rücken hatten und Richtung Watt schossen, konnte niemand verletzt werden.

Gesine schritt nun in würdevoller Haltung zu den Männern und blieb einen Schritt vor ihnen stehen. Sie holte eine Münze aus der Hosentasche, hielt sie hoch und fragte laut: »Habt ihr euch geeinigt?«

»Jo.« Joris drückte die Brust raus. »Ich darf wählen und nehme Zahl.«

»Sepp, demnach hast du den ersten Schuss, wenn das Wappen oben liegt. Sollte es Zahl …«

»Sabbel nicht so viel, sondern mach hinne«, fiel ihr Joris ins Wort und wurde dafür mit einem bösen Blick bestraft.

Die Friesenbrauerin warf die Münze hoch. Die drehte sich mehrfach in der Luft. Geschickt fing Gesine das Geldstück wieder auf und klatschte die rechte Hand auf den linken Handrücken. Dann nahm sie die Hand weg und sah auf das Geldstück.

»Wappen!«, verkündete sie und die Menge klatschte.

Als Sepp die Waffe anlegte, feuerten ihn die Sünnumer, die auf seinen Sieg gewettet hatten, mit Sprechchören an.

Der Bayer nahm das Ziel ins Visier und zog den Abzug durch. Ein Schuss bellte auf … und verfehlte den Blechvogel. Während Sepps Anhänger ihrer Enttäuschung Luft machten, freuten sich die Unterstützer von Joris, der den Wettkampf nun für sich entscheiden konnte.

Der alte Kapitän legte das Gewehr an, zielte und schoss. Aber auch er traf nicht.

Als Sepp zum zweiten Schuss ansetzte, wurden die Sprechchöre wieder lauter und verstummten, als er das Ziel erneut verfehlte.

Joris grinste, machte es danach allerdings auch nicht besser.

Sepp vergab eine weitere Chance.

Die Kontrahenten feuerten Kugel um Kugel, aber die goldene Möwe saß weiterhin unbehelligt auf dem Poller.

Die Menge wurde mit jedem weiteren Schuss etwas ruhiger und auch die Anfeuerungsrufe wurden leiser, bis sie schließlich kaum noch zu vernehmen waren. Dafür ertönten nun die ersten Buhrufe und Pfiffe.

Die Schützen wurden mit jeder vergebenen Chance ungeduldiger und schossen so schnell hintereinander, dass es irgendwann schwer zu erkennen war, ob Joris oder Sepp die Waffe abgefeuert hatte. Wieder und wieder luden sie ihre Gewehre nach, bis der Blechvogel endlich vom Poller fiel.

Beide Kontrahenten rissen die Arme nach oben.

»Ich habe die Möwe bei meinem letzten Schuss erwischt«, behauptete Sepp.

»Tüünkram, das war meine Kugel«, hielt Joris dagegen.

»Ich bin der neue Schützenkönig.« Der Bayer rückte seinen Hut zurecht.

»Träum weiter. Tüdelbüdel, was sagst du?«

Joris blickte zur Friesenbrauerin, die zum Poller gegangen war und die Trophäe aufgehoben hatte. Nachdem sie den Blechvogel mit gerunzelter Stirn betrachtet hatte, bückte sie sich erneut und blickte suchend umher. Kurz darauf hob sie etwas auf und schritt zu den beiden Schützen.

»Jetzt sag schon, dass ich gewonnen habe«, drängte Sepp.

»Meine Kugel hat die Möwe vom Poller geholt«, redete Joris auf sie ein.

»Haltet den Sabbel«, raunte ihnen die Friesenbrauerin zu und rief der Menge dann entgegen: »Der neue Schützenkönig von Sünnum ist in diesem Jahr …« Sie machte eine Pause, um die Spannung weiter zu steigern, und nannte dann den Namen: »Jan Gebhard.«

»Jan?«, fragte Joris.

»Er hat den Vogel mit einer Murmel vom Poller geholt.« Sie hielt ihm die Glaskugel entgegen, die in ihrer schlammverschmierten Hand lag. »Die Möwe hat kein Einschussloch, dafür aber eine Delle an der Brust. Siehst du hier?« Sie zeigte ihm die Trophäe.

»Jo.« Joris schob seine Seemannsmütze in den Nacken.

Sepp, der den Vogel inzwischen auch betrachtet hatte, grinste und schlug dem alten Kapitän kumpelhaft auf den Rücken. »Wir werden langsam zu alt für diesen Scheiß.«

»Da ist was dran.« Joris lachte.

»Komm her!« Tüdelbüdel winkte Jan, der neben seinem Vater am Strand stand, zu sich. Unsicher stakste der Junge unter dem Applaus der Menge zur Friesenbrauerin ins Watt.

»Ist das deine Murmel?« Sie hielt ihm die Hand mit der Glaskugel entgegen.

»Ja.« Er senkte den Kopf.

»Hast du damit auf die Möwe geschossen?« Gesine deutete auf seine im Gürtel steckende Schleuder.

»Bekomme ich jetzt Ärger?«

»Nein. Im nächsten Jahr solltest du dich aber vorher anmelden. Heute können wir darüber hinwegsehen, was meint ihr?« Diese Frage richtete sie an die beiden Schützen.

»Verlangt die Regel nicht, dass die Möwe vom Poller geschossen werden muss?« Sepp fuhr sich über das Kinn.

»Gewinner des Schützenfestes ist derjenige, der die goldene Möwe vom Poller *holt*«, korrigierte die Friesenbrauerin. »Von Schießen ist keine Rede.«

»Im nächsten Jahr werfe ich mit Teebeuteln. Damit treffe ich hoffentlich.« Joris beugte sich vor und reichte dem Jungen die Hand. »Ich gratuliere dem neuen Schützenkönig. Lang lebe König Jan«, rief er und hob das Kind in die Höhe.

»Jan lebe hoch«, skandierte die Menge und klatschte.

»Ich beuge mich vor Ihrer Majestät.« Sepp verneigte sich.

»Sauberer Schuss.« Tüdelbüdel wuschelte Jan durch die Haare. »Hast du die Schleuder mitgenommen, weil du am Wettbewerb teilnehmen wolltest?«

»Nee, mir war irgendwann nur langweilig.«

»Das kann ich gut verstehen. Die beiden Duseldassel hätten noch stundenlang schießen können, ohne das Ziel zu treffen.« »Das kann man so nicht sagen«, verteidigte sich Sepp lahm.

Joris legte ihm die Hand auf die Schulter. »Ohne eine anständige Windbö holen wir beide den Vogel nicht mehr vom Poller.«

»Da ist was dran.«

»Statt Freibier bekommt Jan für seinen Sieg einen riesigen Heringsschwarm«, versprach die Friesenbrauerin.

»Das ist eine gute Idee.« Joris schulterte sein Gewehr.

Gemeinsam kehrten sie zum Strand zurück, wo Jan von den Sünnumern mit Applaus empfangen wurde.

Seine Eltern drückten den Jungen voller Stolz an sich und bahnten sich einen Weg durch die Menschenmenge.

Auf Höhe des chromglänzenden Bierwagens stellte sich ihnen Neunaber in den Weg. In der Hand hielt er eine Pappkrone, die er dem perplexen Jungen auf den Kopf setzte.

Die Sünnumer waren so überrascht, dass sie erst reagierten, nachdem seine Mitarbeiter einige Fotos gemacht hatten, die Neunaber mit dem Schützenkönig zeigten. Bei allen Aufnahmen grinste der Brauer und reckte einen Daumen in die Höhe.

»Was soll das?« Die Friesenbrauerin stieß ihn zur Seite. Neunaber fuchtelte mit den Armen und fiel mit einem lauten Schrei in den Sand. Einige seiner Angestellten filmten den Sturz mit ihren Handykameras.

»Geht alle so schnell wie möglich zum Kroog«, raunte sie Joris zu. »Ich habe keine Ahnung, was der Kerl im Schilde führt, aber es gefällt mir nicht.«

»Dann feiern wir heute nicht wie geplant am Strand?« Leefke zog ihren Jungen an sich und nahm ihm die Krone ab.

»Inmitten der Menschenmenge ist das unmöglich.«

»Was ist mit unseren Sachen?«, wollte Wiebke wissen.

»Nehmt nur die Wertgegenstände mit. Hier braut sich etwas zusammen.« Mit einem Kopfnicken deutete Gesine zu Neunaber, der sich wieder aufgerappelt hatte und die

Friesenbrauerin mit hochrotem Kopf anschrie: »Das ist Körperverletzung.«

»Blödsinn. Das war nur ein kleiner Schubser.«

»Dafür werde ich Sie zur Rechenschaft ziehen.«

»Sie sind ein schlechter Verlierer.« Gesine sah dem Brauer in die Augen. »Wollen Sie sich vor all diesen Menschen lächerlich machen?«

»Sie haben keine Ahnung, welche Macht ein Foto haben kann«, raunte ihr Neunaber statt einer Antwort zu.

»Du wirst kein Bild veröffentlichen, auf dem Jan mit seiner lächerlichen Pappkrone zu sehen ist. Lass uns einfach in Ruhe.«

Die Friesenbrauerin drehte sich um und marschierte mit den anderen Sünnumern ins Dorf zurück. Dabei schlossen sich ihnen immer mehr Besucher an und innerhalb weniger Minuten waren Kroog und Innenhof so voll, dass sich kaum noch jemand rühren konnte. Trotz der Menschenmenge strömten immer mehr Touristen nach Sünnum und verstopften die Straßen des Dorfes.

»Wiebke, du musst mit deinen Kollegen hier für Ordnung sorgen. Ich kann unmöglich alle Gäste bewirten.« Gesine, die sich hinter die Theke gerettet hatte, sah sich einer durstigen Menge gegenüber, die immer ungeduldiger wurde.

»Ich kümmere mich darum.«

Wiebke rief Gesner an, der die Situation im Dorf bereits erkannt hatte und die Leute zum Gehen aufforderte. Nach einer Stunde hatten die Beamten die Ordnung in Sünnum wiederhergestellt. Die meisten Gäste hatte sich durch die Drohung, dass ihre Fahrzeuge im Halteverbot standen und abgeschleppt würden, abschrecken lassen.

Nachdem Tüdelbüdel die Feier im Kroog kurzerhand zu einer geschlossenen Gesellschaft erklärt hatte, zogen auch die letzten Gäste murrend ab. Einige kehrten an den Strand zurück und belagerten den Bierstand des Dünenhopfens.

»Was für ein Schützenfest.«

Joris, der auf seinem Stammplatz an der Theke saß, blies die Backen auf und ließ die Luft langsam wieder entweichen.

»So viele Menschen habe ich in Sünnum noch nie gesehen.« Sepp trank einen Schluck Tüdelbräu.

»Wir lassen uns den Spaß von Neunaber nicht verderben. Ein echter Sünnumer lässt sich nicht unterkriegen.« Hinnerk hob sein Glas und die Dorfbewohner stießen miteinander an.

»Im nächsten Jahr sollten wir den Strand am Tag vor dem Schützenfest absperren und Wachen aufstellen«, schlug Tammo Friese vor.

»Das geht nicht, da der Strand kein Privatgrundstück ist«, informierte Wiebke, die im Kroog die leeren Gläser einsammelte, den Krabbenfischer.

»Zudem möchte ich ein friedliches Fest ohne Wachen und dergleichen feiern.« Die Friesenbrauerin stellte ein neues Glas unter den Zapfhahn.

Die Aufregung des Tages ließ im Laufe des Abends immer weiter nach und bald schnackten und lachten die Dorfbewohner wieder miteinander, als wäre nichts geschehen.

Doch Gesine war noch immer unruhig. »Ich traue dem Frieden nicht.«

»Mama, entspann dich. Wir haben die Situation unter Kontrolle. Sollte etwas passieren, können wir …«

»… sicherlich nicht mit Patrick rechnen.« Mit einem Kopfnicken deutete Gesine zu dem jungen Polizisten, der sich angeregt mit Insa Peters unterhielt. »Der Kerl ist bis über beide Ohren in Haukes Tochter verknallt.«

»So einen süßen Kerl hätte ich früher sofort vernascht.« Renate, die wieder im Rollstuhl hinter der Theke saß und Gläser spülte, blickte ihn verträumt an.

»Mama, das ist voll peinlich.« Ihre Tochter Monika, die auf der anderen Seite des Tresens saß, schüttelte den Kopf.

»So etwas hatte ich mir schon gedacht.«

»Ich sehe dich seit langer Zeit wieder lächeln.« Der neben Wiebke stehende Ruben strich ihr sanft über den Unterarm. »Das liegt bestimmt an mir, oder?«

»Selbstverliebter Macho.« Sie grinste und griff nach einem leeren Tablett, um weitere Gläser einzusammeln.

»Ich liebe deine Komplimente.« Er prostete ihr zu.

Die Friesenbrauerin ließ den Blick durch die Schankwirtschaft schweifen. Trotz der lauen Sommernacht saß niemand im Innenhof. Alle Sünnumer, die noch nicht nach Hause gegangen waren, drängten sich nun in dem kleinen Raum, als suchten sie die Nähe der anderen Dorfbewohner.

Als das *Friesenlied* aus den Lautsprechern erklang, krakeelten die meisten Sünnumer den Text lauthals mit. Renate griff nach der Spülbürste und verwandelte den Kroog damit in eine Konzerthalle, in der ein gemischter Chor das Heimatlied aus vollen Kehlen schmetterte. Die Sänger applaudierten sich nach dem letzten Ton selbst und verlangten nach einem Bier zum Befeuchten der rauen Kehlen. Alles war wie früher … und doch anders.

Neunabers Blick, mit dem er die Friesenbrauerin vor dem Verlassen des Strandes angesehen hatte, konnte sie nicht vergessen. Dieser Mann würde keinesfalls ruhen, bis … er was getan hatte?

Tüdelbüdel wusste es nicht.

Bevor sie noch zu einer Spökenkiekerin wurde, der immer und überall Unheil schwante, sollte sie ihre dunklen Vorahnungen lieber verdrängen und diesen Abend genießen.

Vor allem musste sie sich um Biernachschub kümmern, denn aus dem Zapfhahn kam nur noch ein Rinnsal, das schnell versiegte.

»Tüdelbräu ist alle!« Sie klatschte in die Hände. »Ich schließe schnell ein neues Fass an.«

Die Friesenbrauerin öffnete die Kellertür. Zu ihrer Verwunderung brannte das Licht noch. Wahrscheinlich hatte sie in der Hektik des heutigen Tages vergessen, es auszuschalten.

»Soll ich dir helfen?«, bot sich Wiebke an.

»Kindchen, lass mal. Ich bin gleich wieder da.«

Gesine huschte über die Stufen in den Keller, in dem sich nur noch wenige volle Fässer befanden.

Am Ende der Treppe blieb sie urplötzlich stehen. Im Licht der Deckenlampe meinte sie einen Schatten gesehen zu haben.

Tüdelbüdel erstarrte und hielt den Atem an.

Aber nichts rührte sich.

»Was bist du nur für eine Bangbüx«, schimpfte sie sich einen Moment später. Statt sich wie ein Kind zu fürchten, sollte sie lieber dafür sorgen, dass die Sünnumer in ihrer Kneipe nicht verdursteten.

Die Friesenbrauerin atmete tief ein und ging zu den vollen Fässern, um eines davon an den Durchlaufkühler anzuschließen. Sie hatte sich gerade über ein Fass gebeugt, als ihr jemand eine Hand auf Mund und Nase presste.

Panisch schlug Tüdelbüdel um sich und trat nach hinten aus – allerdings, ohne den Angreifer zu treffen.

Ihre Gedanken rasten. Wenn sie in den nächsten Minuten nicht wieder hinter der Theke auftauchte, würde ihre Tochter oder Ruben sicherlich nach ihr sehen.

Bis dahin konnte es aber längst zu spät sein.

Sie musste etwas unternehmen.

Jetzt!

Die Friesenbrauerin spannte die Muskeln an und beugte sich etwas weiter nach vorn. Dann ruckte sie mit dem Kopf nach hinten und drückte die Ellenbogen zurück, aber ihre Gegenwehr schien den Widersacher nur noch mehr anzuspornen, denn der Griff wurde fester und sie bekam keine Luft mehr.

Bunte Sterne tanzten vor ihren Augen.

Plötzlich wurde sie herumgerissen. Gesine taumelte nach vorn und knallte mit dem Kopf gegen einen Stapel Bierkisten. Auch wenn sie sich mit aller Kraft gegen eine drohende Ohnmacht wehrte, spürte sie, wie die Beine unter ihr nachgaben und sie in sich zusammenfiel wie eine Gummipuppe, aus der die Luft abgelassen wird. Dann senkte sich die Dunkelheit wie ein dunkles Tuch über sie.

SUCHAKTION

»Tüdelbüdel?« Renate Nansen fuhr mit dem Rollstuhl zur offenen Kellertür. »Ist alles okay?«

»Was soll mit ihr sein?« Joris drehte das leere Glas in seinen Händen.

»Keine Ahnung, sie ist schon eine ganze Weile im Keller.«

»Ich sehe nach ihr.« Wiebke, die gerade ein Tablett mit leeren Gläsern auf die Theke gestellt hatte, rannte die Stufen hinunter.

Die Friesenbrauerin lag vor den Bierkisten.

»Ich brauche Hilfe«, rief sie die Treppe hinauf und kniete sich neben den leblosen Körper ihrer Mutter.

»Was ist los?« Ruben eilte die Treppe hinunter.

»Keine Ahnung. Sie scheint ohnmächtig zu sein.« Während sie den Puls überprüfte, stöhnte Gesine leise und schlug die Augen auf.

»Was ist passiert?« Wiebke beugte sich über ihre Mutter.

»Neunaber«, murmelte diese und setzte sich auf.

»Mach langsam.« Wiebke stützte sie.

»Bist du verletzt?« Ruben ging neben Gesine in die Hocke.

»Nee, ich habe nur einen ordentlichen Brummschädel. Der Mistkerl hat mich niedergeschlagen.« Gesine tastete über ihren schmerzenden Kopf und wandte sich dann an ihre Tochter. »Du musst sofort nach ihm fahnden lassen.«

»Wie soll er denn in den Keller gekommen sein?«

»Durch die Luke. Hilf mir auf.«

»Du könntest innere Verletzungen haben. Ich rufe besser den Notarzt.«

»Mir geht es gut.« Sie reichte Wiebke die Hand.

Während diese ihrer Mutter auf die Beine half, inspizierte Ruben die Holztür, die direkt in den Innenhof führte.

»Der Riegel ist zurückgezogen. Neunaber konnte demnach durch die Luke in den Keller gelangen, ohne durch den Schankraum zu müssen.«

»Warum sollte er das tun?«

»Wiebke, er hat eine Stinkwut auf deine Mutter und will ihr offensichtlich schaden.«

»Ich werde sofort eine Fahndung rausgeben.« Die Polizistin stürmte nach oben.

»Wir müssen Neunaber suchen«, rief sie ihrem Vorgesetzten zu, der neben Sepp an der Theke stand.

»Wieso das denn?«

»Er hat meine Mutter niedergeschlagen.«

»Aber wie …«

»Das erkläre ich dir später. Los jetzt, wir dürfen keine Zeit verlieren.« Wiebke eilte zur Tür.

»Patrick, Abflug«, befahl Gesner seinem jüngeren Kollegen, der mit Insa flirtete.

Wenige Augenblicke später standen die drei Polizisten vor dem Kroog. Eine laue Nachtbrise trug Musikfetzen vom Strand zu ihnen. Offenbar feierten dort noch einige Touristen.

»Ich gehe zum Bierstand. Ihr sucht im Dorf nach Neunaber«, wies der Kommissar seine Kollegen an und machte sich auf den Weg.

»Du behältst die Landstraße im Auge. Er darf uns nicht entwischen, hörst du?«

»Keine Sorge, Wiebke.« Der junge Kollege sprintete los.

Die Polizistin überlegte einen Moment und rannte dann am Lädchen vorbei zum Bauernhof der Familie Dekker, deren Felder das Dorf in südlicher Richtung begrenzten. Auch wenn die Chance, Neunaber zu finden, gering war, wollte sie nichts unversucht lassen.

Im Laufen aktivierte Wiebke die Taschenlampenfunktion ihres Smartphones und hastete durch die Nacht. Bei der Suche blickte sie hinter Zäune und Hecken, spähte in Büsche und lugte hinter Bäume – aber der Brauer war nirgendwo zu sehen.

Als das Smartphone in ihrer Hand klingelte, erschrak sie so sehr, dass sie das Gerät beinahe fallen gelassen hätte.

»Er ist beim Bierwagen«, informierte sie Gesner.

»Bin schon unterwegs.«

Wiebke erreichte das futuristische Gefährt wenige Minuten später. Sie japste nach Luft und stützte die Hände auf die Oberschenkel. Der Kommissar und Neunaber wurden von Gästen umringt. Nachdem sie wieder zu Atem gekommen war, trat sie zu ihm.

»Er war nicht im Kroog. Dafür gibt es Zeugen.« Gesner deutete auf die Zecher, von denen sich einige kaum noch auf den Beinen halten konnten.

»Der war die ganze Zeit hier, ich schwör«, meldete sich ein Mann zu Wort, der ordentlich einen im Tee hatte.

»Alter, safe«, bestätigte sein nicht weniger betrunkener Kumpel.

»Voll krass der Lügner.« Eine dunkelhaarige Frau mit einem Nasenpiercing deutete auf Gesner.

»Wie Sie sehen, war ich die ganze Zeit hier und habe mir nichts zuschulden kommen lassen.« Neunaber hob die Arme, als wollte er damit seine Unschuld demonstrieren.

»Hat er den Bierstand nicht mal für einige Minuten verlassen?« Wiebke richtete die Frage an die Runde.

»Nee, der hat die ganze Zeit gezapft und mit mir geschnackt.« Ein älterer Mann, der im Gegensatz zu den anderen noch nüchtern war, deutete auf Neunaber.

»Demnach kann ich unmöglich im Kroog gewesen sein. Vielleicht hat Ihre Mutter ein Gespenst gesehen. Meines Erachtens hat die Alte ohnehin einen an der Waffel.«

»Mäßigen Sie sich.« Gesner hob warnend einen Zeigefinger.

»Entschuldigung.« Der Brauer grinste spitzbübisch. »Ich wollte lediglich zum Ausdruck bringen, dass Frau Felber seit dem Gewinn des Watthumpens überall eine Verschwörung wittert.«

Patrick erschien nun ebenfalls beim Bierwagen und deutete auf Neunaber. »Soll ich ihn festnehmen?«

»Vorerst nicht. Aber du kannst die Aussagen und Personalien der Zeugen aufnehmen. Wiebke und ich suchen in der Zeit nach Hinweisen.«

Die Polizistin folgte ihrem Vorgesetzten zum Kroog.

»Die Alibis sind falsch«, schimpfte sie auf dem Weg dorthin.

»Wäre möglich, aber ich denke nicht. Dafür gibt es zu viele Zeugen, die Neunaber am Bierwagen gesehen haben.«

»Aber wer hat Mama denn sonst angegriffen?«

»Kann sie nicht eine Stufe übersehen haben und gestolpert sein? Die Bierkisten stehen direkt gegenüber der

Treppe. In den letzten Tagen hat deine Mutter unter großem Druck gestanden.«

»Willst du damit etwa sagen, dass Mama meschugge ist?«, giftete Wiebke.

»Natürlich nicht. Vor weiteren Spekulationen werden wir zunächst den Keller auf den Kopf stellen. Vielleicht finden wird dort eine Spur, die uns weiterhilft.«

»Habt ihr Neunaber verhaftet?« Die Friesenbrauerin, die auf einem der Barhocker saß, blickte bei ihrer Rückkehr auf.

»Der hat ein Alibi.« Gesner trat an die Theke.

»Fisimatentenkroom.« Joris schüttelte entrüstet den Kopf.

»Patrick nimmt die Zeugenaussagen auf, aber anscheinend war er wirklich die ganze Zeit bei seinem Bierwagen«, bestätigte Wiebke.

»Wer hat mich dann angegriffen?«

»Das weiß ich nicht. Wir werden uns jetzt den Keller vornehmen, danach wissen wir hoffentlich mehr. Warum bist du eigentlich noch hier? Du solltest längst im Bett sein.«

»Das habe ich ihr als Krankenschwester auch gesagt, aber deine Mutter will nicht auf mich hören.« Monika Nansen zuckte resigniert mit den Schultern.

»Sie ist nun einmal ein ostfriesischer Sturkopf.«

»Kindchen, das betrachte ich als Kompliment.« Gesine lächelte schwach und blickte in die Runde. »Warum hat noch keiner von euch ein neues Fass angeschlossen? Ruben, kannst du dich bitte darum kümmern?«

»Tüdelbüdel, lass gut sein. Der Tag war aufregend genug.« Der Barkeeper legte ihr eine Hand auf die Schulter.

»Die Nacht ist noch jung und …«

»… du bist alt«, beendete Joris den Satz und stand auf.

»Jeden anderen hätte ich für diese Bemerkung kopfüber im Watt vergraben.«

»Ich mach mich besser vom Acker, bevor du noch auf dumme Gedanken kommst.« Der alte Kapitän schlurfte zum Ausgang.

»Wo willst du denn hin?«, rief ihm die Friesenbrauerin nach. »Nach Hause. Wenn du partout nicht vernünftig sein willst, werden wir jetzt alle verschwinden und dich allein lassen, damit du dich ausruhen kannst. Leute, macht hinne. Tüdelbüdel muss ins Bett.«

»Joris hat recht.« Sören erhob sich. »Du brauchst etwas Ruhe. Hool di munter.«

Er verabschiedete sich und wenige Augenblicke später hatten alle Dorfbewohner die Kneipe verlassen.

»Ich bringe dich ins Bett.«

»Kindchen, lass mal. Ich komme schon allein klar.«

»Jetzt lass dir doch helfen«, bölkte Wiebke und fügte dann etwas ruhiger hinzu: »Du könntest eine Gehirnerschütterung haben.«

Gesine seufzte vernehmlich. »Dann werde ich mich jetzt zurückziehen. Kümmert ihr euch um die Spurensuche? Neunaber hat bei dem Überfall seine Finger im Spiel gehabt, da bin ich sicher.«

»Wir werden unsere Arbeit machen. Zwischendurch werde ich immer wieder nach dir sehen.«

»Lass mal. Mir geht es gut.«

»Das war keine Bitte, sondern eine Ansage«, beharrte Wiebke. Die Friesenbrauerin sah ihre Tochter an, dann drehte sie sich um und verließ den Kroog.

»Ruben, könntest du hier aufräumen und sauberma-

chen? Dann kann ich mir mit Gesner den Keller vornehmen.«

»Kein Problem.« Der Barkeeper machte sich an die Arbeit.

BIERFASS

Wiebke stand nach einer schlaflosen Nacht, in der sie sich unruhig auf dem Laken gewälzt hatte, auf und zog die Vorhänge zurück.

Das Licht der aufgehenden Sonne schwappte wie flüssiges Gold in ihr Zimmer. Sie öffnete das Fenster und atmete tief ein. Die kühle Luft vertrieb die Müdigkeit, die ihr seit Tagen wie ein bleiernes Gewicht in den Knochen steckte.

Der Wind hatte in der Nacht aufgefrischt. Schäfchenwolken zogen, wie von einer unsichtbaren Schnur gezogen, über den Himmel. Aber sie konnte diesen wundervollen Morgen nicht genießen, denn in Gedanken war sie wieder beim gestrigen Schützenfest.

Im Keller hatten Gesner und sie keine Hinweise gefunden, die auf Neunaber oder die Anwesenheit eines anderen Täters hindeuteten. Sie bezweifelte, dass die Spurensicherung etwas entdecken würde – wenn es überhaupt einen Einbrecher gegeben hatte.

Zuerst hatte sie sich mit aller Vehemenz gegen die Vorstellung, dass ihre Mutter nur gestolpert sein könnte, gewehrt. Inzwischen war Wiebke keinesfalls mehr sicher. Wenn die Friesenbrauerin auf der Treppe das Gleichgewicht verloren hätte, wäre sie direkt vor den Stapel getaumelt.

Das Zuschieben des Riegels konnte in der Hektik des gestrigen Vormittags vergessen worden sein, nachdem die Kisten und Fässer für das Schützenfest in aller Eile aus dem

Keller geholt worden waren. Hinnerk hatte beim Aufladen sogar eines der alten Holzfässer im Innenhof stehenlassen, das sie heute zusammen mit Ruben wieder in den Keller bringen wollte. Da Neunaber ein wasserdichtes Alibi hatte, konnte er nicht in der Kellerbrauerei gewesen sein.

Der Überlegung, dass er mit einem Komplizen gearbeitet hatte, würde Wiebke natürlich nachgehen.

Hatte Patrick ihre Mutter angegriffen? War das Techtelmechtel mit Insa nur vorgeschoben, um einen Grund für seine Aufenthalte in Sünnum zu haben?

Wiebke versuchte, sich zu erinnern, ob ihr Kollege zu dem Zeitpunkt, in dem ihre Mutter in den Keller gegangen war, im Kroog gewesen war. Sie schloss die Augen und spulte ihre Erinnerungen zurück wie einen Film, in dem Patrick allerdings nicht zu sehen war. Als Nichtraucher würde er keinesfalls für eine Zigarette vor die Tür gegangen sein. Möglicherweise hatte er die Kneipe aber aus einem anderen Grund verlassen.

Die Polizistin rief sich nun Insa ins Gedächtnis, die sich mit ihrem Vater, dem Tierarzt, unterhalten hatte. Wenn Patrick zu diesem Zeitpunkt nicht im Schankraum gewesen war, konnte er …

»Nein!«, sagte sie laut, als könnte sie dem Wort damit mehr Gewicht verleihen. Der junge Kollege war ihr gegenüber immer loyal gewesen. Sie kannte ihn … oder doch nicht?

Warum sollte er ihrer Mutter etwas antun? In welcher Beziehung stand er zu Neunaber? Wieso dachte Wiebke ständig über dieselben Fragen nach, ohne eine Antwort darauf zu finden?

In den letzten Tagen war ihr Leben wie in einem Zeitraffer abgelaufen und hatte ihr kaum Zeit zum Nachdenken gegeben. Beim Kiten konnte sie sich nicht nur eine frische Brise um die Nase wehen lassen, sondern auch wunderbar abschalten. Wenn sie mit ihrem Board in den Horizont hineinfuhr, gab es nur das Meer, den Wind und die Wellen. Wiebke schloss das Fenster und zog sich an. Bevor sie das Haus verließ, sah sie kurz ins Schlafzimmer ihrer Mutter.

Das Bett war leer.

Sie ging in die Küche, aber auch dort war niemand. Da die Friesenbrauerin eine Frühaufsteherin war, drehte sie vielleicht schon eine Runde durch das Dorf.

Wiebke rief ihre Mutter auf dem Handy an, erreichte aber nur die Mailbox. Auch wenn sie das Telefon auf stumm geschaltet hatte oder der Akku leer sein konnte, wurde sie unruhig. Der Gedanke, dass ihrer Mutter etwas zugestoßen sein konnte, ließ ihr keine Ruhe.

Im ersten Moment wollte Wiebke ihren Freund wecken, der ihr Bett irgendwann in der Nacht verlassen hatte und ins Gästezimmer zurückgekehrt war, entschied sich dann aber dagegen. Sie würde zunächst im Lädchen und der Brauerei nach ihrer Mutter sehen. Wahrscheinlich arbeitete Tüdelbüdel wieder, obwohl sie sich nach dem gestrigen Vorfall schonen sollte.

Kein Vorfall, sondern ein Verbrechen mahnte eine innere Stimme.

Wiebke eilte die Treppe hinunter, öffnete die Haustür und trat in den Innenhof. Dort blieb sie stehen und sah verwundert zu dem vergessenen Fass, bei dem jemand den Deckel geöffnet hatte … um daraus zu trinken?

Irritiert starrte sie auf den Mann, der kopfüber in dem Bierfass hing. So durstig konnte doch niemand sein.

»Was machen Sie denn da?«, rief Wiebke. Da sie keine Antwort bekam, rannte sie zum Fass, packte den Mann an den Schultern und zog ihn heraus. Er fiel wie ein Sack zu Boden und blieb reglos liegen. Seine Kleidung war bis zur Brust durchnässt. Das Gesicht kam ihr bekannt vor.

Neunaber.

Wiebke kniete sich neben den Brauer und begann sofort mit lebensrettenden Maßnahmen. Obwohl sie ahnte, dass jede Hilfe zu spät kommen würde, wählte sie nach erfolgloser Reanimation den Notruf und informierte ihren Vorgesetzten.

Nach wenigen Minuten trafen zuerst die Rettungshelfer und dann Gesner ein. Der Notarzt konnte nach einer Untersuchung nur noch Neunabers Tod feststellen.

»Wie ist er gestorben?«, wollte Gesner von dem Mediziner wissen.

»Die genaue Todesursache müssen Sie dem Obduktionsbericht entnehmen. Ich gehe allerdings davon aus, dass der Mann ertrunken ist.«

»Könnte ihn jemand ertränkt haben?«, fragte Wiebke, die das Gespräch mitgehört hatte.

»Wäre möglich. Das herauszufinden ist aber Ihre Aufgabe.« Der Notarzt verabschiedete sich und auch die Sanitäter fuhren unverrichteter Dinge wieder ab.

»Neunaber wird bestimmt nicht freiwillig kopfüber in einem Bierfass voller Tüdelbräu hängen.« Gesner zückte sein Telefon und beorderte Patrick zum Kroog.

»Gehst du von einem Mord aus?« Wiebke betrachtete die neben dem Bierfass liegende Leiche.

»Wir müssen auf jeden Fall in dieser Richtung ermitteln«, wich der Kommissar einer direkten Antwort aus.

»Ich würde gerne mit deiner Mutter reden. Könntest du sie wecken?«

»Mama ist nicht in der Wohnung und nimmt auch meine Anrufe nicht entgegen. Sie wird im Lädchen oder der Brauerei sein. Ich sehe nach ihr.«

»Da wir einen Mord nicht ausschließen können, sichere ich in der Zeit den Tatort.«

Während Gesner zum Streifenwagen ging, um Flatterband für die Polizeisicherung zu holen, eilte Wiebke zum Lädchen. Als sie ihre Mutter dort nicht fand, lief sie zum Kroog, dessen Tür sie in der letzten Nacht abgeschlossen hatte. Sie schloss auf und trat ein.

Die Tür zum Keller war geöffnet.

»Mama?«, rief Wiebke, bekam aber keine Antwort.

Mit einem mulmigen Gefühl in der Magengegend hastete sie die Stufen hinunter und sah sich in der Brauerei um, aber auch dort war niemand.

»Wo bist du nur?« Die Polizistin zog ihr Mobiltelefon aus der Hosentasche und rief Gesine erneut an. Da sie aber auch jetzt nur die Mailbox erreichte, kehrte sie zu ihrem Vorgesetzten zurück.

»Hast du deine Mutter gefunden?« Gesner, der den Tatort inzwischen gesichert hatte, blickte auf.

»Nein. Vielleicht weiß Ruben etwas.«

Wiebke hetzte, immer zwei Stufen auf einmal nehmend, die Treppe nach oben und riss die Tür zum Gästezimmer auf.

»Hast du eine Ahnung, wo meine Mutter ist?«

»Irgendwo wird sie schon sein.« Ruben drehte sich auf die andere Seite und zog die Decke über seinen Kopf.

»Neunaber ist tot.«

»Was?« Er war sofort hellwach und setzte sich auf.

»Er ist aller Wahrscheinlichkeit nach in einem Bierfass mit Tüdelbräu ertrunken.«

»Das wäre eine Ironie des Schicksals.« Er schwang die Beine aus dem Bett. »Was hat deine Mutter damit zu tun?«

»Keine Ahnung, denn die ist verschwunden.«

»Hast du überall nachgesehen?«

»Natürlich, was denkst du denn«, blaffte Wiebke ihn an.

»Entspann dich. Sie wird nur einen Spaziergang machen.« Er stand auf und nahm sie in den Arm.

»Möglich, aber irgendwas stimmt hier nicht.« Sie löste sich aus der Umarmung. »Neunaber könnte ertränkt worden sein.«

»Demnach war es kein Unfall?« Ruben blickte sie überrascht an.

»Davon gehe ich nicht aus. Joris würde sich über ein Fass voller Tüdelbräu hängen, aber Neunaber bestimmt nicht.« Wiebke schritt zur Tür.

»Warte.«

»Was ist denn?« Sie drehte sich um.

»Du denkst doch nicht ernsthaft, dass deine Mutter etwas damit zu tun haben könnte, oder?« Ruben sah sie mit großen Augen an.

»Mama stand in den letzten Tagen ziemlich unter Strom. Vielleicht hat sie Neunaber in der letzten Nacht noch zur Rede gestellt. Die beiden könnten gestritten haben und … dann ist es halt passiert.«

»Deine Mutter ist keine Mörderin.«

»Ich weiß, aber … wo ist sie nur?«

»Keine Sorge. Bei ihrer Rückkehr wird sich alles aufklären.«

»Das hoffe ich.«

Wenige Augenblicke später war Wiebke wieder bei Gesner, der bereits die Spurensicherung angefordert hatte.

»Wo ist Patrick?«

»Der müsste gleich kommen.« Der Kommissar fuhr sich durch die strubbeligen Haare.

»Bei den letzten Einsätzen war er schneller vor Ort.«

»Was willst du mir denn damit sagen?«

»Vergiss es.« Die Polizistin machte eine wegwerfende Handbewegung.

»So läuft das nicht.« Gesner fasste sie am Arm. »Wir sind ein Team und müssen einander vertrauen. Wenn deine Mutter in die Sache verwickelt sein sollte, muss ich dich ohnehin wegen Befangenheit von dem Fall abziehen.«

»Untersteh dich.« Wiebke presste die Wörter zwischen zusammengebissenen Zähnen hervor. »Du wirst …«

»… was?« Sein Griff wurde fester.

»Nichts. Bitte entschuldige.« Sie sah zu Boden.

»Schon okay. Du bist ziemlich durch den Wind.«

»Kann man so sagen.«

»Wiebke!« Ruben eilte, nur mit Boxershorts und einem weißen T-Shirt bekleidet, im Laufschritt auf sie zu. Er blieb vor ihr stehen und deutete auf sein Smartphone.

»Hast du meine Mutter erreicht?«, fragte sie hoffnungsvoll.

»Leider nicht. Das hier solltest du dir ansehen.«

Er reichte ihr das Handy. Wiebke nahm es entgegen und betrachtete das Bild auf dem Display. Bei dem Anblick verkrampften sich ihre Finger, als hätten sie sich in Klauen verwandelt.

Das konnte nicht sein.

Durfte nicht sein.

»Was ist denn? Du bist ganz blass geworden.« Gesner trat neben sie und warf einen Blick auf den kleinen Bildschirm.

»Klei mi an 'n Moors.« Eine Weile starrte er fassungslos auf das Foto. Dann fragte er Ruben: »Wo hast du die Aufnahme her?«

»Das Bild wurde im Internet hochgeladen und geistert jetzt durch die sozialen Netzwerke. Noch ist es früh am Tag, aber in ein paar Stunden …«

»… wird das Foto wie verrückt geteilt werden.« Wiebkes Stimme war kaum mehr als ein Flüstern.

»Davon gehe ich auch aus. Deine Mutter ist auf der Flucht.« Gesner fuhr sich durch die Haare.

Wiebke zwang sich zu einem erneuten Blick auf das Foto, auch wenn sie das Gerät am liebsten so weit wie möglich von sich geworfen hätte, denn die Aufnahme war kaum zu ertragen.

Auf dem Bild war ihre Mutter zu sehen, die sich über Neunaber beugte und seinen Oberkörper in das Bierfass drückte. Den Lichtverhältnissen nach musste das Foto im Morgengrauen aufgenommen worden sein.

Wiebke vergrößerte die Aufnahme und suchte nach Hinweisen, die Tüdelbüdel entlasten konnten – fand aber keine. Mit den mechanischen Bewegungen einer Puppe gab sie Ruben das Smartphone zurück.

»So leid es mir tut, aber ich muss deine Mutter zur Fahndung ausschreiben.« Gesner sah seine Kollegin mit traurigen Augen an.

»Das ist mir klar.« Wiebke fühlte sich wie eine Schauspielerin, die versehentlich in einem falschen Film gelandet war und keine Ahnung von ihrer Rolle hatte.

»Das ist sicher nur ein Missverständnis. Deine Mutter

ist doch zu schwach, um einen Mann wie Neunaber in einem Fass zu ertränken.« Ruben strich ihr über den Kopf, als wäre sie ein kleines Mädchen.

»Wenn sie wütend ist, würde sie sich auch mit einem See-Elefanten anlegen.« Wiebke drehte sich zur Seite.

»Wir müssen den Fotografen suchen. Wer auch immer diese Aufnahme gemacht hat, ist ein wichtiger Zeuge. Um ihn zu finden, werden wir alle Dorfbewohner vernehmen müssen«, ordnete Gesner an.

»Die Zeit können wir uns sparen. Jeder Sünnumer wäre sofort eingeschritten und hätte meiner Mutter geholfen.«

»Bei einem Mord?« Er zog die Augenbrauen hoch.

»Natürlich nicht«, schnauzte Wiebke ihren Vorgesetzten an.

»Meine Mutter ist doch keine Mörderin. Wie Ruben schon sagte, ist alles nur ein riesiges Missverständnis.«

»Dann hoffe ich, dass wir das bald aufklären werden.« Der Kommissar seufzte vernehmlich und deutete auf eine Radfahrerin, die schnell näher kam. »Wer ist das?«

»Hilde Dekker, die Frau des Bio-Bauern. Sie bringt uns jeden Morgen frisches Brot und Rosinenbrötchen zum Verkauf im Lädchen.«

»Moin Wiebke. Was ist denn hier passiert?« Die Radlerin stoppte ihr Gefährt.

»Ein Unfall.« Wiebke verstellte ihr die Sicht auf den Toten. »Den Korb mit den Backwaren kannst du mir geben.«

»Wo ist Tüdelbüdel?«

»Unterwegs.«

»Um diese Zeit?«

»Meine Mutter steht immer mit der Sonne auf, das weißt du doch.«

Die Bäuerin reckte den Kopf und lugte um Wiebke herum. »Liegt da etwa eine Leiche?«

»Das ist eine polizeiliche Ermittlung.« Gesner trat neben seine Kollegin. »Bitte entfernen Sie sich unverzüglich vom Tatort.«

»Ermittlung? Tatort? Ach, du meine Güte.« Die Bäuerin wendete das Rad.

»Der Korb.« Wiebke nahm die Backwaren an sich.

»Natürlich, den hätte ich jetzt vergessen.« Dekker reichte ihr den Korb und trat ohne ein Wort des Abschieds in die Pedale.

»Bis zum Frühstück wird es das ganze Dorf wissen und … da kommt Patrick endlich.« Wiebke deutete auf den jungen Kollegen, der im Laufschritt auf die Polizisten zueilte. Hemd und Hose waren zerknittert, die sonst so akkurat gegelten Haare standen vom Kopf ab wie die Borsten eines Besens. Seine Schuhe waren sandverkrustet.

»Hast du in den Klamotten etwa am Strand gepennt?«, fragte Gesner.

»Ist spät geworden gestern. Warum weckst du mich an einem Sonntag in aller Herrgottsfrühe auf?«

»Wir haben einen Mordfall aufzuklären.«

»Mordfall?«

»Einen mutmaßlichen Mordfall«, korrigierte Wiebke sofort.

»Ist das etwa Neunaber?« Ohne eine Antwort auf seine Frage abzuwarten, schritt der junge Polizist zur Leiche und ging daneben in die Hocke. »Wie ist er gestorben?«

»Aller Wahrscheinlichkeit nach ist er in dem Bierfass ertrunken. Ich habe die Spurensicherung bereits benachrichtigt. Du sicherst den Tatort bis zum Eintreffen der Kollegen.«

»Na toll, ich darf wieder die Deppenarbeit machen«, murrte der Jungspund. »Kann Wiebke das nicht erledigen?«

»Sie kommt mit mir. Wir haben jetzt keine Zeit für Diskussionen.« Gesner schritt zum Streifenwagen.

»Ich rufe dich an, sobald ich etwas von deiner Mutter erfahre.« Ruben drückte Wiebke fest an sich, bevor sie ihrem Vorgesetzten folgte.

Wenige Augenblicke später waren die Polizisten auf dem Weg zu Neunabers Privathaus in Großheide. Die Adresse hatte sich Gesner aus dem Internet herausgesucht und ins Navi eingegeben.

Der Kommissar stoppte den Wagen vor einem schmiedeeisernen Tor, hinter dem eine Einfahrt zu einem imposanten Gebäude führte. Das parkähnliche Grundstück war mit einer zwei Meter hohen Mauer umgeben.

»Neunaber scheint sich in seinem Leben viele Feinde gemacht zu haben, wenn er sich derart verbarrikadieren muss.« Wiebke, die während der Fahrt kein Wort gesagt hatte, deutete auf die Sicherheitskameras, die an beiden Seiten des Eingangs platziert waren.

»Vielleicht sorgt er sich nur um Einbrecher. In seinem Haus wird bestimmt einiges zu holen sein.« Gesner stieg aus und drückte auf die Klingel, die in die rechte Mauer eingelassen war. Wenige Augenblicke später ertönte eine weibliche Stimme aus der Gegensprechanlage und der Kommissar erklärte, Frau Neunaber sprechen zu müssen.

Das Tor glitt auf und die Beamten fuhren über eine geschotterte Einfahrt zum Haus. Dort wurden sie von einer älteren Dame empfangen. Mit der gestärkten Schürze, die sie über ihrer tadellos sitzenden schwarzen Kleidung trug, wirkte sie wie aus der Zeit gefallen. Die Bedienstete führte die Polizisten in ein geräumiges Wohnzimmer.

»Bitte setzen Sie sich. Frau Neunaber wird gleich bei Ihnen sein.« Sie schloss die Tür hinter ihnen.

Wiebke sah sich in dem Raum um, der wie die Werbeanzeige eines Einrichtungshauses wirkte. Die Kissen und Vorhänge passten perfekt zum Landhausstil der Möbel. In den Regalen standen die Bücher so ordentlich nebeneinander wie literarische Soldaten.

Auf einer Kommode war ein digitaler Bilderrahmen, der ständig wechselnde Fotos präsentierte. Die gestochen scharfen Aufnahmen zeigten Ulrich Neunaber mit hochrangigen Politikern, Wirtschaftsvertretern und Showgrößen.

Als plötzlich ein vergilbtes Bild von einem schmächtigen Kind eingeblendet wurde, trat Wiebke einen Schritt vor, um es genau in Augenschein zu nehmen.

Der Junge mit den Zahnlücken und dem Pflaster auf der Stirn kam ihr bekannt vor, ohne dass sie den Grund dafür kannte.

Bevor sie sich darüber Gedanken machen konnte, wurde das Bild von einer Aufnahme des Ehepaares in Festtagskleidung abgelöst und wenig später betrat eine hochgewachsene Frau von etwa fünfzig Jahren den Raum. Trotz ihrer legeren Kleidung – zu einer weißen Bluse trug sie eine Jeans – strahlte sie eine würdevolle Eleganz aus. Die halblangen schwarzen Haare umrahmten ein blasses Gesicht.

»Bitte entschuldigen Sie die Wartezeit. So früh hatte ich nicht mit Besuch gerechnet.«

»Sind Sie Sabine Neunaber?«

»Ja. Was ist denn los?«

»Ich bin Kommissar Gesner. Das ist meine Kollegin Wiebke Felber. Es geht um ihren Mann. Er ist …« Gesner verstummte und nahm die Polizeimütze vom Kopf.

»Wenn Sie mit meinem Mann sprechen wollen, haben Sie den Weg umsonst gemacht. Wahrscheinlich hat er wieder im Büro übernachtet. In den letzten Wochen hat er rund um die Uhr gearbeitet.«

»Er ist tot.« Der Kommissar senkte den Blick.

Sabine Neunaber schüttelte den Kopf. »Das muss ein Irrtum sein. Ich habe noch gestern mit ihm telefoniert.«

»Es stimmt leider. Mein Beileid.« Wiebke, die aus Erfahrung wusste, dass viele Angehörige die Todesnachricht zunächst verdrängten, musterte die Witwe aus den Augenwinkeln.

»Hatte er einen Unfall?« Der festen Stimme nach hatte sich Frau Neunaber erstaunlich schnell vom ersten Schock erholt.

»Er hing kopfüber in einem Bierfass.« Gesner knetete seine Polizeimütze in den Händen.

»Wenn das ein Scherz sein soll, kann ich darüber nicht lachen.« Die Witwe stemmte die Hände in die Seiten.

»Es ist wahr«, unterstützte Wiebke ihren Vorgesetzten.

»Was genau ist denn geschehen?«

»Wir sind noch ganz am Anfang unserer Ermittlungen«, antwortete der Kommissar ausweichend.

»Ihr Name ist Felber, habe ich das richtig verstanden?« Frau Neunaber deutete auf Wiebke, die daraufhin nickte.

»Haben Sie etwas mit der Friesenbrauerin zu tun, die den Watthumpen in diesem Jahr gewonnen hat?«

»Sie ist meine Mutter.«

»Mein Mann war gestern auf einem Schützenfest in Sünnum. In unserem letzten Telefonat erzählte er von Anfeindungen durch die Dorfbewohner. Dabei nannte er auch den Namen Gesine Felber.«

»Was hat er denn gesagt?« Gesner war sofort hellhörig.

»Er fühlte sich von der Brauerin bedroht. Hat Ihre Mutter meinen Mann getötet?«

»Natürlich nicht«, begehrte Wiebke auf. »Sie würde niemandem etwas zuleide tun.«

»Wer hat meinen Mann dann umgebracht?«, schrie Frau Neunaber die Polizistin an.

»Beruhigen Sie sich«, schritt Gesner ein. »Zum jetzigen Zeitpunkt wissen wir nicht einmal, ob überhaupt ein Verbrechen vorliegt. Sie können sicher sein, dass wir alles in unserer Macht Stehende tun werden …«

»Verschonen Sie mich mit Ihren Floskeln«, unterbrach ihn die Witwe und deutete zur Tür. »Bitte gehen Sie jetzt.«

»Wie Sie wünschen. Sollte Ihnen noch etwas einfallen, rufen Sie mich bitte an.« Er reichte ihr seine Visitenkarte und die Polizisten verließen das Haus.

Auf der Rückfahrt versuchte Wiebke erneut ihre Mutter zu erreichen, aber diese nahm das Gespräch auch jetzt nicht entgegen. Als sie ins Dorf zurückkehrten, war die Spurensicherung bereits vor Ort – und viele Sünnumer, die Patrick zum Weitergehen aufforderte, allerdings vergeblich.

»Was ist hier los?«, fragte Renate Nansen.

Ihre Tochter stand hinter dem Rollstuhl und unterhielt sich aufgeregt mit dem Deichschäfer Michael Tapken.

»Neunaber ist in einem Bierfass ertrunken«, erklärte Wiebke. »Hat Tüdelbüdel ihn umgebracht?« Tapken holte sein Smartphone aus der Hosentasche und hielt es ihr entgegen. »Im Internet kursiert ein Bild deiner Mutter.«

»Wir kennen das Foto und prüfen momentan seine Echtheit. Bitte lassen Sie uns unsere Arbeit machen.« Gesner redete beruhigend auf die Menschen ein.

»Wurde Tüdelbüdel verhaftet?« Renate ließ nicht locker.

»Zu laufenden Ermittlungen werden wir keine Auskunft geben«, erklärte der Kommissar.

»Wiebke, sag doch auch mal was.« Die Augen der alten Dame wirkten hinter den dicken Brillengläsern wie Fische in einem Aquarium.

»Wir arbeiten mit Hochdruck an dem Fall. Sobald uns konkrete Ergebnisse vorliegen, werde ich euch umgehend informieren.«

»Warum ist Gesine nicht hier?«, fragte Insa, die sich mit ihrem Vater nun ebenfalls zu der kleinen Gruppe gesellte.

»Das werde ich später erklären.« Wiebke blickte in die Runde. »Bitte glaubt bis dahin nicht alles, was ihr im Internet lesen werdet.«

»Der Kroog hat weiterhin geöffnet.« Ruben trat neben Wiebke und legte ihr eine Hand auf die Schulter. »Ich werde mich auch um das Lädchen kümmern. Bis sich die Angelegenheit aufgeklärt hat, sollte in Sünnum alles seinen gewohnten Gang gehen. Das schaffen wir aber nur gemeinsam. Seid ihr dabei?«

»Das ist eine gute Idee. Ich werde die Gläser spülen«, ließ sich Renate vernehmen.

»Ich könnte stundenweise im Lädchen helfen.« Insa nickte Ruben zu.

Die Sünnumer redeten nun alle durcheinander, bis Ruben in die Hände klatschte und um Ruhe bat.

»Danke für eure Unterstützung. Wir sollten uns heute Abend im Kroog treffen und die Arbeiten verteilen. Dabei können wir uns auch gegenseitig auf den neusten Stand bringen. Was immer auch geschehen sein mag: Ich bin sicher, dass Tüdelbüdel niemanden auf dem Gewissen hat.«

»Gute Ansage«, flüsterte Wiebke ihrem Freund ins Ohr. »Wir werden gleich zum Polizeikommissariat fahren. Sag mir sofort Bescheid, wenn Mama wieder auftaucht.«

»Natürlich. Während deiner Ermittlungen halte ich dir hier den Rücken frei.« Er ergriff ihre Hand und zog sie zu sich.

»Wir schaffen das«, flüsterte er ihr ins Ohr.

MÖRDERDORF

Drei Tage nach dem Verschwinden ihrer Mutter saß Wiebke im Büro des Polizeikommissariats Norden und sichtete die Unterlagen im Mordfall Ulrich Neunaber.

Eine Auswertung seiner Handydaten hatte ergeben, dass er die Friesenbrauerin um 04:23 Uhr angerufen hatte. Das Telefonat hatte nur siebzehn Sekunden gedauert. Die Obduktion der Leiche hatte ihre Vermutung bestätigt, dass der Brauer nach dem Anruf ertrunken war.

Da der Körper keinerlei Verletzungen aufwies, war Neunaber zuvor nicht niedergeschlagen worden, zumindest nicht mit einem schweren Gegenstand. Gifte oder Schlafmittel konnten im Blut nicht nachgewiesen werden.

An seiner Kleidung wurden verschiedene Hautpartikel gefunden, die bisher noch niemandem zugeordnet werden konnten. Selbst bei einem positiven DNA-Treffer in der Datenbank musste derjenige aber nicht zwangsweise etwas mit der Tat zu tun haben, schließlich hatte sich Neunaber am Schützenfest durch die Menge bewegt und dabei viele Menschen berührt.

Der einzig konkrete Hinweis war das Foto ihrer Mutter – aber die Friesenbrauerin war trotz der inzwischen eingeleiteten Fahndung wie vom Erdboden verschwunden. Die Internetadresse, über die das Foto der Friesenbrauerin hochgeladen wurde, konnte bisher noch nicht ermittelt werden.

Wiebke rieb sich die brennenden Augen.

Das Gefühl, etwas Wichtiges übersehen zu haben, war längst zu einem unsichtbaren Begleiter geworden.

Wenn ihre Mutter Neunaber tatsächlich ertränkt hatte – warum hatte der Fotograf dem Opfer nicht geholfen?

Zunächst hatte Wiebke an einen jener Vollpfosten gedacht, die für drei Minuten Ruhm und einige Likes in den sozialen Netzwerken ihre eigene Oma verkauft hätten. Diese Überlegung hatte sie allerdings verworfen, weil die Person, die das Bild hochgeladen hatte, offensichtlich nicht gefunden werden wollte.

Warum war der einzige Zeuge so spurlos verschwunden wie ihre Mutter? War er zufällig vor Ort gewesen? Hatte er Neunaber verfolgt oder Tüdelbüdel beobachtet? Wieso …

»Ist das etwa die Akte Neunaber?«

Wiebke war so in die Unterlagen vertieft, dass sie aufschreckte und ihren Vorgesetzten überrascht ansah.

»Ich habe dich nicht reinkommen hören.«

»Das war keine Antwort auf meine Frage.«

»Ich habe mir die Schriftstücke nur kurz angesehen. Immerhin geht es dabei um meine Mutter.«

»Und genau deshalb habe ich dich von dem Fall abgezogen und werde die Ermittlungen so schnell wie möglich an eine andere Dienststelle abgeben. Das ist wegen der dünnen Personaldecke und dem hohen Krankenstand momentan leider nicht so einfach. Her damit.« Er streckte die Hand aus und Wiebke reichte ihm die Akte.

»Statt deine Nase in Angelegenheiten zu stecken, die dich nichts angehen, solltest du dich lieber um deinen eigenen Kram kümmern.«

»Das Verschwinden meiner Mutter soll mich nichts

angehen? Sie hat nicht einmal ein Mordmotiv«, giftete Wiebke.

»Wie wäre es mit Rache?«, schaltete sich Patrick in das Gespräch ein.

»Das ist lächerlich. Mama könnte reingelegt worden sein.«

»Reingelegt? Den Fotos im Internet nach hat sie Neunaber beim Schützenfest zunächst niedergeschlagen und nach dem Telefonat ertränkt.«

»Sie hat ihn nur geschubst. Zudem wissen wir nicht, ob der Anruf mit seinem Tod in direkter Verbindung steht. Das mag auf dem Bild so aussehen, aber in Wirklichkeit …«

»Wiebke, es reicht!« Gesner, der die Diskussion zwischen seinen beiden Mitarbeitern verfolgt hatte, schlug mit der Faust auf den Schreibtisch. »Ich will in diesem Büro kein Wort mehr über Neunaber hören, ist das klar?«

»Aber ich …«

»Ob das klar ist, will ich wissen.«

Wiebke funkelte ihren Chef wütend an. Dann stand sie auf und verkündete: »Ich mache jetzt Feierabend.«

Wenige Minuten später war sie auf dem Weg nach Sünnum.

Dem Dorf ihrer Kindheit.

Dem Mörderdorf.

Der Begriff war am Tag nach Neunabers Tod im Internet aufgetaucht und hatte sich innerhalb weniger Stunden als neue Bezeichnung für Sünnum etabliert.

Der Tod des Brauers und Tüdelbüdels Verschwinden ließen die Gerüchteküche in den sozialen Netzwerken brodeln. Das Foto, auf dem sich ihre Mutter über Neunaber beugte, war tausendfach geteilt und kommentiert worden.

Die Spekulationen über ihr Versteck schossen ins Kraut.

Auch wenn Wiebke die Berichte kaum ertragen konnte, war sie ständig im Internet unterwegs – auf der Suche nach der einen Nachricht, die ihr etwas über den Aufenthaltsort ihrer Mutter verriet.

Seit dem Leichenfund kreisten ihre Gedanken fast ausschließlich um die Fragen, ob Gesine eine Mörderin war und wo sie sich versteckt haben könnte. Bisher hatte sie die dritte Frage, ob Tüdelbüdel überhaupt noch lebte, ignoriert und sich standhaft geweigert, ihren Tod auch nur in Erwägung zu ziehen. Aber mit jeder verstreichenden Stunde wurde ihre Selbstsicherheit etwas brüchiger.

In manchen Momenten war Wiebke nicht einmal sicher, ob sie ihre Mutter überhaupt richtig gekannt hatte. Auch ihre beiden Brüder hatten keine Erklärung und wollten so schnell wie möglich nach Sünnum kommen – was aber dauern konnte, weil sie sich auf einem Segeltörn im Pazifik befanden.

Auf der einzigen Straße, die in das Dorf hineinführte, standen bereits die ersten Fahrzeuge der Sensationstouristen, die Sünnum nach der Todesmeldung überrannt hatten.

Der Ansturm nach dem Gewinn des Watthumpens war nur ein laues Lüftchen gewesen im Vergleich zu dem Orkan, der nun über den Ort hinwegfegte.

Wiebke stellte ihren himmelblauen Mini am Dorfeingang hinter zwei Fahrzeugen ab und stieg aus.

»Was können Sie uns zu den laufenden Ermittlungen sagen?« Eine Reporterin rannte auf sie zu und hielt ihr ein Mikrofon unter die Nase. Ein junger Mann, der eine Kamera trug, eilte hinter ihr her. Während sich Wiebke im Stillen darüber ärgerte, die Uniform nicht ausgezogen zu haben, hob sie die rechte Hand und antwortete: »Kein Kommentar.«

»Können Sie uns zumindest etwas zur Friesenbrauerin sagen? Ist es richtig, dass sie mit Neunaber ein Verhältnis hatte und der Brauer sterben musste, weil er seine Frau nicht verlassen wollte?«

So einen Unsinn hatte Wiebke in den letzten Tagen zu oft gehört, um sich noch darüber aufregen zu können.

Die Vertreter der Boulevardpresse waren nur wenige Stunden nach dem Mord wie ein Rudel Hyänen in Sünnum eingefallen und hatte jeden interviewt, den sie auf der Straße getroffen hatten. Neben den regionalen Zeitungen waren inzwischen auch Vertreter landesweit erscheinender Klatschblätter eingetroffen. Die Mutmaßungen der Journalisten wurden mit jedem Tag abenteuerlicher.

Dabei waren die Pressevertreter das kleinste Problem der Sünnumer, denn ihnen konnte man zumindest noch entkommen. Aber vor der Menschenmenge, die sich in morbider Neugier durch die Straßen schob, gab es keinen Schutz.

Wiebke vermutete, dass sich viele Leute extra Urlaub genommen hatten, um im Mörderdorf ein Bier zu trinken und sich vor dem Kroog ablichten zu lassen. Auch jetzt waren die Straßen voller Gaffer, die mit ihren Smartphones Fotos und Videos anfertigten, die sie danach ins Internet stellten.

Vor dem Kroog war kein Durchkommen mehr.

Die Bässe lauter Musik wummerten durch die geöffnete Tür. Immer mehr Menschen drängten in den kleinen Schankraum, ohne dass jemand herauskam. Bei der Enge war es nur noch eine Frage der Zeit, bis ein Gast einen

Schwächeanfall erlitt oder sogar zu Tode kam. Sollte in der Kneipe eine Panik ausbrechen und jemand stürzen, würde die Menge wie bei einer Stampede über ihn hinwegdonnern.

Zunächst hatte Wiebke den Kroog schließen wollen, aber Ruben hatte sie mit dem Argument, dass die Touristen im Dorf randalieren könnten, wenn sie in Sünnum kein Tüdelbräu bekamen, vom Gegenteil überzeugt. Zudem hätte ihre Mutter nicht gewollt, dass die Kneipe geschlossen würde.

Das Bierfass, das nach der Spurensicherung noch immer im Innenhof des Kroogs stand, war zu einem makabren Fotomotiv geworden. Inzwischen gab es unzählige Bilder, auf denen Besucher zu sehen waren, die kopfüber im Fass hingen.

Da sich Wiebke in den letzten Tagen keine Atempause gegönnt hatte, und die Sünnumer ebenfalls alle beschäftigt waren, hatte es noch niemand aufgeräumt.

Die Polizistin zerstreute die Menschenmenge vor dem Kroog zumindest so weit, dass die Tür wieder frei war, und huschte hinein.

Ohrenbetäubende Schlagermusik knallte aus den Boxen. Immer wieder blitzte eine Handykamera auf. Ruben stand hinter der Theke und zapfte im Akkord, während Renate spülte und Insa leere Gläser einsammelte.

Eine junge Frau, deren knappes Oberteil mehr offenbarte, als es verbarg, kletterte auf die Theke und machte ein Selfie mit Ruben, der sich nach vorn beugte und mit ihr um die Wette grinste. Auf Joris' Stammplatz saß eine mollige Frau und deutete auf ihr leeres Glas.

Ruben, der ein weiteres Bier unter den Zapfhahn gestellt hatte, nickte ihr zu. Trotz des Andrangs strahlte ihr Freund eine ungeheure Lässigkeit aus.

»Wiebke!« Er hatte sie entdeckt und winkte.

»Das ist doch die Tochter der Friesenbrauerin«, rief ein Langhaariger und wie auf ein unsichtbares Kommando hin wurde die Polizistin von den Anwesenden umringt. Alle redeten gleichzeitig auf sie ein und bedrängten sie mit Fragen, auf die Wiebke aber nicht einging.

Insa kämpfte sich zu ihr durch. »Kannst du im Lädchen aushelfen? Ich komme hier nicht weg.«

»Klar. Ich will mich nur schnell umziehen.« Die Polizistin bahnte sich einen Weg hinaus.

Wenige Minuten später drückte sie die Wohnungstür hinter sich zu. Im Vergleich zu dem Tumult auf den Straßen herrschte hier eine derartige Stille, dass sie sich wie in einem Mausoleum fühlte.

Wiebke zog ihre Uniform aus und ließ sich rücklings auf das Bett in ihrem Zimmer fallen. Die aufputschende Wirkung des Adrenalins, das sie in den letzten Stunden wie eine Droge wach gehalten hatte, wich einer zunehmenden Müdigkeit. Eine kleine Pause würde ihr sicherlich guttun, danach würde sie ins Lädchen gehen. Wiebke schloss die Augen.

FAMILIENBANDE

Die Schritte kamen immer näher. Wiebke blinzelte. In dem dämmrigen Licht konnte sie die Silhouette eines Mannes erkennen. Neben dem Bett blieb er stehen.

Beugte sich über sie.

Küsste sie.

»Wie spät ist es?« Wiebke setzte sich auf.

»Gleich neun Uhr.«

»Ich bin eingeschlafen. Das hätte nicht passieren dürfen.«

»Du warst total erledigt.« Ruben strich ihr eine Haarsträhne hinter das Ohr.

»Ich komme sofort. Wer ist jetzt im Kroog?«

»Joris zapft Bier.«

»Der macht ständig Pausen. Du musst wieder runter.«

»Keine Hektik. Außer ihm sind nur einige Dorfbewohner da.«

»Wo sind die ganzen Leute?« Sie sah ihn mit weit aufgerissenen Augen an.

»Die haben wir mit vereinten Kräften vor die Tür gesetzt.«

»Warum das denn? Gibt es etwas Neues von meiner Mutter?«, fragte sie hoffnungsvoll.

»Leider nicht.«

»Was ist dann los?«

»Wir müssen uns über die Situation im Dorf unterhalten. So kann es nicht weitergehen.«

»Ich mache mich schnell frisch.« Wiebke tapste ins Bad. Zehn Minuten später erschien sie in legerer Kleidung im Kroog.

Im Schankraum hatten sich fast alle Sünnumer versammelt. Wenn man die vielen Menschen, die noch immer durch das Dorf trampelten, ignorierte, hätte es ein ganz normaler Abend sein können. Aber seit dem Sieg des Watthumpens war die Welt in Sünnum immer mehr aus den Fugen geraten und drohte nun, vollends ins Chaos zu stürzen.

»Moin«, begrüßte Wiebke die Dorfbewohner.

Da an diesem Abend keine Musik lief, konnten die Anwesenden in Ruhe miteinander klönen. Ruben, der wieder Bier zapfte, schlug kurz darauf mit der flachen Hand auf die Theke.

»Wir sollten reden.«

»Besser ist das«, bestätigte Sören. »Wir müssen diese Bagaluten endlich loswerden. Leefke traut sich kaum noch aus dem Haus und Jan kann ich nicht mehr allein auf die Straße lassen.«

»Die Leute gaffen uns an wie Tiere in einem Zoo.« Hauke Peters sah in die Runde.

»Vom Leuchtturm aus gesehen gleicht Sünnum einem Ameisenhaufen.« Joris trank einen Schluck Tüdelbräu.

»Warum unternimmt die Polizei nichts gegen die Touristen?« Nach der Frage von Sepp ruhten alle Blicke auf Wiebke.

»Ich kann niemandem verbieten, nach Sünnum zu kommen. Erst wenn jemand widerrechtlich …«

»Demnach lässt uns die Polizei im Stich?«, polterte Hinnerk los.

»Natürlich nicht«, ereiferte sich Wiebke. »In meinem Job muss ich mich allerdings an gewisse Spielregeln halten.«

»Kannst du nicht zumindest den Deich absperren?«, fragte Michael Tapken. »Die Schafe drehen langsam durch, weil ständig Grööbüdels durch meine Herde latschen und Selfies mit den Tieren machen. Mitunter frage ich mich, ob meine Viecher nicht schlauer sind als die Deppen mit ihren Smartphones.«

»Wenn jemand unerlaubt oder gesetzwidrig …«

»Sabbel nicht so ein Beamtendeutsch, das ist grauenvoll. Wenn du uns nicht helfen willst, werden wir die Sache auf unsere Weise regeln und durch das Dorf patrouillieren.«

»Hinnerk, ich dulde in Sünnum keine Bürgerwehr und erst recht keine Selbstjustiz. Das hätte Mama auch nicht gewollt.«

»Du redest von ihr, als ob sie tot wäre«, grummelte Joris.

»So habe ich das nicht gemeint. Wir arbeiten mit Hochdruck an dem Fall und hoffen, sie bald zu finden.«

»Und was habt ihr bisher erreicht? Nichts!« Hinnerk umfasste sein Bierglas so fest, dass es zu zerbrechen drohte.

»Willst du mir damit vielleicht sagen, dass mich das Schicksal meiner Mutter und die Belange des Dorfes nicht interessieren?« Sie baute sich vor dem Tischler auf.

»Sieht ganz danach aus.« Der wich keinen Millimeter zurück.

»Ganz ruhig«, mahnte Ruben. »Niemandem ist geholfen, wenn wir aufeinander losgehen. Wir Sünnumer müssen zusammenhalten.«

»Du bist keiner von uns.« Alle blickten zu Sören.

»Stimmt doch«, verteidigte sich der Wattführer. »Ruben ist erst seit ein paar Tagen hier und spielt sich auf wie ein

Bürgermeister. Von ihm lasse ich mir bestimmt nichts sagen.«

»Richtig«, pflichtete ihm Hinnerk bei.

»Ruben ist ein feiner Kerl«, ließ sich Renate vernehmen, die auch an diesem Abend in ihrem Rollstuhl hinter der Theke saß und Gläser spülte. »Er hilft uns, wo immer er kann.«

»Da ist was dran«, pflichtete ihr Sepp bei. »Ohne ihn wäre der Kroog längst geschlossen.«

»Wäre vielleicht besser so. Ohne Tüdelbüdel gefällt es mir hier nicht mehr.« Joris blickte gedankenverloren auf den im Regal stehenden Watthumpen.

»Niemand kann Wiebkes Mutter ersetzen.« Ruben stützte sich auf die Theke und sah in die Runde. »Ich versuche nur, den Laden irgendwie am Laufen zu halten, wie das Gesine auch getan hätte. Sollte ich im Dorf allerdings unerwünscht sein, werde ich sofort verschwinden.«

»So war das nicht gemeint. Wir sind froh, dass du hier bist. Ist doch so, oder?« Monika Nansen, die neben dem Ehepaar Dekker an einem Stehtisch stand, ließ ihren Blick durch den Kroog schweifen, wobei sie jeden einzelnen Sünnumer ansah.

Einige murmelten etwas Unverständliches, aber niemand bezog klar Stellung gegen Ruben.

»Schön, dass wir das geklärt hätten. Da wir gegen die Touristen rechtlich kaum vorgehen können, sollten wir sie mit ihren eigenen Waffen schlagen«, setzte Wiebke an.

»Wie meinst du das denn?« Joris nahm seine Seemannsmütze ab und fuhr sich mit der Hand über die kurzgeschorenen weißen Haare.

»Indem wir jeden ihre Schritte filmen. Wenn sie sich beobachtet fühlen, benehmen sie sich hoffentlich nicht mehr wie Wikinger auf einem Raubzug. Zudem gehe ich davon aus, dass im Laufe der Zeit immer weniger Menschen kommen werden. Das Internet ist so schnelllebig, dass sich bald niemand mehr für Sünnum interessieren wird.«

»Da wäre ich mir keinesfalls sicher. Im Netz tauchen ständig neue Gerüchte und Verleumdungen auf«, grummelte der alte Kapitän und fragte dann: »Habt ihr schon eine Spur von Tüdelbüdel?«

»Zu laufenden Ermittlungen darf ich keine Auskunft geben. Darüber hinaus wurde ich von dem Fall abgezogen.«

»Jetzt reicht es mir aber mit deinen Ausflüchten. Es geht hier schließlich um deine Mutter. Wenn jemand von uns untergetaucht wäre, würde sie Himmel und Hölle in Bewegung setzen, um uns zu helfen. Statt nach ihr zu suchen, versteckst du dich hinter deinen Paragraphen! Was für eine Tochter bist du eigentlich?« Joris knallte sein Glas so fest auf den Tresen, dass es zerbrach.

»Ich kann doch nicht …«

»Wiebke, er hat recht.« Ruben sammelte die Scherben ein und warf sie in den Mülleimer. Dann wischte er mit einem Lappen über die Theke und reichte Joris ein frisch gezapftes Bier mit den Worten: »Wenn du das auch zerdepperst, serviere ich dir das nächste Tüdelbräu in einer Schnabeltasse.«

Hinnerk prustete das Bier, das er gerade im Mund hatte, quer über die Theke. Tammo, Sepp und Sören stimmten in das Lachen ein und kurz darauf sah man im Kroog nur grinsende Gesichter. Wenige Augenblicke später war die unbeschwerte Heiterkeit allerdings so abrupt vorbei, als hätte jemand einen Stecker gezogen und die Sünnumer sahen sich verstohlen an, als wären sie bei etwas Verbotenem ertappt worden.

»Was habt ihr denn bisher herausgefunden?«, griff Ruben den Gesprächsfaden wieder auf und wischte Hinnerks Bierdusche von der Theke.

»Wir haben keine Ahnung, wo Mama sein könnte. Ich verstehe nicht, warum sie keinen Kontakt zu mir aufnimmt.«

»Was würdest du denn dann machen?« Joris musterte Wiebke aus zusammengekniffenen Augen.

»Ihr helfen, was sonst?«

»Als Tochter oder als Polizistin?«

»Natürlich als …« Wiebke verstummte einen Moment und blickte dem alten Kapitän in die Augen. »… Tochter.«

»Glaubst du an ihre Unschuld?« Joris hielt ihrem Blick stand.

»Auf dem Foto ist deutlich zu erkennen …«

»Wir alle kennen das Bild. Ich möchte wissen, ob du deine Mutter für eine Mörderin hältst.« Er ließ nicht locker.

»Nein!«, schrie sie ihm entgegen. »War das deutlich genug?«

»Jo.«

»Gesine könnte sich aus einem anderen Grund nicht melden. Ihr wisst, was ich meine.« Tammo Friese senkte den Kopf.

»Tüdelbüdel lebt. Das weiß ich ganz genau.« Joris Stimme donnerte durch die Kneipe.

»Ihr Tod wäre ein riesiger Verlust für uns alle, aber wir müssen mit dem Schlimmsten rechnen.« Monika sah ebenfalls betreten zu Boden.

»Was seid ihr nur für Spökenkieker!«, schimpfte der ehemalige Kapitän.

»Habt ihr den Fotografen schon ermittelt?«, wechselte Ruben das Thema.

Wiebke, die nach Joris' Wutausbruch kreidebleich geworden war und sich gegen die Wand gelehnt hatte, schüttelte den Kopf. »Wenn er seine Spuren im Internet verwischt oder das Bild von einem Hotspot aus hochgeladen hat, werden wir ihm nur schwer auf die Schliche kommen.«

»Das habe ich mir gedacht«, antwortete der Barkeeper grimmig. »Hat die Polizei schon … was ist denn mit dir los?«

»Ich kann nicht mehr.« Wiebke wischte sich Tränen aus den Augen, die sie nicht mehr zurückhalten konnte. »Mama … ich würde alles für sie tun. Aber ich habe keine Ahnung, wo sie ist. Vielleicht ist sie längst tot und wir werden sie niemals finden. Diese Ungewissheit, die frisst mich von innen auf wie ein verdammter Parasit.« Ein Schluchzer ließ ihren Körper erbeben.

Ruben eilte hinter der Theke hervor und nahm sie in den Arm. In seiner Nähe brachen alle Dämme und Wiebke klammerte sich an ihn wie an einen Rettungsanker. Niemand sagte ein Wort und einige Momente lang war der Kroog erfüllt von ihrem Schluchzen. Dann befreite sie sich aus Rubens Umarmung, stürzte aus der Kneipe und rannte in ihr Zimmer.

Wiebke knallte die Tür hinter sich zu und warf sich bäuchlings auf das Bett, wie sie es als Jugendliche gemacht hatte, wenn ihr jemand das Herz gebrochen oder sie mit einer Freundin gestritten hatte. Ihre Mutter war auch in jener Zeit immer für sie da gewesen, hatte an ihrem Bett gesessen und zugehört, bis die Tränen allen Kummer von ihrer Seele gewaschen hatten. Bisher war es Wiebke nie in den Sinn gekommen, dass Gesine eines Tages einfach verschwinden konnte. Obwohl sie längst eine erwachsene Frau war, fühlte sie sich ohne ihre Mutter so verloren wie ein Kind.

Die Zimmertür öffnete sich mit einem leisen Quietschen.

»Ruben, lass mich allein. Ich will nicht, dass mich jemand so sieht.«

»Tränen sind kein Zeichen von Schwäche.«

»Joris? Was willst du denn hier?« Sie hob den Kopf.

»Wir müssen über deine Mutter sprechen.«

»Nicht jetzt. Bitte geh.«

»Sie braucht deine Hilfe.«

»Was redest du da?« Wiebke griff nach einem auf dem Nachttisch liegenden Papiertaschentuch und putzte sich die Nase.

»Ich bringe dich zu ihr. Tut mir leid, dass ich dich vorhin so hart rangenommen habe, aber ich musste sicher sein, dass du ihr keine Handschellen anlegst.«

»Aber wo … wie …«, stammelte sie überrascht.

»Deine Fragen werde ich dir später beantworten. Wir dürfen jetzt keine Zeit verlieren.«

»Ich sage Ruben kurz Bescheid.«

Wiebke stand auf. Die Angst, ihre Mutter für immer verloren zu haben, war einer unbändigen Freude gewichen.

»Du wirst mit ihm keinesfalls über Tüdelbüdel reden.«

»Warum das denn?«

»Er darf nichts wissen. Zumindest noch nicht. Sag einfach, dass du ins Büro musst. Mir gefallen die Lügen auch nicht, aber anders geht es momentan nicht. Wir treffen uns gleich bei der Bushaltestelle am Ortsausgang.«

Wenige Minuten später stieg Joris zu Wiebke in den Mini und zog die Beifahrertür hinter sich zu.

»Hattest du kein Geld für einen richtigen Wagen? Deine Karre ist so groß wie ein Spielzeugauto.«

»Sabbel nicht und schnall dich an. Wo fahren wir überhaupt hin?« Wiebke blickte Joris, der den Sicherheitsgurt über seinen Bauch zog, fragend an.

»Nach Norddeich. Deine Mutter ist auf einem Segelboot, das Hauke Peters gehört.«

»Er kennt ihr Versteck?« Wiebke fuhr an.

»Jo.«

»Weiß sonst noch jemand davon?«

»Nein, und das soll auch so bleiben, bis wir ihre Unschuld beweisen können.«

»Warum hat sie sich bisher nicht bei mir gemeldet? Ich bin vor Sorge fast durchgedreht. Meine Mutter hätte zumindest anrufen können.« Die Polizistin beschleunigte den Wagen.

»Dein Telefon hätte abgehört werden können. Aber jetzt kommen wir ohne deine Hilfe nicht weiter.«

»Warum ist Mama von der Bildfläche verschwunden?«

»Weil man sie für eine Mörderin hält.«

»Auf dem Foto ist leider eindeutig zu erkennen, wie sie Neunaber in das Fass drückt.«

»Das ist falsch. Auf der Aufnahme ist nur zu sehen, wie sie sich über ihn beugt. Tüdelbüdel hat Neunaber aus dem Fass herausgezogen, nicht hineingedrückt.«

»Wie will sie das beweisen?« Wiebke bremste den Mini vor einer Kurve ab und fragte dann: »Warum war Mama um diese Zeit überhaupt im Hof?«

»Deine Mutter hat in aller Herrgottsfrühe einen Anruf

bekommen. Als sie das Gespräch entgegennahm, hörte sie nur Atemgeräusche, dann war die Leitung tot. Wenige Augenblicke später hörte sie einen Schrei aus dem Innenhof. Daraufhin hat sie das Fenster aufgerissen und jemanden im Bierfass hängen sehen. Weil die Person auf ihr Rufen nicht reagierte, ist deine Mutter nach unten gerannt und hat den Mann aus dem Fass gezogen. Während sie ihn vorsichtig auf den Boden legte, hörte sie Schritte und sah eine dunkle Gestalt weglaufen. Sie hat den Unbekannten nicht verfolgt, weil sie Neunaber mit Erste-Hilfe-Maßnahmen retten wollte, leider vergeblich.«

»Ihr Schlafzimmerfenster ist das einzige, das zum Innenhof rausgeht. Daher wird außer ihr niemand den Schrei gehört haben«, überlegte Wiebke und fragte dann: »Warum hat Mama keinen Notruf gewählt?«

»Ein Arzt hätte Neunaber nicht mehr helfen können.«

»Sie hätte mich sofort wecken müssen.«

»Damit du sie verhaftest? Tüdelbüdel hatte Neunaber doch wenige Stunden zuvor am Strand geschubst und ihn danach beschuldigt, sie im Keller angegriffen zu haben. Die Polizei hätte den Mord für einen Racheakt gehalten.«

»Da ist was dran«, gab Wiebke zu.

»Deine Mutter war nach Neunabers Tod vollkommen durch den Wind und ist zu mir gekommen, weil sie nicht wusste, was sie machen sollte. Ich habe ihr geraten, mit dir zu reden, aber dann tauchte das Foto im Internet auf.«

»Der Unbekannte hat Mama also fotografiert, anstatt ihr zu helfen.«

»Nicht nur das. Er hat ihr …«

»… eine Falle gestellt.« Wiebke starrte nach dieser Erkenntnis wie paralysiert auf die Straße, die wie ein dunkles

Band unter den Rädern ihres Wagens verschwand, bevor sie fortfuhr: »Das Telefonat diente nur dazu, meine Mutter aus dem Bett zu klingeln und um eine direkte Verbindung zu Neunaber herzustellen, denn der Anruf kam von seinem Handy.«

»Das sehe ich auch so. Die Gestalt, die deine Mutter gesehen hat, wird der Mörder sein.«

»Dieser Mistkerl hat Neunaber nach ihrem Verschwinden sogar wieder ins Fass gehängt, damit ihn jemand in dieser Position findet und die Polizei alarmiert.« Wiebke schlug mit der flachen Hand auf das Lenkrad ein.

»Verstehst du jetzt, warum deine Mutter untergetaucht ist?«

»Ja, denn kein Richter hätte ihr die Geschichte abgekauft. Wir müssen den Fotografen unbedingt finden.«

»Wenn wir von der Möglichkeit absehen, dass Neunaber sich freiwillig in einem Fass voller Tüdelbräu ertränkt hat, wird der Fotograf auch der Täter sein. In den letzten Tagen haben wir versucht, den Verbrecher auf eigene Faust zu finden, aber das ist mit unseren beschränkten Mitteln unmöglich. Auch wenn sich deine Mutter gerne für Miss Marple hält, können wir diesen Fall nicht im Alleingang lösen.«

»Ihr hättet mich trotzdem von Anfang an in eure Ermittlungen einbeziehen müssen.« Wiebke sah in den Rückspiegel. »Hinter uns ist jemand.«

»Na und? Das ist eine öffentliche Straße.«

»Bist du sicher, dass wir nicht beschattet werden?« Sie warf einen erneuten Blick in den Rückspiegel.

»Bleib ruhig. Als Geheimagentin würdest du nach wenigen Stunden einen Nervenzusammenbruch erleiden.«

»Ich bin nur vorsichtig, das ist alles.«

»Siehst du, der Wagen überholt uns schon.« Joris deutete auf einen Sportwagen, der an ihnen vorbeirauschte.

»Der Wagen ist viel zu schnell unterwegs.«

»Nee, du bist zu langsam.«

»Hier sind nur achtzig Stundenkilometer erlaubt. Ich möchte keinesfalls in einer Radarfalle landen.«

»Besser ist das.«

Joris sah aus dem Seitenfenster auf die Weiden und Äcker, die sich bis zum Horizont erstreckten. Kühe standen auf den Wiesen und grasten. Die Abenddämmerung hatte jede Farbe aus der Landschaft gewischt und sie in ein Schattenspiel voller Grautöne verwandelt. Die Äste der am Straßenrand stehenden Bäume wirkten wie knochige Klauen.

Nach einem Moment des Schweigens nahm Joris das Gespräch wieder auf: »Trotz aller Nachforschungen haben wir noch immer keine Spur. Theoretisch könnte jeder Besucher der Mörder sein.«

»Was ist mit Hinnerk? Könnte er Neunaber in einem Wutanfall getötet haben?«

»Bestimmt nicht. Selbst wenn er in seiner Unbeherrschtheit zu weit gegangen wäre, hätte er deine Mutter sicherlich nicht fotografiert und das Bild im Internet hochgeladen.«

»Stimmt.« Wiebke nickte gedankenverloren.

»Sei jetzt bitte nicht sauer, aber wir haben auch Ruben genauer unter die Lupe genommen. Schließlich begann der ganze Ärger nach seiner Ankunft in Sünnum.«

»Das ist nicht richtig, denn den ersten Streit mit Neunaber hatte meine Mutter auf dem Festival. Wir hätten sie niemals dort anmelden dürfen. Mit dem Gewinn des Watt-

humpens haben wir den Niedergang unseres Dorfes ein-
geläutet.«

»Warum müsst ihr Frauen immer gleich so melodramatisch sein?« Joris verzog das Gesicht, als hätte er in eine
bitter schmeckende Praline gebissen.

»Was habt ihr denn über Ruben herausgefunden?«
Wiebke versuchte diese Frage so beiläufig wie möglich zu
stellen, obwohl das bei ihren Gefühlen unmöglich war. Die
anfänglichen Rufe des Zweifels waren inzwischen zu flüs-
ternden Stimmen geworden, schließlich hatte er sich mit
aller Kraft für den Kroog und das Dorf eingesetzt. Zudem
hatte sie sich ernsthaft in ihn verliebt. Dabei brauchte sie
statt Schmetterlingen im Bauch einen kühlen Kopf.

»Nichts, was mit dem Mord in Verbindung stehen
könnte. Wir haben uns die Website seiner Norderneyer
Bar angesehen und die sozialen Netzwerke durchforstet.
Den Fotos und Kommentaren nach scheint er ein echter
Frauenheld zu sein, das ist dir hoffentlich klar.«

»Ruben hat viele Jahre lang nichts anbrennen lassen. Unsere Beziehung war bisher auch recht offen. Aber jetzt ist
es … kompliziert.«

»Kapier ich nicht.«

Wiebke lachte freudlos auf. »Kannst du auch nicht. Das
ist eher so ein Frauending.«

»Du musst da vorne abbiegen.« Joris, der anscheinend
keine Lust hatte, über Wiebkes Gefühlsleben zu reden,
deutete auf einen Wegweiser.

Nach einer halbstündigen Fahrt stellte Wiebke den Mini
in der Nähe des Yachthafens ab und folgte Joris, der ziel-
strebig über die Stege lief. Die Boote, an denen sie vorbei-
gingen, dümpelten träge im Wasser, das glucksend gegen

die Rümpfe schwappte. Auf einer Yacht saßen vier Männer in der Plicht, die so in ihr Kartenspiel versunken waren, dass sie ihnen keine Beachtung schenkten.

Mit seiner Seemannsmütze und dem weißen Bart wirkte Joris schließlich wie ein Skipper, der auf dem Meer zuhause war. Vor einem Segelschiff blieb er stehen. *Granat* stand in verschlungenen Buchstaben auf dem Rumpf.

»Wir sind da.«

Er stieg über die Reling und reichte Wiebke die Hand. Wenige Augenblicke später klopfte er dreimal an eine Tür, durch die man unter Deck gelangte. Diese wurde einige Sekunden danach geöffnet.

»Kommt rein. Schnell.« Tüdelbüdel winkte sie zu sich.

Wiebke erschrak bei ihrem Anblick, denn die letzten Tage hatten tiefe Sorgenfalten in das Gesicht ihrer Mutter gegraben. Die Haare hingen strähnig herab, die Lippen waren zwei blutleere Striche. Wiebke stieg die steilen Stufen unter Deck. Sie hatte gerade wieder festen Boden unter den Füßen, als Gesine sie in den Arm nahm.

»Es ist so schön, dich zu sehen. Bitte verzeih, dass ich einfach verschwunden bin.«

»Ich hatte solche Angst um dich.« Sie drückte ihre Mutter fest an sich.

»Es ging nicht anders.« Die Friesenbrauerin strich ihrer Tochter zärtlich über die Wange. Ihre Augen schimmerten feucht und auch bei Wiebke rollten die Tränen.

»Hört diese elende Heulerei nie auf?« Joris quetschte sich an einem Tisch vorbei auf eine schmale Bank.

»Hast du denn keine Gefühle?«

»Tüdelbüdel, die habe ich tatsächlich. Momentan fühle ich mich ziemlich unterhopft.«

Die Friesenbrauerin nahm eine Flasche aus einem kleinen Kühlschrank und reichte sie dem alten Kapitän. »Das ist mein letztes Tüdelbräu.«

Gesine ließ sich neben Joris auf der Bank nieder und auch Wiebke setzte sich.

»Mama, du bist die Hauptverdächtige in einem Mordfall. Ist dir eigentlich klar, dass ich dich umgehend festnehmen müsste?«

Gesine drehte sich zu ihrer Tochter um und streckte ihr die Arme entgegen. »Wenn du mir Handschellen anlegen willst, werde ich dich nicht daran hindern.«

»Ich will dich keinesfalls verhaften, sondern den wahren Mörder finden. Kennst du jemanden, der dir eine so grauenvolle Tat anhängen würde?«

»Joris und ich haben uns in den letzten Tagen über diese Frage den Kopf zerbrochen, aber wir haben keine Ahnung, wer mir den Mord in die Schuhe schieben will.«

»Jo.« Joris ploppte den Bügelverschluss auf und nickte bestätigend.

»Hast du den Akku aus deinem Handy genommen, damit du nicht geortet werden kannst?«

»Kindchen, ich habe genug Krimis gesehen. Keine Sorge, über mein Mobiltelefon wird mich niemand finden. Das Internet bekommen wir über einen USB-Stick, den Joris besorgt hat.«

»Das ist gut. Habt ihr schon nach einem Motiv des Mörders gesucht?«

»Woher soll ich denn wissen, aus welchem Grund jemand Neunaber aus dem Weg räumen wollte?«

»Zur Beantwortung dieser Frage müssen wir so viel wie möglich über ihn erfahren. Hatte er eine Geliebte? Schuldete er jemandem Geld? Gibt es uneheliche Kinder? Fühlte sich ein Konkurrent über den Tisch gezogen? Musste er …«

»Wiebke, stopp!« Tüdelbüdel hob beide Hände, als wollte sie ein Auto anhalten. »Die Antworten auf diese Fragen werden wir sicherlich nicht im Internet finden, sondern nur in seinem privaten oder geschäftlichen Umfeld.«

»Richtig. Deshalb müssen wir … warum seht ihr mich so komisch an?«

»Ich darf mich nirgendwo sehen lassen und Joris kann seine Nase nicht in Neunabers Angelegenheiten stecken, ohne aufzufallen. Du könntest im Rahmen laufender Ermittlungen allerdings Erkundigungen einziehen, schließlich bist du Polizistin.«

»Mama, ich darf an deinem Fall nicht mitarbeiten. Allein für dieses Treffen könnte ich meinen Job verlieren.«

»Willst du, dass deine Mutter ihre Freiheit verliert?«

»Natürlich nicht«, entgegnete Wiebke entrüstet und fragte dann in ruhigerem Ton: »Was habt ihr bisher rausgefunden?«

Die Friesenbrauerin griff nach dem auf dem Tisch liegenden Laptop und klappte ihn auf.

»Wir haben das ganze Internet nach Neunaber durchforstet. Den Informationen nach scheint er ein gewiefter Geschäftsmann zu sein, der den Dünenhopfen in den letzten Jahren zur größten Brauerei in der Küstenregion aufgebaut hat.«

»Will er außer deinem Tüdelbräu noch andere Brauereien übernehmen? Plant er eine Erweiterung der Geschäftsfelder? Zieht er seine Geschäftspartner über den Tisch?«

»Nicht so schnell. Sieh mal, was ich alles gefunden habe.«

Tüdelbüdel öffnete einen Dateiordner mit dem Namen *Dünenhopfen* und klickte auf einen Bericht.

Wiebke drehte den Laptop zu sich und überflog den Text. In den wenigen Zeilen ging es um einen Wirt, der Ärger mit Neunaber hatte, weil er in seiner Kneipe keinen Dünenhopfen ausschenken wollte.

»Neunaber könnte seine Abnehmer unter Druck setzen. Habt ihr weitere Informationen dazu gefunden?«

»Leider nicht.«

»Wenn er systematisch gegen die Gastronomen vorgegangen wäre, hättest du sicherlich mehrere Berichte entdeckt. Zudem ist dieser Artikel über drei Jahre alt. Hat Neunaber Konkurrenten aus dem Markt gedrängt?«

»In der Presse und den Onlineforen der sozialen Netzwerke ist erstaunlich wenig über die Brauerei zu finden. Das Ergebnis meiner Recherche ist in diesem Ordner gespeichert.«

Wiebke öffnete die von ihrer Mutter gesammelten Dateien, konnte in den Texten und Bildern aber kein gemeinsames Muster erkennen. Bei dem letzten Bericht stutzte sie, denn in dem nur wenige Zeilen umfassenden Artikel warf Jens Pankok, Inhaber einer Gaststätte in Bensersiel, Neunaber vor, ihn in die Pleite getrieben zu haben, was dieser allerdings abstritt.

Mit dem Vorsatz, sich in Bensersiel umzuhören, notierte Wiebke sich den Namen des Gastronomen. Sie würde dem Verdacht, dass er Neunaber aus Rache umgebracht haben könnte, umgehend nachgehen. Zunächst musste sie aber so viele Informationen wie möglich sammeln.

»Erbt seine Frau die Firma?«

»Keine Ahnung.« Gesine zuckte mit den Schultern.

»Mama, das wäre ein Motiv. Hast du auch etwas zu Sabine Neunaber rausgefunden? Soweit mir bekannt ist, hat sie die Geschäftsleitung der Brauerei nach dem Tod ihres Mannes übernommen.«

»Nein, bisher habe ich mich nur auf ihn konzentriert.«

»Könnte der Mörder auch eine Frau sein?«

»Kindchen, ich habe die Gestalt eher wie einen verzerrten Schatten wahrgenommen und kein Gesicht gesehen. Wäre aber möglich.«

»Ich werde Prepaidhandys besorgen, damit wir gefahrlos telefonieren können. In der Zeit sucht ihr nach Informationen zu Sabine Neunaber. Morgen Abend treffen wir uns wieder hier und tragen unsere Ergebnisse zusammen.«

Joris sah von Wiebke zu ihrer Mutter. »Na toll, jetzt habe ich zwei Frauen, die mich rumkommandieren.«

»Mein Seebär, dann kommst du zumindest nicht auf dumme Gedanken.« Die Friesenbrauerin strich ihm über die Wange.

»Wir sollten wieder fahren. Ich möchte verhindern, dass Ruben sich Sorgen macht und im Polizeikommissariat anruft. Ich werde ihn übrigens so bald wie möglich einweihen. Wenn wir eine ernsthafte Beziehung aufbauen wollen, müssen wir einander vertrauen.«

»Ist er der Richtige?« Gesine wandte sich ihrer Tochter zu.

»Ich denke schon.«

»Du *denkst*? Was sagt dein Herz?«

»Die Frage ist voll kitschig.« Wiebke stand auf.

»Das ist ein Sonnenuntergang auch. Trotzdem ist er wunderschön.«

»Da ist was dran. Momentan gibt es aber Wichtigeres als mein Gefühlsleben. Pass auf dich auf.«

Sie verabschiedete sich von ihrer Mutter und fuhr mit Joris zurück nach Sünnum. Mit dem Versprechen, sich so schnell wie möglich bei ihm zu melden, ließ sie den alten Kapitän an der Bushaltestelle am Ortseingang aussteigen und fuhr zum Kroog. Zu dieser späten Stunde waren nur noch wenige Leute im Dorf unterwegs.

Wiebke stieg aus und schlich in ihr Zimmer. Die Begegnung mit ihrer Mutter hatte sie derart aufgewühlt, dass Ruben die Lüge, nach der sie im Büro gewesen war, schnell durchschauen würde. Um ihm keine Fragen beantworten zu müssen, zog sie sich rasch aus und schlüpfte unter die Decke.

LAGERKOLLER

Die Friesenbrauerin verschloss die Tür hinter Wiebke und Joris und stakste wie ferngesteuert die Stufen hinunter. Unter Deck blieb sie stehen – als wäre sie ein Spielzeug, dessen Akku urplötzlich schlappgemacht hatte.

In ihrem Kopf wirbelten unzählige Gedanken umher, die wie ein Tornado um ein Zentrum kreisten.

Neunaber.

Er war der Ursprung des Sturms, der nicht nur ihr Leben, sondern auch Sünnum kräftig durcheinandergewirbelt hatte. Wenn Gesine nicht in dem Unwetter verweht werden wollte, musste sie sich dringend etwas einfallen lassen.

Die Friesenbrauerin drehte sich einmal um die eigene Achse, als gäbe es etwas Interessantes zu sehen, aber da waren nur der Tisch mit der Bank, die kleine Kombüse und das schmale Bett, auf dem sie nächtigte. Inzwischen hatte sich das Interieur so fest in ihr Gedächtnis gebrannt, dass ihr die locker sitzende Schraube am Griff einer Schublade sofort auffiel. Sie kannte auch jede Schramme in den hölzernen Planken, die den Boden bedeckten, und die drei rötlichen Flecken auf der Arbeitsplatte der Kombüse, die sie trotz intensivem Schrubben nicht mehr beseitigen konnte.

Das Innere des Segelboots war ihr inzwischen so vertraut wie der Kroog.

Bei dem Gedanken an das Leben in Sünnum traten ihr die Tränen in die Augen. Gesine wischte sie mit dem Handrücken weg und schimpfte sich eine Heulsuse.

Obwohl sie erst wenige Tage auf dem Schiff war, kam ihr die Zeit wie eine Ewigkeit vor. Die Aussicht, mehrere Wochen in ihrem Versteck bleiben zu müssen oder sogar wegen Mordes eine lebenslange Haft zu verbüßen, war schlimmer als jeder körperliche Schmerz, denn der würde irgendwann vergehen. Die Sehnsucht nach der Freiheit war eine seelische Qual, die kaum zu ertragen war.

Unter Deck konnte sie nur von einer Bordwand zur anderen schauen. Gestern Nacht hatte sie sich heimlich nach oben geschlichen, obwohl sie Joris versprochen hatte, sich draußen nicht sehen zu lassen. Aber das Verlangen nach einer frischen Brise war so groß gewesen, dass Gesine nicht widerstehen konnte.

Ihr fehlte der Blick auf den Horizont, der Wind, der mit ihren Haaren spielte, und das Salz, das sie sich in ihrem Dorf immer wieder von den Lippen leckte. Sie vermisste die Gischt der Nordseewellen, die sich bei einem Strandspaziergang wie ein kühles Tuch auf die Haut legte, und den Sand unter ihren Füßen.

Am meisten aber fehlten ihr die Menschen, die mit ihr in Sünnum lebten und die für sie keine Fremden, sondern Freunde waren. Sie sehnte sich nach einem Klönschnack im Kroog und nach dem Gelächter, das wie akustische Seifenblasen glücklicher Momente durch den Raum schwebte. Joris vermisste sie trotz seiner gelegentlichen Besuche auch.

Ganz besonders sogar.

In Tüdelbüdels Augen war Sünnum eine friedliche Oase in einer Welt, die sich immer schneller zu drehen schien.

Nun war auch ihr Dorf in den Strudel einer digitalen Zeit geraten, in der niemand mehr zwischen Fiktion und

Realität unterscheiden konnte und es mehrere Wahrheiten zu geben schien.

Würde sie Sünnum nach ihrer Rückkehr überhaupt noch wiedererkennen? Der Gedanke, dass das Dorf, in dem sie von Kindesbeinen an gelebt hatte, bis dahin von Menschenmassen niedergetrampelt und bis zur Unkenntlichkeit verändert worden war, ließ sie innerlich zu Eis erstarren.

Die Videos und Bilder, die sie sich im Internet nach ihrer Flucht angesehen hatte, waren so grauenvoll, dass Gesine diese kaum ertragen konnte. Sie musste unbedingt etwas gegen den unausweichlichen Niedergang Sünnums unternehmen, aber das war in ihrer momentanen Situation unmöglich, schließlich war sie eine gesuchte Mörderin.

Mörderin. Mörderin. Mörderin.

Das Wort hallte in ihrem Kopf nach wie ein Echo aus der Hölle.

»Nein!«

Die Friesenbrauerin schrie das Wort in die Stille des Schiffes, als könnte sie ihm auf diese Weise mehr Bedeutung verleihen. Dann löste sie sich aus ihrer Erstarrung, setzte sich an den Tisch und griff nach dem Laptop. Wer auch immer sie mit dem Foto in die Pfanne hauen wollte, würde sich noch wundern, denn niemand legte sich ungestraft mit der Friesenbrauerin an.

SUPERBULLE

Wiebke fuhr nach einer weiteren schlaflosen Nacht zum Polizeikommissariat Norden. Auf dem Weg dorthin kaufte sie an einer Tankstelle drei Prepaidkarten, zu denen sie sich im Laufe des Tages noch günstige Mobiltelefone besorgen wollte. Dass sie sich dabei ausweisen musste, war ärgerlich, aber unvermeidbar. Wiebke hoffte, dass bis zur Aufklärung des Falls kein Kollege eine Anfrage bei den Mobilfunkanbietern stellte. In der Eingangstür kam ihr ein aufgeregter Patrick entgegen.

»Ich muss sofort los.«

»Was ist denn passiert?«

»Vorhin kam ein Anruf rein. Deine Mutter wurde gesehen.«

Wiebkes Herz legte einen Sprint ein und hämmerte wild gegen ihre Rippen. Ihr Mund war plötzlich staubtrocken, als hätte sie ihn mit Sand ausgerieben.

»Wo soll sie denn sein?«

Der Versuch, ihre Stimme so lässig wie möglich klingen zu lassen, scheiterte kläglich. Glücklicherweise schien Patrick ihre Aufregung nicht zu bemerken.

»Am Hafen in Norddeich.«

Die Beine drohten unter ihr nachzugeben.

»Willst du etwa alleine fahren?«

»Was soll ich denn machen? Gesner ist beim Zahnarzt und wird frühestens in einer halben Stunde hier sein.«

»Ich komme mit.« Wiebke riss sich zusammen und folgte

ihrem Kollegen zum Parkplatz. Sie musste Patrick irgendwie ablenken und ihre Mutter warnen, auch wenn sie keine Ahnung hatte, wie sie das anstellen sollte.

»Das ist keine gute Idee, schließlich hast du mit dem Fall nichts mehr zu tun.« Er öffnete die Fahrertür.

»Ich will doch nur helfen.« Sie ließ sich nicht irritieren und stieg auf der Beifahrerseite ein.

»Wenn Gesner davon erfährt …«

»Ich werde ihm nichts erzählen«, unterbrach ihn Wiebke und schnallte sich an. Dann fragte sie wie beiläufig: »Hast du eigentlich was mit Insa?«

Patrick setzte sich auf den Fahrersitz.

»Ich wüsste nicht, was dich das angeht.«

»Ich frage mich nur, ob du in Sünnum noch willkommen bist, nachdem du die Friesenbrauerin im Alleingang festgenommen hast. Wenn ich dabei bin, kann ich den Dorfbewohnern zumindest erklären, dass du keine andere Wahl hattest.«

»Ich mache nur meinen Job«, rechtfertigte sich Patrick und legte den Sicherheitsgurt an.

»Ich denke nicht, dass sich die Sünnumer damit zufriedengeben werden. Sollten dich Hinnerk und die anderen also bei Ebbe im Watt eingraben, weil meine Mutter im Gefängnis kein Tüdelbräu brauen kann und der Kroog schließen muss, werde ich dir leider nicht helfen können.«

»Woher weißt du denn, dass deine Mutter unschuldig ist?«

»Mama bringt niemanden um. So einfach ist das.«

»Darüber wird ein Gericht entscheiden. Raus jetzt.«

»Nein.«

»Verdammt, warum musst du immer so stur sein?«

»Ich bin nun einmal ein echtes Küstenkind.« Wiebke zuckte mit den Schultern, als sei damit alles gesagt. Ihre zur Schau getragene Lässigkeit war allerdings nur eine hauchdünne Fassade, hinter der ein Gedankensturm tobte, denn sie musste die Verhaftung ihrer Mutter mit allen Mitteln verhindern.

»Wir haben jetzt keine Zeit für Diskussionen. Mach bei der Festnahme keinen Scheiß, hörst du?«

Patrick zog die Tür zu, fuhr vom Parkplatz und fädelte sich in den laufenden Verkehr ein. Während der Fahrt überlegte Wiebke fieberhaft, wie sie ihre Mutter warnen konnte. Da die Friesenbrauerin ihr Handy ausgeschaltet hatte, konnte sie sie telefonisch nicht erreichen. Ein Anruf bei Joris würde wenig nutzen, da der alte Kapitän nicht mehr rechtzeitig am Schiff eintreffen würde.

Sie musste sich also etwas einfallen lassen.

Sofort.

»Mir ist schlecht.« Die Polizistin verzog das Gesicht und legte die linke Hand auf ihren Bauch.

»Ich kann jetzt nicht anhalten.«

»Soll ich etwa den Wagen vollkotzen?«

»Das darf doch nicht wahr sein.«

Patrick bog von der Straße in einen unbefestigten Feldweg zwischen zwei Maisfeldern ein.

Wiebke öffnete die Tür, stieg aus und hastete in ein Feld. Vielleicht konnte Hauke als Besitzer des Segelboots helfen. Sie zückte ihr Smartphone und wählte seine Nummer, die sie im Kurzwahlverzeichnis eingespeichert hatte. Aber niemand nahm das Gespräch entgegen. Als sie es ein weiteres Mal versuchte, tauchte Patrick plötzlich neben ihr auf.

»Geht es dir besser?«

Wiebke ließ das Handy unbemerkt verschwinden. »War nicht so schlimm, wie ich anfangs dachte.«

»Schlägt dir die Verhaftung deiner Mutter auf den Magen oder bist du schwanger?

»Weder noch.« Sie trottete mit Patrick im Schlepptau zum Wagen zurück.

»Wenn wir vor dem Auslaufen der Fähre im Hafen sein wollen, müssen wir einen Zahn zulegen.«

»Fähre?« Wiebke betonte das Wort wie ein Quizmaster bei der Ziehung des Hauptgewinns.

»Deine Mutter ist beim Kartenkauf am Schalter gesehen worden. Anscheinend will sie sich nach Juist absetzen.«

Die Polizistin war so erleichtert, dass sie laut auflachte. Nach dem gestrigen Abend hatte sie nicht an die Fähren gedacht, die von Norddeich aus nach Norderney und Juist fuhren. Da ihre Mutter sicherlich keinen Ausflug auf eine der Inseln machen würde, musste es sich bei der Gesichteten um eine andere Person handeln.

»Was ist daran denn so witzig?«, blaffte Patrick sie an.

»Ich kenne Verdächtige, die sich nach Südamerika absetzen, aber nicht nach Juist. Soll sich meine Mutter dort in den Dünen verstecken oder mit den Seehunden kuscheln?«

»Woher soll ich das denn wissen?«

»Schon gut«, lenkte Wiebke ein, die keinesfalls mit Patrick streiten wollte. Wenige Minuten später stellte er den Wagen vor dem Gebäude der Reederei ab. Die Polizisten sprangen aus dem Fahrzeug und liefen zum Anleger, an dem die Fähre nach Juist bereits wartete.

Ein beleibter Mann, der einen Dackel an der Leine führte, bewegte sich humpelnd auf die Beamten zu.

»Sind Sie Herr Rebmann?«, fragte Patrick.

»Der bin ich. Gut, dass Sie nach meinem Anruf so schnell gekommen sind. Die Mörderin ist da drüben.« Er zeigte auf eine ältere Dame in einem geblümten Kleid, die etwas abseits der anderen Passagiere stand. Auf dem Kopf trug sie einen wagenradgroßen Strohhut.

»Ich habe sie die ganze Zeit über beobachtet. Sie hat sich nicht von der Stelle gerührt.«

Patrick deutete mit Zeige- und Mittelfinger auf seine Augen und dann auf die Verdächtige. Wiebke seufzte leise. Ihr Kollege hatte eindeutig zu viele Actionfilme gesehen.

Sie nickte ihm zu und die Polizisten näherten sich der Frau von beiden Seiten, um ihr den Fluchtweg abzuschneiden. Die vermeintliche Tüdelbüdel drehte sich urplötzlich zu Patrick um, als hätte sie den Ordnungshüter bemerkt.

»Hände hinter den Kopf«, ordnete er an.

Die Angesprochene reagierte nicht und musterte ihn durch fingerdicke Brillengläser.

»Hände hinter den Kopf, aber zackig«, wiederholte er.

»Lass gut sein. Das ist nicht meine Mutter.« Wiebke, die die Frau inzwischen angesehen hatte, legte ihrem Kollegen die Hand auf die Schulter.

Der musterte die ältere Dame, die eine Armlänge von ihm entfernt stand, aufmerksam.

»Junger Mann, was wollten Sie denn von mir? Sie müssen lauter sprechen, ich bin etwas schwerhörig.«

»Alles in Ordnung. Bitte entschuldigen Sie die Unannehmlichkeiten.« Patrick drehte sich um und eilte zum Streifenwagen zurück. Wiebke folgte ihm und ließ sich wieder auf dem Beifahrersitz nieder.

»So ein Mist.« Er knallte seine Wagentür zu und fuhr mit quietschenden Reifen an.

»Jetzt komm mal wieder runter. Ist doch nicht deine Schuld, dass dir der Dicke eine falsche Information gegeben hat.«

»Ich weiß. Aber ich möchte die Ermittlungen gerne zu Ende bringen.« Er bremste hinter einem Mercedes ab, der im Schneckentempo über die Straße kroch.

»Willst du den Fall etwa im Alleingang lösen?«

»Ist das so abwegig? Bisher standen entweder Gesner oder du im Rampenlicht. Ich bin immer nur der Hilfssheriff, der Personalien aufnimmt, Zeugen befragt und sich um den ganzen Papierkram kümmert. Dabei bin ich keinesfalls der Döösbaddel, für den ihr mich zu halten scheint. Wenn der Chef den Fall an eine andere Dienststelle abgibt, waren meine Recherchen ohnehin umsonst.«

»Was für Recherchen meinst du?«, hakte Wiebke sofort nach.

»Ist jetzt eh egal.« Patrick, der noch immer hinter dem Mercedes herzuckelte, trommelte ungeduldig mit den Fingern auf das Lenkrad.

»Deine bisherige Arbeit ist keinesfalls egal. Lass uns bei den Ermittlungen doch zusammenarbeiten«, schlug Wiebke vor, die sich die Möglichkeit, ihrer Mutter auf diese Weise helfen zu können, keinesfalls entgehen lassen wollte.

»Das ist nicht dein Fall, schon vergessen?« Patrick blinkte, gab Gas und überholte den Mercedes.

»Da ich offiziell nicht ermitteln darf, wirst du nach der Aufklärung von der Presse und im Internet als Superbulle abgefeiert«, appellierte Wiebke an seine Eitelkeit.

»Wenn die Zusammenarbeit mit dir rauskommt, kann ich meine Karriere bei der Polizei vergessen.«

»Solltest du den Fall aufklären, wirst du bestimmt befördert. Zusammen können wir das schaffen. Ich versorge dich mit internen Informationen aus Sünnum und du kümmerst dich um die offiziellen Ermittlungen.«

»Wenn Gesner den Fall an eine andere Dienststelle abgegeben hat, können wir sowieso nichts mehr machen.«

»Vielleicht können wir ihn ja hinhalten. Auf jeden Fall sollten wir die Zeit bis dahin nutzen.«

»Ich weiß nicht. Wenn wir auffliegen …« Er ließ den Satz unbeendet.

»Was bist du nur für eine Bangbüx«, echauffierte sich Wiebke. »Weißt du denn nicht, dass die meisten Kapitalverbrechen nur aufgeklärt werden, weil die Ermittler ihren eigenen Weg gehen und sich nicht an die Spielregeln halten?«

»Woher hast du das denn?«

»Aus einer Studie zur Polizeiarbeit.« Wiebke, die sich die Studie nur ausgedacht hatte, um Patrick für ihr Vorhaben zu ködern, hoffte, dass er ihren Schwindel nicht bemerkte.

»Mit deiner Einstellung wirst du bis zur Rente ein Loser bleiben, der für erfolgreiche Polizisten die Drecksarbeit macht. Denkst du ernsthaft, dass sich eine Frau wie Insa für einen langweiligen Dorfbullen interessiert?«

»Nee, ich … okay.«

»Was ist okay?«

»Ich bin dabei. Schlimmer als bisher kann mein Job ohnehin nicht werden.«

»Super. Wir sind ein tolles Team.« Wiebke atmete erleichtert auf und fragte dann: »Was hast du bei deinen Ermittlungen denn rausgefunden?«

»Bisher habe ich nur allgemein zugängliche Informationen ausgewertet. Ich habe leider keine Hinweise entdeckt, die mit der Tat in Zusammenhang stehen könnten.«

»So weit war ich auch schon.« Die Polizistin konnte ihre Enttäuschung darüber, dass Patrick bei der Recherche nicht weiter war als ihre Mutter, kaum verbergen. »Hast du mal über ein Mordmotiv nachgedacht?«

»Natürlich. Deine Mutter steht mit ihrer Rache ganz oben auf meiner Liste.«

»Ich kenne noch jemanden, der ziemlich sauer auf Neunaber ist.« Wiebke erzählte ihm von dem Gastronomen in Bensersiel.

»Das wusste ich nicht.« Patrick sah sie mit großen Augen an.

»Unabhängig davon sollten wir uns überlegen, wer finanzielle Vorteile von Neunabers Tod hat. Hat das Ehepaar eigentlich Kinder?«

»Warum fragst du?«

»Als Gesner und ich der Witwe die Todesnachricht überbracht haben, ist mir ein älteres Foto aufgefallen. Darauf war ein kleiner Junge zu sehen.«

»Na und?«

»Der Knirps wird inzwischen erwachsen sein. Als Nachkomme wäre er erbberechtigt.«

»Da ist was dran.« Patrick parkte den Wagen vor dem Polizeikommissariat und zog den Schlüssel ab. »Du hörst dich in Bensersiel um. Ich hole Informationen zum Kind ein und kümmere mich um Sabine.«

Sabine?

Wiebke wurde hellhörig. Kannte Patrick die Witwe Neunaber näher, weil er sie bei ihrem Vornamen genannt hatte? War sie etwa seine Geliebte? Hatte ihr Kollege Neunaber umgebracht und ihrer Mutter den Mord in die Schuhe geschoben, um mit dessen Frau ein neues Leben zu beginnen? Obwohl der Gedanke vollkommen absurd war, löschte er alle anderen Überlegungen aus.

»Okay.« Um Patrick nicht zu verunsichern, hakte Wiebke wegen des Namens nicht weiter nach.

Er öffnete die Fahrertür. »Geh du zuerst. Ich warte noch ein paar Minuten, damit Gesner uns nicht zusammen sieht.«

»Ist in Ordnung.« Wiebke stieg aus und schritt gedankenverloren zum Eingang. Wenn Patrick mit der Zusammenarbeit eigene Ziele verfolgte, musste sie auf der Hut sein. Als sie das Büro betrat, blickte Gesner auf.

»Du bist heute aber spät dran.«

»Ich habe geschlafen wie eine Tote.«

»Dann bist du hoffentlich fit. Ich habe dir einen neuen Fall auf deinen Schreibtisch gelegt. Alle wichtigen Informationen findest du in der Akte.«

»Ich sehe mir die Sache an.« Wiebke setzte sich und blätterte in den Unterlagen, in denen es um einen Einbruch in ein Einfamilienhaus in Dornum ging, bei dem der Hausbesitzer verletzt wurde, als er den Täter aufzuhalten versuchte.

Während sie sich Notizen zu dem Fall machte, kam Patrick ins Büro und setzte sich an seinen Schreibtisch, ohne sie eines Blickes zu würdigen.

Eine Stunde später hatte sie alle Informationen gelesen und sich Notizen gemacht.

»Ich bin eine Weile unterwegs.« Sie stand auf.

»Wo willst du denn hin?« Der Kommissar blickte sie verwundert an.

»Nach Dornum. Ich möchte die Nachbarn befragen und mir den Tatort ansehen.«

»Hast du das Protokoll der Spurensicherung denn nicht gelesen?«

»Natürlich, aber ich mache mir lieber ein eigenes Bild. Wenn es länger dauern sollte, fahre ich von dort aus direkt nach Hause. Bis dann.« Wiebke eilte aus dem Büro, bevor ein sichtlich überraschter Vorgesetzter sie aufhalten konnte.

HEULER

Wiebke fuhr nicht nach Dornum, sondern nach Bensersiel. Sie stellte den Mini am Hafen ab und marschierte zu der Adresse, die sie sich aus dem Internet herausgesucht hatte.

Wenig später stand sie vor einem heruntergekommenen Gebäude, das zwischen den hübschen Ferienhäusern wie ein Schandfleck wirkte. Die Fenster im Erdgeschoss waren mit Brettern vernagelt, die Mauern mit Graffitis beschmiert.

Ein Blechschild, auf dem in verblichenen Buchstaben das Wort *Heuler* stand, hing über der Eingangstür. Unter dem Namen war ein Seehundkopf zu sehen. Wiebke drückte gegen die Tür, die quietschend nach innen aufschwang.

»Hat Jens wieder randaliert?«

Die Polizistin drehte sich zu einer etwa vierzigjährigen Frau um, die hinter ihr auf dem Gehweg stand. In den Händen hielt sie volle Einkaufstaschen, aus denen Lauch und Selleriestangen ragten.

»Randaliert er häufiger?«

»Das müssen Sie doch besser wissen als ich. Schließlich sind Ihre Kollegen öfter hier.«

»Natürlich.« Wiebke durfte sich keine Blöße geben.

»Die Kneipe ist eine Schande für den Ort und Jens ...« Sie senkte die Stimme und flüsterte in verschwörerischem Tonfall: »... sollte längst in psychologischer Behandlung sein. Würde mich nicht wundern, wenn er Neunaber ertränkt hätte wie einen räudigen Hund.«

»Sie trauen ihm einen Mord zu?«

Die dürre Frau lächelte schmallippig. »Nach der Pleite hat er Neunaber mit Tod und Teufel gedroht. Aber ihm konnte nichts nachgewiesen werden.«

»Was ist überhaupt passiert?«

Die Frau stellte die Taschen ab und musterte Wiebke argwöhnisch. »Das wissen Sie nicht? Jeder kennt die Geschichte vom kotzenden Heuler.«

»Ich wurde erst vor wenigen Tagen in meine neue Dienststelle versetzt«, redete sich Wiebke aus der Affäre. »Meine Kollegen hatten noch keine Zeit, mich mit Einzelheiten dieses Falls vertraut zu machen.«

»Ach so.« Die Frau strich sich eine Strähne ihrer lockigen Haare aus dem Gesicht. »Ich will nicht tratschen, aber der Heuler war schon immer eine Spelunke. Vor etwa einem Jahr haben Gäste nach einem Besuch über Übelkeit und Erbrechen geklagt. Nachdem in einer Bierprobe Reste von Reinigungsmitteln gefunden wurden, hat das Gesundheitsamt die Kneipe geschlossen. Nun kennt jedes Kind diese Baracke unter dem Namen *Kotzender Heuler* und …«

»Halt die Klappe, du elende Klöterbüx«, brüllte ein Mann aus einem geöffneten Fenster im ersten Stock. Wiebke sah auf und erkannte auf den ersten Blick nur Haare, die sich bei genauerem Hinsehen als wilde Mähne und langer Bart entpuppten. »Sind Sie Herr Pankok?«

»Wer will das wissen?«

»Die Polizei«, antwortete Wiebke, obwohl das wegen ihrer Uniform eigentlich offensichtlich war. »Ich habe ein paar Fragen an Sie. Kann ich kurz reinkommen?«

»An Ihrer Stelle würde ich ihm nur mit gezogener Waffe gegenübertreten«, flüsterte die Frau, packte ihre Taschen und trippelte von dannen.

»Ich habe nichts gemacht«, rief ihr Pankok zu.

»Das habe ich auch nicht behauptet. Sie könnten mir mit einigen Informationen helfen.«

»Warum sollte ich das tun? Ihr Bullen trampelt doch ohnehin nur auf mir herum.«

»Lassen Sie mich freiwillig rein, oder muss ich mit einem Räumkommando kommen?« Die Polizistin verlor langsam die Geduld. Zudem wurden immer mehr Passanten auf das Geplärre des Inhabers aufmerksam. Da Wiebke offiziell nicht hier sein durfte, wollte sie so wenig wie möglich auffallen.

»Ich komme ja schon.« Der Kopf verschwand und das Fenster wurde geschlossen. Aus dem Inneren des Hauses vernahm sie polternde Schritte und kurz darauf stand Pankok in der Tür.

»Wo sind denn Ihre Kollegen?« Er blickte an ihr vorbei auf den Gehweg.

»Ich bin allein.«

»Seltsam. Normalerweise rücken die Jungs immer mit einer Kompanie an. Kommen Sie rein.«

Wiebke drängte sich an ihm vorbei. Dabei stieg ihr der Geruch von kaltem Schweiß in die Nase. Sie drehte den Kopf zur Seite und schritt in die Mitte des Raums. Dort blieb die Polizistin stehen und sah sich um.

Die rechte Seite wurde von einer Theke eingenommen, vor der fünf verdreckte Barhocker standen. Staubmäuse wuselten lautlos über den Boden. Spinnweben hingen an den Wänden und bewegten sich wie Vorhänge in einem leichten Luftzug, der durch die Tür hereinwehte – die Pankok nun zuknallte und den Schankraum damit in Dunkelheit hüllte. Nur durch die Ritzen der Bretter vor den

Fenstern fiel etwas Licht herein. Staubflocken tanzten darin.

Wiebke erschauderte bei dem Gedanken, wie viele Lebewesen mit mehr als vier Beinen um sie herumhuschten und wie gefährlich der Mann war, den sie jetzt nur noch als Schatten wahrnahm. Urplötzlich flammten drei Glühbirnen auf und tauchten die Kneipe in ein kränklich gelbes Licht.

»Sind nicht mehr viele Gäste hier.« Pankok trampelte mit seinen schweren Schuhen hinter die Theke und griff nach einer dort stehenden Schnapsflasche.

»Wollen Sie auch einen Klaren?«

»Nein danke. Ich bin im Dienst.«

»Dann trinke ich eben allein.« Er öffnete den Verschluss und genehmigte sich einen Schluck direkt aus der Flasche. »Was möchten Sie denn wissen?«

»Ich habe gehört, dass Sie Ärger mit Neunaber hatten.«

»Ärger.« Pankok malmte mit den Kiefern, als würde er die Buchstaben zu Brei zerkauen. »So kann man das auch nennen. Jetzt wollen Sie bestimmt wissen, ob ich den Drecksack ertränkt habe, richtig?«

»Haben Sie ihn umgebracht?« Wiebke stellte sich vor die Theke.

»Nee, aber wenn Sie den Täter finden, würde ich mich gerne persönlich bei ihm bedanken.«

»Was hat Neunaber Ihnen denn angetan?« Obwohl Wiebke sich noch genau an den kurzen Bericht in der Zeitung erinnerte, wollte sie die Geschichte in seinen Worten hören.

»Bei einem Besuch im Heuler verlangte er von mir, dass ich seinen Dünenhopfen in meiner Kneipe ausschenke. Da ich aber ein eigenes Bier am Hahn hatte, habe ich dankend abgelehnt. Wenige Tage später klagten erste Gäste über Unwohlsein. Kurz darauf hat mir das Gesundheitsamt den Laden dichtgemacht, weil in meinem Bier angeblich Reinigungsmittel nachgewiesen wurden. Danach wollte natürlich niemand mehr im Heuler feiern. Ende der Geschichte.« Er trank einen weiteren Schluck Schnaps.

»Gehen Sie davon aus, dass Neunaber ihr Bier verunreinigt hat?«

»Nicht persönlich. Er hatte Leute, die für ihn die Drecksarbeit erledigten. Dabei war der Kerl selbst nur ein dressiertes Schoßhündchen seines Frauchens. Mit seinem geckenhaften Auftreten und der albernen Sonnenbrille hat er mich immer mehr an einen Schlagerfuzzi erinnert als an einen seriösen Geschäftsmann.«

»Demnach hat Sabine Neunaber die Geschäfte der Brauerei schon vor seinem Tod geleitet?« Wiebke war überrascht.

»Sie hat das Unternehmen seit vielen Jahren fest im Griff. Ohne ihre Zustimmung durfte Neunaber nicht mal Klopapier für die Kantinentoilette einkaufen.«

»Woher wissen Sie das alles?«

»Nach meiner Pleite wollte ich rechtlich gegen das Unternehmen vorgehen und habe deshalb nach Informationen gesucht, mit denen ich dem Dünenhopfen schaden konnte. Gefunden habe ich leider nichts. Zudem beschäftigt das Unternehmen eigene Anwälte, die sich wie Bluthunde auf alle Kläger stürzen. Sabine Neunaber ist selbst eine mit allen Wassern gewaschene Juristin, wussten Sie das denn nicht?«

Wiebke schüttelte den Kopf und kam sich wie eine Anfängerin vor. »Haben Sie eine Idee, wer Neunaber getötet haben könnte?«

»Keine Ahnung. Wahrscheinlich ist er seiner Frau zu langweilig geworden.« Pankok lachte bellend.

Sabine.

Sie hörte wieder Patricks Stimme in ihrem Ohr.

»Trauen Sie ihr einen Mord zu?«

»Eine Unternehmerin wie Sabine Neunaber geht für ihren geschäftlichen Erfolg auch über Leichen. Das haben Sie aber nicht von mir.« Pankok hob die Hände, als wollte er sich ergeben.

»Hatten Neunabers eigentlich Kinder?«

»Nicht dass ich wüsste.«

»Danke. Sie haben mir sehr geholfen.«

Wiebke verabschiedete sich, eilte zu ihrem Wagen und fuhr nach Dornum. Nachdem sie sich vor Ort ein Bild des Einbruchs gemacht und mit dem verletzten Hausbesitzer gesprochen hatte, kehrte sie nach Sünnum zurück. Auf dem Weg dorthin kaufte sie in einem Elektronikfachmarkt drei Mobiltelefone. Als sie diese mit Bargeld bezahlte, kam sie sich wie eine Verbrecherin vor, die ihre Spuren verwischen musste.

DÜNENHOPFEN

An diesem Nachmittag war Sünnum wieder voller Menschen, die sich das Mörderdorf ansehen wollten. Wiebke,
die ihren Mini direkt hinter dem Ortsschild geparkt hatte,
drängte zum Kroog, vor dem einige Gäste lauthals nach
Tüdelbräu verlangten.

»Ik schiet di wat mit Dünenhopfen.« Joris stampfte nach
draußen.

»Was ist denn los?« Sie stellte sich ihm in den Weg.

»Ruben schenkt Dünenhopfen im Kroog aus. Dünenhopfen.« Der alte Kapitän betonte jede einzelne Silbe des
Wortes, wobei er immer wieder das Gesicht verzog, als
hätte er fürchterliche Zahnschmerzen. »Kannst du dir das
vorstellen?«

»Das ist nicht so wichtig. Ich muss mit dir sprechen.«

»Nicht so wichtig?«, schrie Joris. »Das ist ein Sakrileg.«

»Schon gut, ich rede mit Ruben.« Wiebke legte ihm beruhigend die Hand auf den Unterarm. »Kann ich gleich
vorbeikommen?«

»Nicht jetzt. Nach Sonnenuntergang an der Bushaltestelle am Ortsausgang«, raunte er ihr zu und trottete zum
Leuchtturm.

Die Polizistin, die diese geheimen Treffpunkte bisher
nur aus Abenteuerromanen und Spionagethrillern kannte,
drängte in die Kneipe. Musik knallte in ohrenbetäubender
Lautstärke aus den Boxen.

Ruben bewegte sich zu den wummernden Bässen mit

der Eleganz eines Tänzers. Dabei riss er immer wieder die Arme hoch und animierte die Leute auf diese Weise zum Tanzen. Eine Rothaarige kletterte unter dem Applaus der Gäste auf die Theke und ließ direkt vor dem Barkeeper die Hüften kreisen. Der grinste wie ein Honigkuchenpferd.

Wiebke kämpfte sich durch die Menge zur Theke.

»Runter, aber sofort.«

»Lass sie doch. Den Leuten gefällt es«, beschwichtigte Ruben, reichte eine Bestellung über den Tresen und stellte ein leeres Glas unter den Zapfhahn.

»Wir sind hier in Sünnum und nicht auf der Reeperbahn«, rief Wiebke gegen den Lärm an, aber der Barkeeper schien sie nicht zu hören. Er konzentrierte sich auf eine dralle Wasserstoffblondine, die auf den ersten Blick wie ein Seehund mit schlechtsitzender Perücke aussah, der sich in ein viel zu kurzes Kleid gezwängt hatte. Unbeholfen und unter dem Gelächter der Anwesenden kletterte diese ebenfalls auf die Theke.

Wiebke ergriff ihren Arm und zog sie herunter.

Dabei verlor die füllige Besucherin das Gleichgewicht und fiel mit einem Aufschrei in die Menge.

»Was soll das denn?« Ruben eilte hinter der Theke hervor und half der Wuchtbrumme auf.

»Ihr Landeier seid echte Spaßbremsen«, plärrte ein hagerer Mann, der auf einem Barhocker saß.

»Bullenschwein!«, brüllte jemand aus der Menge heraus und erinnerte Wiebke daran, dass sie noch immer ihre Uniform trug. Sie atmete tief ein und ließ die Luft langsam entweichen. Sie durfte jetzt keinesfalls die Beherrschung verlieren.

Wenn sie ihrer Mutter helfen wollte, musste sie sich so

unauffällig wie möglich verhalten. Obwohl sie die Musik am liebsten abgedreht und die Leute auf die Straße gesetzt hätte, verließ sie ohne ein weiteres Wort den Schankraum.

Eine Viertelstunde später hatte sie sich umgezogen und ein Brot gegessen. Nun trank sie ein Glas Milch.

Auf der Treppe hörte sie schwere Schritte, dann stampfte Ruben in den Raum. Nach einem Moment des Zögerns setzte er sich zu ihr an den Tisch.

»Du warst vorhin ziemlich angefressen. Ist alles okay mit dir?«

»Echt jetzt?« Sie funkelte ihn wütend an. »Meine Mutter ist verschwunden und steht unter Mordverdacht. Die Dorfbewohner fühlen sich in ihren eigenen Häusern wie Gefangene einer Armee betrunkener Vollpfosten, und du willst ernsthaft wissen, ob alles in Ordnung ist?«

»Sorry, war eine dämliche Frage.« Er ergriff ihre Hand.

»Kann man so sagen. Joris hat erzählt, dass du im Kroog jetzt Dünenhopfen ausschenkst.«

»Das ist richtig. Ich habe gestern zehn Fässer bestellt, die heute schon geliefert wurden. Bevor du jetzt wieder einen filmreifen Auftritt als Dramaqueen hinlegst, möchte ich dir meine Entscheidung erklären.«

»Das hätte niemals deine alleinige Entscheidung sein dürfen. Warum hast du die Sache nicht vorher mit mir besprochen?«

»Wann denn? Du bist doch ständig unterwegs. Nach dem letzten Fass Tüdelbräu …«

»… hättest du den Kroog schließen müssen«, fiel ihm Wiebke ins Wort.

»Dann hätte der Mob die Kneipe in ihre Einzelteile zerlegt und danach das Dorf auseinandergenommen. Darüber hatten wir doch schon gesprochen. In der Menge sind diese Menschen wie eine tickende Bombe, die jeden Moment explodieren kann. Glücklicherweise verhalten sich die Sensationstouristen wie Nomaden. Bis sie weiterziehen, sollten wir sie allerdings besser bei Laune halten.«

»Deshalb muss man noch lange keine Geschäfte mit dem Teufel machen.«

»Jetzt mach mal halblang. Ich habe nur für Biernachschub gesorgt und nicht meine Seele verkauft. Zudem habe ich die Ware zu einem echt guten Preis bekommen.«

»Du hättest jedes andere Bier nehmen können. Warum ausgerechnet Dünenhopfen?«

»Weil es die einzige Brauerei war, die zügig liefern konnte. Bei den anderen Biererzeugern hätte ich wochenlang warten müssen. Es ist doch nur vorübergehend.« Er drückte ihre Hand.

»Wer steht überhaupt hinter der Theke? Joris wird den Kroog bestimmt nicht mehr betreten, so lange Dünenhopfen ausgeschenkt wird. Renate habe ich vorhin auch nicht gesehen.«

»Michaela.«

»Wer ist das denn?«

»Raste jetzt bitte nicht aus. Ich brauchte dringend eine Verstärkung und habe sie eingestellt. Renate ist zu langsam und mir in ihrem Rollstuhl ständig im Weg. Die Hilfe der Sünnmer ist ganz nett, aber das reicht einfach nicht.«

»Die Hilfe der Sünnmer reicht dir also nicht?« Wiebke zog ihre Hand zurück. Ihre Stimme war so leise wie das Zischen einer giftigen Natter. Als Ruben sich vorbeugte, schlug sie mit der flachen Hand so laut auf den Tisch, dass es wie ein Gewehrschuss knallte. »Die gegenseitige Unterstützung ist das Fundament unseres Dorflebens. Du kannst die Leute doch nicht vor den Kopf stoßen. Für Renate ist die Arbeit im Kroog wichtig, weil sie unter Menschen ist und eine Aufgabe hat. Wenn sie etwas länger zum Spülen braucht, müssen die Leute warten, so einfach ist das. In Sünnum ist niemand zu langsam und erst recht keiner überflüssig. Hast du das verstanden?«

»Ist ja schon gut. Ich sage ihr morgen Bescheid.«

»Jetzt.« Wiebke deutete zur Tür. »Du wirst sofort zu ihr gehen, dich bei ihr entschuldigen und sie mit ihrem Rollstuhl zum Kroog fahren, sonst ...«

»... was?« Er reckte das Kinn vor.

Wiebke sah ihm vor einer Antwort lange in die Augen und sagte dann: »Sonst haben wir ein ernsthaftes Problem miteinander. Ich weiß, dass du es gut gemeint hast, aber in Sünnum musst du dich an die Spielregeln des Dorfes halten. Mag sein, dass wir für viele Menschen Ewiggestrige sind, die in der tiefsten Provinz nach alten Werten leben. Aber das ist mir egal, denn Sünnum ist meine Heimat und hier werde ich bleiben. Wenn du damit nicht klarkommst, solltest du deine Sachen packen und verschwinden.«

»Puh, das war mal eine heftige Ansage.« Ruben blies die Backen auf.

Eine Weile saßen beide schweigend am Tisch und sahen einander an. Dann stand er auf und ging zur Tür.

»Wo willst du hin?«, fragte Wiebke, die bei ihrer Wutrede keine Sekunde überlegt hatte, wie Ruben darauf reagieren könnte. Auch wenn sie kein Wort von dem, was sie gesagt hatte, bereute, hätte sie auch in Ruhe mit ihm darüber reden können. Aber ihre Nerven fühlten sich momentan an

wie die Saiten einer Violine, die von einem grobmotori-
schen Kind malträtiert wurden. Satt der harmonischen
Melodie eines glücklichen Lebens vernahm sie seit Tagen
nur die Kakofonie sorgenvoller Tage.

»Renate holen.«

»Du bleibst?«

»So schnell wirst du mich nicht mehr los.«

»Ich liebe dich.«

Auch über diese Worte hatte sich Wiebke zuvor keine
Gedanken gemacht. Bevor sie sich weiterhin um Kopf und
Kragen redete, sollte sie ihren Denkapparat besser wieder
einschalten.

»So etwas hast du noch nie zu mir gesagt.«

»Wir mussten endlich ein paar grundsätzliche Dinge
klären.« Sie versuchte sich an einem Lächeln, das ihr Gesicht allerdings aussehen ließ wie Quasimodo mit Migräne.

Ruben kehrte in die Küche zurück und küsste sie.

»Damit hast du verdammt recht. Lass uns heute Abend
noch einmal in Ruhe über alles sprechen.«

»Ich muss noch mal …« Wiebke blieb die Lüge im Hals
stecken. Auch wenn eine Beziehung, die nicht auf Vertrauen aufbaute, von Anfang an zum Scheitern verurteilt
war, wollte sie das Versteck ihrer Mutter nicht preisgeben.

Zumindest noch nicht.

»… ins Büro.«

»So spät noch?« Er riss die Augen auf.

»Ich warte auf das Ergebnis einer Spurenanalyse. Die
brauche ich für einen Bericht, den Gesner morgen früh auf
seinem Schreibtisch haben will.«

»Verstehe. Wie läuft die Fahndung nach deiner Mutter?«

»Keine Ahnung, denn ich darf an dem Fall nicht mehr

mitarbeiten. Mein Chef will ihn sogar an eine andere Dienststelle abgeben.«

»Kannst du dagegen denn nichts unternehmen?«

Wiebke schüttelte den Kopf. »Ist vielleicht auch besser so. Ich ziehe mich schnell um und sage Michaela, dass wir ihre Hilfe nicht mehr benötigen.«

KINDERTAGE

Die Friesenbrauerin hockte unter Deck auf der schmalen Bank und starrte gedankenverloren auf die gegenüberliegende Bordwand. Zur Untätigkeit verdammt zu sein war für Gesine schlimmer als jede Folter. Die Versuchung, ihr Versteck zu verlassen und nach Sünnum zurückzukehren, wurde mit jeder Stunde etwas größer. Noch konnte sie dem Drang widerstehen – aber wie lange würde sie die Einsamkeit noch ertragen können?

Vor ihr auf dem Tisch stand der aufgeklappte Laptop. Der Monitor war momentan das einzige Fenster zu der Welt außerhalb ihres Verstecks. Die dort zu sehenden Bilder und Videos der Menschenmasse, die wie Barbaren durch Sünnum zogen, waren kaum zu ertragen.

Ein dreimaliges Klopfen an der Tür ließ sie erschrocken zusammenzucken. War es das mit Joris und dem Tierarzt vereinbarte Zeichen oder sollte sie in eine Falle gelockt werden? Die Friesenbrauerin stand auf und stakste zur Treppe. Auf der obersten Stufe legte sie das Ohr an die Innenseite und lauschte, konnte aber nichts hören.

Als das Klopfen erneut erklang, dröhnte es wie eine Trommel und nun konnte sie auch Wiebkes Stimme vernehmen.

»Mama, mach endlich auf.«

Erleichtert öffnete sie die Tür und ließ die Besucher eintreten. Als alle unter Deck waren, drückte die Friesenbrauerin Wiebke fest an sich und strich Joris sanft über die Wange.

»Hauke hat mir heute Nachmittag etwas zum Essen vor-beigebracht und mich auf den neuesten Stand gebracht. Ruben soll Renate nach Hause geschickt haben, ist das richtig?« Bei dieser Frage blickte sie Wiebke in die Augen.

»Ich habe mit ihm darüber gesprochen. Sie ist wieder im Kroog, von daher ist alles okay.«

»Nichts ist okay«, polterte Joris los. »Ruben verkauft Dü-nenhopfen im Kroog. Das geht gar nicht.«

»Ist doch nur vorübergehend«, versuchte Wiebke ihn zu beruhigen. »Wir haben momentan andere Probleme als den Bierausschank im Kroog.«

Joris grummelte etwas Unverständliches und quetschte sich wieder auf die schmale Bank. Wiebke folgte ihm und verteilte die Mobiltelefone, in die sie zuvor die gekauften Simkarten eingelegt hatte.

»In jedem Handy sind zwei Nummern eingespeichert, damit wir einander erreichen können«, erklärte sie und erzählte von ihrem Einsatz mit Patrick und dem Gespräch mit Pankok.

»Dann könnte also Neunabers Witwe hinter dem Mord stecken.« Die Friesenbrauerin runzelte die Stirn.

»Zunächst dachte ich, dass Patrick etwas mit Insa hätte, aber vielleicht hatte er in Sünnum keine amourösen, son-dern mörderische Absichten.«

»Dass er ein Verhältnis mit der Witwe hat und ihr beim Mord an ihrem Mann geholfen haben soll, ist ziemlich weit hergeholt, findest du nicht auch? Sie könnte schließlich seine Mutter sein.«

»Joris, warum sollte er sie sonst bei ihrem Vornamen ge-nannt haben?«

»Er könnte sich ihren Namen bei den Ermittlungen eingeprägt haben«, schlug Gesine eine Lösung vor und fuhr dann fort: »Du musst ihn unbedingt im Auge behalten.«

»Ich kann doch nicht heimlich gegen meinen eigenen Kollegen ermitteln. Wenn das rauskommt, muss ich mit einem Disziplinarverfahren rechnen.«

»Sollte es eine Verbindung von ihm zu Sabine Neunaber geben, müssen wir sie finden.« Der alte Kapitän ließ nicht locker.

»Mal sehen, was ich machen kann. Mama, was hast du bei deiner Recherche herausgefunden?«

Die Friesenbrauerin setzte sich nun ebenfalls, öffnete einen Dateiordner auf dem Laptop und schob Wiebke das Gerät hin.

»Sieh dir die Sachen mal an.«

Die Polizistin klickte sich einige Minuten lang durch Bilder und Berichte. Sie las, dass Sabine Neunaber das Jurastudium mit einem Prädikatsexamen abgeschlossen und danach in einer Kanzlei für Wirtschaftsrecht gearbeitet hatte. Nach der Hochzeit mit Ulrich Neunaber war sie für eine Weile von der Bildfläche verschwunden.

Erst nach der Übernahme des Dünenhopfens konnte man sie wieder öfter an der Seite ihres Mannes sehen, den sie zu Empfängen, Vernissagen und Wohltätigkeitsveranstaltungen begleitete. Bei den öffentlichen Auftritten hielt sie sich stets im Hintergrund und überließ dem Brauer das Rampenlicht.

»Die beiden scheinen eine Bilderbuchehe zu führen. Hast du etwas zu ihren Kindern gefunden?«

»Leider nicht. Wenn das Ehepaar Nachwuchs gehabt hätte, wäre dieser sicherlich erwähnt worden«, antwortete Tüdelbüdel.

»Was ist mit Neffen oder Nichten?«

»Keine Ahnung.«

»Dann sollten wir nach Verwandten suchen.«

Die Frauen machten sich gemeinsam an die Arbeit, konnten im Internet aber auch dazu nichts entdecken.

»Seltsam.« Wiebke lehnte sich nach erfolgloser Suche zurück. »Normalerweise finden sich immer Fotos oder Hinweise auf Geschwister, Eltern und Freunde. Aber selbst in den sozialen Netzwerken war nichts zu entdecken.«

»Neunabers haben nun einmal Wert auf ihre Privatsphäre gelegt. Ich würde auch nicht wollen, dass Bilder von mir im Netz kursieren«, ließ sich Joris vernehmen.

»Der Brauer war aber ein Showmensch, der gerne im Mittelpunkt stand. In seinem Wohnzimmer befindet sich ein digitaler Bilderrahmen mit privaten Fotos. Eine der Aufnahmen zeigte ein Kind.« Wiebke lehnte sich vor.

»Vielleicht war es ein Nachbarsjunge«, überlegte Tüdelbüdel.

»Das ist möglich, aber jedes Foto, das ich dort gesehen habe, schien sorgfältig ausgewählt worden zu sein. Der Kleine auf dem Bild dürfte inzwischen erwachsen und damit erbberechtigt sein. Vielleicht ist er sogar der Schlüssel zur Aufklärung des Falls. Auf dem digitalen Bilderrahmen könnte es weitere Fotos geben, mit denen wir seine Identität bestimmen könnten.«

»Wo soll der Junge denn die ganze Zeit gewesen ein? Ein Kind kann sich doch nicht einfach in Luft auflösen.«

»Er könnte seine Schulzeit in einem Internat verbracht haben und jetzt im Ausland studieren. Kannst du die Witwe nicht einfach danach fragen?«, grummelte Joris.

»Ich arbeite nicht an dem Fall und habe deshalb keine

Befugnisse, wie oft muss ich das denn noch sagen? Zudem braucht die Polizei zur Herausgabe …«

»Lass mal, ich werde mich in dem Haus umsehen«, winkte der alte Kapitän ab. »Wo finde ich den Bilderrahmen?«

»Willst du auf deine alten Tage noch zum Einbrecher werden?«, ließ sich die Friesenbrauerin vernehmen.

»Ich werde alles tun, damit du so schnell wie möglich wieder Tüdelbräu brauen kannst. Wo finde ich den Bilderrahmen?«

»Auf einer Kommode im Wohnzimmer, das ist hinter der zweiten Tür auf der rechten Seite. Das Grundstück ist allerdings von einer Mauer umgeben und mit Kameras gesichert. Da kommst du keinesfalls unbemerkt rein.«

»Wenn Sabine Neunaber die Geschäftsleitung der Brauerei übernommen hat, wird sie tagsüber im Büro sein. Ist sonst noch jemand im Haus?«.

»Eine Haushälterin hat uns die Tür geöffnet.«

»Das ist gut.« Joris nickte bedächtig.

»Was hast du vor?«

»Lasst euch überraschen.« Er stand auf. »Wir sollten jetzt fahren. Je schneller wir wieder in Sünnum sind, desto weniger Fragen wird Ruben stellen.«

»Mein Seebär, pass auf dich auf.«

»Machst du dir etwa Sorgen um mich?«

»Ich habe nur Angst, dass du dich nach einer Festnahme verplapperst und mein Versteck verrätst.«

»Keine Sorge. Ich werde schweigen wie ein Grab«, versprach Joris.

KURIERDIENST

Am nächsten Morgen zog Joris eine blaue Cordhose an und schlüpfte dann in ein kariertes Baumwollhemd. Vor dem Verlassen der Wohnung setzte er statt seiner Seemannsmütze eine schwarze Kappe auf, die er so tief in die Stirn zog, dass sein Gesicht darunter kaum noch zu erkennen war.

Er schnürte seine Schuhe und fuhr mit dem alten Fahrrad, das er seit Jahren nicht mehr benutzt hatte, nach Großheide.

Joris hatte sich trotz der Strapazen einer fast einstündigen Strampelei für den Drahtesel entschieden, weil er keinen Dorfbewohner in seinen Plan einbeziehen und nicht von einem Bus- oder Taxifahrer erkannt werden wollte.

Er erreichte die Stadt am späten Vormittag. Erschöpft schleppte er sich in eine Bäckerei und kaufte dort zwei Schokobrötchen und einen Kaffee zum Mitnehmen. Mit der Tüte in der einen und dem Becher in der anderen Hand setzte er sich auf eine Bank und biss heißhungrig in die süße Backware. Auch wenn er nach der Mahlzeit am liebsten die Hände auf den Bauch gelegt und in der Sonne gedöst hätte, zwang er sich zum Weiterfahren.

Wenige Minuten später steuerte er den Hinterhof eines Supermarktes an und fischte aus einem Altpapiercontainer zwei leere Kartons. In einen von ihnen stopfte er Packpapier und schrieb die Adresse von Sabine Neunaber darauf, die er sich aus dem Internet herausgesucht hatte. Der andere blieb leer.

Mit den Kartons radelte Joris zu Neunabers Anwesen. Vor dem schmiedeeisernen Tor stieg er ab und lugte durch die Gitterstäbe auf die Einfahrt, die zur Villa führte. Damit die Kameras, die an beiden Seiten des Tores auf der Mauer platziert waren, sein Gesicht nicht erfassten, hatte er die Mütze noch tiefer in die Stirn gezogen und hielt den Kopf gesenkt. Jetzt durfte er sich keinen Fehler erlauben.

Joris drückte auf die in der rechten Mauer eingelassene Klingel, aber nichts geschah. Er wollte es schon erneut versuchen, als eine gehetzt klingende Stimme aus der Gegensprechanlage erklang.

»Was wollen Sie?«

»Ich habe ein Paket für Sabine Neunaber.«

Er hielt den beschrifteten Karton in die Kamera.

»Stellen Sie die Sendung vor dem Tor ab, ich hole sie gleich.«

»Das geht leider nicht, denn ich brauche eine Unterschrift.«

Ein geräuschvolles Seufzen ertönte und kurz darauf glitt das Tor wie von Geisterhand zur Seite. Joris stieg auf seinen Drahtesel und fuhr zu dem imposanten Gebäude. Wenige Augenblicke später schritt er mit gesenktem Kopf auf die in der Haustür stehende ältere Frau zu, die mit ihrer gestärkten Schürze über der schwarzen Kleidung wie eine Haushälterin aus dem letzten Jahrhundert wirkte.

»Sind Sie von der Post?« Sie musterte Joris argwöhnisch.

»Nee, von einem privaten Unternehmen. *Nordseeblitz, wir liefern fix.* Kennen Sie unseren Werbeslogan etwa nicht?«

»Nie gehört. Wo muss ich denn unterschreiben?«

»Ähm …« Joris suchte in seinen Hosentaschen nach Stift und Papier, fand aber nur ein altes Taschentuch.

»Ihre Kollegen haben so ein modernes Dingsda, auf dem man unterschreiben kann.« Die Haushälterin machte mit der Hand eine Schreibbewegung.

»Das habe ich leider vergessen. Hätten Sie Zettel und Stift für mich?«, bat Joris, der sich über seine fehlende Planung ärgerte.

»Sie machen den Job noch nicht lange, oder?« Ein Lächeln huschte über ihre Lippen.

»Heute ist mein erster Tag.« Er betrachtete seine Fußspitzen.

»Dann wollen wir mal hoffen, dass es nicht auch ihr letzter Tag beim Nordseeblitz ist.«

Die Haushälterin ließ ihn an der Tür stehen und verschwand im Haus.

Jetzt oder nie.

Joris betrat einen geräumigen Flur und sah sich um.

Fünf Türen führten von dort aus in verschiedene Räume. Eine gewundene Treppe ging in den ersten Stock.

Er stellte den adressierten Karton im Flur ab und hastete, den leeren Karton in der Hand haltend, zur zweiten Tür auf der rechten Seite. Die Kommode erblicke er sofort. Darauf stand ein digitaler Bilderrahmen, der ständig wechselnde Fotos zeigte. Ohne weitere Überlegung griff er danach, steckte ihn in den Karton und eilte in den Flur.

Keine Sekunde zu früh, denn die Bedienstete kehrte nun zurück.

»Ich kann mich nicht erinnern, Sie hereingebeten zu haben.«

Ihr Tonfall hatte jede Freundlichkeit verloren.

»Bitte entschuldigen Sie, ich wollte nicht unhöflich sein.«

»Beim nächsten Mal warten Sie vor der Tür. Sofern es

überhaupt ein nächstes Mal gibt.« Sie reichte ihm Zettel und Stift. Joris nahm die Sachen allerdings nicht entgegen, sondern trat mit unter den Arm geklemmtem Karton den Rückzug an.

»Wo wollen Sie denn hin? Ich habe noch gar nicht unterschrieben«, rief sie ihm nach.

»Das geht leider nicht auf dem Zettel. Ich muss doch das Tablet aus der Firma holen. Bin gleich wieder da.«

Der alte Kapitän klemmte das Paket auf den Gepäckträger und fuhr zum Tor, das noch immer offenstand. Wenn die Haushälterin es jetzt schloss, saß er in der Falle. Er raste so schnell über den geschotterten Weg, dass kleine Steinchen aufspritzten.

Auf dem Gehweg riss Joris das Lenkrad abrupt nach rechts und hätte bei dem Wendemanöver beinahe das Gleichgewicht verloren. Erst im letzten Moment konnte er einen Sturz verhindern und radelte mit klopfendem Herzen zurück nach Sünnum.

JÄHZORN

Die Haushälterin Fenke Schipker sah dem alten Mann nach, der wie ein Verrückter mit dem klapprigen Fahrrad über die Einfahrt raste. Nachdem er aus ihrem Blickfeld verschwunden war, schloss sie das Tor und ging ins Wohnzimmer.

Der digitale Bilderrahmen war verschwunden.

Alles lief wie geplant.

Schipker hatte den alten Kapitän trotz seiner albernen Kappe sofort wiedererkannt. In den letzten Wochen hatte es im Internet schließlich genug Fotos aus Sünnum gegeben, auf denen er zu sehen gewesen war.

Nach Neunabers Tod hatte sie die Aufnahme des Jungen aus einem alten Fotoalbum abfotografiert und in der Hoffnung auf den digitalen Bilderrahmen überspielt, dass die ermittelnden Beamten darauf aufmerksam würden. Wiebke Felber musste das Foto bemerkt haben, als sie zusammen mit ihrem Kollegen die Todesnachricht überbracht hatte.

Obwohl die Haushälterin keine Erklärung hatte, warum die Polizistin den Bilderrahmen nicht direkt mitgenommen hatte, ging sie davon aus, dass die Tochter der Friesenbrauerin mit Joris Harms gesprochen haben musste. Möglicherweise fahndeten sie nach dem Verschwinden ihrer Mutter auf eigene Faust nach dem Mörder von Neunaber.

Einem Mann, dessen Jähzorn Schipker schon gefürchtet hatte, als er noch ein Kind gewesen war. Seinen Namen würde sie nie vergessen.

Patrick.

Schipker zweifelte keine Sekunde daran, dass er Neunaber getötet und Gesine Felber den Mord in die Schuhe geschoben hatte, denn niemand konnte seiner Vergangenheit entfliehen. Zunächst hatte sie mit ihrem Verdacht zur Polizei gehen wollen, aber wer sollte sie schützen, wenn der Täter aus den eigenen Reihen kam?

BILDBETRACHTUNG

»Bist du meschugge? Du hättest bei deinem Ausflug nach Großheide einen Herzinfarkt bekommen können. In deinem Alter macht man so einen Blödsinn nicht mehr.« Die Friesenbrauerin blickte Joris nach seiner Ankunft im Segelboot mit großen Augen an und wandte sich dann an ihre Tochter. »Warum hast du das nicht verhindert?«

»Weil ich keine Ahnung von seinem Plan hatte. Abhalten können hätte ich ihn sowieso nicht. Es ist einfacher, einen Seehund davon zu überzeugen, dass er wie eine Möwe fliegen kann, als Joris zur Vernunft zu bringen.«

»Da ist was dran.« Gesine seufzte vernehmlich und quetschte sich dann zu den beiden auf die Bank. Gemeinsam sahen sie auf den gestohlenen Bilderrahmen, den Joris auf den Tisch gestellt hatte.

»Im Internet habe ich viele Fotos gefunden, auf denen Neunaber mit Landespolitikern und Managern norddeutscher Unternehmen zu sehen ist. Der Kerl war in Ostfriesland wirklich gut vernetzt.« Tüdelbüdel deutete auf ein Foto im digitalen Bilderrahmen, das den Brauer in vertrauter Pose mit dem Ministerpräsidenten zeigte. Im Hintergrund stand seine Frau und blickte mit ernsten Augen in die Kamera.

»Die Witwe ist auf jedem Bild zu sehen. Hier steht sie an der Tür und dort neben dem Rednerpult.« Joris deutete auf eine elegant gekleidete Sabine Neunaber.

»Pankok könnte also mit seiner Behauptung, dass sie

im Hintergrund die Fäden zieht, recht haben«, überlegte Wiebke laut.

»Denkst du ernsthaft, dass sie ihren Mann ermordet hat?«

»Mama, wir müssen alle Möglichkeiten in Betracht ziehen, zudem hast du selbst gesagt, dass der Täter auch eine Frau sein könnte.«

»Wäre möglich, aber … ich weiß nicht. Frauen morden normalerweise subtiler. Schleichend wirkendes Gift ist immer eine gute Wahl. Täglich ein paar Tropfen ins Tüdelbräu und schon …«

»… kippe ich tot vom Barhocker.« Joris nahm seine Seemannsmütze ab und fuhr sich über die Haare.

»Keine Sorge, mein Seebär. Bei dir würde ich einen Holzhammer nehmen.«

»Das beruhigt mich ungemein«, grummelte der alte Kapitän und setzte die Mütze wieder auf.

»Hier ist das Bild.«

Die Polizistin stoppte den automatischen Wechselmodus. Auf dem Display war nun ein schmächtiger Junge zu sehen, dessen Arme wie dünne Stöcke aus den Ärmeln seines kurzen Hemdes ragten. Auf der Stirn hatte er ein Pflaster.

»Patrick hat an dieser Stelle eine Narbe auf der Stirn.«

»Viele Erwachsene haben Verletzungen aus ihrer Kinderzeit, Wiebke«, gab Joris zu bedenken.

»Möglich, aber ich gehe keinesfalls davon aus, dass es sich hierbei um Zufall handelt. Vielleicht finden wir noch andere Fotos von dem Kind.«

Gebannt hingen alle vor dem Bilderrahmen, allerdings, ohne weitere Aufnahmen des Jungen zu finden. Die anderen Bilder zeigten ausnahmslos Neunaber mit einem Prominenten – wobei seine Frau auffallend oft im Hintergrund stand – oder das Ehepaar in festlicher Kleidung.

»Könnte es sich dabei um Neunabers Sohn handeln?«, fragte der alte Seebär.

»Es gibt keine erkennbare Ähnlichkeit zwischen Patrick und den Neunabers. Zudem wäre er als Filius einer reichen Familie sicherlich kein Dorfpolizist geworden.«

»Könnte er adoptiert worden sein?«, suchte Gesine nach einer Lösung.

»Dann würde er nicht Meiners, sondern Neunaber heißen.«

»Was ist denn mit Pflegeeltern?«

»Das wäre möglich, aber mit unseren Überlegungen stochern wir nur im Nebel. Ich werde Patrick in den nächsten Tagen genauer unter die Lupe nehmen.« Wiebke stand auf.

»Joris, lass uns nach Sünnum fahren. Ruben wird langsam sauer, weil ich jeden Abend noch ins Büro muss.«

»Ich suche derweil im Internet nach Informationen über das Kind. Passt auf euch auf.« Die Friesenbrauerin verabschiedete sich von Joris und ihrer Tochter.

VERTRAUENSBRUCH

Nach ihrer Rückkehr schlich Wiebke die Treppe hoch und öffnete die Zimmertür. Ruben saß auf der Bettkante und sah sie mit traurigen Augen an.

»Warum vertraust du mir nicht?«

Die Polizistin erstarrte mitten in der Bewegung. Im ersten Moment wollte sie ihn mit einer Ausrede abspeisen, aber die Worte blieben ihr im Hals stecken.

»Ich habe im Polizeikommissariat angerufen, aber dort warst du nicht. Triffst du dich mit einem anderen Mann?«

»Nein … das heißt … ja. Ich war mit Joris unterwegs, aber das meinst du wahrscheinlich nicht.« Wiebke hob die Hände und ließ sie kraftlos wieder sinken.

»Ist auch egal, was du gemacht hast.« Ruben stand auf. »Schade, das mit uns hätte echt was werden können.«

»Wo willst du denn hin?«

»Nach Norderney zurück. Meine Tasche ist schon gepackt.« Er ging zur Tür und blieb vor Wiebke stehen.

»Um diese Zeit?«

»Ich kann am Strand schlafen.« Der Barkeeper wollte sich an ihr vorbeiquetschen, aber sie packte seinen Arm. »Bleib bei mir. Ich kann dir alles erklären.«

»Lass mich.« Er streifte ihre Hand ab.

»Ich suche nach dem wahren Mörder.«

»Das ist mir vollkommen egal.«

»Mir aber nicht. Meine Mutter hat Neunaber nicht getötet.«

»Warum ist sie dann auf der Flucht?«

»Weil außer den Sünnumern keiner an ihre Unschuld glaubt.«

»Das stimmt nicht, denn ich halte deine Mutter auch nicht für eine Mörderin.« Er blickte ihr in die Augen.

»Dann hilf mir«, beschwor Wiebke ihren Freund.

»Wie soll ich dir helfen, wenn du mich ständig anlügst?«

»Damit wollte ich nur meine Mutter schützen.«

»Ach ja?« Ruben drückte sich an ihr vorbei und trat in den Flur.

»Keine Lügen mehr, okay?«, flehte die Polizistin.

»Wie soll ich dir nach den Unwahrheiten jemals wieder vertrauen können?«

»Was hätte ich denn machen sollen?« Wiebke blickte zu Boden.

»Mir die Wahrheit erzählen. Wenn ich bleibe, gibt es keine Geheimnisse mehr zwischen uns, ist das klar?« Er legte ihr die rechte Hand unter das Kinn und hob ihren Kopf an.

»Ja.« Sie sah ihm in die Augen.

»Weißt du, wo Tüdelbüdel ist?«

Die Lüge lag Wiebke schon auf der Zunge. Statt Ruben aber mit einem weiteren Schwindel abzuspeisen, antwortete sie: »Auf einem Segelboot im Norddeicher Yachthafen.«

»Hast du keine Angst, dass ich jetzt zur Polizei gehe?«

»Nein.« Wiebke musste bei der Antwort keine Sekunde überlegen.

»Warum nicht?«

»Weil ich dir vertraue.«

Ruben blickte sie einen Moment unschlüssig an, dann

zog er sie in seine Arme. »Ich verstehe, dass du deine Mutter schützen willst, aber nicht vor mir. Ich bin auf deiner Seite.«

»Ich weiß.« Sie drückte ihn an sich.

»Was habt ihr denn bisher rausgefunden?«

»Mein Kollege könnte etwas mit dem Mord zu tun haben.«

»Gesner?« Ruben zog die Augenbrauen hoch.

»Nee, Patrick. Er war in letzter Zeit auffallend oft in Sünnum. Zunächst dachte ich, dass er wegen Insa hier wäre, aber das Techtelmechtel mit ihr scheint nur vorgeschoben zu sein. Ich habe bereits mit ihrem Vater gesprochen, der weiß auch von nichts und Insa hat meine Fragen immer ins Lächerliche gezogen. Inzwischen gehe ich davon aus, dass Patrick das Dorf ausspioniert hat.«

»Warum sollte er das tun?«

»Keine Ahnung. Bisher haben wir nur ein Kinderfoto auf einem digitalen Bilderrahmen bei Neunabers gefunden.«

»Kinderfoto?« Ruben blickte Wiebke erstaunt an.

»Verwirrend, nicht wahr?«

»Das kannst du laut sagen. Willst du offiziell gegen ihn vorgehen?«

»Ohne Beweise werde ich bestimmt keine interne Ermittlung einleiten.«

»Was wirst du jetzt machen?«

»Ich werde Patrick zunächst aushorchen und mir dann Sabine Neunaber vornehmen.«

»Sollte dein Kollege wirklich ein Mörder sein, wird er bei deinen Fragen hellhörig werden. Lass lieber mich mit ihm sprechen.«

»Als Barkeeper verstehst du es wirklich, den Leuten ihre

Geheimnisse zu entlocken. Neben Patrick sollten wir auch Sabine Neunaber als Täterin nicht ausschließen.« Wiebke erzählte Ruben von ihrer Begegnung mit Pankok.

»Ihr würde ich einen Mord durchaus zutrauen. Ulrich Neunaber hielt sich zwar für einen cleveren Geschäftsmann, war in Wirklichkeit aber nur ein Schlauschnacker. Warum sollte sie ihren Mann beseitigen, wenn sie im Hintergrund ohnehin die Fäden gezogen hat?«

»Zunächst hatte ich an ein Verhältnis zwischen ihr und Patrick gedacht, weil er sie Sabine genannt hat. Inzwischen gehe ich aber davon aus, dass es mit seiner Vergangenheit zu tun hat.«

»Affären zwischen älteren Frauen und jüngeren Männern sind nicht so selten, wie man glaubt.«

»Und das weißt du, weil …«

»… ich als Barkeeper viel höre.« Ruben grinste.

»Du hast nicht zufällig praktische Erfahrungen auf diesem Gebiet gesammelt?«

»Ist meine Vergangenheit jetzt noch wichtig?«, wich Ruben einer direkten Antwort aus.

»Nee, denn für mich zählen nur Gegenwart und Zukunft. Ich bin froh, dass ich dir alles erzählt habe. Diese Geheimniskrämerei hat mir ganz schön zu schaffen gemacht.«

»Und beinahe unsere Beziehung zerstört. Ich will dich nicht verlieren, hörst du?«

»Geht mir auch so.« Wiebke schlang die Arme um seinen Hals und küsste ihn.

SPURENSUCHE

Am nächsten Morgen war Wiebke vor ihren Kollegen im Polizeikommissariat, um den Bericht zu dem Einbruch in das Dornumer Einfamilienhaus zu schreiben. Trotz der Ruhe im Büro konnte sie sich aber nicht auf ihre Arbeit konzentrieren, weil sie ständig das Kinderbild vor ihrem inneren Auge sah. Immer wieder vertippte sie sich und als der Text endlich fertig war, vergaß sie das Speichern und konnte mit der Arbeit von vorn beginnen.

»Dammich nochmol«, schimpfte die Polizistin und hackte erneut auf die Tastatur ein, bis das Klingeln des Telefons sie jäh aus ihren Überlegungen riss.

»Polizeikommissariat Norden. Mit wem …«

»Sabine Neunaber hier«, unterbrach sie eine sichtlich aufgeregte Anruferin. »Bei uns wurde eingebrochen. Ich erwarte, dass Sie unverzüglich in die Firmenzentrale des Dünenhopfens kommen.«

Zunächst wollte Wiebke die Witwe auf ihre Kollegen verweisen, entschied sich dann aber dagegen. Eine bessere Gelegenheit zur Vernehmung der Frau konnte es kaum geben. Den Ärger, den Wiebke dafür von Gesner bekommen würde, nahm sie in Kauf – schließlich konnte sie sich mit dem Argument herausreden, dass Neunaber auf unverzügliches Erscheinen bestanden hatte und außer ihr niemand im Büro gewesen war.

Sie schnappte sich den Schlüssel für den Streifenwagen und fuhr nach Großheide. Auf dem Parkplatz der Brauerei stellte die Polizistin das Dienstauto ab und schritt zum Verwaltungsgebäude.

Vor der Tür trat ihr der Mitarbeiter eines Sicherheitsdienstes entgegen.

»Wo sind Ihre Kollegen?«, fragte er statt einer Begrüßung.

»Ich wüsste nicht, was Sie das angeht.« Wiebke blieb vor dem schwarz gekleideten Mann stehen. Dieser musterte sie einen Moment lang, dann drehte er sich um.

»Folgen Sie mir bitte.«

Sie gingen hinein. Der Fahrstuhl brachte Wiebke und ihren Begleiter ins oberste Stockwerk. Dort wurde sie von ihm bis zu einer offenstehenden Glastür geführt, die in ein Büro führte, das dem Begriff *Chaos* eine vollkommen neue Bedeutung gab.

Ordner und Dokumente waren über dem Boden verstreut. Viele Schriftstücke waren zerknickt und wirkten auf den ersten Blick wie literarische Vögel, die nach einem kurzen Flug eine Bruchlandung hingelegt hatten.

Die Inhalte der ausgekippten Schubladen und ausgeräumten Schränke lagen zwischen den Papieren. Die Vitrine ragte wie ein gläserner Leuchtturm aus dem Durcheinander heraus.

Sabine Neunaber, die hinter dem Schreibtisch ihres verstorbenen Mannes stand, blickte die Ankommenden mit versteinertem Gesichtsausdruck an.

»Sie können gehen.« Mit einer Handbewegung scheuchte die Witwe den Wachmann davon. Der entfernte sich umgehend.

»Sind Sie allein?«

»Jo.« Wiebke trat unaufgefordert ins Büro. »Können Sie mir sagen, was hier passiert ist?«

Frau Neunaber lachte freudlos auf. »Ist das nicht offensichtlich?«

Die Polizistin überhörte den sarkastischen Unterton. »Gibt es erkennbare Einbruchspuren? Haben Sie aufgebrochene Türen oder eingeschlagene Fenster entdeckt?«

»Bisher konnte mein Sicherheitsdienst keine Beschädigungen feststellen.«

»Wer hat denn alles Zugang zu diesem Gebäude?«

»Die Mitarbeiter haben eine Schlüsselkarte für den Eingang, die allerdings nur zwischen sieben und zwanzig Uhr freigeschaltet ist. Der Sicherheitsdienst hat Zugang zu allen Bereichen, mit Ausnahme dieses Büros. Für diesen Raum gibt es nur zwei Generalkarten. Eine habe ich hier.« Sie hielt Wiebke ein weißes Plastikkärtchen im Format einer Scheckkarte entgegen. »Und die zweite gehörte meinem Mann.«

»Wo ist die Karte jetzt?«, hakte die Polizistin sofort nach.

»Er müsste sie zum Zeitpunkt seines Todes in der Brieftasche gehabt haben.«

»Dann wurde sie asserviert. Ich werde das nach meiner Rückkehr sofort überprüfen.« Bei der Antwort dachte Wiebke daran, dass Patrick die Karte aus der Asservatenkammer entwendet und für den Einbruch genutzt haben könnte. »Haben Sie bereits feststellen können, ob etwas fehlt?«

»Der Laptop meines Mannes ist verschwunden. Mehr kann ich Ihnen noch nicht sagen.«

»Gibt es in diesem Gebäude Überwachungskameras?«

»Nur im Eingangsbereich.«

»Kann ich eine Kopie der Aufzeichnung bekommen?«

»Selbstverständlich. Wir müssen … Entschuldigen Sie

bitte.« Sabine Neunaber griff nach dem klingelnden Handy, das auf dem Schreibtisch lag, und nahm das Gespräch entgegen. Mit einem Handzeichen gab sie Wiebke zu verstehen, dass sie das Telefonat allein führen musste, und verließ das Büro.

Die Polizistin sah sich um. Wenn ihr Kollege hinter dem Einbruch steckte, musste er neben dem Laptop noch etwas anderes gesucht haben, sonst hätte er sicherlich nicht so eine Unordnung angerichtet. Wiebke streifte ihre dünnen Handschuhe über, von denen sie immer ein Paar bei sich trug, damit sie an den Tatorten keine Spuren verwischte.

Sie ging in die Knie und watschelte wie eine Ente, den Blick dabei fest auf den Boden gerichtet. Immer wieder nahm sie ein Dokument in die Hand und überflog den Inhalt, in der Hoffnung, einen Hinweis auf den Täter zu finden.

Dabei wusste sie nicht einmal, wonach sie suchte.

Bei den meisten Schriftstücken handelte es sich um Bilanzzahlen, Rechnungen oder Verträge, deren genauen Inhalt sie auf den ersten Blick nicht erkennen konnte. Zwischen den Papieren fand sie leere Briefumschläge, Fachzeitschriften, Stifte, Textmarker und andere Büroutensilien.

Unter einem Ordner lag ein aufgeklappter Spiralblock. Die oberste Seite wirkte auf den ersten Blick wie eine Kinderzeichnung. Wiebke griff danach und blätterte den Block durch, dessen Seiten bis auf wenige Ausnahmen mit Strichen, Kreisen und Anmerkungen vollgekritzelt waren.

Die Polizistin wollte ihn schon wieder weglegen, als ihr das Wort *Kroog* in der Mitte eines Kreises auffiel.

Sie betrachtete einige Blätter erneut und jetzt erkannte sie mit etwas Fantasie Skizzen von Sünnum, wobei die

Striche anscheinend Straßen und die Kreise Gebäude darstellten. Allerdings hatten die Rohentwürfe nur entfernte
Ähnlichkeit mit dem Dorf, das sie kannte. Wenn Ulrich
Neunaber für diese Zeichnungen verantwortlich war, hatte
er sich erstaunlich schlecht informiert, denn einige Gebäude standen nicht an ihren jetzigen Orten. Zudem war
der Straßenverlauf ungenau wiedergegeben und den riesigen Parkplatz am Ortseingang gab es auch nicht.

Parkplatz?

Hastig drehte Wiebke die nächsten Seiten um, die alle
ein Bild von Sünnum zeichneten, das es nicht gab.

Noch nicht zumindest.

Tüdeltown.

Der Name stand auf der letzten Skizze, die, da war sich
Wiebke inzwischen sicher, ein Zukunftsbild des Dorfes
entwarf.

Sollte die Zusammenarbeit ihrer Mutter mit dem Dü-
nenhopfen für Neunaber nur der Anfang gewesen sein?
Hatte er Sünnum schon damals nach seinen Vorstellungen
gestalten wollen? Was auch immer er vorgehabt hatte: Die
Friesenbrauerin hätte sich mit allen Kräften gegen diese
Pläne gewehrt.

Der letzte Gedanke traf sie wie ein Rammbock und das
Bild ihrer Mutter, die Neunaber in einem Bierfass ertränkte,
tauchte vor ihrem inneren Auge auf. Wiebke lehnte sich
gegen die Wand und schnappte nach Luft.

Hatte ihre Mutter den Brauer doch auf dem Gewissen?
Wollte sie mit dem Mord Tüdeltown verhindern?

Wiebke zückte ihr Smartphone und fotografierte die
letzten Seiten aus dem Spiralblock ab. Sie wollte gerade eine
weitere Aufnahme machen, als sie Schritte hörte. Schnell

ließ sie das Handy verschwinden, legte den Block auf den Boden und richtete sich auf.

»Mein Anwalt.« Sabine Neunaber trat ins Büro und deutete auf ihr Mobiltelefon. »Er wird sich um die Formalitäten und den ganzen Papierkram kümmern. Haben Sie in der Zwischenzeit etwas entdeckt?«

Wiebke schüttelte nach einem Moment des Zögerns den Kopf, fixierte die Witwe mit festem Blick und fragte dann: »Gibt es Kinder, die den Dünenhopfen nach Ihrem Tod erben werden?«

Sabine Neunaber trat einen Schritt zurück, als wäre die Erkundigung ein Angriff gewesen, dem sie ausweichen musste. »Warum wollen Sie das wissen? Soll ich etwa auch ermordet werden?«

»Momentan sind uns keine Verdachtsmomente bekannt. Würden Sie bitte meine Frage beantworten?«

»Unsere Ehe war kinderlos.«

»Wie sieht es mit einer Adoption aus?«

»Ulrich und ich haben niemals ein Kind adoptiert. Zudem wüsste ich nicht, was unsere privaten Angelegenheiten mit dem Einbruch zu tun haben.« Die Witwe verschränkte demonstrativ die Arme vor der Brust.

»Diese Straftat könnte mit dem Mord an Ihrem Mann in Verbindung stehen, von daher sind diese Informationen sehr wohl relevant. Wenn es in Ihrem Privatbereich ein Motiv gibt, muss ich das wissen. Sollten Sie der Polizei wichtige Informationen vorenthalten …«

»Schon gut, ich habe verstanden.« Sabine Neunaber lockerte ihre Haltung und ließ die Arme neben dem Körper baumeln.

»In unseren ersten Ehejahren haben wir ein Pflegekind

bei uns aufgenommen. Der Junge war damals vier Jahre alt.«

Ein Lächeln huschte über ihr Gesicht, aber es verschwand so schnell wie ein Sonnenstrahl, der durch eine dunkle Wolkendecke bricht.

»Seine Wutausbrüche haben wir zunächst als Teil einer normalen Entwicklung betrachtet, schließlich testen Kinder ständig ihre Grenzen aus. Aber die Anfälle häuften sich und wurden schlimmer. Irgendwann ist der Kleine dann auf mich losgegangen und hat mit seinen Fäusten auf mich eingeschlagen. Wenige Wochen danach hat er mich in seinem Jähzorn die Kellertreppe hinuntergestoßen. Glücklicherweise konnte ich mich rechtzeitig am Geländer festhalten, sodass mir nichts passiert ist. Danach …« Die Witwe schaute aus dem Fenster und in diesem Moment erkannte Wiebke eine verletzliche Frau hinter der Fassade der taffen Unternehmerin. »… haben wir uns von Patrick getrennt.«

Obwohl die Polizistin bei dem Namen am liebsten laut aufgeschrien hätte, fragte sie mit ruhiger Stimme: »Wissen Sie, was aus ihm geworden ist?«

»Er ist Polizist.«

Die Worte detonierten wie Bomben.

»Patrick Meiners war ihr Pflegekind?«

»So ist es. Ulrich hat ihn vor einem halben Jahr bei einem Polizeieinsatz während einer Veranstaltung in Norden getroffen. Er hat ihn an der Narbe auf seiner Stirn erkannt. Anscheinend ist aus dem schmächtigen Burschen ein ganzer Kerl geworden. Vielleicht hätten wir uns doch mehr um ihn kümmern müssen. Kennen Sie ihn?«

»Er ist ein Kollege.« Wiebke ließ es wie beiläufig klingen,

schließlich musste die Witwe nicht wissen, dass sie eng mit Patrick zusammenarbeitete. »Haben Sie danach weiteren Kontakt zu ihm aufgenommen?«

»Nein, denn mit diesem Kapitel meines Lebens habe ich schon vor langer Zeit abgeschlossen.«

»Was ist mit Ihrem Mann? Hat er sich mit Meiners getroffen?«

»Nicht dass ich wüsste. Warum fragen Sie Ihren Kollegen nicht selbst?«

»Das werde ich tun«, versprach Wiebke und deutete mit einer ausladenden Geste auf das verwüstete Büro. »Ich werde nun die Kollegen von der Spurensicherung benachrichtigen. Bis dahin darf niemand diesen Raum betreten.«

»Aber hier sind Unterlagen, die ich dringend benötige.«

»Wenn Sie wollen, dass wir den Täter fassen, müssen Sie uns unsere Arbeit machen lassen.«

»Natürlich. Eine Kopie der Videoaufzeichnung müsste inzwischen fertig sein. Wenn Sie alles erledigt haben, begleite ich Sie nach unten.«

»Ich bin hier fertig. Wir können gehen.«

Die Frauen traten auf den Flur und Wiebke versiegelte die Bürotür. Auf diese Weise stellte sie sicher, dass niemand Unterlagen vom Tatort entfernen oder falsche Beweise deponieren konnte.

War die Witwe eine Mörderin? Hatte sie den Einbruch vorgetäuscht, um etwas zu verschleiern? War ihre Mutter eine Killerin oder hatte Patrick seinen ehemaligen Pflegevater auf dem Gewissen? Lag der Grund für die Tötung in der Vergangenheit?

Bei den Ermittlungen fühlte sich Wiebke wie im Kampf gegen eine Hydra. Für jede gefundene Antwort tauchten sofort neue Fragen auf, die die Suche nach dem Mörder noch schwieriger machten.

In der Hoffnung, dass die Aufnahmen der Sicherheitskameras weitere Erkenntnisse lieferten, folgte sie Frau Neunaber zum Büro des Sicherheitsdienstes. Dort drückte ihr die Witwe eine gebrannte DVD in die Hand.

»Haben Sie oder Ihre Kollegen in der letzten Nacht etwas Auffälliges bemerkt?«

»Leider nein«, entgegnete ein sichtlich zerknirschter Wachmann.

Wiebke verabschiedete sich und kehrte ins Polizeikommissariat zurück. Patrick, der an seinem Schreibtisch saß und die Tastatur malträtierte, blickte auf. »Hattest du schon einen Einsatz?«

»In der letzten Nacht wurde im Dünenhopfen eingebrochen.«

Auch wenn ihr Kollege an diesem Morgen wieder wie aus dem Ei gepellt aussah, bemerkte sie die dunklen Ringe unter seinen Augen.

»Hast du bereits eine heiße Spur?«

Im ersten Moment wollte ihn die Polizistin mit ihrem Verdacht konfrontieren, entschied sich dann aber dagegen. Bevor sie Patrick für seine Taten zur Rechenschaft zog, wollte sie zunächst nach weiteren Beweisen suchen. Und das konnte sie am besten, wenn sie so nahe wie möglich an ihm dranblieb.

»Bisher habe ich nur den Tatort gesichert und die Spurensicherung informiert. Mit etwas Glück führt uns der Täter auch zum Mörder von Ulrich Neunaber. Da der Einbrecher sein Büro durchsucht hat, könnten die Verbrechen zusammenhängen, meinst du nicht auch?«

Bei dieser Frage musterte sie ihren Kollegen aus den Augenwinkeln, damit ihr keine Regung entging. Leider zeigte Patrick keinerlei erkennbare Anzeichen von Nervosität.

»Könnte sein. Was hast du denn in der Hand?« Er deutete auf die Hülle, in der sich die DVD befand.

»Die Aufnahme der Überwachungskamera. Ich werde sie mir gleich ansehen.« Wiebke setzte sich an ihren Schreibtisch und schob den Datenträger in ein externes Laufwerk. Wenige Augenblicke später tauchte der Eingangsbereich des Verwaltungsgebäudes auf dem Monitor auf.

»Das interessiert mich auch.« Patrick stand auf und stellte sich hinter ihren Stuhl. Bei dem Gedanken, einen Mörder in ihrem Rücken stehen zu haben, erschauderte sie.

»Ist dir kalt? Du zitterst so.«

»Alles okay.« Wiebke gab sich lässig und gemeinsam starrten sie auf den Bildschirm.

»Was ist denn hier los?« Gesner trat ins Büro.

Die beiden hatten so konzentriert auf den Monitor gesehen, dass sie ihren Vorgesetzten nicht bemerkt hatten.

»Wir sichten gerade die Aufnahme einer Überwachungskamera«, informierte ihn Patrick, bevor Wiebke etwas sagen konnte.

»Was denn für eine Aufnahme?« Der Kommissar schaute Wiebke ebenfalls über die Schulter. »Ist das etwa die Firmenzentrale des Dünenhopfens?«

»Dort wurde in der letzten Nacht eingebrochen.« Wiebkes Kollege war mit seiner Antwort wieder schneller gewesen.

»Wer von euch war denn vor Ort?«

»Wiebke, sie hat …«

»Ich kann für mich allein sprechen«, fuhr sie Patrick an.

»Habe ich dir nicht gesagt, dass du die Finger von dem Fall lassen sollst?«, fragte Gesner verärgert.

»Der Einbruch hat nichts mit dem Mord zu tun. Außerdem war ich zu diesem Zeitpunkt allein im Büro. Was hätte ich deiner Meinung nach denn machen sollen?«

»Du hättest mich anrufen müssen. Ich werde deine Alleingänge keinesfalls länger tolerieren, ist das klar?«

Wiebke drehte sich zum Kommissar um. »Ich wollte doch nur …«

»Ob das klar ist, will ich wissen«, unterbrach er sie barsch.

Bei dieser Zurechtweisung eruptierte ihre Wut, als sei in ihrem Inneren ein Vulkan ausgebrochen und statt Blut schien nun Lava durch ihre Adern zu fließen. Auch wenn Wiebke ihren Vorgesetzten am liebsten angeschrien und Patrick als Verdächtigen gebrandmarkt hätte, nickte sie nur stumm. Mit einem Ausraster würde sie nichts erreichen.

»Patrick wird diese Aufnahme allein auswerten. Alle Ergebnisse deiner bisherigen Ermittlungen will ich in einer Stunde auf meinem Schreibtisch liegen haben«, bestimmte Gesner und schritt zu seinem Arbeitsplatz.

Wiebke holte die DVD aus dem Laufwerk und reichte Patrick den Datenträger, der damit zu seinem Schreibtisch schlurfte. Danach verfasste sie einen kurzen Bericht, in dem sie weder die Vergangenheit ihres Kollegen noch den Verdacht gegen ihn erwähnte.

Auch wenn es Wiebke den Job kosten konnte, musste sie nun auf eigene Faust etwas unternehmen, das war sie ihrer Mutter einfach schuldig. Sollte ihr Kollege tatsächlich mit Neunabers Tod in Verbindung stehen, würde er die Ermittlungen bestimmt in die falsche Richtung lenken.

Bis zum Mittag erledigte Wiebke ihre Arbeit so mechanisch, als hätte sie jemand auf Autopilot geschaltet. Als Gesner das Büro wegen eines weiteren Zahnarzttermins verließ, sprintete sie zu Patricks Schreibtisch.

»Hast du was entdeckt?«, wisperte sie.

»Das darf ich dir nicht sagen.«

»Wir wollten doch zusammenarbeiten«, erinnerte sie ihn an sein Versprechen.

»Klar, aber ich will keinen Ärger, verstehst du?«

»Niemand wird davon erfahren.« Wiebke zog einen imaginären Reißverschluss über ihren Lippen zu. »Superbullen gehen immer ihren eigenen Weg.«

»Da ist was dran. Komm her.« Patrick winkte seine Kollegin zu sich und sie stellte sich neben ihn. »Auf der Aufnahme ist nur das Sicherheitspersonal zu sehen. Dazwischen sind immer wieder dunkle Blöcke von einigen Minuten, siehst du hier?« Er spulte zurück und Wiebke blickte auf einen schwarzen Bildschirm.

»Ist der Datenträger kaputt?«

»Unwahrscheinlich, denn die Zeit läuft weiter.« Patrick deutete auf die Digitalanzeige einer Uhr, die am unteren Bildrand mitlief. »Entweder sind die Kameras defekt, oder jemand hat die entsprechenden Stellen gelöscht.«

»Das könnte Sabine Neunaber gewesen sein. Sie wird den Einbruch vorgetäuscht haben«, mutmaßte die Polizistin.

»Warum sollte sie das tun? Sabine hätte doch alles aus dem Büro entfernen können, ohne dass es jemandem aufgefallen wäre.«

»Da ist was dran.«

»Was fehlt überhaupt?«, fragte Patrick, ohne den Blick vom Bildschirm zu nehmen.

»Angeblich wurde der Laptop ihres Mannes gestohlen.

Ob auch andere Dinge verschwunden sind, konnte sie mir nicht sagen. Ihrer Aussage nach gibt es für das Büro nur zwei Zugangskarten. Eine müsste Neunaber bei seinem Tod bei sich gehabt haben.«

»Dann werde ich schnell in der Asservatenkammer nachsehen.« Patrick stand auf.

»Ich komme mit.«

»Nichts da. Wenn Gessner dich dort erwischt, wird er ausrasten.« Ihr Kollege stand auf und eilte aus dem Büro. Wiebke ging ihm einige Schritte nach und blieb dann stehen. Sich von der Schlüsselkarte überzeugen zu wollen, wäre ohnehin sinnlos. Falls Patrick der Täter sein sollte, hätte er sie längst zurückgelegt.

Wichtiger war der Laptop.

Wenn er das Gerät in seiner Wohnung versteckte, musste sie es sich nur holen.

Sofort.

Mit klopfendem Herzen eilte Wiebke zum Schreibtisch ihres Kollegen und zog die oberste Schublade auf, in der er normalerweise seinen Schlüsselbund aufbewahrte.

Heute anscheinend nicht.

»So ein Mist«, fluchte sie und wühlte hektisch darin herum. Wenige Augenblicke später hatte sie die Schlüssel unter einem angerotzten Papiertaschentuch gefunden und drückte die Schublade zu. Hoffentlich konnte sie den Schlüsselbund später unbemerkt zurücklegen.

Wiebke eilte zur Tür, die urplötzlich aufgerissen wurde.

Gesner trat ins Büro. In der rechten Hand hielt er eine Tüte mit dem Logo eines Fischgeschäfts, in der linken ein angebissenes Matjesbrötchen.

»Das Wartezimmer beim Zahnarzt war so voll, dass ich

trotz meines Termins mindestens zwei Stunden gewartet hätte. Ich habe mir deshalb einen anderen Behandlungstermin geben lassen. Möchtest du ein Brötchen mit Brathering?« Er hielt ihr die Tüte entgegen.

»Nee, danke. Ich habe keinen Hunger.«

»Du bist kreidebleich. Ist alles okay mit dir?«

»Ich habe Kopfschmerzen«, redete sich Wiebke aus der Affäre. »Eine frische Brise wird mir sicherlich guttun.«

»Deinem Aussehen nach sollte es besser ein Sturm sein.«

Nach seiner Bemerkung rang sie sich ein gequältes Lächeln ab und stakste auf Beinen, die jederzeit unter ihr nachzugeben drohten, aus dem Gebäude. Der Schlüsselbund in der Hosentasche brannte so heiß wie eine glühende Kohle.

Was hatte sie nur getan?

Wenn Patrick den Diebstahl bemerkte und sie vor Gesner als Verbrecherin brandmarkte, war sie erledigt.

Obwohl Wiebke bei jedem Schritt damit rechnete, eine Hand auf ihrer Schulter zu spüren, rannte sie nicht, um kein Aufsehen zu erregen.

Beim Starten ihres Fahrzeugs würgte sie den Motor drei Mal hintereinander ab, bevor sie endlich losfahren konnte. Glücklicherweise war Patrick vor vier Monaten nach Norden gezogen, sodass sie innerhalb kürzester Zeit in seiner Wohnung sein konnte. Wiebke gab seine Adresse, die er ihr nach seinem Umzug genannt hatte, in ihr Navi ein und erreichte ihr Ziel zehn Minuten später.

Mit klopfendem Herzen stellte sie ihren himmelblauen Mini in einer Nebenstraße ab, damit sich niemand an das Fahrzeug vor dem Mehrfamilienhaus erinnerte, und stieg aus.

Das Gefühl, etwas Falsches zu tun, war so übermächtig, dass sie die Aktion am liebsten abgeblasen hätte und ins Büro zurückgefahren wäre.

Wollte sie ernsthaft in der Wohnung ihres Kollegen rumschnüffeln? Konnte sie Patrick danach wieder unter die Augen treten? War sie wegen ihres Verdachtes nicht verpflichtet, mit Gesner zu reden?

Wiebke schüttelte den Kopf, als könnte sie die Fragen damit vertreiben, und machte sich auf den Weg.

Vor dem Eingang des modernen Gebäudes blieb sie stehen und warf einen Blick auf die Klingelschilder, die in vier Reihen paarweise nebeneinander angeordnet waren. *Meiners* stand oben links – er wohnte im obersten Stockwerk.

Wiebke zog den Schlüsselbund aus der Hosentasche und startete einen ersten Versuch. Der dritte Schlüssel passte. Rasch öffnete sie die Eingangstür, trat in den Flur und sah sich um.

An der linken Wand hingen acht Briefkästen. Zwei Türen führten in die Wohnungen im Erdgeschoss. An der rechten Seite war eine Treppe.

Wiebke eilte, immer zwei Stufen auf einmal nehmend, in das oberste Stockwerk. *Meiners* stand an einer der beiden Klingeln. Wenige Augenblicke später drückte sie die Wohnungstür mit klopfendem Herzen hinter sich zu und knipste das Licht an.

Zwei an der Decke befestigte Strahler flammten auf und tauchten den schmalen Flur in helles Licht. Drei Türen führten in verschiedene Räume. An der Wand hing eine Garderobe, darunter stand ein schmales Schuhregal.

Wiebke drückte die erste Tür auf, hinter der sich das Badezimmer befand. Die nächste Tür führte in eine kleine

Küche und die letzte in einen etwa dreißig Quadratmeter großen Raum. Tageslicht fiel durch ein Fenster herein.

An der linken Wand stand ein gemachtes Bett. Darüber hing eine Magnetwand mit Fotos.

Vor dem Fenster stand ein Schreibtisch. Darauf befanden sich neben einem Computermonitor eine kabellose Tastatur und eine ergonomisch geformte Maus.

Die rechte Seite wurde von einem Schrank eingenommen. An der dem Fenster gegenüberliegenden Wand war eine Kommode, auf der ein riesiger Flachbildschirm thronte. Davor hatte Patrick ein zweisitziges Sofa und einen halbhohen Tisch platziert.

Wiebke ging zum Bett und betrachtete die Fotos näher.

Die meisten Bilder waren Schnappschüsse, die Insa allein oder zusammen mit Patrick zeigten. Auf einem Bild posierte ein ihr unbekanntes Paar von etwa fünfzig Jahren für einen unsichtbaren Fotografen.

Wiebke zog die Schreibtischschubladen auf, konnte dort aber keinen Laptop finden. Der Schrank war voller Kleidung, die akkurat aufeinandergelegt war. In der Kommode entdeckte sie eine Playstation mit dazugehörigen Spielen, einige DVDs und Zeitschriften.

Wiebke schlich in die Küche, die nicht ganz so penibel aufgeräumt war. Den Laptop entdeckte sie auf dem Küchentisch, begraben unter der Tageszeitung. Es war ein älteres Model mit verkratztem Gehäuse.

Wiebke klappte das Gerät auf und blickte direkt in Insas Gesicht, das sie vom Monitor her anlächelte. Patrick schien sich in seinen eigenen vier Wänden sicher zu fühlen, denn der Laptop war nicht einmal passwortgeschützt.

Wiebke klickte sich durch die Dateiordner, die weitere Fotos enthielten. Darunter waren auch Bilder, die Patrick im Kindesalter zeigten – allerdings ohne Neunabers. In einer Datei waren Sportbilder, die ihn beim Training zeigten.

Wiebke wollte sich gerade den Browserverlauf ansehen, als sie ein Klacken an der Wohnungstür hörte.

War Patrick ihr auf die Schliche gekommen oder suchte noch jemand nach dem Laptop?

Sie klappte das Gerät zu, legte die Zeitung darüber und sah sich hektisch in der Küche um. Zwischen Hochschrank und Wand befand sich ein etwa dreißig Zentimeter großer Spalt, vor dem ein dunkelgrauer Vorhang hing. Sie drängte hinein, zog den Vorhang vor und presste sich in die schmale Nische zwischen Staubsauger, Trittleiter und Bügelbrett. Keine Sekunde zu früh, denn nun trat jemand in die Küche.

Wiebkes Herz trommelte so laut in ihrer Brust, dass man es bis nach Sünnum hören musste. Vorsichtig lugte sie durch einen schmalen Spalt und erkannte Insa, die eine Flasche Wein auf den Tisch stellte.

Wenn die Studentin bereits einen Schlüssel für die Wohnung hatte, war die Beziehung ernster, als Wiebke geahnt hatte.

Insa sah in ihre Richtung und Wiebke fühlte sich bereits ertappt, aber dann drehte sich die junge Frau um und verließ die Küche. Wiebke lauschte und hörte wenige Augenblicke später das Klacken, mit dem die Haustür ins Schloss fiel, erneut.

Erleichtert trat sie aus ihrem Versteck hervor und warf einen Blick auf die Weinflasche, an der eine mit Herzen bedruckte Karte lehnte. Sie griff danach.

Wir treffen uns heute Abend im schaukelnden Liebesnest
stand in geschwungener Schrift auf der Rückseite.

Peinlich berührt stellte Wiebke die Karte zurück.

Sie musste nach einem anderen Laptop suchen, denn das Gerät auf dem Tisch hatte offensichtlich nichts mit dem Diebesgut zu tun.

Hektisch riss sie Küchenschränke auf und sah sogar im Herd nach, aber auch dort entdeckte sie nichts Außergewöhnliches. Nach einer Visite im Bad verließ sie die Wohnung und eilte zu ihrem Mini zurück. Sie öffnete die Fahrertür und ließ sich auf den Sitz fallen.

Was hatte sie sich bei dieser bescheuerten Aktion nur gedacht? Hatte sie ernsthaft geglaubt, dass Patrick den gestohlenen Laptop nicht verstecken würde?

Das Gerät hätte unter losen Dielenbrettern, in doppelbödigen Schubladen oder im Hohlraum einer Wand sein können. Wenn er es überhaupt in der Wohnung versteckt hatte. Vielleicht war es auch in seinem Auto oder einem Bankschließfach.

Falls Patrick es gestohlen hatte.

Wiebke hämmerte mit den Handballen auf das Lenkrad.

Das schlechte Gewissen nagte an ihr wie eine hungrige Ratte. In den letzten Tagen schien sie ihren moralischen Kompass vollends verloren zu haben. Gestern wäre beinahe ihre Beziehung zu Ruben in die Brüche gegangen und heute war sie heimlich in die Wohnung eines Kollegen eingedrungen.

Was würde sie als Nächstes tun?

Sie ließ den Motor an und kehrte zur Dienststelle zurück. Vor dem Aussteigen mahnte sie sich zur Ruhe und betrat kurz darauf das Büro – in dem glücklicherweise niemand war. Wiebke nutzte den Moment und legte Patricks Schlüssel zurück.

Wenige Augenblicke später setzte sie sich an ihren Schreibtisch, stützte die Ellenbogen auf die Tischplatte und verbarg den Kopf in den Händen.

EINSAMKEIT

Die Friesenbrauerin schritt am späten Nachmittag auf dem Segelboot die wenigen Meter von einem Kabinenende zum anderen ab, drehte sich um und ging denselben Weg zurück. Zum dreiundsechzigsten Mal an diesem Tag. Wenn sie ihren gestrigen Rekord einstellen wollte, musste sie noch siebenundachtzig Mal den Gang ablaufen. Mit auf dem Rücken verschränkten Armen ging sie diese Strecke erneut, diesmal rückwärts.

Gesine wechselte zu Seitschritten und hüpfte den Gang entlang wie ein Kind. Zunächst vorwärts, dann rückwärts.

Gestern hatte sie es in einem Anfall von Übermut sogar im Handstand probiert, war aber bereits im Ansatz kläglich gescheitert und quer durch die Kabine gepurzelt. Der Rücken tat ihr nach der Bruchlandung noch immer weh.

Kurz vor der Hundertermarke klingelte das auf dem Tisch liegende Prepaidhandy. Auf dem Display wurde eine Nummer angezeigt, die sie nicht kannte. Auch wenn es nur Joris und ihre Tochter sein konnten, war Gesine vorsichtig und nahm das Telefonat entgegen, ohne ihren Namen zu nennen.

»Mama?«

»Kindchen, du bist das«, rief sie erleichtert aus. »Hast du den Mörder inzwischen gefasst?«

»Ich wurde von dem Fall abgezogen, das weißt du doch. Dennoch habe ich einige Spuren verfolgt. Sagt dir der Begriff Tüdeltown etwas?«

»Tüdeltown?« Die Friesenbrauerin dehnte den Begriff wie ein Gummiband. »Nie gehört. Was soll das sein?«

»Anscheinend eine Zukunftsversion von Sünnum. Ich habe in Neunabers Büro einen Skizzenblock gefunden, in dem dieser Name stand.«

»Was machst du denn in seinem Büro?«

»Ich war wegen eines Einbruchs dort, bei dem angeblich ein Laptop gestohlen wurde. Patrick könnte etwas damit zu tun haben, denn er war Neunabers Pflegekind.«

»Dann lagen wir mit unserer Vermutung richtig. Wenn er mit dem Brauer krumme Geschäfte gemacht hat, traue ich ihm alles zu.«

»Auch einen Mord?«

»Warum nicht? Er könnte sich mit seinem Pflegevater wegen … wie war der Name noch gleich?«

»Tüdeltown.«

»Richtig, Tüdeltown. Was für eine dämliche Bezeichnung. Jedenfalls könnten sie deshalb gestritten haben. Patrick ist ein kräftiger Bursche, der Neunaber mit Leichtigkeit ertränkt haben könnte. Pass auf dich auf. Dein Kollege könnte gefährlich sein. Wo bist du jetzt eigentlich?«

»In Sünnum. Ich habe heute früher Schluss gemacht und werde gleich im Kroog aushelfen.«

»Sind immer noch so viele Leute dort?«

»Der Besucherstrom reißt nicht ab. Ruben muss ständig Dünenhopfen nachbestellen, damit niemand verdurstet. Von den Dorfbewohnern lässt sich hier keiner mehr blicken. Nur Renate und Monika helfen noch, alle anderen boykottieren den Kroog wegen des Dünenhopfens.«

»Ich muss den Sünnumern ihre Kneipe zurückgeben.« Tüdelbüdel ballte die rechte Hand zur Faust.

»Zunächst einmal müssen wir deine Unschuld beweisen.«

»Ich werde hier keinesfalls länger untätig herumsitzen und stundenlang im Internet surfen. Wo könnte der Laptop sein, von dem du vorhin gesprochen hast?«

»Keine Ahnung. Warum fragst du?«

»Weil ich danach suchen werde.«

»Das ist Blödsinn, denn die Polizei fahndet nach dir. Zudem wurde dein Foto im Internet tausendfach geteilt. Du würdest sofort entdeckt werden.«

»Keine Sorge, mich wird niemand erkennen. Bei dem Schietwetter ist ohnehin kaum jemand unterwegs. Hier geht momentan eine Sintflut runter.«

»Im Dorf regnet es auch. Bleib um Himmels willen in deinem Versteck. Wir sehen uns später.«

»Bis dann.«

Die Friesenbrauerin legte das Mobiltelefon auf den schmalen Tisch. Obwohl sie sich unter Menschen in großer Gefahr befand, musste sie endlich etwas unternehmen, schließlich konnte sie nicht monatelang in diesem Schiff eingesperrt sein. Mit ihrer Untätigkeit musste endlich Schluss sein, denn inzwischen löschte die Einsamkeit wie ein langsam wirkendes Gift jede Hoffnung aus.

Gesine würde sich ihr Leben zurückholen. In ihrer Vergangenheit hatte sie das Schicksal schon oft in den Allerwertesten getreten und auch jetzt würde sie sich keinesfalls unterkriegen lassen.

In einer Kiste hatte sie gestern Wechselkleidung gefunden, die Insa gehören musste. Die Friesenbrauerin stellte die Kiste auf den Tisch, nahm die Sachen heraus und begutachtete sie.

Die Kleidungsstücke der kräftig gebauten Insa waren für ihre zierliche Figur zu groß, aber die Ärmel konnte sie umschlagen und die Hosenbeine hochkrempeln. Mit der pinkfarbenen Sonnenbrille auf der Nase und dem blauen Südwester auf dem Kopf musste sie wie ein modischer Frontalunfall aussehen, aber niemand würde sie erkennen – und nur darauf kam es an.

Tüdelbüdel zog die rote Regenhose über ihre Jeans und streifte dann den Kapuzenpullover mit dem Aufdruck eines Einhorns über. Kurze Zeit später steckten die Füße in knallgelben Gummistiefeln. Über den Hoodie hatte sie einen zu den Gummistiefeln passenden Friesennerz gezogen.

Sie setzte Sonnenbrille und Hut auf und betrachtete sich in dem kleinen Spiegel, der neben dem Garderobenhaken hing. Zum ersten Mal seit vielen Tagen huschte ein Lächeln über ihr Gesicht.

Die Friesenbrauerin würde mit der Suche nach dem Mörder dort beginnen, wo alles seinen Anfang genommen hatte.

Bei Neunaber.

Wenn Patrick in seinem Haus aufgewachsen war, hatte die Witwe bestimmt Antworten auf ihre Fragen. Gesine wollte gerade das Prepaidhandy einstecken, als sich jemand an der Tür, die unter Deck führte, zu schaffen machte.

Sie hielt den Atem an und lauschte, konnte aber das vereinbarte Klopfzeichen nicht vernehmen. Ohne den Blick von der Tür zu wenden, öffnete sie eine der Besteckschubladen und nahm ein Messer heraus. Ihre Finger schmiegten sich um den Plastikgriff und hielten es fest in der Hand.

Mit einem Ruck wurde die Tür aufgerissen.

Eine Windbö fegte herein.
Regentropfen explodierten auf den Stufen.
Eine Gestalt kam die Treppe hinunter.

ENTFÜHRUNG

Wiebke steckte das Prepaidhandy nach dem Telefonat mit ihrer Mutter ein und stieg aus dem Wagen. Bevor sie sich auf den Weg zum Kroog machte, wollte sie mit Joris reden. Vielleicht konnte er Gesine zur Vernunft bringen.

Wenige Minuten später eilte sie, vom Regen bis auf die Haut durchnässt, die Wendeltreppe seines Leuchtturms hinauf.

Der alte Kapitän saß in seinem Sessel und blickte auf das Meer, dessen Wellen sich bei dem Unwetter mit Getöse am Strand brachen. Die Hände lagen auf seinem Bauch.

Regentropfen hämmerten gegen die Scheibe. Die dunklen Wolken hingen so tief, dass sie mit der Nordsee zu einer beängstigenden grauen Masse zu verschmelzen schienen.

»Wiebke, was willst du?«

»Mama dreht durch. Sie möchte den Mörder auf eigene Faust finden.« Die Polizistin stellte sich vor ihn.

»Das war nur eine Frage der Zeit. Niemand kann deine Mutter einsperren.«

»Wenn sie sich draußen sehen lässt, wird sie schneller verhaftet werden, als sie Moin sagen kann.«

»Da wäre ich mir keinesfalls sicher. Gesine ist ein schlaues Mädchen.«

»Kannst du mit ihr reden? Auf mich hört sie nicht.«

»Wenn deine Mutter sich etwas in den Kopf gesetzt hat, ist sie störrischer als ein Maulesel.«

»Ich weiß, aber …« Wiebke schlang die Arme um ihren Körper. »… ich mache mir Sorgen.«

Joris seufzte vernehmlich, friemelte sein Prepaidhandy aus der Hosentasche und drückte auf die im Kurzwahlverzeichnis hinterlegte Nummer.

»Moin, hier ist Joris. Du bist …« Er verstummte und sein Gesicht erstarrte zu einer Maske des Schreckens. »Sag doch was«, brüllte er urplötzlich so laut ins Telefon, dass Wiebke erschrocken zusammenfuhr.

»Was ist denn los?«

»Keine Ahnung.« Er ließ das Gerät sinken, als sei es zu schwer geworden. »Deine Mutter hat geschrien und danach … nichts mehr.«

»Wir müssen sofort zu ihr.« Wiebke stürmte zur Treppe.

»Jo.« Joris stützte sich auf die Armlehnen und stand auf.

Sie rannten durch den Regen zu Wiebkes Mini und stiegen ein.

Auf dem Weg versuchte der alte Kapitän Gesine telefonisch erneut zu erreichen, aber vergeblich.

»Kannst du nicht schneller fahren?«, trieb er Wiebke zur Eile an.

»Bei dem Schietwetter sehe ich kaum etwas.« Mit einem Kopfnicken deutete sie auf die Scheibenwischer, die im Stakkato über die Windschutzscheibe schabten. An einigen Stellen waren die Pfützen so groß, dass es den Anschein hatte, als hätte sich die Straße in einen Fluss verwandelt. Einmal verloren die Reifen im Wasser ihre Bodenhaftung. Der Wagen rutschte zur Seite weg und drohte in einem Graben zu landen. Erst nach bangen Augenblicken hatte Wiebke ihr Fahrzeug wieder unter Kontrolle.

Am Hafen stellte Wiebke den Mini ab und gemeinsam

eilten sie zum Anleger. Auf dem Steg verlor Joris auf dem nassen Untergrund den Halt und wäre ins Wasser gefallen, wenn Wiebke ihn nicht im letzten Moment gepackt hätte.

Unliebsame Beobachter mussten sie nicht fürchten, denn alle Skipper hatten sich vor dem Unwetter unter Deck geflüchtet. Sollte jemand zufällig hinaussehen, würde er nur zwei verschwommene Gestalten im Regen wahrnehmen. Wiebke half Joris an Deck und lief dann zur offenstehenden Tür.

»Mama?«, rief sie, aber niemand antwortete.

»Tüdelbüdel, sag doch was.« Der alte Kapitän folgte Wiebke nach unten. Dort sahen sich die beiden um, konnten die Friesenbrauerin aber nirgendwo entdecken.

»Meine Mutter wird angegriffen worden sein und sich damit verteidigt haben«, mutmaßte Wiebke und hob ein Küchenmesser vom Boden auf.

»Wir müssen sofort nach Gesine suchen. Sie könnte verletzt sein.« Joris deutete auf einen Blutfleck an der Tischkante und berührte dann mit der Fußspitze eine auf dem Boden liegende pinkfarbene Sonnenbrille.

»Die Polizei fahndet bereits nach ihr«, erinnerte ihn Wiebke.

»Wir müssen sie vorher finden.«

»Das ist mir klar. Ich habe nur keine Ahnung, wo meine Mutter sein könnte. Sie wurde entführt, und allein kommen wir nicht weiter. Wir sollten zunächst mit Ruben reden.«

»Vertraust du ihm?« Joris musterte sie mit stechendem Blick.

Wiebke, die den Moment, in dem sie ihren Freund beinahe verloren hätte, niemals vergessen würde, nickte. Nach einem kurzen Telefonat mit ihm kehrten die beiden in das Dorf zurück. Auf der Fahrt ließ der Regen nach und als sie ihr Ziel erreichten, nieselte es nur noch.

Da das Unwetter fast alle schaulustigen Touristen vertrieben hatte, konnte Wiebke den Mini vor dem reetgedeckten Anwesen parken. Sie stieg aus dem Fahrzeug.

»Komm jetzt«, trieb sie Joris zur Eile an. »Ruben wartet. Hey … was macht ihr denn hier?« Die Frage galt Sören und Leefke, die auf die Schankwirtschaft zuschritten.

»Wir treffen uns alle im Kroog, um bei der Suche nach Tüdelbüdel zu helfen.«

»Woher wisst ihr denn von ihrem Verschwinden?« Wiebke riss überrascht die Augen auf.

»Ruben hat uns informiert. Da wegen des Wetters ohnehin kaum etwas los war, hat er alle Auswärtigen vor die Tür gesetzt, damit wir hier in Ruhe reden können.«

Joris quälte sich aus dem Auto. »Ich setze keinen Fuß in den Kroog, solange dort Dünenhopfen ausgeschenkt wird.«

»Verdammt, jetzt reicht es mir aber. Von einem Glas Dünenhopfen wirst du schon nicht sterben«, zeterte Leefke.

»Ich rühre das Gesöff auch nicht an«, ließ sich Sören vernehmen. »Statt dieser Plörre trinke ich lieber Wasser.«

Gemeinsam marschierten sie zum Kroog.

Als Wiebke den Schankraum betrat, drehten sich einige der bereits eingetroffenen Sünnumer zu ihr um. Das Gemurmel wurde immer leiser, bis es schließlich ganz erstarb.

»Was ist denn mit euch los?« Ruben, der hinter der Theke stand, klatschte in die Hände. »Wir sind hier doch nicht auf einer Beerdigung. Wer der Meinung ist, dass wir Tüdelbüdel nicht finden werden, kann jetzt gehen.«

Keiner rührte sich.

»Dann sollten wir mit der Koordination unserer Suche beginnen. Will jemand ein Dünenhopfen?« Ruben stellte ein leeres Glas unter den Zapfhahn.

»Nee.«

»Nee.«

»Nee.«

»Nee.«

»Niemand?« Der Barkeeper stützte sich auf der Theke ab und schaute in die Runde.

»Dein Bier kannst du selbst süppeln«, grummelte Hinnerk.

Reichlich bedröppelt hob Ruben sein Glas und trank einen Schluck Dünenhopfen.

»Danke für deine Unterstützung.« Wiebke, die hinter die Theke gekommen war, nahm ihren Freund in den Arm und wandte sich dann an die Dorfbewohner. »Jeder von euch kennt das Foto, das von meiner Mutter im Internet kursiert.«

»Lauter«, rief Sepp, der mit Tammo an einem der hinteren Stehtische stand.

»Rauf mit dir.«

Ruben half Wiebke auf die Theke. »Können mich jetzt alle verstehen?«

»Jo.«

In den nächsten Minuten berichtete die Polizistin den erstaunten Dorfbewohnern von Tüdelbüdels Versteck auf dem Segelschiff des Tierarztes und dem plötzlichen Verschwinden ihrer Mutter an diesem Nachmittag. Sie erwähnte den Einbruch in Neunabers Büro und das Verschwinden des Laptops, den der Mörder entwendet haben könnte. Ihren

Verdacht gegen Patrick sprach sie nicht an, da die Sünnumer nur nach Tüdelbüdel und nicht nach einem vermeintlichen Täter Ausschau halten sollten.

»Ich kann mir das nicht erklären.« Hauke Peters war ratlos. »Außer Joris, Wiebke und mir wusste niemand von dem Versteck.«

»Hast du dich irgendwo verplappert?«, fragte der Deichschäfer.

»Bestimmt nicht. Ich kann ein Geheimnis bewahren.«

»Was ist mit deiner Tochter?«, wollte Hilde Dekker wissen.

»Ich habe Insa nichts erzählt.«

»Könnte sie Tüdelbüdel zufällig auf dem Schiff entdeckt haben?«

»Insa war als Kind oft seekrank und ist seit Jahren nicht mehr an Bord gewesen. Nach der Scheidung bin ich immer nur allein rausgefahren. Was sollte sie denn ausgerechnet bei dem Schietwetter dort? Zudem hätte Gesine bei ihrem Erscheinen nicht geschrien.«

»Da ist was dran.« Hinnerk rieb sich über den mächtigen Bart, den er an diesem Abend zu einem Zopf geflochten hatte. »Warum ist deine Tochter eigentlich nicht hier?«

»Keine Ahnung. Insa geht auch nicht an ihr Handy.«

»Seltsam, oder Hauke?«

»Was willst du mir denn damit sagen?«, giftete der Tierarzt.

»Schluss jetzt!« Wiebke stampfte mit dem Fuß auf.

»Niemand von uns würde meine Mutter verraten, auch Insa nicht. Wir können nur etwas erreichen, wenn wir einander vertrauen. Keine Alleingänge und erst recht keine Selbstjustiz. Hinnerk, geht das in deinen ostfriesischen Dickschädel?«

»Klar. Nichts für ungut.« Der Tischler schlug Hauke so fest auf die Schulter, dass der aufstöhnte.

»Ihr sucht nur nach Gesine. Die Fahndung nach dem Mörder bleibt Sache der Polizei. Obwohl ich offiziell nicht mehr an diesem Fall arbeiten darf, versuche ich so viele Informationen wie möglich über den Stand der Ermittlungen zu bekommen. Solltet ihr etwas erfahren, wendet euch an Ruben. Er koordiniert die Suche nach meiner Mutter vom Kroog aus. Wir beide stehen in ständigem Kontakt.«

»Was genau sollen wir denn machen?«, meldete sich Monika Nansen zu Wort.

»Haltet Augen und Ohren offen. Achtet auf ungewöhnliche Vorkommnisse und Leute, die sich seltsam verhalten. Jede Kleinigkeit kann wichtig sein. Bei den Beobachtungen dürft ihr euch aber keinesfalls in Gefahr begeben. Sollte es brenzlich werden, meldet euch sofort bei mir.«

»Ich dachte, wir sollten uns mit Ruben abstimmen«, wandte Tammo ein.

»Das ist auch richtig. Wenn es gefährlich wird, ist aber die Polizei zuständig. Alles klar so weit?«

»Eine Frage hätte ich noch.« Joris hob die Hand.

»Was ist denn?« Wiebke beugte sich zu ihm.

»Hat jemand noch ein Tüdelbräu für mich?« Er blickte in die Runde, aber niemand meldete sich.

»Ich bin sicher, dass meine Mutter bald wieder neues Bier brauen wird. Bis dahin müsst ihr aber den Sabbel halten. Wenn jemand von unserer heimlichen Suche erfährt, werden wir nichts erreichen und ich bin meinen Job los.«

»Keine Sorge. Niemand von uns wird auch nur ein Wort über dieses Treffen verlieren. Ich rede später noch mit meiner Tochter.« Hauke Peters verabschiedete sich und auch die anderen Dorfbewohner verließen nach und nach die Kneipe. Joris schlurfte als Letzter aus der Schankwirtschaft.

Wiebke sah ihm sorgenvoll nach.

»In den letzten Tagen ist er um Jahre gealtert.«

»Tüdelbräu scheint sein Lebenselixier zu sein.« Ruben grinste schief.

»Das ist es nicht. Er ist einsam.«

»Warum kommt er dann nicht? Der Kroog hat doch geöffnet.«

»Warum sollte er? Die Sünnumer meiden die Kneipe inzwischen und für die Touristen ist er nur ein Freak aus einem ostfriesischen Kuriositätenkabinett.«

»Ich verstehe den Aufstand wegen des Tüdelbräus nicht. Bier ist Bier.«

»Für diese Bemerkung würde Joris dich eigenhändig in einer Düne verbuddeln. Ich habe Angst, dass Mama etwas Schreckliches zugestoßen ist.«

»Wir werden deine Mutter schon finden.« Ruben nahm seine Freundin in den Arm.

»Daran zweifle ich nicht. Die Frage ist nur, ob wir sie lebend finden. Das Blut an der Tischkante deutete auf einen Kampf hin.«

»Tüdelbüdel taucht bald wieder auf. Wirst schon sehen.«

»Damit sie dann verhaftet wird?«

»Die Polizei wird den wahren Mörder bestimmt finden.«

»Bist du sicher?«, fragte Wiebke.

Ruben antwortete nicht.

BIERDORF

Sabine Neunaber betrat am späten Abend das Arbeitszimmer ihres Mannes und setzte sich an seinen Schreibtisch.

Obwohl er ihr den Zutritt niemals verboten hatte, war sie zu Lebzeiten in diesem Raum nicht willkommen gewesen. Ulrich hatte sich oft bis tief in die Nacht hier verschanzt, die Übernahmen kleinerer Brauereien vorbereitet und die Geschäftsstrategie des Dünenhopfens überarbeitet.

Seine Ideen hatte sie später vertraglich fixiert und dabei alle Aspekte, die ihr nicht gefielen, geändert. Dass er ihr in juristischen Angelegenheiten freie Hand ließ, hatte sie zunächst als Vertrauensbeweis gedeutet.

Inzwischen wusste Sabine, dass Ulrich keine Ahnung gehabt hatte und sich ohne ihre Hilfe ständig im Paragrafendschungel verirrt hätte.

In den letzten Jahren hatte sie den Dünenhopfen immer mehr nach ihren eigenen Vorstellungen geformt. Da Ulrich sie nie darauf angesprochen hatte, war Sabine bisher davon ausgegangen, dass er es entweder nicht bemerkt hatte oder dass es ihm gleichgültig gewesen war.

In den letzten Wochen hatte er allerdings kaum noch Interesse an der Brauerei gezeigt, obwohl er mehr Zeit als jemals zuvor in der Firmenzentrale oder in diesem häuslichen Arbeitszimmer verbracht hatte. Anfänglich hatte Sabine eine Geliebte vermutet, aber dafür hatte es keine Hinweise gegeben. Inzwischen war sie mehr denn je davon überzeugt, dass ihr Mann an einem Projekt arbeitete, von dem sie nichts wissen sollte.

Wahrscheinlich hatte Ulrich irgendwann doch begriffen, dass sie im Dünenhopfen hinter den Kulissen die Strippen zog und ihn in der Öffentlichkeit wie eine Marionette tanzen ließ.

Vielleicht hatte er auch eine Scheidung vorbereitet, bei der er sie über den Tisch ziehen wollte. Ihre Ehe hatte sich im Laufe der Jahre immer mehr in eine Zweckgemeinschaft verwandelt, von der beide profitierten. Das hatte sie zumindest gedacht, aber nun war sie sich keinesfalls mehr sicher.

Was auch immer Ulrich vorgehabt hatte: Sabine ging davon aus, dass sie auf dem vor ihr liegenden Laptop Antworten finden würde. Sie hatte das Gerät in der mittleren Schreibtischschublade in seinem Büro gefunden, begraben unter Kopierpapier und Formularen.

Neugierig klappte sie den Computer auf und erblickte einen schwarzen Hintergrund, auf dem sie ein weißes Kästchen zur Eingabe eines Passwortes aufforderte.

Da ihr Mann mit komplizierten Zugangscodes überfordert war und ihn eine Kombination aus Buchstaben, Zahlen und Sonderzeichen regelmäßig in den Wahnsinn getrieben hatte, würde er ein einfach zu merkendes Kennwort verwendet haben.

Aber welches?

Nach einem Moment des Nachdenkens gab sie *Dünenhopfen* ein – sein Standardpasswort. Der Computer verweigerte ihr den Zugriff und wies sie in einer in blutroten Buchstaben geschriebenen Warnung darauf hin, dass sich das System nach zwei weiteren Fehlversuchen selbständig löschen würde.

Wenn ihrem Mann die Daten so wichtig gewesen waren, dass er sie lieber vernichten als jemand anderem zeigen würde, musste es sich dabei um ein bedeutendes Projekt handeln.

Oder um etwas Kriminelles.

Hatte Ulrich mit den falschen Leuten Geschäfte gemacht? Schuldete er einem Kredithai Geld? Wurde er erpresst? Hing sein Tod mit den Daten zusammen, die er auf diesem Laptop gespeichert hatte?

Mit dem vorgetäuschten Einbruch wollte sie weniger die Polizei in die Irre führen als einen möglichen Mitwisser auf eine falsche Fährte locken – denn sie war sich keinesfalls sicher, ob noch jemand außer Ulrich von dem Laptop wusste. Die Polizistin schien den Köder geschluckt zu haben, da es auch nach der Arbeit der Spurensicherung keine weiteren Vernehmungen gegeben hatte.

Sabine starrte auf das Eingabefeld. Auch wenn einer ihrer IT-Spezialisten das Passwort sicherlich knacken konnte, wollte sie niemanden um Hilfe bitten.

Die Inhalte der externen Speichermedien, die sie in seinem Büro gefunden hatte, waren ohne erkennbare Auffälligkeiten gewesen und sie hatte diese dort liegenlassen. Inzwischen waren die Dinger sicherlich von Experten der Polizei ausgewertet worden. Die Spezialisten schienen ebenfalls nichts Außergewöhnliches festgestellt zu haben, denn sonst hätte sich Gesner sicherlich bei ihr gemeldet. Die Hausdurchsuchung – bei der die Beamten eine Unordnung veranstaltet hatten, als wären Vandalen in ihr Heim eingefallen – hatte ebenfalls nichts gebracht. Die Haushälterin hatte viele Stunden zum Putzen und Einräumen der Zimmer gebraucht.

Den Laptop hatte Sabine zuvor im Hohlraum einer mannsgroßen Skulptur versteckt, die in einem Rosenbeet stand. Wie erwartet hatten die ermittelnden Beamten sich von den Dornen abschrecken lassen und die Statue nicht angerührt.

Sabine ging davon aus, dass es von den Daten auf dem Laptop keine Kopien gab. Wenn Ulrich mit seiner Geheimniskrämerei einen solchen Aufwand betrieben hatte, musste es sich um eine große Sache handeln, bei der er keinen Mitwisser duldete.

Hatte er hinter ihrem Rücken etwas zusammen mit ihrem ehemaligen Pflegekind ausgeheckt? Wollten sich die beiden an ihr rächen, weil sie den Jungen damals weggegeben hatte? Obwohl Ulrich ihr niemals einen Vorwurf gemacht hatte, wusste sie, dass er Patrick trotz seines Jähzorns gerne aufgezogen hätte.

Sabine gab *Patrick* in das Eingabefeld ein, aber der Computer verweigerte ihr auch jetzt den Zugriff.

»Verdammt!«, fluchte sie und kaute auf der Unterlippe, während sie angestrengt nachdachte, denn einen weiteren Fehler durfte sie sich nicht erlauben.

Sollte es doch eine Geliebte geben und er ihren Namen verwendet haben, würde sie diesen niemals erraten können.

Sabine lehnte sich in dem Schreibtischstuhl zurück, legte die Fingerspitzen aneinander und grübelte. Ihr Mann war zeit seines Lebens ein selbstverliebter Gockel gewesen, der die Bühne der Öffentlichkeit genossen hatte und sich für seine geschäftlichen Erfolge feiern ließ – auch wenn sie dafür verantwortlich war.

Mit Niederlagen konnte er hingegen nicht umgehen.

Sein kindisches Verhalten beim letzten Watthumpen-Festival war ein Paradebeispiel dafür. Die Trophäe, die er als Zeichen seines Sieges viele Jahre in der Vitrine stehen hatte, hergeben zu müssen, war ihm sichtlich schwergefallen.

Zeichen seines Sieges.

Sabine murmelte die Worte leise vor sich hin. Da Ulrich sich immer als Gewinner gesehen hatte, konnte er das Symbol für seine Siege als Kennwort gewählt haben.

Sie gab *Watthumpen* in das Eingabefeld ein.

Ihr rechter Zeigefinger verharrte einen Moment über der Enter-Taste. Dann sprang sie so schnell auf, als hätte der Stuhl Feuer gefangen, und schritt zum Fenster. Der Blick in den parkähnlich angelegten Garten, der von versteckten Leuchten stilvoll in Szene gesetzt wurde, entspannte sie normalerweise, aber heute tobte der Gedankensturm unvermindert weiter. Schon in wenigen Sekunden konnte sie das Geheimnis ihres verstorbenen Mannes lüften – oder es für immer verlieren.

Urplötzlich wurde der Garten in gleißend helles Licht getaucht. Sabine trat einen Schritt zurück. Ihr Puls schoss so schnell in die Höhe, als hätte sie eine Wagenladung Amphetamine eingenommen. Nach einigen Augenblicken beruhigte sie sich wieder. Die im Garten versteckten Bewegungsmelder waren so sensibel, dass sie immer wieder von Tieren ausgelöst wurden. Der Elektriker musste die Dinger anders einstellen, sonst würde sie noch einen Herzinfarkt bekommen.

Momentan hatte sie allerdings andere Sorgen.

Sollte sie den letzten Versuch wagen oder nicht?

»Scheiß drauf«, motivierte sie sich wenig damenhaft und kehrte zum Schreibtisch zurück. Im Stehen beugte sie sich über den Laptop und schlug die Enter-Taste so fest an, dass es wie ein Gewehrschuss knallte.

Einige qualvolle Sekunden lang geschah nichts. Dann verschwand der schwarze Bildschirm und ein Schriftzug mit dem Namen *Tüdeltown* erschien, wobei die Punkte über dem *ü* Bierhumpen darstellten. Auf dem Desktop befanden sich vier Ordner, die mit den Begriffen *Fotos, Entwürfe, Verträge* und *Bank* gekennzeichnet waren.

Sabine klickte auf *Fotos*. Wenige Sekunden später wurden ihr hunderte Bilder angezeigt, auf denen unzählige Menschen, verschiedene Gebäude und ein Strand zu sehen waren.

Sie scrollte durch die Aufnahmen und erkannte ein reetgedecktes Anwesen, das aus verschiedensten Winkeln aufgenommen worden war. Sie vergrößerte eines der Bilder und konnte nun den Schriftzug *Kroog* über einer Tür entziffern. Es handelte sich also um Sünnum.

Da Ulrich nicht unerkannt mit einer Kamera durch das Dorf gelaufen sein konnte, hatte er sicherlich einen Maulwurf eingeschleust, der ihn mit aktuellen Fotos versorgte.

Aber wen und vor allem: Warum?

Sabine schloss den Dateiordner und öffnete die Entwürfe.

Nun betrachtete sie verschiedene Skizzen des Dorfes, die Ulrich nach den Bildern angefertigt haben musste. Dabei hatte er entweder ungenau gearbeitet oder bewusst Änderungen vorgenommen, denn die Straßen verliefen stellenweise anders als auf den Fotos.

Die Bezeichnungen der Gebäude wie *Biertränke, Saufstall* oder *Fasskönig* deuteten auf ein fiktives Bierdorf hin, über das er Ende letzten Jahres mit ihr gesprochen hatte.

Sabine hatte den Vorschlag, an der Nordseeküste eine

Art Disneyland für Biertrinker aufzuziehen, als Schnaps-idee abgetan. Da er nie wieder davon gesprochen hatte, war das Thema für sie erledigt gewesen.

Für ihn anscheinend nicht.

Fasziniert betrachtete sie die Pläne des Dorfes, bei denen ihr verstorbener Mann an alles gedacht zu haben schien.

In Tüdeltown gab es verschiedene Kneipen sowie Lokale und Souvenirläden. Neben einer Hotelanlage, die er in un-mittelbarer Nähe des Dorfes aufziehen wollte, konnten be-tuchte Kunden auch ein Zimmer direkt in Sünnum buchen.

Zur Realisierung der Entwürfe mussten ihm aber alle Bewohner ihre Häuser verkaufen – und das war unrealis-tisch. Die Sünnumer waren so heimatverbunden, dass sie ihre Immobilien sicherlich nicht für eine Friesenversion des Ballermanns verkaufen würden.

Es sei denn …

Sabine klatschte in die Hände, als wollte sie ihrem ver-storbenen Mann applaudieren.

Nach dem Sieg der Friesenbrauerin war Sünnum von Touristen überrannt worden, die alle ein Tüdelbräu trinken wollten – und bald wieder verschwunden wären. Ulrich hatte den Touristenstrom mit Internetpostings immer weiter an-geheizt und aus dem Schützenfest eine Megaparty gemacht.

Die Idee, die Dorfbewohner mit einer permanenten Be-sucherschwemme aus Sünnum zu vertreiben, war genial. Wer wollte schon in seinem Haus leben wie ein Tier im Käfig, ständig begafft von tausenden Neugierigen?

Beim Andrang der Sensationstouristen in dem Mörder-dorf, wie Sünnum nach seinem Tod genannt wurde, hatte Ulrich allerdings nicht mehr mitgewirkt.

Die spannende Frage war nun, wer nach seinem Ableben

ein Interesse daran hatte, dass die Sünnumer ihre Häuser eines Tages entnervt – und wahrscheinlich zu einem Spottpreis – verkauften?

Sabine öffnete den Ordner mit den Verträgen. Darin waren verschiedene Dokumente, die unter normalen Umständen sie selbst ausgearbeitet hätte. Neben vorbereiteten Kaufverträgen für verschiedene Immobilien, darunter auch den Kroog, fand sie den Gesellschaftervertrag einer Tüdeltown GmbH.

Sie öffnete das Schriftstück und überflog die einzelnen Seiten. Beim siebten Paragrafen stutzte sie.

Dass die Anteile eines Gesellschafters im Todesfall ohne Ausgleichszahlung an die Erben auf die anderen Gesellschafter übergingen, war juristisch in Ordnung, aber unüblich. Einer solchen Klausel hätte sie niemals zugestimmt. Vielleicht hatte Ulrich ihr deshalb nichts von diesem Vertrag erzählt.

Sabine sah sich die Aufstellung der Gesellschafter an.

Dabei sog sie hörbar die Luft ein, denn außer ihrem verstorbenen Mann gab es nur eine weitere Person, die jetzt alleiniger Eigentümer der Tüdeltown GmbH war.

Sie schloss die Datei und öffnete den letzten Ordner mit der Aufschrift *Bank*, in dem nur wenige Dokumente abgelegt waren. Wenige Minuten später wusste sie, dass Ulrich in aller Heimlichkeit ein Privatdarlehen über eine halbe Million Euro aufgenommen und dieses Geld als Einlage in die Tüdeltown GmbH eingebracht hatte.

Sein Geschäftspartner, der dieselbe Summe eingelegt hatte, war nun um fünfhunderttausend Euro reicher. Manche Menschen hatten schon für weniger Geld gemordet …

Sabine blickte eine Weile wie paralysiert auf den Monitor, denn nun wusste sie, wer die Fotos in Sünnum gemacht hatte.

Der Gedanke, dass der Geschäftspartner der Mörder ihres Mannes sein konnte, ließ sie erschaudern.

Wenn sie mit ihrer Vermutung zur Polizei ging, könnte sie sein nächstes Opfer sein. Zudem würden die Beamten eine Erklärung verlangen, woher sie die Informationen hatte, und sie dann wegen einer Falschaussage bezüglich des gestohlenen Laptops belangen.

Wollte sie das in Kauf nehmen?

Wenn Sabine nichts unternahm, würde die Friesenbrauerin irgendwann gefunden und verurteilt werden – sofern sie überhaupt noch lebte. Weshalb sollte sie sich in Dinge einmischen, die sie nichts angingen? Schließlich würde nichts von alldem Ulrich wieder lebendig machen.

Sabine klappte den Laptop zu, stand auf und trottete mit hängenden Schultern in den Flur. Der grauenvolle Verdacht schien sie aller Kraft beraubt zu haben.

Im Wohnzimmer nahm sie ein Kristallglas aus dem Schrank und goss sich einen doppelten Bourbon ein. Sie kippte den Whiskey mit einem Schluck runter und schenkte sich nach.

Plötzlich nahm sie aus den Augenwinkeln einen Schatten wahr, der an der offenstehenden Tür vorbeihuschte.

»Fenke, bist du das?«, rief sie, obwohl ihre Haushälterin längst Feierabend gemacht hatte.

Ihre Worte verhallten in der Stille.

Einer Stille, die nichts mit der Ruhe zu tun hatte, die Sabine nach einem langen Arbeitstag genoss, sondern mehr mit jener Art Lautlosigkeit, die man sonst nur in einem Mausoleum findet. Sie verharrte wie erstarrt.

Dann gab sie sich einen Ruck und trat, das Glas in der rechten Hand haltend, auf den Flur. Dort brannte kein Licht. Die Dunkelheit war so absolut, dass sie Sabine wie eine gallertartige Masse umgab und ihr den Atem raubte.

BRUMMSCHÄDEL

Die Friesenbrauerin stöhnte leise. Ihre Lider flatterten, dann öffnete sie die Augen und erblickte eine nur schemenhaft wahrnehmbare Gestalt, die sich über sie beugte.

»Da bist du ja endlich.«

Die Stimme hörte sich an, als hätte Gesine Watte in den Ohren. Dann wurde die Umgebung zusehends klarer, als würde jemand ein Fernsehbild einstellen, und sie erkannte Insa, die sie sorgenvoll ansah.

»Was ist passiert? Ich habe einen Brummschädel wie nach einem Fass Dünenhopfen.«

Sie versuchte, sich aufzusetzen, aber die Medizinstudentin drückte sie auf das Bett zurück.

»Liegen bleiben. Du könntest eine Gehirnerschütterung haben.«

Die Friesenbrauerin tastete so vorsichtig über ihren Kopf, als könnte dieser jeden Moment explodieren.

»Ich habe dich auf dem Segelboot entdeckt. Als ich die Treppe runterkam, hast du dich vor mir zurückgezogen. Dabei bist du gestolpert und gegen die Tischkante geknallt. Glücklicherweise konnte ich dich rechtzeitig auffangen, sonst wärst du in deiner Ohnmacht der Länge nach hingeschlagen. Dabei hättest du dich ernsthaft verletzen können.«

»Hat dir dein Vater mein Versteck verraten?«, fragte Gesine, die inzwischen wieder normal hören konnte.

»Nee, das hätte er nie gemacht. Ich hatte keine Ahnung,

dass du auf dem Boot bist, sonst wäre ich niemals dorthin gekommen. Seit Neunabers Ermordung haben Patrick und ich uns kaum noch gesehen. Daher wollte ich ihn mit einem Abend im *schaukelnden Liebesnest* überraschen.«

»Schaukelndes Liebesnest?«

»Klingt furchtbar kitschig, ich weiß. Nach den ersten Dates war das aber die Bezeichnung für Vaters Schiff, auf dem wir uns heimlich getroffen haben.«

»Patrick und du … ihr seid …«

»… ein Paar. Das weiß außer dir aber noch niemand.«

»Vor einigen Wochen hast du im Kroog noch erzählt, dass der Polizist ein selbstverliebter Macho mit dem Sozialverhalten eines Neandertalers sei.«

»Ich weiß, aber damals kannte ich ihn noch nicht so gut. Aber mein Liebesleben ist momentan unwichtig. Du hast übrigens eine Platzwunde am Hinterkopf, die ich erst einmal mit Klammerpflastern versorgt habe. Sieht schlimmer aus, als es ist.«

»Wo bin ich jetzt eigentlich?« Die Friesenbrauerin wollte sich aufsetzen, wurde aber erneut von Insa auf die Matratze gedrückt.

»In einem Wohnwagen. Eltern einer Freundin sind Dauercamper in Norddeich. Den Schlüssel heften sie seit Jahren mit einem Magneten unter den Wagen. Keine Sorge, die sind momentan auf Ibiza. Frag mich nicht, warum die dort Urlaub machen, wenn sie eine Unterkunft an der Nordseeküste haben.«

»Weiß die Polizei von diesem Versteck?«

»Nein, sonst wärst du längst verhaftet worden. Deinen Fragen nach scheint dein Gedächtnis noch zu funktionieren. Ich hatte schon Sorge, dass …«

»… ich einen Sprung in der Schüssel habe, wenn ich aufwache?«

»Ich hätte es anders ausgedrückt, aber darauf läuft es in etwa hinaus. Möchtest du einen Schluck Wasser?«

Tüdelbüdel nickte und schwang die Beine aus dem Bett, als Insa eine Flasche aus einem Schrank nahm.

»Habe ich dir nicht gesagt, dass du liegen bleiben sollst?«

»Ich bin okay. Mir ist nur etwas schwindlig.« Gesine nahm die Flasche entgegen und trank in kleinen Schlucken.

»Warum bin ich hier gelandet?«, wollte sie danach wissen.

»Ich habe dich hergebracht, weil ich keine Ahnung hatte, ob dein Versteck sicher war oder die Polizei bereits davon wusste. Zudem konnte ich nicht riskieren, dass Patrick dich dort findet. Dich vom Schiff in meinen Wagen zu verfrachten war eine ziemlich heikle Angelegenheit. Du kannst froh sein, dass du so ein Leichtgewicht bist. Bei dem strömenden Regen wird uns keiner gesehen haben, von daher bist du hier erst einmal in Sicherheit.«

»Wer weiß noch von diesem Wohnwagen?« Gesine trank einen weiteren Schluck Wasser.

»Außer den Eigentümern niemand.«

»Bist du die ganze Zeit bei mir gewesen?«

»Natürlich, ich konnte dich in deinem Zustand doch nicht allein lassen.«

»Das ist lieb von dir.« Die Friesenbrauerin ergriff Insas Hand. »Vor wenigen Jahren hätte ich mich für deine Fürsorge noch mit einem Heringsschwarm erkenntlich zeigen können, aber jetzt sollte ich dir wohl ein Tüdelbräu spendieren.«

»Muss ich mich denn für eine Sache entscheiden?« Die junge Frau zog demonstrativ einen Flunsch.

»Du kannst natürlich auch einen Heringsschwarm in Tüdelbräu schwimmen lassen.«

»Das ist eine gute Idee, aber …«

»Was ist?«, hakte die Friesenbrauerin sofort nach, als Insa verstummte.

»… bis dahin wird es noch eine Weile dauern, denn es sieht nicht gut aus für dich. Die Fahndung läuft noch immer auf Hochtouren und du kannst dich nirgendwo sehen lassen. Wieso hattest du eigentlich meine Klamotten an?«

»Ich wollte auf eigene Faust ermitteln.« Tüdelbüdel sah an sich herab. Sie trug noch immer den Hoodie mit dem Einhornmotiv, der an der Kapuze jetzt sicherlich blutverschmiert war. Die rote Regenhose lag neben den knallgelben Gummistiefeln und dem Friesennerz auf dem Boden. »Mit der Kleidung bist du so unauffällig wie ein Papagei, der sich in einen Schwarm Krähen verirrt hat. Du kannst doch nicht ernsthaft so rumlaufen.«

»Ich will mich aber nicht für den Rest meines Lebens auf Segelschiffen und in rollenden Konservendosen verstecken. Meinetwegen hast du dich auch noch strafbar gemacht, schließlich hast du eine flüchtende Mörderin versteckt.«

»Das wird keiner erfahren«, winkte Insa lässig ab. »Ich kenne dich seit meiner Kindheit. Du hast niemanden umgebracht.«

»Bist du sicher? Man kann einem Menschen nur vor den Kopf gucken, niemals hinein.« Die Friesenbrauerin blickte der jungen Frau dabei in die Augen.

»Das sagt Patrick auch immer. Und ja, ich bin mir sicher.«

»Auch bei dem Polizisten?«

»Wie meinst du das?«

»Hat er mit dir über seine Vergangenheit gesprochen?«

»Nee, was ist denn mit ihm? War er früher ein Serienkiller?« Insa schnitt eine übertrieben ängstliche Grimasse.

»Das ist nicht lustig. Wusstest du, dass er ein Pflegekind von Neunabers war?«

»Das ist lächerlich. Ich denke, dass die Ordnung in deinem Oberstübchen doch etwas durcheinandergeraten ist.«

»Insa, das ist mein Ernst. Patrick könnte etwas mit Neunabers Tod zu tun haben.«

»Er ist Polizist, kein Verbrecher.«

»Patrick hat eine dunkle Vergangenheit, vor der ihn auch die Uniform nicht schützt. Hast du eine Erklärung, warum er sich in den letzten Wochen so oft in Sünnum rumgetrieben hat?«

»Weil wir uns auch dort getroffen haben. Was soll die blöde Fragerei?«

»Wo war Patrick in der Mordnacht?«

»Du willst es echt wissen, oder?« Insa stemmte die Hände in die Seiten. »Wir haben in den Dünen gepennt, weil wir nach dem Schützenfest ordentlich einen im Tee hatten.«

»Er hätte sich davonschleichen können, während du geschlafen hast.«

»Tüdelbüdel, jetzt reicht es mir. Ich verstehe, dass du den wahren Mörder suchst, aber Patrick ist es nicht.« Die letzten Worte schrie sie ihr ins Gesicht.

»Wenn du es sagst.« Die Friesenbrauerin seufzte vernehmlich und fragte dann: »Wie spät ist es eigentlich?«

»Gleich sechs Uhr. Nach unserer Ankunft habe ich dir ein leichtes Beruhigungsmittel gegeben, weil du immer wieder geschrien und einmal sogar um dich geschlagen hast. Kannst du dich daran nicht mehr erinnern?«

»Nee, ich weiß nur noch, dass ich jemanden auf der Bootstreppe gesehen habe. Danach ist alles wie ausradiert. Wo hast du das Beruhigungsmittel eigentlich her?«

»Ich bin Rettungssanitäterin, das weißt du doch. In meinem Wagen habe ich immer einen Notfallkoffer, der etwas besser ausgestattet ist als die normalen Dinger. Deine Amnesie ist nach einem Schlag auf den Hinterkopf übrigens nicht ungewöhnlich. Du solltest dich so schnell wie möglich in einem Krankenhaus untersuchen lassen, da du statt einer Gehirnerschütterung sogar ein Schädel-Hirn-Trauma haben könntest. Damit ist nicht zu spaßen.«

»Keinesfalls, dann werde ich sofort festgenommen. Zudem hält mein Schädel einiges aus, der ist härter als jede Boßelkugel. Jetzt möchte ich Wiebke und Joris anrufen. Die beiden werden sich schon Sorgen machen.« Gesine suchte in ihren Taschen nach dem Prepaidhandy, fand es aber nicht.

»Wussten die beiden von deinem Versteck?«

Die Friesenbrauerin nickte. »Hast du auf dem Schiff ein Handy gesehen?«

»Nein, du kannst aber mit meinem telefonieren.« Insa reichte ihr ein Mobiltelefon. »Das ist zu gefährlich. Wir hatten extra Prepaidhandys, weil Wiebke unsicher war, ob unsere Telefone überwacht werden.«

»Dass dein Telefon abgehört wird, kann ich nachvollziehen, aber warum ihr Gerät? Sie ist schließlich Polizistin.«

»Und meine Tochter. Wiebke wurde von dem Fall abgezogen und ermittelt nur noch heimlich.«

»Dann ruf Joris an.«

»Dessen Mobiltelefon liegt seit Monaten mit leerem Akku in der Schublade. Wenn er mit jemandem reden wollte, ist er immer in den Kroog gekommen. Die Nummern der Prepaidhandys kenne ich nicht auswendig.«

»Ich könnte doch mit Wiebke sprechen.«

»Du dürftest am Telefon aber kein Wort über mich verlieren.«

»Dann werde ich meinen Vater anrufen. Der kann ihr Bescheid sagen. Darf er von deinem Versteck wissen?«

»Klar. Die Idee, mich zunächst auf dem Segelboot zu verstecken, kam schließlich von ihm.«

»Dann werde ich mich jetzt bei ihm melden. Danach sehen wir weiter.«

CAMPINGPLATZ

Wiebke erwachte vor Sonnenaufgang. Ruben, der neben ihr im Bett lag, schnarchte leise. In der Nacht war sie in seinen Armen eingeschlafen. Ohne seine Nähe hätte sie in den letzten Stunden sicherlich kein Auge zugemacht.

Sie schob seinen linken Arm, der über ihrem Bauch lag, zur Seite und stand auf. Leise schlich sie aus dem Zimmer in die Küche und füllte Wasser in den Kessel.

Beim Zubereiten des Kaffees dachte sie über die gestrige Dorfversammlung nach. Wiebke war froh, dass sich die Sünnumer bei der Suche nach ihrer Mutter beteiligen wollten. Gleichzeitig sorgte sie sich deshalb. Sollte jemand dabei verletzt oder sogar getötet werden, würde sie sich ewig Vorwürfe machen.

Die berufliche Situation war ihr inzwischen vollkommen egal. Wenn sie den Job opfern musste, um ihrer Mutter helfen zu können, würde sie das mit Freuden tun. Sie goss sich eine Tasse Kaffee ein und setzte sich damit an den Küchentisch.

»Moin.« Ruben schlurfte herein.

»Habe ich dich geweckt?« Sie blickte auf.

»Nee, ich habe unruhig geschlafen.« Er schenkte sich eine Tasse Kaffee ein und setzte sich zu ihr. »Im Lädchen kann man jetzt Dünenhopfen bekommen. Gestern kamen hundert Kisten. Die muss ich gleich noch verräumen.«

»Du solltest das Bier nicht auch noch außerhalb des Kroogs verkaufen.«

»Die Sünnumer werden sich schon daran gewöhnen. Bis deine Mutter wieder hier ist …«

»… wird es noch eine Weile dauern. Wenn sie jemals zurückkehrt. Das wolltest du doch sagen, oder?« Wiebke sah ihn mit traurigen Augen an.

Ruben, dessen zerzauster Haarschopf an ein vom Wind zerrupftes Möwennest erinnerte, strich ihr sanft über die Wange. »Wir müssen der Realität ins Auge sehen. Deine Mutter ist eine flüchtige Mörderin. Sollte sie gefasst werden, muss sie mit einem Verfahren rechnen. Bei der Beweislage sieht es schlecht aus für sie.«

»Mutmaßliche Mörderin«, korrigierte Wiebke.

»Wie auch immer. Wir müssen uns auf ein Leben ohne Tüdelbüdel einstellen.«

»Nein!« Das Wort hallte in der Küche nach wie ein Echo. »Meine Mutter hat Neunaber nicht getötet.«

»Es ist schwer zu begreifen, aber …« Er verstummte.

»Kein … aber.« Wiebke leerte ihre Tasse und stand auf.

»Wo willst du um diese Zeit denn schon hin?«

»Ins Polizeikommissariat. Wenn Gesner die Akte noch nicht an eine andere Dienststelle abgegeben hat, kann ich mir die bisherigen Ermittlungsergebnisse ansehen. Vielleicht gibt es neue Erkenntnisse, die mir bisher nicht bekannt sind.«

Eine Stunde – und eine Dusche – später betrat Wiebke das Büro. Die Fahrt über regennasse Straßen, die sich wie schlecht verheilte Narben durch die graue Landschaft zogen, hatte ihre Laune nicht gerade verbessert. Ein böiger Nordwestwind schob dunkle Wolken über die Nordseeküste, die sich genau über ihr auszuregnen schienen.

Patrick, der sich an seinem Schreibtisch hinter einem

Berg Akten verschanzt hatte, blickte sie aus müden Augen an.

»Hatte Gesner nicht Nachtschicht?« Wiebke zog die regennasse Jacke aus und setzte sich an ihren Schreibtisch.

»Der ist gegangen, als ich gekommen bin. Der Arme hat höllische Zahnschmerzen, seine linke Wange war derart geschwollen, als hätte er darin ein Taubenei ausgebrütet.«

»Wie lange bist du denn schon hier?«

»Seit halb fünf. Ich konnte nicht schlafen.«

»Warum das denn?«

»Insa wollte sich gestern Abend mit mir treffen, aber sie ist nicht aufgetaucht und reagiert auf keine Nachricht.«

»Wahrscheinlich schläft sie noch.«

»Möglich, aber sie hat mich noch nie versetzt.«

»Wo hattet ihr euch denn verabredet?«

»Auf dem Segelschiff ihres Vaters. Das liegt im Norddeicher Yachthafen und … was ist denn mit dir los?«

»Kopfschmerzen«, wisperte Wiebke, sprang auf und stürzte zur Toilette.

Im Spiegelbild erblickte sie eine gespenstische Version ihrer selbst. Ihre Haut war so bleich, als wäre sie in einen Eimer mit weißer Wandfarbe gefallen. Die Polizistin fühlte sich wie nach einem Boxkampf, bei dem sie von ihrem Gegner ordentlich verdroschen worden war.

Hatte Insa die Friesenbrauerin verschleppt? Arbeitete sie etwa mit Patrick zusammen? Waren die beiden so etwas wie eine ostfriesische Version von Bonnie und Clyde?

Unwahrscheinlich, aber dennoch …

Wiebke rief mit dem Prepaidhandy ihre Mutter an, erreichte aber wieder nur die Mailbox. Vielleicht hatte Joris etwas erfahren, aber auch bei ihm hatte sie kein Glück.

Wiebke steckte das Gerät wieder ein, spritzte sich kaltes Wasser ins Gesicht und stakste auf Beinen, die jederzeit unter ihr nachzugeben drohten, ins Büro zurück.

»Du siehst echt scheiße aus.«

»Patrick, du verstehst es wirklich, einer Frau Komplimente zu machen. Weißt du zufällig, wo die Ermittlungsakte meiner Mutter ist?«

»Die hat Gesner gestern an die Kollegen weitergeleitet. Wir haben mit der Sache jetzt nichts mehr zu tun.«

»Echt jetzt?«

»Das gefällt mir auch nicht, aber was hätte ich machen sollen?«

Ohne auf die Frage ihres Kollegen einzugehen, ließ sich Wiebke auf ihren Stuhl fallen und checkte die Mails. Zumindest versuchte sie es, aber beim Lesen tanzten die Buchstaben vor ihren Augen und kein Satz ergab einen Sinn. Nach einigen Minuten gab sie auf, stützte die Ellenbogen auf den Tisch und verbarg den Kopf in den Händen. Immer, wenn sie in den letzten Tagen der Meinung gewesen war, dass es nicht schlimmer werden konnte, hatte sie eine neue Hiobsbotschaft erreicht.

Wiebke hatte zunehmend das Gefühl, auf Treibsand zu leben. Je mehr sie strampelte, desto tiefer sackte sie ein, bis sie eines Tages vollständig verschwunden sein würde.

Sie versuchte, alle Gedanken an ihre Mutter so weit wie möglich auszublenden, und machte sich wieder an die Arbeit.

Das Klingeln ihres Prepaidhandys katapultierte sie aus ihren Überlegungen. Die Polizistin sprang auf und fischte noch im Gehen das Gerät aus der Hosentasche. Auf dem Flur nahm sie das Gespräch entgegen.

»Joris, was ist los?« Ihre Stimme überschlug sich vor Aufregung.

»Hauke war gerade bei mir. Insa hat Tüdelbüdel in einem Wohnwagen untergebracht.«

»Mir fällt ein Stein vom Herzen.« Wiebke atmete erleichtert auf. »Ist sie verletzt?«

»Sie hat sich nur den Kopf angeschlagen. Bei ihrem Dickschädel dürfte nichts Ernsthaftes passiert sein.«

»Ich fahre sofort zu ihr. Wo genau ist sie?«

»In einem Wohnwagen, das sagte ich doch schon.«

»Joris, auf welchem Campingplatz?« Wiebke hätte den alten Kapitän am liebsten durchgeschüttelt, damit die Antworten schneller aus ihm herausfielen.

»In Norddeich.«

»Das Areal ist riesig. Wie soll ich Mama dort finden?«

»Keine Ahnung. Mehr weiß ich auch nicht. Ruf Insa an.«

»Das werde ich sofort machen. Bis später.« Wiebke beendete das Telefonat und suchte auf ihrem Smartphone nach Insas Nummer – allerdings vergeblich. Ohne weitere Überlegung stürmte sie ins Büro und baute sich vor Patricks Schreibtisch auf.

»Ich brauche Insas Handynummer.«

»Wozu das denn?« Er musterte seine Kollegin argwöhnisch.

»Ist doch egal. Her damit.«

»In diesem Tonfall …«

»Patrick, wenn du mir nicht augenblicklich diese Scheißnummer gibst, lasse ich dich am Sünnumer Strand die Sandkörner zählen«, drohte sie mit sich überschlagender Stimme.

»Du hast mir nichts zu sagen.« Er hob das Kinn und blickte sie trotzig an.

»Sofort«, schrie Wiebke und stützte sich auf der Schreibtischplatte ab. Dann beugte sie sich so weit vor, dass ihre Nasenspitzen sich beinahe berührten.

»Du musst dringend mal wieder runterkommen.« Patrick scrollte durch das Kurzwahlverzeichnis seines Smartphones. Wenige Augenblicke später hatte Wiebke die Zahlenfolge in das Prepaidhandy eingetippt und war wieder auf den Flur geeilt. Dort drückte sie auf das Symbol des grünen Hörers. Das Telefonat wurde nach wenigen Sekunden entgegengenommen.

»Insa, wo bist du?«, fragte Wiebke statt einer Begrüßung.

»Auf dem Campingplatz in Norddeich.«

»Ist meine Mutter bei dir?«

»Yep.«

»Ich komme sofort. Wie kann ich den Wohnwagen finden?«

»Der ist gegenüber dem Kinderspielplatz. Ich stelle ein Paar gelbe Gummistiefel vor die Tür.«

»Das ist eine gute Idee. Kann ich kurz mit Mama sprechen?«

»Klar.« Wiebke hörte ein Rascheln, dann die Stimme ihrer Mutter.

»Kindchen, mir geht es gut. Insa hat sich rührend um mich gekümmert.«

»Ich mache mich sofort auf den Weg zu dir.«

»Das musst du nicht. Ich bin hier sicher untergebracht.«

»Du kannst dort nicht bleiben. Ich habe keine Ahnung, wer diesen Wohnwagen alles nutzt.«

»Was hast du denn vor?«

»Ich bringe dich erst einmal wieder zum Segelboot, dann sehen wir weiter.«

»Gute Idee. Kannst du etwas zum Frühstücken mitbringen?«

»Natürlich. Wir sehen uns gleich.«

Wiebke beendete das Telefonat und kehrte ins Büro zurück.

»Kannst du hier einen Moment die Stellung halten? Ich muss schnell etwas erledigen.«

»Was ist denn los? Wozu brauchtest du Insas Nummer? Hat es etwas mit dem Verschwinden deiner Mutter zu tun?« Patrick bombardierte sie mit Fragen.

»Das erkläre ich dir später. Wir sehen uns.«

Wiebke winkte ihm zu und rannte zu ihrem Mini. Kurz darauf startete sie den Motor und machte sich auf den Weg.

NACHFORSCHUNGEN

»Danke.« Die Friesenbrauerin gab Insa ihr Handy zurück.

»Kann ich dich einen Moment allein lassen? Ich muss mich dringend bei Patrick melden.«

»Kein Problem, du kannst ruhig gehen. Wiebke müsste ohnehin in wenigen Minuten hier sein.«

»Wir sehen uns.« Insa bückte sich, um die gelben Gummistiefel aufzuheben.

»Lass mal, die Stiefel stelle ich gleich raus.«

Gesine, die das Telefonat zwischen Insa und Wiebke mitgehört hatte, nahm die junge Frau in den Arm. »Du hast viel für mich getan. Das werde ich dir niemals vergessen.«

»Du hättest mich auch nicht im Stich gelassen.« Insa drückte Tüdelbüdel an sich und huschte in den Regen hinaus. Nachdem die Friesenbrauerin die Tür hinter ihr zugezogen hatte, durchsuchte sie die Schränke nach Papier und Stiften. In einer Schublade fand sie das Gesuchte und schrieb eine kurze Notiz, in der sie Wiebke bat, nicht weiter nach ihr zu suchen. Die legte sie auf das Kopfkissen und schlüpfte dann in die Regenhose.

Kurz darauf hatte Gesine auch den Friesennerz und die Gummistiefel angezogen und lugte durch ein Fenster hinaus. Als sie in dem Regen, der mit einem ständigen Rauschen vom Himmel fiel, niemanden sehen konnte, zog sie die Kapuze auf und eilte nach draußen. Mit gesenktem Kopf lief Gesine zwischen den Wohnwagen hindurch und hatte den Campingplatz wenige Minuten später verlassen.

Insas Rettungsaktion hatte ihr noch einmal die Ausweglosigkeit ihrer Situation deutlich vor Augen geführt.

Wenn sie nicht ständig auf der Flucht sein und sich wie eine Ratte verstecken wollte, musste sie den wahren Mörder finden – und zwar allein. Bisher hatten sich schon zu viele Leute bei ihrem Versteckspiel strafbar gemacht.

Wem war damit geholfen, wenn Wiebke ihretwegen den Job verlor oder Hauke Ärger mit der Polizei bekam, weil er eine gesuchte Mörderin auf dem Segelboot versteckte? Sollte Joris wegen seiner Unterstützung etwa ins Gefängnis gehen?

Nein, niemand durfte ihretwegen zu Schaden kommen.

Auch auf die Gefahr hin aufzufliegen würde die Friesenbrauerin ihre Nachforschungen nicht länger auf das Internet beschränken.

Tüdeltown.

Wenn dieser Begriff eine Zukunftsvision von Sünnum beschrieb, schien jemand ein besonderes Interesse an ihrem Dorf zu haben – und an Neunabers Tod. Es war sicherlich kein Zufall, dass Patrick sein Pflegekind gewesen war.

Steckte der Polizist hinter der dunklen Gestalt, die in der Mordnacht weggerannt war? Bei der Suche nach dem Täter würde die Friesenbrauerin dort beginnen, wo alles seinen Anfang genommen hatte.

Beim Dünenhopfen.

Zu Fuß würde sie für die Strecke nach Großheide über drei Stunden brauchen, vielleicht etwas länger, weil sie nur auf Nebenstraßen unterwegs sein wollte.

Wassertropfen prasselten wie ein Sperrfeuer auf ihren Kopf, aber das machte ihr nichts aus, denn Regen hatte sie schon als Kind geliebt. Zudem war sie mit ihren Gummistiefeln für den langen Marsch bestens gerüstet. Vor einer Pfütze, die den Gehweg unpassierbar gemacht hatte, blieb die Friesenbrauerin einen Augenblick stehen. Dann latschte sie mitten hindurch, auf direktem Weg zur Lösung des Falls – oder in ihren Untergang.

DIEBESGUT

Wiebke lief durch das Labyrinth der Wohnwagen, die im Regen alle gleich aussahen – ohne die Gummistiefel vor einer Tür zu finden. Kaltes Wasser lief ihr aus den Haaren unter den Kragen und rann über ihren Rücken. Die Polizistin erschauderte und kehrte zum Spielplatz zurück.

Von dort aus rief sie Insa erneut an. »Deine Mutter wollte die Dinger rausstellen. Das wird sie wohl vergessen haben.«

»Na toll«, grummelte die Polizistin. »Wie soll ich ihren Unterschlupf dann finden?«

»Der zweite Wohnwagen in der ersten Reihe gegenüber dem Kinderspielplatz. Von links aus gesehen«, informierte sie sie.

»Bleib kurz dran, ich sehe nach.«

Wiebke schritt zu dem angegebenen Campingwagen und klopfte. Als niemand darauf reagierte, öffnete sie die unverschlossene Tür und trat ein.

»Ich bin drin, aber hier ist niemand.«

»Das kann nicht sein«, widersprach Insa.

»Warte einen Moment. Auf dem Kopfkissen liegt ein Zettel.« Die Polizistin griff danach und las die in der unverwechselbaren Handschrift ihre Mutter notierte Nachricht.

Ich suche allein nach dem Mörder.

Das war alles.

»Das darf doch nicht wahr sein.« Wiebke setzte sich auf die Bettkante. Sie fühlte sich wie eine defekte Spielzeugfigur.

Power off.

»Was ist los?«

»Mama ist abgehauen. Sie will den Mörder auf eigene Faust finden.«

»Allein wird sie das niemals schaffen. Vor allem nicht in ihrem Zustand.«

»Was ist mit ihr?«

»Sie könnte eine Gehirnerschütterung oder Schlimmeres haben. Wir müssen sie schnellstmöglich finden.«

»Das ganze Dorf ist ihretwegen schon auf den Beinen.«

»Ich spreche mit Patrick. Er wird sicherlich auch helfen wollen.«

»Keinesfalls! Er könnte …«

»… der Mörder sein? Glaubst du etwa auch an den Verschwörungsquatsch deiner Mutter?« Insas Stimme hatte nun jede Wärme verloren.

»Patrick ist …«, setzte Wiebke zu einer Erklärung an, wurde aber erneut unterbrochen.

»… ein Polizist, der einen verdammt guten Job macht. Warum müsst ihr alle auf ihm herumtrampeln?«

»Das macht doch niemand. Ich gehe allerdings davon aus, dass er … Insa … Insa?«

Wiebke steckte das Handy ein, nachdem ihre Gesprächspartnerin das Telefonat abrupt beendet hatte.

Am liebsten hätte sie sich in das Bett gelegt und die Decke so lange über den Kopf gezogen, bis die Sonne wieder geschienen hätte und ihre Mutter nach der Verhaftung des wahren Mörders nach Sünnum zurückgekehrt wäre.

Aber Wiebke war kein Kind mehr, das sich vor der Realität verstecken und in einer Fantasiewelt leben konnte.

Sie rief Ruben an und erzählte ihm vom Alleingang ihrer

Mutter. Er versprach, sofort mit den Sünnumern zu reden, damit sie ihre Augen noch weiter offen hielten.

Nach dem kurzen Gespräch stand Wiebke auf und schleppte sich nach draußen. Den Regen, der weiterhin auf sie niederprasselte, nahm sie kaum noch wahr.

Wieder im Polizeikommissariat zog sie die nasse Jacke aus und schlüpfte aus den Schuhen, die sich in Planschbecken verwandelt hatten. Die vor Wasser triefenden Socken hing sie über die Heizung und tapste barfuß zum Schreibtisch zurück. Wenn Gesner ins Büro kam, würde er sich darüber aufregen, aber das war Wiebke herzlich egal.

»Das mit deiner Mutter tut mir leid.« Patrick, der sie bisher schweigend beobachtet hatte, blickte über seine Aktenmauer. Demnach hatte Insa mit ihm geredet.

»Was genau meinst du? Dass sie bei dem Schietwetter irgendwo da draußen ist? Dass ich Mama nicht vor einer Riesendummheit schützen kann? Dass sie nur deshalb in dieser misslichen Lage ist, weil wir zu blöd sind, den wahren Mörder zu finden?«

»Wir sind keinesfalls zu blöd. Bei den Ermittlungen müssen wir uns nur an bestimmte Spielregeln halten.«

»Klei mi an 'n Moors mit deinen Spielregeln«, fuhr Wiebke ihren Kollegen mit hochrotem Kopf an.

Patrick schien im ersten Moment etwas erwidern zu wollen, schwieg dann aber und tauchte wieder hinter seiner Aktenmauer ab.

Eine Weile war nur das Klappern der Tastaturen zu hören, das gelegentlich vom Klingeln der Telefone unterbrochen wurde. Gesner meldete sich im Laufe des Vormittags wegen einer Wurzelbehandlung vom Dienst ab, was Wiebke aufatmen ließ. Immerhin musste sie sich heute nicht mit ihrem Vorgesetzten rumärgern.

»Moin. Das Päckchen lag vor eurer Tür.«

Der Postbote wedelte mit einem schmalen Paket, das er in der linken Hand hielt. Wiebke stand auf und nahm die Postsendung und weitere Briefe entgegen. Nachdem sich der Zusteller verabschiedet hatte, betrachtete sie das Paket, auf dem sich weder ein Adressaufkleber noch ein Absender befand, genauer.

»Müssen wir eine anonyme Sendung nicht untersuchen lassen? Da könnte eine Bombe drin sein.« Patrick tauchte neben ihr auf.

»Das würde gut zu meiner explosiven Stimmung passen.«

Wiebke streifte Latexhandschuhe über, um mögliche Spuren nicht zu verwischen, und öffnete das Paket vorsichtig mit einer Schere. Ihr Kollege zog sich einige Schritte zurück.

»Darin ist ein Laptop.«

»Ist es *der* Laptop?« Er trottete zu ihr.

»Keine Ahnung. Wäre aber möglich.« Die Polizistin stellte das Gerät auf ihren Schreibtisch.

»Wenn es sich dabei um das Diebesgut aus Neunabers Büro handelt, musst du mir die Auswertung überlassen.« Patrick streckte die Hand danach aus.

»Bist du sicher, dass du dich ausgerechnet heute mit mir anlegen willst?« Wiebke schenkte ihm ein Lächeln, das so kalt war wie eine Eisscholle.

»Ich dachte, nur weil … ist auch egal«, winkte er ab.

»Besser ist das.« Sie klappte den Rechner auf.

Auf der Tastatur lag ein Zeitungsartikel, bei dem das

Wort *Watthumpen* mit einem Leuchtstift markiert war. Wiebke griff danach und überflog die wenigen Zeilen, in denen über das diesjährige Watthumpen-Festival berichtet wurde.

»Das wird der gestohlene Laptop sein«, mutmaßte Patrick und legte so gekonnt die Stirn in Falten, dass sie aussah wie ein zerknülltes Stofftuch. »Ich verstehe nur nicht, warum uns jemand das Gerät überlässt.«

»Warum finden wir es nicht einfach heraus?« Wiebke schaltete den Laptop ein, der sich mit einem Summen hochfuhr. Wenige Augenblicke später blickten die Polizisten auf einen schwarzen Bildschirm, auf dem sie ein rechteckiges Kästchen zur Eingabe eines Passwortes aufforderte.

»Watthumpen.«

Wiebke gab das Wort ein. Einige Sekunden lang geschah nichts. Dann wurde ein Schriftzug mit dem Namen *Tüdeltown* sichtbar und auf dem Desktop erschienen vier Ordner, die mit den Bezeichnungen *Fotos, Entwürfe, Verträge* und *Bank* gekennzeichnet waren.

»Puh.« Sie blies die Backen auf und ließ die Luft langsam entweichen. »Da scheint sich jemand viel Arbeit gemacht zu haben. Was wollen wir uns zuerst ansehen?«

»Die Entwürfe.«

Wiebke klickte auf den entsprechenden Ordner und innerhalb weniger Sekunden wurden verschiedene Skizzen sichtbar.

Diese waren deutlich besser ausgearbeitet als das Gekritzel auf den Seiten des Blocks, den sie in Neunabers Büro gefunden hatte. Über dem Haus der Gebhards stand *Biertränke*, Hinnerks Holzhütte wurde als *Saufstall* bezeichnet und das Gebäude von Bergmüller hieß *Fasskönig*. Zudem war die Straßenführung an einigen Stellen geändert worden.

Fassungslos starrte Wiebke auf die bis ins Detail ausgearbeiteten Pläne, nach denen Sünnum … eine Art Freizeitpark für Sauftouristen werden sollte?

War Neunabers Angebot für eine Zusammenarbeit nur der Anfang gewesen? Hatte er etwa das ganze Dorf aufkaufen wollen?

So bescheuert konnte nicht mal er gewesen sein, schließlich hätte ihm klar sein müssen, dass niemand sein Haus an ihn veräußern würde. Oder hatte er einen Weg gefunden, um seine Visionen dennoch umsetzen zu können? Konnte ihre Mutter Neunaber ertränkt haben, um Tüdeltown zu verhindern?

»Was um alles in der Welt ist das?« Patrick deutete auf einen Übersichtsplan, auf dem neben dem Dorf ein gigantischer Parkplatz und eine Hotelanlage zu sehen waren.

»Das ist eine Horrorversion von Sünnum. Ich frage mich allerdings, wie Neunaber an die Informationen für den Entwurf seiner Pläne gekommen ist. Jemand muss unser Dorf ausspioniert haben, anders kann ich mir das nicht erklären.«

»Warum siehst du mich so komisch an? Du glaubst doch nicht ernsthaft, dass ich ihn mit Informationen versorgt habe.«

Statt einer Antwort öffnete Wiebke den Ordner mit den Bildern. Entsetzt starrte sie auf die Menge der Fotos, die ihr in Miniaturansichten auf dem Desktop angezeigt wurden.

Die Polizistin klickte auf die ersten Aufnahmen, die das Innere des Kroogs und den Innenhof zeigten.

»Hast du ihm die Bilder geschickt?« Auch wenn ihre

Stimme einem Flüstern glich, war der drohende Unterton darin unüberhörbar.

»Natürlich nicht.« Patrick trat einen Schritt zurück.

»Wann wolltest du mir denn von deinem Pflegevater erzählen?« Sie drehte sich zu dem neben ihr stehenden Kollegen um.

»Woher weißt du davon?« Er trat einen weiteren Schritt zurück.

»Nicht so wichtig. Wann hast du Neunaber zum letzten Mal gesehen?«

»Das geht dich nichts an.«

»Irrtum. Wenn du meiner Mutter einen Mord angehängt hast, werde ich dich …«

»Drehst du jetzt vollkommen durch?«, schrie er Wiebke an.

»Sicherlich nicht. Wie erklärst du dir denn die ganzen Bilder? Die hat jemand aus dem Dorf gemacht.«

»Das könnte ein Tourist gewesen ein. Oder Ruben.«

»Ruben, echt jetzt?« Die Polizistin lachte freudlos auf. »Im Gegensatz zu dir hat er meine Mutter immer gegen Neunaber verteidigt.«

»Das kann alles Show gewesen sein.«

»Nicht er, sondern du hast mit deinem Pflegevater eine Show abgezogen. Ihr beide wolltet euch Sünnum unter den Nagel reißen, war es nicht so?«

»Du hast doch nicht mehr alle Latten am Zaun.« Er tippte sich an die Schläfe.

»Seit wann arbeitet ihr denn schon zusammen?« Wiebke ließ nicht locker. »Weiß die Witwe von euren gemeinsamen Geschäften? Wolltet ihr die auch über den Tisch ziehen oder gleich unter die Erde bringen?«

»So einen Scheiß muss ich mir nicht anhören.« Patrick stampfte zu seinem Tisch zurück. Wiebke eilte ihm nach und packte ihren Kollegen an der Schulter.

»Du wirst mir jetzt alles sagen.«

»Warum sollte ich das tun? Du glaubst mir ohnehin kein Wort.«

»Dann überzeuge mich.«

»Dich zu überzeugen ist unmöglich, denn seit der Mordnacht kannst du nicht mehr klar denken.«

»Du verbirgst etwas vor mir. Was verbindet dich mit Neunaber?«

»Meine Vergangenheit geht dich nichts an.«

»Ihr habt also eine gemeinsame Vergangenheit?«

Patrick, der nun merkte, dass er mehr preisgegeben hatte als beabsichtigt, seufzte vernehmbar. »Meine Mutter war eine Trinkerin, meinen Vater kenne ich nicht. Als Kind war ich bei verschiedenen Pflegefamilien, unter anderem auch bei Neunabers. Früher neigte ich zu Wutanfällen und bin bei jeder Kleinigkeit ausgerastet. Meine Aggression habe ich erst vor wenigen Jahren mit einer Therapie in den Griff bekommen. Wie du dir sicherlich denken kannst, bin ich nicht sonderlich stolz auf meine Vergangenheit. War es das jetzt oder möchtest du eine vollständige Lebensbeichte?«

»Das wusste ich nicht.« Wiebke betrachtete ihre Füße.

»Das sollte auch niemand wissen. Ich bin Neunaber vor einigen Monaten bei einem Einsatz begegnet. Er hat mich an der Narbe erkannt. Wir haben uns kurz unterhalten. Einige Zeit später hat er mich aus dem Bett geklingelt und mir eine Stelle bei seinem privaten Wachdienst angeboten, aber ich habe abgelehnt. Ende der Geschichte.«

Die Worte waren aus Patrick herauskatapultiert worden, als wäre in seinem Inneren eine Bombe explodiert.

Im Büro herrschte Schweigen.

Wiebke blickte noch immer betreten nach unten. Als das Telefon klingelte, nahm sie den Anruf entgegen – dankbar, dass sie der unangenehmen Situation entronnen war.

»Polizeikommissariat Norden. Sie sprechen mit …«

»Hier ist Fenke Schipker, die Haushälterin von Neunaber«, fiel ihr die Anruferin aufgeregt ins Wort.

»Worum geht es?«

»Auf den Monitoren der Sicherheitskameras ist eine ältere Frau zu sehen, die über die Mauer des Anwesens klettert. Bitte kommen Sie sofort.«

»Wir kümmern uns darum.« Wiebke beendete das Telefonat und ließ sich auf ihren Schreibtischstuhl fallen.

»Wer hat angerufen?«, erkundigte sich Patrick.

»Schipker. Meine Mutter will anscheinend in die Höhle des Löwen. Ich werde sie festnehmen müssen.«

»Lass mal, ich fahre.« Der junge Polizist schnappte sich den Schlüssel des Streifenwagens.

»Du wirst Tüdelbüdel verhaften, richtig?« Die Polizistin sah ihn mit geröteten Augen an.

»Natürlich. Sie ist zur Fahndung ausgeschrieben.«

»Mama wird im Gefängnis zugrunde gehen. Wenn sie die ganze Zeit auf eine Zellenwand starren muss …« Wiebke verstummte. Urplötzlich spürte sie eine Leere in sich, die sie wie ein schwarzes Loch zu verschlingen drohte.

»Sie wird ein faires Verfahren bekommen.«

»Bis zur Prozesseröffnung wird meine Mutter monatelang in Untersuchungshaft sitzen. Man sieht auf dem Foto eindeutig, wie sie Neunaber ins Bierfass drückt. Mehr Beweise braucht kein Richter. Aber sie wurde reingelegt, verstehst du?«

»Was soll ich denn machen?«

»Wir müssen ihre Unschuld beweisen, bevor sie verhaftet wird.«

»Das ist leider unmöglich.« Patrick ging zur Tür.

»Warte.« Wiebke sprang auf. »Gib mir eine Stunde.«

»Was willst du in der Zeit unternehmen?«

»Das kann ich dir nicht sagen. Du musst mir vertrauen.«

»Nach allem, was du mir vorhin an den Kopf geworfen hast, soll ich dir vertrauen? Das ist ziemlich viel verlangt, findest du nicht auch?«

Die Polizistin nickte. »Du hast jedes Recht, sauer auf mich zu sein. Aber meine Mutter hat damit nichts zu tun.«

»Würdest du für die Friesenbrauerin deine Hand ins Feuer legen?« Er sah ihr in die Augen.

»Ich würde mich für Mama auch auf einen Scheiterhaufen stellen.« Sie wich seinem Blick nicht aus.

»Eine halbe Stunde. Länger kann ich meinen Einsatz nicht hinauszögern.«

Statt einer Antwort rannte Wiebke in den Flur. Im Laufen riss sie das Prepaidhandy aus der Hosentasche und tippte Rubens Nummer ein, die sie auswendig kannte.

Es klingelte einmal.

Zweimal.

Dreimal.

Viermal.

»Brouwer.«

»Ruben, endlich.«

»Was ist das denn für eine Nummer? Weshalb rufst du nicht von deinem Handy aus an?«

»Das könnte überwacht werden. Du musst Mama bei Neunabers abholen. Im Privathaus in Großheide.«

»Was ist denn los? Du klingst so komisch.«

»Fahr einfach dorthin und bring meine Mutter an einen sicheren Ort. Du hast eine halbe Stunde Zeit.«

»Aber ich …«

»Sofort.«

»Mit welchem Wagen denn?«

»Frag Hinnerk, Sören oder Monika. Jemand wird dir schon ein Auto leihen.«

»Du schuldest mir eine Erklärung. Ich melde mich, wenn deine Mutter bei mir ist.«

»Du bist ein Schatz.«

Wiebke beendete das Telefonat und schlurfte ins Büro zurück.

»Patrick, du hast was gut bei mir.«

»Darum geht es nicht. Du hättest mir vertrauen müssen.«

»Den Spruch habe ich in den letzten Tagen schon einmal gehört.« Wiebke setzte sich an ihren Schreibtisch.

»Ich mache mich auf den Weg.« Ihr Kollege verabschiedete sich.

»Denk an dein Versprechen.«

»Keine Sorge, ich fahre langsam und hole mir unterwegs noch etwas zum Essen.«

Wiebke sah dem jungen Polizisten nach, bis dieser das Büro verlassen hatte. Sie fühlte sich grauenvoll, denn die Ermittlungen gegen ihre Mutter hatten ihr schließlich kein Recht gegeben, Patrick derart durch die Mangel zu drehen. Mit der Galgenfrist hatte er ihr nicht nur einen Gefallen getan, sondern auch menschliche Größe gezeigt, zu der die wenigsten Menschen fähig gewesen wären. Vor allem nicht nach solchen Anschuldigungen.

Ein *Pling* wies sie auf den Eingang einer neuen Nachricht hin. Wiebke öffnete ihren Maileingang und las den Bericht der Spurensicherung zum Einbruch in Neunabers Büro. Wie erwartet, waren dort verschiedene Fingerabdrücke gefunden worden, die weder den Eheleuten noch der Sekretärin zugeordnet werden konnten.

Da der Brauer vor seinem Tod in dem Raum Kundengespräche geführt hatte, konnten die Experten zum jetzigen Zeitpunkt nicht sagen, ob sich Unbefugte im Büro aufgehalten hatten.

Weil keine Einbruchspuren gefunden worden waren, richtete sich der Verdacht zunächst gegen Sabine Neunaber, denn die Karte ihres Mannes befand sich in der Asservatenkammer. Allerdings konnte zum jetzigen Zeitpunkt keiner ausschließen, dass es ein Duplikat der Schlüsselkarte gab, von dem niemand wusste. Wiebke schloss die Nachricht und dachte nach.

Patrick kam als Einbrecher nicht mehr infrage, da er das Büro zwischen ihrer Ankunft und dem Erscheinen des Postboten nicht verlassen hatte. Natürlich konnte er mit einem Komplizen zusammenarbeiten, der das Paket vor der Tür deponiert hatte. Aber diese – unwahrscheinliche – Annahme schloss sie aus.

Befanden sich auf dem Laptop manipulierte Informationen, die ihre Mutter als Täterin brandmarkten, oder Hinweise auf den wahren Mörder?

Wiebke warf einen Blick auf die Uhr. Seit ihrem Telefonat mit Ruben schien eine Ewigkeit vergangen zu sein, dabei waren es nur zwölf Minuten gewesen.

Die Polizistin wandte sich wieder dem Laptop zu und klickte die Miniaturbilder nacheinander an, um sie in Originalgröße betrachten zu können. Wer auch immer diese Fotos gemacht hatte, musste sich tagelang in Sünnum aufgehalten haben.

Steckte doch ihr Freund hinter der Aktion?

Patrick, Ruben, Sabine oder ihre Mutter. Das Karussell der Verdächtigen drehte sich immer schneller. Sobald sich ihre Ermittlungen auf eine Person konzentrierten, tauchte eine andere in ihrem Blickfeld auf.

Wiebke brauchte dringend eine Pause, aber die konnte sie sich jetzt keinesfalls leisten.

Sie rieb sich über die brennenden Augen und klickte Bild für Bild in der Hoffnung an, dass ihr eine Aufnahme den entscheidenden Hinweis auf den Täter lieferte.

Als sie diesen fand, schlug die Erkenntnis so brutal zu, dass sie sich auf dem Stuhl krümmte und nach Luft japste. Nachdem sie sich von dem Schock etwas erholt hatte, sah die Polizistin Barbie Bella so lange in die gepixelten Augen, als wollte sie die Influencerin niederstarren.

Mit zitternder Hand speicherte sie das Foto auf ihrem Computer und öffnete den Dateiordner mit der Bezeichnung *Verträge*.

Hier waren deutlich weniger Dokumente hinterlegt. Neunaber schien sich seiner Sache so sicher zu sein, dass er bereits Kaufverträge für verschiedene Immobilien aufgesetzt hatte. Informationen über die jeweiligen Eigentümer musste er ebenfalls direkt aus Sünnum erhalten haben. Wiebke schloss die Dateien und öffnete den Vertrag einer Tüdeltown GmbH. Dabei hielt sie vor Anspannung die Luft an.

Wenige Augenblicke später hatte sie Gewissheit: Das Unternehmen war von zwei Personen gegründet worden.

Eine von ihnen war tot.

Die andere hatte den Mord begangen.

KLETTERAKTION

Die Friesenbrauerin rappelte sich auf und schlich hinter einen Busch. Bei der Kletteraktion hatte sie einen ihrer Gummistiefel verloren, der nun direkt vor der Mauer lag, die sie mit viel Mühe überwunden hatte. Sie warf dem Kleidungsstück einen bösen Blick zu, als wäre es für die Kratzer und blutigen Striemen verantwortlich, die sie sich bei der Kraxelei auf den Baum zugezogen hatte.

Von der Straße aus gesehen war ihr Vorhaben eine gute Idee gewesen, denn einige Äste reichten bis über die Mauer, die Neunabers Anwesen umgaben. Sie musste nur hochklettern, sich daran langhangeln und auf der anderen Seite fallen lassen.

Nicht einmal das Fallenlassen hatte sie hinbekommen, denn sie war vom Ast geplumpst wie ein betrunkenes Eichhörnchen. Mit dem festen Vorsatz, in diesem Leben auf keine Bäume mehr zu klettern, sah sie an sich hinab.

Die vom Regen aufgeweichte Erde hatte ihren Sturz zwar gedämpft, dafür wirkte sie in ihrem schlammverschmierten Friesennerz aber jetzt wie eine verdreckte Leuchtboje.

Die Kapuze war bei der Aktion vom Kopf gerutscht und nasse Haare klebten an Stirn und Wangen. Ihre Hände waren so schmutzig, als hätte sie damit einen Acker umgepflügt. Die geringelte Socke hing wie ein nasser Sandwurm an ihrem Fuß.

Zudem forderten die Anstrengungen des langen Marsches und die Kletterei ihren Tribut. Sie war erschöpft und ihr war schwindelig. Alles in allem hatte Tüdelbüdel schon wesentlich besser ausgesehen, aber trotz allem durfte sie jetzt keinesfalls schlappmachen.

Die Friesenbrauerin drückte einige Zweige des Busches auseinander und lugte durch den Spalt. Außer dem Regen, der wie Bindfäden vom Himmel fiel, konnte sie die Umrisse weiterer Pflanzen erkennen und … etwas, das direkt auf sie zukroch. Sie kniff die Augen zusammen, um das seltsame Wesen trotz der vom Himmel fallenden Wassermassen besser erkennen zu können. Leider vergeblich.

Gesine überlegte fieberhaft, ob es Wachhunde gab, die platt waren wie eine Flunder. In den Laboren dieser Welt wurden sicherlich grauenvolle Geschöpfe gezüchtet, die Gott bei seiner Erschaffung der Erde nicht vorgesehen hatte.

Die Friesenbrauerin ließ das komische Ding, das unbeirrt näher kam, nicht aus den Augen. Als es bis auf einen Meter herangekommen war, drehte es sich zur rechten Seite – dann fuhr der Mähroboter davon.

Sie schimpfte sich eine Spökenkiekerin und wagte sich aus der Deckung. Einen Moment überlegte sie, den verlorenen Gummistiefel zu holen, entschied sich dann aber dagegen, da sie keine Zeit verlieren wollte. So schnell es ihr mit einer Socke und einem Gummistiefel möglich war, huschte sie über den nassen Rasen zur Rückseite des Gebäudes.

Sie hoffte auf ein offenes Fenster, eine angelehnte Terrassentür oder eine andere Möglichkeit, um unerkannt ins Haus zu kommen. Irgendwo dort würde sie den Beweis für ihre Unschuld finden. Gegen alle Vernunft glaubte Gesine fest daran, denn außer der Hoffnung war ihr nichts mehr geblieben.

Wenn sie dabei erwischt wurde …

Sie verdrängte den Gedanken und presste sich an die rückwärtige Wand, um von keinem der Fenster aus gesehen zu werden. Meter für Meter schob sie sich weiter – bis sie eine Kletterrose erreichte, die mithilfe eines Rankgitters bis zum Dach emporwuchs. Tüdelbüdel trat einen Schritt zurück und legte den Kopf in den Nacken. Trotz des Regens, der auf ihr Gesicht prasselte, konnte sie im ersten Stockwerk ein offenstehendes Fenster sehen. Es war nicht sonderlich groß, vielleicht fünfzig Zentimeter im Quadrat, aber sie würde hindurchpassen.

Die Friesenbrauerin musterte die Verstrebungen des Rankgitters, die fest in der Mauer verankert zu sein schienen. Wenn sie auf die Dornen achtete, dürfte die Kletterei ein Kinderspiel sein – zumindest leichter, als sich wie ein arthritischer Affe von Ast zu Ast zu hangeln.

Entschlossen packte sie eine in Kopfhöhe angebrachte Verstrebung und klemmte die Finger zwischen Strebe und Wand. Dann setzte sie den Sockenfuß auf den unteren Gitterrand und zog den Gummistiefel nach. Das Rankgitter hielt.

Tüdelbüdel atmete tief durch, ließ die rechte Hand los und reckte sich nach einer höheren Verstrebung. Sie krallte ihre Finger dahinter und kletterte weitere zwanzig Zentimeter in die Höhe. Strebe für Strebe hangelte sie sich nach oben – bis sie mit dem Gummistiefel abrutschte.

Sie verlor den Halt und krallte sich mit der linken Hand in eine Verstrebung, um die sich die Rose gerankt hatte. Die Dornen stachen tief in ihre Haut und die Schmerzen trieben ihr Tränen in die Augen. Die Friesenbrauerin biss die Zähne zusammen und kletterte weiter, bis sie das Fensterbrett erreicht hatte.

Mit letzter Kraft zog Tüdelbüdel sich hoch. Dabei rutschte sie auf dem nassen Aluminium ab und kippte nach hinten. Verzweifelt suchte sie nach einem Halt, aber ihre Finger strichen nur über Dornen. Sie konnte nur noch schreien, als sie wie ein Stein in die Tiefe fiel.

KROOG

Barbie Bella blickte Wiebke vom Monitor in ihrem Büro an. Die Polizistin hatte das Foto vergrößert, nachdem sie es auf ihr Smartphone geladen hatte zusammen mit den Namen der Gesellschafter, die die Tüdeltown GmbH gegründet hatten.

»Du hättest deinen Müll wegräumen sollen«, wisperte sie dem Bild zu und wählte Rubens Nummer.

Der nahm das Gespräch nach dem dritten Klingeln entgegen. Im Hintergrund hörte sie Motorengeräusche. Er war unterwegs.

»Ist meine Mutter bei dir?«.

»Sie ist mir direkt in die Arme gefallen.« Er lachte, wurde dann aber wieder ernst. »Tüdelbüdel ist an einem Rosenspalier hochgekraxelt. Kannst du dir das vorstellen?«

»Glaub mir, das kann ich.«

»Wo soll ich sie abliefern?«

»Im Kroog.«

»Warum das denn?«, fragte er erstaunt.

»Weil ich sie vor den Augen des ganzen Dorfes verhaften werde. Sie hat uns alle an der Nase herumgeführt.«

»Das verstehe ich nicht.«

»Das erwarte ich keinesfalls. Momentan musst du mir nur vertrauen. Tust du das?«

»Natürlich.«

»Dann sehen wir uns in einer Stunde im Kroog. Für den Mord will ich sie lebenslang im Gefängnis sehen.«

»Du klingst ziemlich angefressen.«

»Das ist eine maßlose Untertreibung. Ich kann mich nicht erinnern, jemals so wütend und gleichzeitig so enttäuscht gewesen zu sein. Dabei hätte ich ihre Lügen viel früher durchschauen müssen. Ich war so *dämlich*.« Das letzte Wort schrie sie in den Hörer. »Tut mir leid, ich wollte nicht laut werden. Ohne dich könnte ich das nicht durchziehen.«

»Ich bin immer für dich da, das weißt du doch.«

»Du bist mein Anker. Dafür liebe ich dich.«

»Ich dich auch. Willst du deine Mutter kurz sprechen?«

»Gib sie mir. Sie soll nichts merken.«

»Keine Sorge, das wird sie nicht.«

Nach einer kurzen Pause hörte Wiebke die Stimme ihrer Mutter am anderen Ende der Leitung.

»Kindchen, du musst Neunabers Haus durchsuchen lassen. Darin befinden sich Beweise, die mich entlasten«, redete die Friesenbrauerin ohne Begrüßung auf ihre Tochter ein.

»Mama, es ist vorbei, denn der Mord ist aufgeklärt. Das ganze Dorf erwartet dich zu einer Willkommensparty im Kroog. Ich freue mich, dass der Albtraum endlich vorüber ist.«

»Wer ist denn der Mörder von Neunaber?«

»Das wirst du gleich erfahren.«

Wiebke beendete das Telefonat und legte das Handy vor sich auf den Schreibtisch. Sie zitterte wie in einem Fieberschub und hatte Magenkrämpfe. Ihre Eingeweide schienen sich in ein Schlangennest verwandelt zu haben, deren Nattern sich gegenseitig auffraßen. Die Nerven fühlten sich an wie Kabel, durch die Starkstrom floss und die jeden Moment durchschmoren konnten. Die körperlichen Schmerzen wa-

ren allerdings nichts im Vergleich zu den seelischen Qua-
len. Obwohl die Polizistin wusste, dass psychischer Stress
körperliche Reaktionen hervorrufen konnte, hätte nichts
sie auf die Wucht ihrer Empfindungen vorbereiten können.

Sie verschränkte die Finger ineinander, als wollte sie
beten, und atmete tief ein und aus. Die Krämpfe wurden
etwas weniger und auch die Nerven schienen die Reize
wieder normal weiterzuleiten.

Obwohl sie die Verhaftung am liebsten allein vorgenom-
men hätte, brauchte sie die Unterstützung ihrer Kollegen.
Zudem würde Gesner eine weitere Einmischung in die
Ermittlungen gegen ihre Mutter nicht ungeahndet lassen.

Wenige Augenblicke später hatte sie mit ihrem Vorgesetzten telefoniert. Dieser wollte Patrick informieren und
sich danach unverzüglich auf den Weg nach Sünnum machen.

Die Polizistin stand auf und tastete nach den Handschellen, die sie am Gürtel trug. Dann verließ sie das Kommissa-
riat und schlich zu ihrem himmelblauen Mini.

Den Weg nach Sünnum legte Wiebke wie in Trance
zurück. Regentropfen hämmerten auf das Autodach und
zerplatzten an der Windschutzscheibe. Die Wolken hingen
so tief, dass sie das Gefühl hatte, in den Himmel hineinzu-
fahren.

Wegen des Wetters waren glücklicherweise nur wenige
Touristen unterwegs. Fünf Personen, die sich vor dem Kroog
eingefunden hatten, standen vor einer verschlossenen Tür.
Wiebke stellte den Wagen vor dem Gebäude ab, ignorierte
die Wartenden und kämpfte sich Stufe für Stufe in die Wohnung.

Bis zum großen Finale hatte sie noch etwas Zeit.

Die Polizistin zog Schuhe und Uniform aus und hängte die Kleidung zum Trocknen auf einen Bügel. In Unterwäsche schlurfte sie in die Küche, legte Prepaidhandy und Smartphone auf den Tisch und wartete. Die Zeiger der Uhr krochen in aller Gemächlichkeit vorwärts und Wiebke fühlte sich wie in einer Schneekugel gefangen, die vom Schicksal ordentlich durchgeschüttelt wurde.

Zehn Minuten vor Ablauf der Frist zog sie die noch immer klamme Uniform wieder an, band die Haare zu einem Pferdeschwanz zusammen und schlüpfte in ihre Schuhe.

»Watt mutt, dat mutt«, sprach sie sich Mut zu, überprüfte ihre Waffe und machte sich auf den Weg.

Vor dem Kroog harrten trotz des Regens inzwischen ein Dutzend Besucher aus, die sich bei Patrick lautstark darüber beschwerten, dass sie die Kneipe nicht betreten durften.

Wiebke nickte ihrem inzwischen eingetroffenen Kollegen zu, öffnete die Tür und trat ein.

Gesner saß auf einem Barhocker an der Theke und drehte sich zu ihr um. Die linke Wange war noch immer geschwollen.

»Bist du sicher, dass die beiden kommen werden?«

Wiebke, die mitten im Raum verharrte, nickte. Die Frage einer Flucht hatte sie sich seltsamerweise nie gestellt.

Schweigen füllte die Schankwirtschaft, als hätte jemand eine unsichtbare Glocke über den Kroog gestülpt – bis die Tür aufgerissen wurde.

Die Friesenbrauerin trat ein und blickte sich um, als sähe sie den Innenraum zum ersten Mal. Ruben drängte sich hinter ihr in die Kneipe und warf Wiebke einen kurzen Blick zu. Sie nickte und deutete zur Theke. Er verstand den Wink und stellte sich an den Zapfhahn.

»Will jemand ein Dünenhopfen?«

»Nee, lass mal.« Gesner winkte ab. Mutter und Tochter schwiegen.

»Wie ihr wollt. Ich könnte jetzt ein Bier vertragen. Wo sind eigentlich die anderen Sünnumer? Sollte hier nicht eine Party steigen?« Ruben stellte ein Glas unter den Zapfhahn und schenkte sich ein Bier ein.

»Kindchen, was ist hier los?«

Die Friesenbrauerin sah von Wiebke zu Gesner. Mit ihrer verdreckten Kleidung, den an den Kopf geklatschten Haaren und der nassen Socke wirkte sie wie eine ostfriesische Vogelscheuche.

Statt einer Antwort löste die Polizistin ihre Handschellen vom Gürtel.

»Willst du etwa deine eigene Mutter verhaften?« Gesine stemmte entrüstet die Hände in die Seiten.

Ohne auf ihre Frage einzugehen, schritt Wiebke an ihr vorbei zur Theke und stellte sich neben ihren Freund.

»Schatz, willst du auch einen Dünenhopfen?«, fragte er sie.

»Ich bin im Dienst. Zudem schmeckt die Plörre wie Katzenpisse. Ruben, hiermit verhafte ich dich wegen des Mordes an Ulrich Neunaber.«

»Das ist nicht witzig.« Er griff nach dem halbvollen Glas, das unter dem Zapfhahn stand.

»Sehe ich vielleicht aus wie ein Clown?«

»Ich habe niemanden umgebracht.«

»Kennst du dieses Bild?« Wiebke hielt ihm ihr Smartphone entgegen.

»Ist das nicht die nervige Influencerin?«, fragte er nach einem Blick auf die Aufnahme von Barbie Bella, die einen

Kussmund geformt und die rechte Hand daruntergelegt hatte.

»Du hast das Foto gemacht. Erinnerst du dich?«

»Kann schon sein. Warum ist das wichtig?«

»Wie kommt das Bild auf mein Smartphone?«

»Ich werde es dir geschickt haben.« Er zuckte mit den Schultern, als sei damit alles gesagt.

»Du hast es nicht mir geschickt, sondern Ulrich Neunaber. Wie hunderte andere Fotos auch. Seit deiner Ankunft hast du Sünnum ausspioniert und uns allen eine Schmierenkomödie vorgespielt. Brauchtest du die Informationen für die Tüdeltown GmbH?«

»Was soll das denn sein?« Ruben blickte sie mit jenem unschuldigen Gesichtsausdruck an, mit dem er sie von Anfang an geblendet hatte.

»Ich werde deinem Gedächtnis auf die Sprünge helfen.« Wiebke zeigte ihm auf dem Smartphone ein Foto des Gesellschaftervertrages. »Die Unterschrift dürfte dir bekannt vorkommen.«

»Ich wollte mit Uli was aufziehen. Das hat weder mit Sünnum noch mit dem Mord zu tun.«

»Du streitest die Zusammenarbeit mit ihm also nicht ab?«, fragte Wiebke verwundert.

»Warum sollte ich? Wir haben uns im letzten Jahr auf Norderney kennengelernt. Beim Klönschnack haben wir über ein Bierdorf an der Nordseeküste nachgedacht. Mit der Tüdeltown GmbH haben wir das Projekt dann in Angriff genommen.«

»Wo wolltet ihr das Bierdorf denn eröffnen?«

»Wir hatten noch keinen passenden Standort gefunden.«

»Warum ähneln dann alle Skizzen des Projektes unserem Dorf?«, hakte Wiebke nach.

»Ich weiß nichts von irgendwelchen Skizzen.«

»Lügner.«

»Du musst mir glauben. Vertraust du mir denn nicht?«

»Nein!« Sie spie ihm das Wort voller Verachtung ins Gesicht. »Du hast mir nicht nur die Geschäftsbeziehung verheimlicht, sondern auch deine finanziellen Verhältnisse. Niemand führt deine Geschäfte, denn du hast die Norderneyer Bar verkauft und das gesamte Geld in die Tüdeltown GmbH gesteckt. Sollte das Projekt scheitern, bist du pleite. Deine Konten sind bereits überzogen.«

»Woher weißt du das alles?«, herrschte er sie an.

»Ich bin Polizistin, schon vergessen? Du wolltest dir unser Dorf gemeinsam mit Neunaber unter den Nagel reißen.«

Der Barkeeper lachte freudlos auf. »Wie hätten wir die Bewohner denn zum Verkauf ihrer Häuser bewegen sollen?«

»Mit einer legalen Invasion. Ihr habt mit euren Internetposts dafür gesorgt, dass Sünnum kontinuierlich von Menschenmassen überflutet wurde. Auf diese Weise wolltet ihr die Dorfbewohner mürbe machen. Wer lebt schon gern in einem Haus, an dem ständig betrunkene Vollpfosten vorbeiziehen?«

»Das ist doch Blödsinn. Ich habe mich sogar um den Erhalt des Dorfes bemüht, indem ...«

»... du im Kroog Dünenhopfen ausgeschenkt hast.«

»Herrgott, Wiebke. In den letzten Tagen hatten wir andere Sorgen als das provinzielle Dorfgebräu, wie die Zeitschrift *Land und Luxus* euer Bier bezeichnet hat.«

»Wieso hast du mir nach dem Mord nichts von der Zusammenarbeit mit Neunaber erzählt?«

Ruben seufzte vernehmlich. »Weil mich das in ein schlechtes Licht gerückt hätte. Das war ein Fehler, das weiß ich jetzt.«

»Hat dieser Bagalut mit Neunaber gemeinsame Sache gemacht?« Die Friesenbrauerin war fassungslos.

»Nicht nur das, er hat ihn auch ertränkt und dir den Mord in die Schuhe geschoben.«

»Das ist eine ungeheure Unterstellung«, begehrte Ruben auf. »Mit seinem Tod habe ich nichts zu tun. Du musst endlich akzeptieren, dass deine Mutter eine Mörderin ist.«

»Mama würde niemals jemanden töten.«

»Für deine absurden Behauptungen mir gegenüber gibt es keinen Beweis.«

»Irrtum. Heute Nachmittag kam der Bericht der Spurensicherung. Glücklicherweise wussten die Experten nichts von der Fallabgabe an eine andere Dienststelle. In ihrer Dokumentation ist unter anderem der genaue Füllstand des Bierfasses vermerkt. Zum Zeitpunkt von Neunabers Ermordung war das Fass nicht einmal zu einem Viertel gefüllt.«

»Na und? Man kann auch in einem Waschbecken ertrinken.«

»Das ist richtig. Meine Mutter hat aber zu kurze Arme, um Neunaber bei diesem Bierpegel zu ertränken. Sie hätte das Tüdelbräu nicht einmal mit den Fingerspitzen berühren können. Mit deinen langen Armen hattest du hingegen leichtes Spiel. Du hast Mama nach dem Mord mit Neunabers Handy angerufen und sie in den Hof gelockt. Als sie dein Opfer aus dem Fass gezogen hat, hast du sie fotografiert und die Aufnahme im Internet veröffentlicht.«

»Mit deiner Fantasie solltest du Romane und keine Polizeiberichte schreiben. Ich habe euch niemals hintergangen. Euretwegen habe ich mich sogar mit Neunaber angelegt und den Kroog vor einem verheerenden Brand gerettet.«

»Am Fensterrahmen waren nur deine Fingerabdrücke zu finden. Zunächst dachte ich, dass der Täter Handschuhe getragen hatte. Inzwischen muss ich davon ausgehen, dass du den Brand selbst gelegt hast, um den Retter spielen zu können. Mit deinen Aktionen wolltest du uns nur in Sicherheit wiegen und unser Vertrauen gewinnen. Was dir leider auch geglückt ist, zumindest bei mir«, fügte Wiebke leise hinzu.

»Ich verstehe, dass du nach den Ereignissen der letzten Tage vollkommen durch den Wind bist. Lass uns irgendwo in Ruhe miteinander reden.« Er griff nach ihrer Hand.

»Fass mich nie wieder an!«, giftete die Polizistin und reckte das Kinn vor. »Du hast meine Mutter in der Mordnacht im Keller niedergeschlagen. Wolltest du sie töten, um dir mit deinem Geschäftspartner den Kroog unter den Nagel reißen zu können oder wolltest du sie nur einschüchtern?«

»Das sind haltlose Anschuldigungen, die du nicht beweisen kannst«, stieß Ruben wütend hervor.

»Du wirst die Übernahme der Gesellschaftsanteile von langer Hand geplant haben«, fuhr Wiebke unbeirrt fort. »Ich weiß nur noch nicht, unter welchem Vorwand du Neunaber in den frühen Morgenstunden nach Sünnum gelockt hast, aber das spielt jetzt auch keine Rolle mehr. Hast du ihn eigentlich wegen der halben Million Euro umgebracht, die dir nach seinem Tod als einziger Gesellschafter zustehen, oder wolltest du Tüdeltown allein realisieren?«

»Jetzt reicht es mir aber mit deinen Verdächtigungen. Ich bin auf deinen Wunsch hin hergekommen. Warum hätte ich als Mörder nicht fliehen sollen?«

»Du bist nur hier, weil ich dir die Lüge von Mamas Verhaftung aufgetischt habe. Damit wollte ich jeden Verdacht gegen dich zerstreuen, was mir anscheinend geglückt ist.«

»Um mich in eine Falle zu locken, musst du dir schon etwas mehr einfallen lassen. Ich packe jetzt meine Sachen und verschwinde. Da du mir anscheinend niemals vertrauen wirst, kann es für uns keine gemeinsame Zukunft geben.«

»Mir kommen gleich die Tränen«, spottete Wiebke und streckte die Hand aus. »Gib mir dein Smartphone.«

»Dazu hast du kein Recht.«

»Geben Sie ihr sofort das Smartphone.« Trotz seiner dicken Backe war Gesner gut zu verstehen.

Ruben musterte den Kommissar mit einem abschätzenden Blick. Dann packte er Wiebkes entgegengestreckten Arm und schleuderte die Polizistin gegen das Regal an der rückwärtigen Wand. Einen Wimpernschlag später schüttete er dem Kommissar das Bier ins Gesicht. Bevor sich jemand von dem Überraschungsangriff erholen konnte, hatte er das Trinkgefäß an der Thekenkante zerschlagen und drückte Wiebke den scharfkantigen Glasboden an die Kehle.

Mit einer raschen Drehung war er hinter der Polizistin und nutzte ihren Körper als menschliches Schutzschild. Wenige Sekunden später hatte er die Scherbe fallen lassen, die Dienstwaffe aus ihrem Holster gezogen und den Lauf auf Wiebkes Kopf gerichtet.

»Lasst mich gehen, oder ich erschieße sie.«

»Wenn du meiner Tochter auch nur ein Haar krümmst, werde ich dich eigenhändig umbringen.« Tüdelbüdel trat ihm in den Weg.

»Mach dich vom Acker, du alte Fregatte.« Er richtete den Lauf der Dienstpistole auf die Friesenbrauerin.

»Ich weiche keinen Millimeter.« Sie blickte ihm furchtlos in die Augen.

»Das ist Sache der Polizei.« Gesner hatte seinerseits die Waffe gezogen und sie auf Ruben gerichtet.

»Wir beide machen jetzt eine romantische Reise ins Unbekannte«, flüsterte Ruben Wiebke ins Ohr und drückte ihr den Lauf der Dienstpistole an die Schläfe.

»Du hast keinen Wagen«, erinnerte sie ihn.

»Hinnerk hat mir seine Karre geliehen, damit ich deine Mutter einsammeln kann. Schon vergessen?«

»Mach es nicht schlimmer, als es ohnehin schon ist. Du kannst nicht entkommen«, appellierte Wiebke an seine Vernunft.

»Natürlich kann ich das. Aufmachen!« Der Befehl galt der Friesenbrauerin, die nun die Tür zum Kroog öffnete.

Ruben und Wiebke traten hinaus. Trotz des strömenden Regens hatten sich neben den Besuchern auch viele Dorfbewohner vor dem Kroog eingefunden, die in ihren Friesennerzen wie eine gelbe Armee wirkten. Tüdelbüdels Rückkehr hatte sich wie ein Lauffeuer in Sünnum herumgesprochen.

»Verschwindet«, befahl Gesner den Anwesenden, die schweigend zurückwichen. Nur das Prasseln des Regens war zu hören.

Wiebke überlegte fieberhaft, wie sie Ruben abschütteln konnte, aber mit der Waffe an ihrem Kopf war ein Entkommen unmöglich. Da ihre Kollegen bei dieser Gefahrenlage keinen Schuss riskieren würden, musste sie ihn so lange bei Laune halten, bis sich die Möglichkeit einer Flucht ergab.

Ruben.

Geliebter.

Mörder.

Entführer.

Wie hatte sie sich nur so in ihm täuschen können?

Wiebkes Blick glitt über die Dorfbewohner, die das Spektakel atemlos verfolgten. Sie sah Hinnerk in namenloser Wut die Hände zu Fäusten ballen, bemerkte den zähnefletschenden Wattführer und Joris' mörderischen Blick. Jeder von ihnen hätte ihr sofort geholfen – aber niemand wollte mit einem unüberlegten Eingreifen ihr Leben riskieren.

Nun konnte sie nur noch ein furchtloser Pirat retten.

Jan tauchte plötzlich zwischen seinen Eltern auf – mit einer gespannten Schleuder in den Händen.

Er sah sie an.

Ruben, der in der Hosentasche nach dem Wagenschlüssel kramte, hatte in diesem Moment nur Augen für die Erwachsenen.

Sie nickte dem Jungen zu und ließ sich fallen.

Ein Schuss bellte auf.

Danach war Stille.

Die Welt schien stillzustehen und Wiebke nahm alles mit seltsamer Klarheit wahr.

Tüdelbüdel, die zu ihr stürzte.

Patrick, der sich auf Ruben warf.

Gesner, der die Waffe aus der Reichweite des Verbrechers trat.

Jan, der sie mit offenem Mund anstarrte.

Dann war dieser Augenblick, sofern es ihn überhaupt gegeben hatte, vorbei, und die Welt schien sich schneller zu drehen, als wollte sie die verlorene Zeit wieder aufholen.

Urplötzlich hörte Wiebke viele Stimmen, die alle durcheinanderredeten. Ihre Mutter kniete sich neben sie in eine Pfütze. Auch wenn Wiebke die Tränen zwischen den Regentropfen unmöglich erkennen konnte, wusste sie, dass die Friesenbrauerin weinte.

»Bleib bei mir.« Tüdelbüdel legte die Hand unter den Hinterkopf ihrer Tochter und strich ihr die nassen Haare aus dem Gesicht.

»Die wird schon wieder.« Joris tauchte neben Gesine auf und stupste Wiebke mit dem Fuß an. »Die braucht nur ein Tüdelbräu, dann ist die wieder fit.«

»Mein Bier kann doch keine Toten aufwecken.«

»Das muss es auch nicht. Trotzdem könnte ich jetzt ein Tüdelbräu vertragen.« Wiebke rappelte sich auf.

»Geht es dir gut?«, fragte Monika Nansen sorgenvoll.

»Ich bin okay. Wurde jemand durch den Schuss verletzt?«

»Glücklicherweise nicht. Ruben hat die Waffe verrissen und in die Luft geschossen, nachdem Jan ihn mit seiner Murmel getroffen hat. Genau hier.« Sören deutete auf seine Schläfe, bevor er fortfuhr: »Patrick hat den Moment der Ablenkung genutzt und sich auf ihn gestürzt.«

Wiebke sah zu ihrem Kollegen, der Ruben am Arm gepackt hatte und auf ihn einredete. Wahrscheinlich informierte er ihn über seine Rechte. Sie kannte niemanden, der den Sermon derart perfekt runterbeten konnte wie Patrick.

Sie ging zu ihm.

»Ich habe gehört, dass du ein echter Superbulle bist.«

»Der Held des heutigen Tages bin nicht ich, sondern ein

mutiger Freibeuter. Ohne seine Hilfe hätte ich den Verdächtigen niemals überwältigen können.«

»Patrick, du musst nicht so bescheiden sein. Du hast
mich aus den Fängen dieses Mörders gerettet.«

Sie sah zu Ruben, dessen Hände mit Handschellen auf
dem Rücken gefesselt waren. Er wich ihrem Blick aus und
senkte den Kopf.

Die Sünnumer hatten sich um die Polizisten versammelt
und redeten aufgeregt miteinander. Zwischen die Dorfbewohner hatten sich auswärtige Besucher gemischt, die mit
ihren Smartphones Fotos und Videoaufnahmen der Verhaftung machten. »Den Gefangenen könnt ihr allein zum
Polizeikommissariat bringen. Ich muss dringend wieder
zum Zahnarzt. Wir sehen uns morgen. Bis dahin will ich
einen ausführlichen Bericht auf meinem Schreibtisch liegen haben, ist das klar?«

Ohne eine Antwort abzuwarten, drehte sich der Kommissar um und ging zu seinem Auto.

»Elender Sklaventreiber«, grummelte Wiebke.

»Das habe ich gehört«, ließ Gesner die Kollegin wissen
und setzte seinen Weg fort.

Patrick und Wiebke eskortierten Ruben zum Streifenwagen. Sie hatten den Gefangenen gerade auf die Rückbank
verfrachtet, als das blaue Signallicht eines Rettungswagens
zu sehen war. Insa sprang aus der Tür, noch bevor das Fahrzeug zum Stillstand gekommen war, und lief zu dem Polizisten.

»Wir haben einen Notruf reinbekommen, wegen einer
Schießerei. Bist du verletzt?«

»Mir ist nichts passiert.«

»Er hat Ruben überwältigt. Du kannst stolz auf ihn sein.«.

»Wiebke, dafür muss er sich nicht erst in Gefahr begeben.«

»Frauen stehen doch auf Helden.« Patrick grinste schief.

»Frauen? Plural?«

»Ich dachte …« Er strich sich eine nasse Haarsträhne aus der Stirn.

»Halt den Sabbel.« Sie küsste ihn.

»Insa, du sollst hier nicht rummachen, sondern dich um die Verletzten kümmern.« Ein hagerer Sanitäter von etwa dreißig Jahren war inzwischen ebenfalls ausgestiegen und musterte Marion Nansen, die ihre Mutter, die unter einer Regenhaube kaum zu sehen war, im Rollstuhl vor sich herschob.

»Sind Sie nicht der Friesenengel, von dem die Patienten schwärmen?«

»Ich arbeite auf der orthopädischen Abteilung des Norder Krankenhauses«, antwortete die Krankenschwester ausweichend.

»Wenn ich von Ihnen dort auch so fürsorglich behandelt werde wie der Polizist von unserer Insa, werde ich mir noch heute ein Bein brechen.« Er grinste wie ein Honigkuchenpferd.

»Sind Sie denn privat versichert?«

»Nee, wieso?«

»Dann bekommen Sie leider nur die Standardbehandlung.«

»Und die besteht woraus?«

»Bettpfanne wechseln, Katheder legen und Spritzen setzen. So was in der Art.«

»Nichts für ungut, aber dafür lohnt sich das nicht.« Er zwinkerte ihr zu.

»Wiebke, Jan will dich was fragen.«

Die Polizistin drehte sich zu Leefke um, die ihren Sohn an der Hand hielt. Sören war direkt hinter dem Kleinen, als wollte er ihn vor einem Hinterhalt schützen.

»Was ist denn?« Sie ging vor Jan in die Hocke.

Der Junge sah sie mit aufgerissenen Augen an. »Komme ich jetzt ins Gefängnis?«

»Warum das denn?«

»Weil ich mit der Schleuder nicht auf Menschen zielen darf.«

»Das sollst du auch nicht. Heute war eine Ausnahme.«

»Weil der Mann böse ist?«

»Nein, sondern weil du mich gerettet hast. Dafür wirst du natürlich nicht bestraft, sondern belohnt. Im Lädchen müsste noch ein Heringsschwarm sein.«

»Keine Zuckerfische mehr.« Leefke winkte ab. »Der Kerl ernährt sich seit dem Schützenfest nur noch von diesen bunten Dingern. So kann das keinesfalls weitergehen.«

»Du sollst nicht so viele Süßigkeiten auf einmal essen«, ermahnte die Polizistin das Kind.

»Wer redet denn von Jan? Sören futtert die ganzen Fische auf.«

Leefke wuschelte Jan über den Kopf. »Dein Vater wird dir die gegessenen Fische sicherlich ersetzen, oder etwa nicht?«

»Selbstverständlich. Ich war in den letzten Tagen nur etwas unterzuckert«, versicherte Sören schnell.

»Und ich bin noch immer unterhopft.« Joris, der den letzten Satz mitbekommen hatte, deutete auf den Kroog. »Tüdelbüdel, du musst sofort mit dem Brauen beginnen.«

»Nu maak mol halflang. Meine Mutter hat in den letzten

Wochen viel durchgemacht und muss erst einmal wieder auf die Beine kommen.«

»Kindchen, mir geht es gut.«

»Mama, du musst dich unbedingt medizinisch durch-checken lassen.«

»Sie wird nur unter meiner ärztlichen Aufsicht brauen.« Hauke Peters trat vor.

»Du bist Tierarzt«, wandte die Polizistin ein.

»Na und? Meine Rindviecher haben mehr Intelligenz als die meisten Vertreter der menschlichen Spezies.«

»Hauke, mal wieder mit Anlauf ins Fettnäpfchen.«

Sepp schlug ihm kumpelhaft auf die Schulter und deu-tete mit einem Kopfnicken auf die Friesenbrauerin, die den Tierarzt verärgert musterte.

»Du bist natürlich eine rühmliche Ausnahme«, versi-cherte dieser schnell.

»Was ist mit mir?« Hinnerk klatschte ihm seine riesige Pranke auf die andere Schulter. »Bin ich in deinen Augen auch so dämlich wie ein Rindvieh?«

Hauke knickte zur Seite ein. »Bei dir würde ich zunächst einige Untersuchungen durchführen lassen, bevor ich mir ein endgültiges Urteil zu dieser komplexen Materie erlaube.«

»Was sabbelst du da?«

»Er sagt, dass du den Schuss nicht gehört hast.« Der Deichschäfer gesellte sich zu ihnen.

»Echt jetzt?« Hinnerk fuhr sich über den kahlen Kopf.

»Jo«, bestätigte Joris.

»Kann man so sagen.« Tammo Friese nickte.

»Lasst Hinnerk in Ruhe. Das ist ein feiner Kerl.« Renate Nansen drohte den feixenden Männern mit der knochigen Faust, die aus dem Regenschutz herausragte.

Tüdelbüdel blickte verschmitzt lächelnd in die Runde. »Ihr werdet euch nie ändern, oder?«

»Nee, wieso denn auch?« Joris zog seinen Südwester, den er wegen des Regens statt seiner Seemannsmütze trug, weiter in die Stirn. »Was ist denn jetzt mit meinem Tüdelbräu?«

»Ich werde mich gleich an die Arbeit machen.«

»Besser ist das.«

Gesine hakte sich bei Joris unter und gemeinsam schritten sie zum Kroog.

ERMITTLUNGSERGEBNISSE

»Ist das der vollständige Bericht der gestrigen Verhaftung?«
Gesner, dessen Wange nach dem Zahnarztbesuch etwas
abgeschwollen war, legte das Schriftstück nach der Lektüre
vor sich auf den Tisch.

»Ich habe die ganze Nacht daran gearbeitet.« Wiebke
rieb sich über die müden Augen.

»Darin ist von zwei Polizisten die Rede, die unter Einsatz
ihres Lebens und in Ausübung ihrer Pflicht einen gefähr-
lichen Mörder seiner Verbrechen überführt haben. Wer
soll das denn sein?«

»Patrick hat sich gestern vorbildlich verhalten und
ich …«

»… du hast Scheiße gebaut, aber so richtig.« Gesner
schlug mit der Faust auf den Tisch. »Dass die Verhaftung
nicht in einer totalen Katastrophe geendet hat, ist nur einem Kind zu verdanken. Einem Kind, ist das denn zu glauben?« Der Kommissar hob die Hände, als wollte er göttlichen Beistand erbitten.

»Jan ist ein tapferer Pirat«, wandte Wiebke vorsichtig
ein.

»Zudem habe ich nicht mich, sondern dich mit dem
zweiten Polizisten gemeint.«

»Das geht aus dem Text aber nicht hervor. Darüber hinaus fehlt darin die Erwähnung einer Beamtin, die ihr eigenes Ding durchgezogen und ihre Kollegen damit in Gefahr
gebracht hat. Ich hätte mich niemals auf die gestrige Aktion

einlassen dürfen. Wenn Patrick nicht mit Engelszungen auf mich eingeredet hätte, wäre die Verhaftung anders verlaufen.«

»Ich musste Ruben selbst festnehmen. Das war ich mir und meiner Mutter einfach schuldig«, verteidigte sich Wiebke.

»Das hätte ich niemals gestatten dürfen. Wo hatte sich Tüdelbüdel eigentlich die ganze Zeit über versteckt?«, wechselte Gesner das Thema.

»Das werden wir möglicherweise niemals in Erfahrung bringen«, meldete sich Patrick zu Wort, bevor seine Kollegin die Frage beantworten konnte. »Die Friesenbrauerin kann sich wegen ihres Sturzes nicht mehr an alles erinnern. Bei einer Amnesie ist leider nichts zu machen.«

»Sturz? Meint ihr damit etwa den uneleganten Abgang nach ihrer Kletterei am Rosenspalier?«

»Richtig«, bestätigte Wiebke.

»Trotz ihres Gedächtnisverlustes …« Bei diesem Wort malte der Kommissar zwei Gänsefüßchen in die Luft. »… werden wir deine Mutter wegen Hausfriedensbruchs und versuchtem Einbruch belangen müssen. Die Aufnahmen der Sicherheitskameras belegen eindeutig, dass sie über die Mauer des Anwesens geklettert ist.«

»Aber nur, weil sie sich auf der Flucht vor Ruben Brouwer verstecken wollte. Leider hat er sie kurz darauf doch erwischt und in ein Auto verfrachtet, dass er Hinnerk Gravenhorst zuvor gestohlen hatte.«

»Patrick, du willst mir doch nicht ernsthaft erzählen, dass die Friesenbrauerin rein zufällig am Haus des Mordopfers vorbeigekommen ist.«

»Auch das werden wir wegen der Amnesie wahrscheinlich nie erfahren.« Der junge Polizist zuckte mit den Schultern.

»Verdammt praktisch, so eine Amnesie, findet ihr nicht auch? Ich frage mich, ob sich die Friesenbrauerin bei dem Sturz überhaupt verletzt hat. Schließlich hat Brouwer sie nach eigenen Angaben aufgefangen.« Gesners Blick ging von Patrick zu Wiebke.

Die sah ihn mit großen Augen an. »Woher sollte Mama die Platzwunde am Hinterkopf denn sonst haben?«

»Wer hat sie eigentlich verarztet? Bei der Festnahme hatte sie Pflaster auf der Kopfhaut kleben.« Gesner zog die Augenbrauen hoch.

»Das wird Ruben gewesen sein, auch wenn er es bestimmt leugnen wird. Aber das ist jetzt auch nicht wichtig. Zur Amnesie kann ich leider nichts sagen. Das menschliche Gehirn ist nun einmal das komplizierteste Organ, das die Natur jemals hervorgebracht hat.«

»Wiebke, dann hat Mutter Natur bei der Erschaffung von euch Döösbaddeln aber einen schlechten Tag gehabt. Ihr wollt mir also ernsthaft erzählen, dass ihr nichts von Tüdelbüdels Versteck gewusst habt und sie sich an nichts erinnern kann?« Patrick und Wiebke nickten wie auf ein unsichtbares Stichwort hin.

»Joris und die anderen Sünnumer hatten auch keinen blassen Schimmer, wo die Friesenbrauerin gewesen sein könnte?«

Wieder nickten beide synchron.

»Sie selbst hat wegen ihrer Amnesie seit der Mordnacht einen Blackout?«

Erneut nickten die Polizisten gleichzeitig.

»Wollt ihr mich verarschen?«

Im ersten Moment schienen die beiden erneut nicken zu wollen, hielten dann aber in der Bewegung inne und schüttelten die Köpfe – dieses Mal etwas zeitversetzt.

»Wir haben die Unschuld der Friesenbrauerin bewiesen und den Mörder verhaftet. Der Fall ist damit aufgeklärt. Darauf kommt es letztendlich doch an, oder nicht?«

»Mutmaßlicher Mörder, denn noch ist Brouwers Schuld nicht bewiesen«, korrigierte der Kommissar seinen jüngeren Kollegen und fuhr fort: »Von Wiebke hätte ich einen solchen Spruch erwartet, aber nicht von dir. Wenn es um Tüdelbüdel geht, scheinen bei unseren Ermittlungen andere Regeln zu gelten. Sollte mir die Friesenbrauerin noch einmal in die Quere kommen, werde ich sie eigenhändig einsperren und den Schlüssel im Watt vergraben. Wer hat ihre Amnesie überhaupt festgestellt? In dem Bericht fehlt ein Hinweis auf den behandelnden Arzt.«

»Insa und Hauke können den Gedächtnisverlust jederzeit bestätigen.« Wiebke nickte, als wollte sie ihren Worten damit mehr Gewicht verleihen.

»Eine Medizinstudentin und ein Tierarzt?« Gesner runzelte die Stirn. »Da wir Arbeit bis zum Abwinken haben, werde ich den Fall nach der Festnahme abschließen und den Bericht zur Akte nehmen, obwohl mich das Machwerk eher an einen Schundroman erinnert. Wiebke, eine Frage hätte ich noch.«

»Was willst du wissen?«

»Hast du nichts gemerkt? Ruben hat immerhin bei euch gewohnt.« Gesners Wut schien verraucht zu sein, denn seine Stimme war nun so einfühlsam wie nie zuvor.

»Anfangs hatte ich Zweifel, aber die hat er immer ausräumen können. Letzten Endes lag es wohl daran, dass ich nichts merken wollte, weil ich mich in ihn verliebt hatte. Wenn ich in meiner Gefühlsduselei nicht so blind gewesen wäre, hätte ich ihn früher ausschalten können. Glücklicherweise hat er meiner Mutter nichts angetan und bei der Festnahme niemanden verletzt oder sogar getötet.«

»Du hättest dich uns früher anvertrauen müssen.«

»In den letzten Wochen habe ich leider der falschen Person vertraut.« Wiebke hob die Hände, als wollte sie sich ergeben.

»Ich hoffe, dass sich eines Tages jemand deines Vertrauens würdig erweist.«

»Du klingst wie meine Mutter.«

»Ich hätte nie gedacht, dass ich mit Tüdelbüdel jemals einer Meinung sein würde. Ich werde mich von nun an persönlich um alle weiteren Schritte gegen Brouwer kümmern. Damit möchte ich nicht nur erneute Alleingänge, sondern auch die Ausbreitung einer Amnesie verhindern. Eine solche Krankheit kann ansteckend sein, besonders in einem Dorf wie Sünnum.« Gesner musterte Wiebke aus zusammengekniffenen Augen und stand auf.

»Amnesie ist sehr infektiös«, bestätigte die Polizistin und sah ihrem Vorgesetzten nach, bis dieser den Raum verlassen hatte. Dann erhob sie sich und schritt durch das Büro. Vor Patricks Schreibtisch blieb sie stehen.

»Danke für deine Unterstützung. Ohne dich …«

»Lass gut sein«, winkte er ab.

»Nee, das kann ich nicht, denn ich habe mich dir gegenüber wie ein echter Bullerballer benommen. Statt mich dafür in die Pfanne zu hauen, hast du bei Gesner ein gutes Wort für mich eingelegt und mir als Sahnehäubchen noch das Leben gerettet.«

»Dein Leben verdankst du einem kleinen Piraten.«

»Nicht nur. Ohne deine geistesgegenwärtige Reaktion hätte mich Ruben wieder in seine Gewalt gebracht. Tut mir leid, dass ich in deiner Vergangenheit gewühlt und dich sogar des Mordes verdächtigt habe.«

»Bist du mit deiner Selbstgeißelung jetzt fertig?«

»Noch nicht ganz. Ich fühle mich dir gegenüber beschissen und möchte mich dafür zumindest entschuldigen. Mehr kann ich ohnehin nicht tun.«

»Doch, das kannst du.«

»Wie denn?«

»Indem meine Vergangenheit unter uns bleibt. Vielleicht werde ich irgendwann darüber reden, aber den Zeitpunkt möchte ich selbst bestimmen.«

»Kein Problem.« Wiebke zog ihre Lippen mit einem imaginären Reißverschluss zu.

»Schön, dass wir das geklärt hätten. Hast du heute schon im Internet gesurft?«, wechselte Patrick das Thema.

»Dazu hatte ich noch keine Zeit.«

»Komm her, ich möchte dir etwas zeigen.«

Wiebke umrundete seinen Schreibtisch und stellte sich neben ihren Kollegen. Der hatte auf dem Computer die Webseite eines sozialen Netzwerkes geöffnet. Darauf war ein Foto ihrer Mutter zu sehen, das sie durchnässt und mit nur einem Gummistiefel an den Füßen zeigte.

Die Friesenbrauerin ist wieder da!, hatte Muschelbraut97 geschrieben.

Wer kommt mit nach Sünnum?

Endlich wieder Tüdelbräu.

Lasst uns das Dorf rocken.

Auf in den Kroog.

Tüdelparty bis zum Sonnenaufgang.

»Allein zu diesem Foto gibt es bereits dreihundertachtzehn Kommentare. Das Internet ist schon jetzt voller Videos und Bilder der Festnahme und es werden minütlich mehr. Bis heute Abend weiß ganz Ostfriesland von Rubens Verhaftung. Sünnum kann sich auf eine weitere Invasion gefasst machen, die größer sein wird als alles, was ihr bisher erlebt habt.«

»Das hatte ich befürchtet. Bis zur Trinkreife des neuen Tüdelbräu werden aber noch mindestens vier Wochen vergehen.«

»Ich denke nicht, dass sich die Besucher bis dahin gedulden werden.«

»Das ist mir klar.« Wiebke seufzte vernehmlich, während sie fieberhaft über eine Lösung nachdachte.

KLÖNSCHNACK

Die Friesenbrauerin räumte den Teller in die Spüle und ging zum offenstehenden Küchenfenster. Eine Spätsommerbrise ließ die Vorhänge tanzen und wehte frische Luft in den Raum.

Auch wenn ihre Flucht vor fünf Wochen ein gutes Ende genommen hatte, würde sie die Tage in ihrem Versteck niemals vergessen. Das Gefühl, eingesperrt zu sein, war so grauenvoll gewesen, dass sie sich immer daran erinnern würde.

Von Wiebke hatte sie inzwischen erfahren, dass IT-Experten der Polizei eine gelöschte Videodatei auf Rubens Smartphone wiederherstellen konnten. Darauf war deutlich zu erkennen, dass sie Neunaber aus dem Bierfass herausgezogen und nicht hineingedrückt hatte. Das Foto, mit dem sie im Internet als Mörderin vorverurteilt worden war, entpuppte sich als Standbild aus diesem Kurzfilm. Rubens Behauptung, dass er sich den Videoclip aus dem Internet heruntergeladen hatte, konnte von den IT-Fachleuten widerlegt werden.

Zudem wurden an Neunabers Kleidung Hautpartikel gefunden, die mit Rubens DNA übereinstimmten. Dass diese nicht, wie von dem Verdächtigen angegeben, von einer Auseinandersetzung auf dem Schützenfest stammten, konnte durch Handyaufnahmen, die Besucher im Internet hochgeladen hatten, bestätigt werden.

Tüdelbüdel stützte sich auf die Fensterbank und sah hinaus.

Sünnum zeigte sich an diesem frühen Abend von seiner schönsten Seite. Die im Westen stehende Sonne überzog das Dorf mit einem goldenen Schimmer. Eine Windbö ließ die Blätter der Bäume rascheln und trug das Rauschen der Brandung und die Schreie der Möwen zu ihr.

Die Ruhe war himmlisch.

Die Friesenbrauerin hatte sich nie an den Motorenlärm und die Musik, die in ohrenbetäubender Lautstärke aus offenen Autofenstern knallte, gewöhnen können. Auch nicht an die Sensationstouristen, die nach Rubens Verhaftung wie ein Heuschreckenschwarm über Sünnum hergefallen waren – und ein verrammeltes Dorf vorgefunden hatten.

Da Gesine erst neues Tüdelbräu brauen musste und keinen Dünenhopfen ausschenken wollte, hatte sie den Kroog nach der Festnahme geschlossen und die Fenster des Hauses mit Brettern verrammelt, wie die anderen Dorfbewohner auch.

Wiebke und Patrick hatten immer wieder auf den Straßen patrouilliert, um Ausschreitungen enttäuschter Besucher zu verhindern, die in ihrem Ärger durch Vorgärten trampelten oder Graffitis an Hauswände schmierten.

Viele waren nach einem kurzen Rundgang durch das *Geisterdorf*, wie Sünnum wenig später im Internet genannt wurde, wieder verschwunden und nie mehr zurückgekehrt.

In den sozialen Medien wurde in zunehmendem Maße über die Friesenbrauerin hergezogen, die sich nicht einmal mit ihren Fans fotografieren lassen wollte. Aus den negativen Kommentaren hatte sich ein virtueller Shitstorm entwickelt, in dem die Sünnumer als grenzdebile Nordlichter dargestellt wurden, mit denen ohnehin niemand etwas zu tun haben wollte. Im Laufe der Zeit kamen immer weniger Menschen in das Dorf, bis schließlich niemand mehr auftauchte und dem digitalen Sturm die Puste ausging.

Als Sünnum wieder ein Kaff im Nirgendwo war, das nicht einmal bei Google Maps auftauchte, öffneten die Bewohner ihre Häuser und beseitigten die Schäden.

Mit der heutigen Neueröffnung des Kroogs würde die Friesenbrauerin ihren alten Freund Joris Harms endlich von seiner chronischen Unterhopfung heilen können. Da sich der ehemalige Kapitän standhaft geweigert hatte, ein anderes Bier anzurühren, hatte er in den letzten Wochen so viel Tee getrunken wie nie zuvor in seinem Leben.

Tüdelbüdel schloss das Fenster und ging ins Bad. Eine halbe Stunde später warf sie einen letzten Blick in den Spiegel.

Im Licht der Deckenlampe erblickte sie eine sturmerprobte Ostfriesin, die in den letzten Wochen weitere graue Haare bekommen hatte. Auch wenn die Platzwunde gut verheilt war und bald unter den Haaren nicht mehr zu sehen sein würde, hatten sich die Ereignisse tief in ihr schmales Gesicht gegraben.

Die Falten betrachtete Gesine allerdings nicht als Makel, sondern als Zeichen eines erfüllten Lebens, denn jede Runzel erzählte eine eigene Geschichte.

Sie strich das dunkelblaue Kleid, das sie zur Feier des Tages angezogen hatte, glatt, und zog die Lippen mit einem rosenroten Farbton nach. Mehr Make-up hatte sie selten benutzt. Wozu auch? Schließlich hatte ihr das Leben an der Nordsee eine raue Schönheit verliehen, an der sie niemals etwas ändern würde.

Tüdelbüdel verließ die Wohnung und ging zum Lädchen.

Joris saß hinter dem Verkaufstresen. In der rechten Hand hielt er das Glas mit den Zuckerfischen, das im Dorf als *Aquarium* bekannt war, und angelte mit der linken nach besonders süß aussehenden Exemplaren.

In den letzten Wochen hatte er Gesine bei allen Arbeiten nach Kräften unterstützt – obwohl er sich noch immer strikt weigerte, eine Anweisung von ihr entgegenzunehmen.

Er legte die Hand über seine Augen, als würde er von ihrer Erscheinung geblendet.

»Hast du den Fummel vom Flohmarkt?« Der alte Kapitän nahm einen roten Fisch heraus und steckte sich die süße Köstlichkeit in den Mund.

»Für diesen Spruch sollte ich dir lebenslanges Hausverbot im Kroog erteilen.«

»Hausverbot? Das kannst du nicht machen.« Er stellte das Aquarium auf den Verkaufstresen, sprang auf und eilte zu Tüdelbüdel. »Frau Felber, Sie sehen heute Abend wieder ganz bezaubernd aus. Darf ich Ihnen meinen Arm anbieten und Sie zum Kroog geleiten?« Er winkelte den rechten Arm an.

Gesine griente. »Schon besser.«

Sie legte die Kladde, in die jeder seine Einkäufe eintragen konnte, neben das Aquarium und schritt an Joris Seite zum Kroog.

Vor der Tür hatte sich bereits das ganze Dorf versammelt. Über die heutige Wiedereröffnung der Kneipe hatte Tüdelbüdel die Sünnumer mündlich informiert. Keiner von ihnen wäre auf die Idee gekommen, über dieses Ereignis im Internet zu berichten oder sogar Fotos aus der Schankwirtschaft zu posten. Was im Kroog geschah und besprochen wurde, hatte die Gaststube bisher nie verlassen und daran würde sich auch in Zukunft nichts ändern.

»Was wollt ihr denn hier?« Die Friesenbrauerin lächelte verschmitzt und blickte in die Runde.

»Tüdelbräu natürlich, was denn sonst?«, grummelte Joris, der steif wie ein lebender Kleiderständer an ihrer Seite stand.

»Mach hinne, sonst verdurste ich noch.« Hinnerk leckte sich über die Lippen.

»Heute will ich mir endlich mal wieder einen antüdeln.« Renate, die hinter ihrem Rollator stand, klatschte begeistert in die Hände.

»He, nicht vordrängeln.« Sören packte Sepp, der sich vor ihm in eine Lücke gedrängt hatte, am Kragen.

»Benimm dich nicht wie ein Bagalut!« Leefke gab ihrem Mann einen Klaps auf die Finger.

»Das erste Bier gehört mir!«, rief Tammo und reckte seine rechte Faust in die Höhe.

»Nichts da«, beschwerte sich Hauke.

Innerhalb weniger Augenblicke redeten alle durcheinander und rangelten wie Teenager um den besten Platz vor der Tür. Als diese plötzlich geöffnet wurde, wäre Hinnerk beinahe über den Deichschäfer gestolpert und konnte sich erst im letzten Moment auf Insa abstützen, die bei seinem Gewicht in die Knie ging.

Die Sünnumer drängten in den kleinen Schankraum. Aus den Lautsprechern erklang der alte Schlager *Junge komm bald wieder* von Freddy Quinn. Wiebke, die den Kroog auf den Ansturm vorbereitet hatte, flüchtete sich hinter die Theke.

Nachdem die Dorfbewohner ihre Stammplätze eingenommen hatten, trat die Friesenbrauerin in die Kneipe. Unter dem Applaus aller Anwesenden schritt sie hinter die Theke und stellte ein Glas unter den Zapfhahn.

»Will jemand von euch ein Tüdelbräu?«, rief sie.

Die Antwort war ein vielstimmiger Chor, der nur aus einem einzigen Wort bestand.

»Jo!«

Sie zapfte das erste Bier, dem an diesem Abend noch viele weitere folgen sollten. Wiebke sammelte die leeren Gläser ein und brachte sie Renate, die, mit einem Spüllappen bewaffnet, hinter der Theke aushalf. Dabei machte sie immer wieder eine Pause auf der Sitzbank ihres Rollators und süppelte an einem frisch gezapften Bier.

Das Stimmengewirr, in das sich immer wieder Gelächter und das Klirren der Gläser mischte, wurde mit jeder Runde etwas lauter. Für die musikalische Untermalung sorgten alte Schlager und Shanty-Chöre.

Die ausgelassene Stimmung im Kroog war Balsam auf der Seele der Friesenbrauerin, die seit dem Watthumpen-Festival einige Kratzer abbekommen hatte.

Auch wenn Sünnum aus der Zeit gefallen zu sein schien, wollte Gesine nur in diesem Dorf leben.

In der virtuellen Welt würde sie niemals die Sonne auf der Haut spüren. Kein Wind würde ihre Haare zerzausen und keine Gischt ihr Gesicht benetzen.

Tüdelbüdel griff nach dem Hanfseil und läutete die über der Theke hängende Schiffsglocke. Die Gespräche verstummten und die Sünnumer blickten erwartungsvoll zu ihrer Wirtin, denn die Glocke kam nur bei besonderen Ereignissen zum Einsatz.

»In den letzten Wochen ist in Sünnum viel passiert.« Sie

ließ ihren Blick über die Anwesenden schweifen. »Dass wir heute im Kroog zusammen feiern können, habe ich nur eurer Hilfsbereitschaft zu verdanken und deshalb geht dieser Abend aufs Haus.«

»Auf Tüdelbüdel.« Hinnerk hob sein Glas.

»Auf Tüdelbüdel«, echoten die Sünnumer.

»Wir müssen noch über die Wetteinsätze des Schützenfestes reden«, fuhr die Friesenbrauerin fort, nachdem wieder Ruhe eingekehrt war. »Niemand hatte auf den diesjährigen Schützenkönig gewettet, daher gab es keinen Gewinner. Weil Jan nachnominiert wurde und deshalb keiner auf ihn setzen konnte, kann ich die Einsätze wieder ausbezahlen. Wenn ihr einverstanden seid, würde ich den kompletten Einsatz lieber um das Preisgeld des Bierwettbewerbs aufstocken und damit die Schäden bezahlen, die durch den Besucheransturm im Dorf und an euren Häusern entstanden sind.«

»Wolltest du davon nicht dein Reetdach reparieren lassen?« Sepp drehte sein Glas in den Händen.

»Das war mein ursprünglicher Plan, aber das Dach wird den kommenden Winter noch überstehen. Da ich ohne eure Unterstützung aber niemals gewonnen hätte, steht der Gewinn ohnehin nicht mir zu, sondern dem ganzen Dorf.«

»Dat is jo fein«, ließ sich Tammo vernehmen.

»Seid ihr alle damit einverstanden?«, hakte die Friesenbrauerin nach und erntete begeisterten Applaus.

Nur Joris hatte einen Einwand. »Kann ich meinen Anteil gegen lebenslanges Freibier im Kroog eintauschen?«

»Daraus wird leider nichts, mein Seebär. Du bekommst aber einen ganz besonderen Dank.« Sie beugte sich über die Theke, nahm seinen Kopf in beide Hände und küsste ihn.

»Dein Kopf leuchtet wie das Signalfeuer eines Leuchtturms.« Sören klatschte sich vor Lachen auf die Schenkel. Der alte Kapitän grummelte etwas Unverständliches und trank einen Schluck Bier.

Die Stunden vergingen wie im Flug und die Sünnumer traten nach und nach den Heimweg an. Zum Schluss waren nur noch Wiebke, Joris und Gesine im Kroog. Wiebke stellte ein Tablett mit leeren Gläsern auf die Theke, die die Friesenbrauerin spülte, weil sich Renate schon verabschiedet hatte.

Joris leerte sein Glas und stand auf. »Ruben hat uns in den letzten Wochen übel mitgespielt. Dabei hätten wir ihm schon früher auf die Schliche kommen müssen.«

»Wie meinst du das denn?«, fragte Wiebke.

»Wer im Kroog Dünenhopfen ausschenkt, kann kein guter Mensch sein. Für einen solchen Frevel hätte ich ihn früher kielholen lassen. Hool di munter.«

Tüdelbüdel sah ihrem alten Freund nach, bis sich die Tür hinter ihm geschlossen hatte.

»War ein langer Tag heute.« Wiebke sammelte die letzten Gläser ein und stellte sie auf die Theke. »Den Rest können wir morgen erledigen. Lass uns ein Bier trinken und schnacken.«

Die Friesenbrauerin blickte lachend und dankbar zu ihrer Tochter. »Gute Idee. Ein Tüdelbräu geht immer.«

DANKSAGUNG

Schreiben ist ein einsames Geschäft. Die Veröffentlichung eines Buches hingegen gelingt nur bei echter Teamarbeit. Deshalb gilt der erste Dank meiner Agentin Eva Semitzidou, die sich mit großem Engagement für Tüdelbüdel einsetzt.

Dem Insel Verlag danke ich für die literarische Heimat, in der sich die Sünnumer pudelwohl fühlen.

Meine Lektorin Franziska Berninger hat bei der Textredaktion wieder ganze Arbeit geleistet, indem sie die Stolpersteine unklarer Formulierungen aus dem Weg geräumt und mich vor den tiefen Abgründen der Logikfehler bewahrt hat.

Der Borkumer Carsten Hielscher hat viele Menschen mit der Friesenbrauerin bekannt gemacht und setzt sich mit solcher Vehemenz für das Tüdelbräu ein, dass ich mitunter den Eindruck habe, dass ihm das Bier wichtiger ist als meine Bücher.

Ein riesiger Dank gebührt meinen Eltern, die mich schon in den Anfangszeiten der Schriftstellerei – ich kann euch versichern, das ist echt lange her – auf meinem Weg begleitet haben und mir auch heute noch mit Rat und Tat zur Seite stehen.

Jeder von ihnen hat auf seine Weise zum Gelingen dieses Buches beigetragen, ohne die Unterstützung meiner Familie hätte ich allerdings kein Wort in die Tastatur hämmern können. Sie ist für mich eine niemals versiegende Quelle der Kraft und Inspiration. Meiner Frau kann ich nicht genug danken für die Freiräume, die sie mir für die Entstehung meiner Geschichten schenkt. Mädels, ich liebe euch.

Die mitunter endlos erscheinenden Monate in meiner Schreibstube sind ohne dich allerdings vollkommen sinnlos – ein Buch ohne Leser ist wie ein Lied, das von niemandem gehört wird. Daher danke ich dir für die Zeit, die du mit Tüdelbüdel und den anderen Dorfbewohnern verbracht hast. Bei deinem nächsten Besuch in Sünnum wird dir die Friesenbrauerin sicherlich ein Tüdelbräu im Kroog spendieren. Wir lesen uns hoffentlich bald wieder.

TÜDELBRÄU – DAS BIER ZUM BUCH

Wer schon immer einmal wissen wollte, wie das preisgekrönte Bier der Friesenbrauerin aus unserer Buchreihe in Wirklichkeit schmeckt, hat ab jetzt die Gelegenheit dazu: Holen Sie sich ein Stück Sünnum nach Hause und genießen Sie ein Tüdelbräu, jetzt erhältlich unter www.tuedelbraeu.de!

**Alles im Lot im *Kroog* –
bis die Nordsee eine Leiche
anspült ...**

In Sünnum ist die Welt noch in Ordnung: Die herzliche Gesine
Felber betreibt in dem kleinen Dorf den *Kroog*, eine urige Kneipe mit kleinem Lädchen. Der *Kroog* ist das zweite Wohnzimmer
der Sünnumer, bei selbstgebrautem Bier wird hier nach Her-
zenslust geschnackt, gefeixt, gelacht und gefeiert.
Mit der Ruhe und Gemütlichkeit ist es allerdings vorbei, als die
Leiche einer Frau am Strand gefunden wird. Die Tote ist die
Ehefrau des Großbauern Burmeister, der sich mit seinem Milch-
betrieb vor allem bei Umweltaktivisten keine Freunde gemacht
hat. Wird Burmeister das nächste Opfer sein? Als Enno, ein guter Freund von Gesine und leidenschaftlicher Naturschützer, ins
Visier der Ermittlungen gerät, macht sie sich unerschrocken auf
die Suche nach dem wahren Täter ...

**Joost Jensen, Die Leiche am Deich. Die Friesenbrauerin er-
mittelt.** insel taschenbuch 4913. ca. 358 Seiten. Auch als eBook
erhältlich

Mord im Chianti

Nico Doyle zieht nach dem Tod seiner Frau in deren italienische Heimat, in ein kleines Dorf im Herzen der Toskana. In den idyllischen Weinbergen des Chianti will er, ein Ex-Cop des NYPD, noch einmal ganz neu anfangen. Er hilft im Ristorante seiner Verwandten, wo er sich bei Pasta, Pizza und regionalem Wein von der Einsamkeit abzulenken versucht.

Eines Morgens findet er unweit seines Hauses eine Leiche in den Hügeln – und der zuständige Kommissar Salvatore Perillo spannt Nico sofort in die Ermittlungen ein, denn das Opfer ist ebenfalls Amerikaner. Bald stellt sich heraus, dass der Tote kein Unbekannter in der malerischen Region ist. Unter all den Verdächtigen, seine eigenen Verwandten eingeschlossen, muss Nico auch das letzte Geheimnis des Dorfes aufdecken, um die Wahrheit herauszufinden.

Camilla Trinchieri hat mit *Toskanisches Vermächtnis* einen packenden Krimi geschrieben, der die Schönheit der Toskana, die italienische Lebensart und einen hochspannenden Mordfall in sich vereint.

Camilla Trinchieri, Toskanisches Vermächtnis. Kriminalroman. Aus dem amerikanischen Englisch von Sabine Hedinger. insel taschenbuch 4828. 364 Seiten. Auch als eBook erhältlich.

»So spannend wie amüsant.«
Die Presse

Ein elegantes Haus am Rande von Hampstead Heath. Ein toter Scheidungsanwalt. Eine rätselhafte Botschaft in grüner Farbe. Eine unglaublich teure Weinflasche als Tatwaffe ... Zweifellos ein Fall für Daniel Hawthorne, Ex-Polizist und Privatdetektiv – und Scotland Yard immer einen Schritt voraus.

Als der smarte Prominentenanwalt Richard Pryce tot in seinem Haus gefunden wird, erschlagen mit einer Flasche 1982 Château Lafite Rothschild im Wert von 2000 £, scheint schnell klar, wer es war: Nur wenige Tage zuvor hat die berühmte feministische Autorin Akira Anno ihm genau diesen Tod angedroht. Aber ist es wirklich so einfach? Als ein weiterer Toter gefunden wird, muss Hawthorne, gemeinsam mit seinem Assistenten und Stichwortgeber Anthony Horowitz, tief in die Vergangenheit der Opfer eintauchen, um die Lösung des Rätsels zu finden.

Anthony Horowitz, Mord in Highgate. Hawthorne ermittelt. Aus dem Englischen von Lutz-W. Wolff. insel taschenbuch 4882. 347 Seiten.